Trainspotting

Choose life, Choose a job, Choose a starter home,
Choose dental insurance, leisure wear and matching luggage.
Choose your future,But why would anyone want to do a thing like that?

Irvine Welsh

厄文·威爾許／著　但唐謨／譯

閃靈合唱團團長

手風琴演奏家

臺灣心理治療學會理事長暨華人心理治療學會執行長

作家

音樂社會學家暨輔仁大學心理系助理教授

實踐大學建築設計學系副教授暨作家

國立台灣師範大學台灣文化與語言文學研究所教授

〈九降風〉導演

音樂作家

DJ、音樂作家

政治大學廣告系教授

樂評人暨影評人

作家

破報總編輯

《河流三部曲》、《部落三部曲》導演

作家

國立中央大學英美語文研究所教授

國立中央大學哲學研究所教授

劇場導演、劇作家暨演員

音樂人

中央研究院民族所研究員

〈情非得已之生存之道〉導演暨演員

作家、《盛夏光年》原作者

歌手暨創作人

歌手

樂評人

作家

聯名推薦（依推薦人姓氏筆劃順序排列）

〈導讀〉

一個青年的覺醒——重看〈猜火車〉

王志成

即使在面世十幾年後，重看〈猜火車〉依然讓人感到驚艷，你可以說是電影在過去十年間，技術或形式上都沒有多大進步和轉變，但是也可以說，本片的導演在各個層面上超前時代甚多，不論是對於敘事的自由揮灑、對於迷幻一代的刻劃，都歷久彌新，跨入二十一世紀了，〈猜火車〉仍然是現在進行式。

這是導演 Danny Boyle 的第二部劇情長片，在他前一部低成本的〈Shallow Grave〉裡，我們已經看到一個他感興趣的主題：年輕人在誘惑跟恐懼下，彼此產生猜疑和背叛，這個主題延續到本片。〈猜火車〉開場那一大段男主角的旁白，是對於中產階級物質生活的嘲諷和鄙視：「選擇生活、選擇工作、選擇終身志業、選擇家庭、選擇一台大電視機、選擇洗衣機汽車光碟機、選擇健康低膽固醇牙醫保險……」，而結論是：「我選擇不去選擇生活」。這句話可以從兩個層面來加以分析：第一，個體擁有選擇權，從形上來看，是個體擁有主體意識，可以行使自由意志，從形下來看，要在自由民主講究人權的體制內，人才可以有選擇權，而且要衣食無虞（不論是自己賺的、還是別人供養的），才不用身不由己。所謂「選擇不去選擇生活」，還是一種選擇，那是一種消極的抵抗和逃避，不管是對於生命本身、還是社會體制。第二，一個不事生產，耽溺於毒品的成年人，需要毒品的時候，只能向身邊的人偷竊、打劫，這絕對不是「選擇不去選擇生活」，而是抗拒中產社會認定的生活方式，他的存在，跟別人一樣不斷消耗地球物資、然後逃避在藥物所產生的幻覺裡、因為不被同化而自我感覺良好。

本片很明顯地藉由刻劃藥癮者的群聚生活，對於毒品提出批判。片中這群身強體健的青年，雖然也會對於蘇格蘭的政治地位發發牢騷，但是環繞他們生活最重要的核心，無疑是吸食海洛英。長期吸食毒品後，所有人都失去行為自主能力，包括大便失禁、死了一個嬰兒、為了二顆掉進「蘇格蘭最髒的廁所」內的肛門栓劑，而爬進馬桶內去撿。簡單說，為了毒品，每個人都活得毫無尊嚴。這種尊嚴，並不必然如男主角在片頭所描述、只是一種中產階級價值觀的附屬品，而是對於自己生存主體性的掌控，能夠自覺地做出選擇、然後貫徹自己的意志。但是不吸毒的人，卻明顯有情緒失控的暴力傾向，吸毒是對自我的傷害，暴力卻是對整個社會的威脅，這是很諷刺的。當男主角在酒吧被一個年輕美眉釣上，一夜春宵後，才發現對方只是未成年的中學生，那是一個潛藏的警訊：長江後浪推前浪，明明才二十幾歲，但是更年輕的下一代已經要把你推下去了，青春就是本錢、更年輕就更肆無忌憚，連藥物跟流行音樂都在世代交替，何況是人呢。

在影片前半段，充斥著嗑藥後迷幻離奇的世界觀，影片色澤斑斕、每個畫面都在流動、時空自由跳躍銜接、觀點恣意進出主觀意識，洋溢著高亢的超現實活力，這種非線性的敘事手法，奠定了〈猜火車〉前衛的風格。但是過了影片中段以後，話鋒一轉，好朋友被關進監獄、男主角用藥過量被送進醫院、又被強行戒毒。昔日對朋友惡作劇的行為，造成對方生活的全面崩盤，好似大夢初醒，男主角前往倫敦、徹底投入他在片頭批判的中產生活模式，全片反諷的觀點和苦澀的生命觀就不言而喻了。為什麼所有青春期的反叛，都會成為中年以後保守的收編？在這麼巨大、漫長的文明演化進程裡，不管是在哪一種體制下，如果沒有一個個小框框一直制約著你、也會有一個終極的大框框，侷限著人類生存的發展。無論是要成家立業、或者養兒育女，要謀生就是必須在體制內妥協，買藥要錢、一劑藥也不能麻醉一輩子，所以地球上一代代、這麼多的人口，最後都過著大同小異的生活。

自願被馴伏的男主角，過著世俗眼中勤奮有為的上班族生活。他從事房仲業，推銷一種美好生存環境的幻覺，給那些需要居住或歸宿的人，而他自己卻住在一個很沒有品質的小公寓內，這是對他自覺選擇的「生存處境」的反諷，他為了朋友把電視拿去典當，甚至氣到抓狂。成長就是打落牙齒和血吞、承受生存的無奈、接受體制的規範、成為物質的奴隸。〈猜火車〉的最後一段變奏，是那群昔日共嗑藥的損友，找上門來，讓這個已經在過中產生活的男主角，又一次天人交戰。他已經無法再回去過昔日的生活方式，也不能忍受低ＥＱ的失控暴力，這群不識相的朋友，硬是寄居在他努力工作才得以維持的「家」裡，讓他更清楚「今是昨非」，他們已經不是同一個世界的人了。

背叛朋友、把集體交易毒品的錢偷走，這種損人利己的自利行為，很難說是昔日為了吸毒去偷、搶、騙的遺緒，或者是社會化的更上一層樓，他不只是過著中產的公式化生活而已，他還學會了人吃人的手段，再對照片頭他對中產生活的批判，編導對於一個青年被社會馴化的刻劃，真是冷酷無情到了極點，他留下一筆錢給好友，是僅存的一點人性溫暖。形式活潑、觀點鮮明，摻雜在英國式的幽默和狂放的影像裡，讓別的電影都學不來。

這部活力十足、尖刻反諷的作品，捧紅了導演、和飾演男主角的演員伊旺麥奎格，成為活躍於好萊塢的英國影人。Danny Boyle在二〇〇二年又以〈毀滅倒數28天〉，為B級恐怖片立下新的里程碑，同時也捧紅該片男主角。〈猜火車〉是二十世紀末，來自英倫最具代表性的電影作品。

（本文作者爲知名影評人）

〈導讀〉
人生好浪費——閱讀《猜火車》

紀大偉

當前的台灣人，在忙什麼？有人不擇手段想要成功賺錢，信奉成功學或厚黑學。也有人搶搭禁藥快車，和國際接軌，加入藥的全球化。台灣人除了在乎錢與藥，也擁抱（或迴避）國族認同的課題。今日典型的一個台灣家庭，往往細胞分裂成為三個國度：姐姐哥哥追求成功，妹妹弟弟偷偷用藥，而老媽老爸留在家中收看極藍或極綠的電視政論節目。在這種年頭，一九九三年出版的《猜火車》小說對於台灣讀者來說特別親切——這部傳奇色彩濃厚的小說就在刻畫錢、藥，以及國族認同。書中主要場景在蘇格蘭，而蘇格蘭屬於英國（即聯合王國）的一部分；正如有些台灣人反抗大中國主義，有些蘇格蘭人向大英國主義嗆聲。

錢、藥、國族，這些課題，在此書中都和「怕勝」（台語的「浪費、不值得」）有關：嗑藥的人生很怕勝／浪費，而賺錢的人生則是不准浪費的。蘇格蘭人被英格蘭人統治，究竟是不是很怕勝，也是書中大哉問。這部「反社會」小說以各種角度思考怕勝——書中有些人感嘆人生好浪費，卻也有人說浪費人生好。

在繼續討論《猜火車》小說之前，必須先提及一九九六年的改編電影——畢竟許多人先看了電影版才接觸原著小說。《猜火車》在國際市場叫好又叫座，成為另類經典電影（cult movie）。說它是另類經典，是因為它雖然沒有擁抱主流社會的價值觀，卻不斷吸引各地（含台灣在內）的死忠影迷。在死忠影迷的心中，這種另類經典比好萊塢電影更值得Ｏｒｚ崇拜（蓋cult就是崇拜之意）。此片男主角伊旺麥克奎格從此一炮而紅，電影原聲帶也連帶在各國（含台灣）熱賣，「男主角在片中爬進酒吧骯髒馬桶，然後在水肥池裡尋找二粒禁藥」的驚奇畫面讓人津津樂道，而片中幾個年輕男女寧可「浪費」青春也要和多種禁藥生死糾纏的生活也讓不少觀眾難忘。挑釁主流價值觀的畫面，以大特寫的方式（表示要觀眾瞪大眼睛去看），貫穿全片：注射藥物的過程，像是宗教儀式一樣虔誠；眾人物嗑藥之後，爽得軟趴趴倒在地上爬不起來。從主流價值觀來看，這些角色的人生是浪費的：他們嗑藥之後，軟趴趴地連性事都辦不成，更別說去當上班族賺錢了。這部電影著名的廣告詞「choose life」（選擇生命），並不是指自由自在地選擇任何一種生命，而是指選擇所謂「值得」的生命（有錢買車買房的上流生活）——「choose life」的反面，並非選擇死亡，而是指選擇所謂「不值得」的生命（如，嗑藥的人生）。選擇人生（選擇主流的人生）vs.選擇浪費（選擇非主流／反主流的人生），是穿透全片的辯證。

《猜火車》電影版和原著小說，卻是兩回事。文學改編的電影和文學原著必然不同——這是老生常談，大家都知道。不過請容我提醒讀者，《猜火車》的電影版和小說版各有可觀之處。看了電影版而沒看小說原著，或是因為沒看電影版所以不敢看小說原著，都很可惜。電影版雖然精彩，但是它兩個小時的長度實在沒有辦法呈現原著小說長達三百五十頁的複雜面貌。另外，電影版拍成節奏明快的（黑色）喜劇，讓各國年輕觀眾看得很爽，但小說原著卻絕不是喜劇，提供給讀者的痛感多於快感。痛感的來源之一，在於父母。電影版幾乎沒有呈現出主要角色的父母（父母角色偶爾出現，但戲份極有限），基本上主要角色不必去向父母解釋自己是否浪費了生命；然而小說版之中幾乎每個角色都活在父母的陰影下，而且他們主要的難題就在於滿足父母的期望（是不是對不起父母？我是歹子嗎？）。電影版之中的父母極少，而且具有喜感；小說版之中的父母卻極多，一點喜感也沒有。正因如此，小說版對於台灣讀者來說似曾相識——如何和父母的陰影纏鬥，正是台灣讀者熟悉的修行。

小說中的痛，變成電影中的爽。回頭想想，「猜火車」這個標題究竟是什麼意思？電影版並沒有提出清楚的說法。或許有些影迷認為，「猜火車」這個行為意味「年少輕狂」的生活。然而小說原著中，「猜火車」這個動作卻幾乎是「年少輕狂」的反面。這個動作的意義藏在書中暗處——我不說「猜火車」意味什麼，只能請讀者自行在書中摸索。

《猜火車》電影版可能讓觀眾忘記該片的蘇格蘭背景，可是原著小說不會讓讀者忘記該書的風土。小說原著非常「本土化」，再三突顯蘇格蘭的土地，讀者看完此書之後對於愛丁堡（蘇格蘭的首府）以及「愛丁堡藝術節」這些浪漫詞彙必然另眼相看。呈現蘇格蘭特色的主要工具，是語言文字；在語言文字表現上，電影版溫和，而小說版激烈（畢竟小說全靠語言文字表現，不像電影以視覺為主力）。我想請問看《猜火車》電影版或ＤＶＤ的朋友：看片的時候有沒有看字幕？英語程度好的觀眾在看《猜火車》ＤＶＤ的時候，恐怕還是要依賴（英文）字幕，因為此片角色說的英語並不是美式英語，也不是英式英語，而是蘇格蘭式的英語。值得留意的是，只要仔細檢視《猜火車》ＤＶＤ，就會發現兩種落差：此ＤＶＤ呈現的字幕用字，和我們平日熟知的英文大不相同——這是落差之一；更妙的是，角色說出來的字，和字幕打出來的字，有時候竟然沒有對應——這是落差之二。原來電影角色操用蘇格蘭的口音和用字，但是轉換到字幕時，字幕上出現的字往往是比較常見的——也就是說，對話的用字具有很強的地方色彩，而字幕用字卻抽去蘇格蘭色彩較重的字，而改用一般英文。

小說版的文字比電影版更猛。《猜火車》原著小說很吊詭，一方面是英文小說，另一方面卻又不是。打開《猜火車》原著，讀者會發現此書的英文根本看不得，因為絕大多數用字都是英英字典查不到的。這部將近三百五十頁的英文小說，只有寥寥幾頁使用「正常」英文。在讀此書時，要進行兩種翻譯：一，這部小說不能光用眼睛看，還要用嘴巴讀。如，書中的「thegither」其實是「together」。讀者要讀出聲，才可以用自己的發音器官去「體」驗書中人物的肉身感覺。這是口譯。二，有些字就算讀出聲了也難以辨認，因為那些字是蘇格蘭俚語或是嗑藥圈子的黑話，就算翻遍英英大字典也查不到。於是，（次）文化的翻譯也是必要的。這樣的小說，是有用的，還是沒有用的呢？為了讓這部小說變得比較有用（或，為了避免這部小說在美國被人浪費掉），當《猜火車》在美國上市時，書商特別在書末加上五頁詞彙對照表（如，書中的「bairn」就是美國的「baby」，「bevvy」就是「drink」），以便讓美國讀者看懂此書；不過，書商的「好心」卻引起爭議。有人認為《猜火車》不該向主流英文妥協；加添了這幾頁詞彙對照表，就破壞了《猜火車》的非主流／反主流精神。不過，也有人認為這幾頁詞彙對照表的幫助，並不是太多，而是太少——因為光靠這幾頁詞彙對照表，主流讀者還是覺得此書的英文玄奧難懂。

這部小說的語言實驗，值得台灣讀者留意。事實上，在本土化風起雲湧的台灣社會，早就有人拒絕主流的北京式中文，而改用福佬風格（或客家風格，原住民語言風格等等）的漢文寫作。主流讀者並不能一眼就看出福佬漢文在寫什麼，而必須開口念出文章的每一個字元符號（如，「ê」代表「的」），找出文句和福佬話的對應關係，才可以讀懂文章。如果讀者不開口念，就不會讀懂；此外，如果讀者並沒有任何福佬話基礎，那麼就算開口念了，也不會懂。如果《猜火車》的蘇格蘭式英文是走火入魔的，那麼用福佬語進行漢文書寫也是走火入魔的。非主流語言寫作是兩面刃，有缺點也有強處。明顯缺點是不易讓讀者一下就看懂（於是，就被認為是沒有用的語言），但長遠優點是讓語言變得更豐富活潑（結果，也變成極有用的語言）——事實上，對於當前英文俚語最有影響力的文學作品之一就是《猜火車》。也因此，在當今翻譯學研究、國族主義研究，以及後殖民研究的國際學者書單中，《猜火車》這部小說是一個基本的文本。而在台灣情境中，非主流的漢文寫作也讓人懷疑其用處何在：認同本土化運動的人可能認為非主流漢文極有用，不是在浪費時間；可是，不認同本土化運動的人卻可能認為這種非主流漢文一點用也沒有，只是在浪費時間。在討論非主流漢文的價值（有用 沒用）時，不妨參考《猜火車》原著小說的境遇。

人生好浪費，浪費人生好？——這種存在主義式的疑問，在小說的語言表演，角色刻畫，情節鋪陳種種層面，都一次又一次體現。在小說之中不斷出現的幾種象徵，也和浪費不浪費有關。最明顯的象徵就是嬰兒（嬰兒也在電影版出現，但小說版比電影版更耽迷於嬰兒）。生出嬰兒，究竟是善用了人生（年輕父母身為有用的生產者），還是浪費了人生（年輕父母身為沒用的消費者，好像刷卡一樣不小心刷出一個嬰兒）？尤其當父母是失業又嗑藥的年輕人時，嬰兒未必帶來喜悅，反而激發恐懼——父母一看見嬰兒，就想起自己毫無價值的人生。和嬰兒相比，比較不明顯卻可能更值得玩味的價值象徵，是足球。英國人（含蘇格蘭人在內）對於足球的痴迷舉世聞名，「曼聯」（位在曼徹斯特的著名球隊）在書中不時浮現，足球在書中主要人物身上都留下痕跡——注意，在這本重男輕女的小說中，男性角色都在乎足球，女性角色卻都和足球無關。在書中角色還是學生的時候，他們下場踢足球，其中有人還幾乎成為足球明星——他們是足球球藝的生產者，足球讓他們覺得自己是有用的人；然而，當這批人進入社會之後，他們卻只能透過電視極被動地看球（他們不在足球場的草地上，也不在足球場的觀眾席上，而在電視機前——也就是說，他們和自己沒出息的老爸一樣，都只看電視球賽）——他們成為足球球藝的被動消費者，他們一看見任何一顆足球就聯想起自己浪費的青春。他們的「身份認同」也建立在足球上面。任何（男）人都必須去支持一支足球隊，不然就沒有「歸屬感」：如果你支持A隊，就表示你應該和A隊的後援隊成為同一掛的人，也意味你成為B隊後援隊的敵人——你在酒吧和A隊之友乾杯，和B隊之友打架。足球又轉化（淪為？）成為和人喝酒鬥狠的藉口。這種建立在足球上的認同感，在小說版之中具有重量級的份量，幾乎和國族認同一樣重要——可是，在電影版中卻幾乎隱形。在《猜火車》小說的世界裡，人與人互動不但要在乎你的「省籍」（蘇格蘭人、英格蘭人，還是愛爾蘭人？），還要在乎你是愛丁堡城內還是城外的人，還要在乎你是哪一支球隊的後援隊會員——在每一個關卡，你一旦選錯邊，就要吃苦頭了。足球從消費社會的上游（生產者的位置）到下游（消費者的位置）的滾動過程，對應了小說人物的向下爬行。

要如何走出「選擇生活」和「選擇浪費」的輪迴？《猜火車》並沒有提出明確的答案。或者該說，《猜火車》選擇將希望寄託在未來——這正是卡奴的心理。明天會更好，明天就是最好的提款機。《猜火車》原作者在《猜火車》叫好叫座之後，一直有意循環使用（recycle，又是一個在乎有用不有用的字）《猜火車》之中的小說人物。近年他終於出版了《猜火車》的續集《春宮電影》（*Porno*；中文版也將在台灣上市），由《猜火車》原班人馬（懶蛋、卑比、變態男等人）擔任小說人物。今天過得不好也沒關係，反正有未來可以當靠山——這種向前看（向錢看？）的信用卡式邏輯，就是建立在今日沒出息／明天有出息的意識型態上。輪迴如同循環信用，沒有人走得出來，反而不斷有人想要進去。

（本文作者為美國加州大學比較文學博士，美國康乃迪克大學外文系兼任助理教授）

目次

人物表

主要角色

懶蛋：本名為「馬克・藍登」，綽號為「懶蛋」，又叫「房租」（藍登在英文的寫法類似房租）。是本書最主要的角色，嗑海洛英，常思考哲學的問題。

變態男：本名為「賽門・威廉森」。對女人很有一套，而且喜歡向朋友炫耀艷遇。把自己和同是蘇格蘭出身的明星史恩・康納萊相提並論。

屎霸：本名為「丹尼爾・墨菲」，即「丹尼」。天真善良，容易被騙。愛小動物。口吃。習慣把人比擬作貓。

卑比：本名為「法蘭西斯・卑比」，又叫「法蘭哥」或「法蘭哥大將軍」（影射西班牙獨裁者法朗哥大將軍）。出口成髒，濫用暴力，連他的朋友們都怕他。

第二獎：本名為「拉布・麥克勞林」，本來有機會成為足球明星，卻成為酒鬼。

強尼・史旺：又稱「大媽」、「天鵝」，本來是懶蛋小時候的同學，後來成為藥頭。

次要角色

卡蘿：第二獎的前任女友。

道璽：懶蛋的朋友，偶爾出現。

人物表

湯米：懶蛋的朋友，本來是不嗑藥的人。
蓋夫：懶蛋的朋友，社工人員。
大偉．藍登一世：懶蛋的父親。
凱西：懶蛋的母親。
比利．藍登：懶蛋的哥哥。
大偉．藍登二世：懶蛋的弟弟。
妮娜：美少女，懶蛋的遠親。
愛麗森：和懶蛋等人一起嗑藥的女人。
李絲莉：懶蛋等人的朋友，未婚媽媽，是小嬰兒唐恩的母親。
小唐恩：早夭的嬰兒。
黛安：懶蛋長久沒有性生活之後，在酒吧釣上的美少女。
艾倫．凡特：一個ＨＩＶ帶原者，某個ＨＩＶ成長團體的成員。
德威：該ＨＩＶ成長團體的另一個成員。
堂莫：該ＨＩＶ成長團體的心理輔導員。

1 戒藥

嗑藥男孩、尚克勞范達美，以及大媽

變態男冒著汗，渾身顫抖著。我坐著看電視，故意不想理這個傢伙。他真是煩死我了。我試著把注意力放在電視上那一部尚克勞范達美的電影上。

這種電影都是老套，開始的時候有個故意搞得很戲劇化的大開場，接著就把卑鄙的大壞蛋弄出來，故意製造戲劇張力，搞出一堆很爛的劇情。現在電影進行到的情節是，年輕的尚克勞范達美正要準備來一場大纏鬥。

「懶蛋，我得去找大媽，」變態男一面甩頭一面喘著氣。

我回答他一聲「是喔，」我希望這個瘋子可以滾遠一點，自己的事請自己處理就好，讓我好好看這部尚克勞范達美的電影；不過，我自己不久前也和他現在的情況一樣，這傢伙如果出去外面搞到藥，鐵定會自己藏起來用。大家叫他變態男，並不是因為他總是嗑藥嗑到快掛掉，而是因為他根本就是個變態。

「我們走吧，」他的嘴角絕望地迸出這幾個字。

「等一下，我要先看完尚克勞范達美打扁那個驕傲的渾球。如果現在就走，我就看不到大結局了。等到我們回來，那會更慘，說不定我們要搞個好幾天才回得了家。到時候錄影帶店還要多收逾期費，可是我根本就還沒看完這支片子啊！」

「幹！拜託你好不好，我們趕快走吧，」他一面大吼，一面站起來，走到窗戶旁邊靠著。他喘著氣，呼吸沉重，像一隻被捉住的野獸。呆滯的眼神中，除了嗑藥的渴望，什麼都沒有。

我按下遙控器，關掉了電視。「真是飯桶，真是他媽的飯桶，」我開始對著這個討人厭的混帳大聲發飆。

他的頭突然向後仰，眼睛瞪著天花板。「改天我給你錢啦，讓你把錄影帶再租回來好了。你就是為了這種鳥事擺臉色給我看嗎？這他媽只不過是幾塊爛錢就能全部搞定的事。」

這個死傢伙就是有辦法讓你覺得你自己是個又小氣又沒用的混蛋。

「他媽的這不是重點，」我有點心虛地說。

「是喔！重點是，我在這裡痛苦的要死，我所謂的好兄弟卻在那裡慢吞吞地抬腿走蓮花步，你的時間真是他媽的寶貴啊！」他的眼睛睜得像一顆足球那麼大，眼神中充滿著怨恨，他同時也在乞求我，沉痛地宣告我的背叛。如果我有辦法活到自己生孩子的那一天，希望我的孩子永遠不要用變態男的這種眼神來看我。這傢伙這副德性，真是讓我為難。

「我才沒有慢吞吞，」我抗議道。

「快點穿上你的狗屎外套吧！」

馬路上沒有半輛計程車。只有在你最不需要計程車的時候，計程車才會聚在街上打混。應該是八月天了吧！天氣還是冷到我的鳥蛋都要結凍。我現在沒生病，但是站在這裡吹冷風，我不生病才有鬼。

「這裡應該有一排計程車才對啊！這裡應該有一排該死的計程車！夏天永遠攔不到該死的計程車。那些肥得像豬的有錢人，一個個懶得要死，看個秀不肯走路，從教堂走到劇院只有一點路，這些死豬卻都懶得用腳走過去。計程車司機都是一堆只會搶錢的王八蛋！」變態男氣喘呼呼，不知道在碎碎念個什麼東西。他的雙眼凸出，脖子爆出青筋，腦袋在雷斯[1]大道上左顧右盼。

終於有一輛車過來了。旁邊還有一群穿著運動服和空軍夾克的年輕人，他們其實比我們早來這裡等計程車。我想變態男根本沒有注意到他們。變態男一口氣跨到馬路中央，大聲吼著，「計程車來！」

「喂！你有沒有搞錯啊？」一個穿著黑紫藍三色運動服、留著小平頭的傢伙跑出來問道。

「滾啦！我們先來的，」變態男一面說，一面打開計程車門，「又有一部車來了啊！」他指了指大道上一輛剛剛開過來的黑色計程車。

「運氣真好啊！你他媽自作聰明的混球。」

「滾開！軟腳蝦，去坐你的車啦！」變態男大聲咆哮，我們鑽進了計程車。

「老兄，去托爾克洛斯，」我對計程車司機說。剛才的年輕人正在我們這輛車的車窗上吐口水。

「混蛋！欠扁的廢物！出來單挑啊！」穿運動服的年輕人大吼著。計程車司機的表情看起來很不爽。他看起來就是一副遜樣子。這年頭遜角色很多，這種乖乖繳稅、自己當自己老闆的人，根本就是上帝創造出來最低賤的敗類。

司機來了一個大迴轉，終於加速上路了。

「看你幹的好事，你這個大嘴巴。如果我們其中有一個落單回家被剛才那些瘋子撞到，就他媽的要倒大霉了。」我對變態男的舉動很不爽。

「你該不是怕了這些軟腳蝦吧？」

這傢伙真是要讓我抓狂了。「對！沒錯！我就是怕！如果我一個人在路上走，我肯定會被那群運動服小鬼扁死。你還真的以為我是尚克勞范達美啊？毒蟲！賽門，你只是個狗屁毒蟲。」我叫他「賽門」，他的正式姓名，而不叫他「小變態」或「變態男」，因為我要讓他知道，我不是在開玩笑。

「我只想趕快找到大媽，其他的屁爛事我都不管，你懂了嗎？」他用食指戳著嘴唇，凸出的眼球直視著我說道。「看著我的嘴唇：賽—門—要—找—大—媽」。他轉過頭，注視著司機的後腦勺，希望這個渾球可以開快一點。他很神經質地在大腿上打著拍子。

「那群王八蛋中有一個是麥克連，就是丹尼和錢西的小弟，」我告訴他。

「搞什麼鬼，」他說著，卻無法控制聲音中的焦慮：「我認識麥克連他們家的人，錢西還不賴啊！」

我告訴他：「現在，你惹到他的弟弟了。」

他根本心不在焉，我也懶得再理他。跟他講道理根本就是在浪費精力。他斷藥之後，本來只是靜靜忍耐，可是他後來已經痛苦得受不了；不過我也愛莫能助。我不能減少，也不能增加他的痛苦。

「大媽」就是強尼．史旺，又叫「白天鵝」[2]。他是托爾克洛斯地區的藥頭，管轄範圍涵蓋了整

1雷斯（Leith），是蘇格蘭愛丁堡市旁邊的市鎮；雷斯大道（Leith Walk），是雷斯的重要街道之一。

2史旺（Swan）一字在英文中即「天鵝」之意。

個賽西爾和威斯特海爾。我比較喜歡跟史旺小子拿藥，或者是跟他的跟班雷米拿藥也好；我盡量不去找席克和幕虎雷斯那幫人。史旺的東西，通常品質比較好。在我們小的時候，強尼．史旺是我的好朋友，我們曾經一起在波提迪索隊踢足球。現在他是個藥頭了。我記得他曾經跟我說：「在我們這一行，不講友情，只講生意。」

他不講友情只講生意的說法，讓我覺得他太苛刻、太狡猾，又太炫耀；可是，等我用藥用到這個地步之後，我就完全明白他的意思了。

強尼是個藥頭，他自己也是個毒蟲。這個世界上已經找不到不嗑藥的藥頭了。強尼嗑藥的經歷比任何人都多，所以我們稱呼他「大媽」。

我開始覺得煩躁。爬樓梯走上強尼公寓的時候，我的身體都在嚴重抽筋。我全身是汗，像個吸滿水的海綿，每走一步路，水就從毛管中噴出來。變態男的狀況可能更糟，我也沒有力氣去管他死活了。我想對他視而不見，可是他終於又吸引我注意：他擋在我面前，身體無精打采地靠在前方的欄杆上。這傢伙擋住了我邁向強尼．史旺之路，也就等於擋住了邁向藥品之路。變態男面目猙獰，拚命喘息，雙手緊緊握住欄杆，好像要在樓梯間嘔吐的樣子。

「你還好吧！小變態？」我覺得很煩，這個傢伙死在那裡動都不動，讓我覺得很不爽。

他揮手要我走開，一面搖頭晃腦，一面翻白眼。我對他說：「算了！」在他那樣的狀況下，他根本就不想講話，也不希望有人跟他講話。他根本什麼屁事也不想做。我也是什麼屁事都不想做。有時候我覺得，一個人會變成毒蟲，可能是因為在他的潛意識中，渴望著一點點的沉默吧。

我們終於爬到了強尼．史旺的家門口。這傢伙砰一聲打開了大門，他家是個打藥的場所。

「變態男來了，懶蛋男也來了，真是變態大集合啊！」強尼．史旺笑道，情緒高昂，簡直像他媽的風箏一樣高昂。強尼．史旺經常注射毒品搭配吸食古柯鹼，或者吸食他自己調製的快速球，就是海洛英和古柯鹼混在一起用。他認為這樣，才能維持高潮，免得呆坐乾瞪牆壁[3]，發一整天呆。嗑藥嗑到這種程度的人，真的很難搞；他們忙著享受自己的嗑藥快感，根本不會注意到別人的痛苦。就算他們注意到別人的痛苦，他們也懶得管。在酒吧有一種人，很熱心推廣藥物，巴不得別人都和他們享受同樣的用藥境界（我不是說那種偶爾嗑藥，還要找朋友陪他一起嗑的那種人）——可是，真正的毒蟲才不管別人嗑藥嗑到什麼境界。

雷米和愛麗森也都在屋子裡。愛麗森正在做飯[4]，好像是有看頭的一頓飯。

強尼．史旺以華爾滋的舞步，滑向愛麗森旁邊，對她唱起小夜曲：「嘿嘿！美人兒，煮什麼好吃的啊……」然後，他又滑向了雷米。雷米靜靜看著窗外。雷米他可以從街上擁擠的人群中，一眼偵測出條子——就好像鯊魚可以在大海中聞到血腥味一樣，靈得很。「放點音樂吧！雷米，那張艾維斯．康斯特洛（Elvis Costello）的新唱片我已經聽到爛了，可是我還是沒辦法不聽，我告訴你，艾維斯．康斯特洛這傢伙是個魔術師啊！」

「拿支雙插頭，把他插到死好了！」雷米說。雷米就愛說出莫名其妙的雞巴話。有人不舒服，想要跟他拿藥的時候，他就會說出這種雞巴話，搞得人家腦袋要爆炸。雷米愛用海洛英的程度，向來

3通常重癮者使用毒品，很少單樣使用，會混合使用加強藥效，或者是先用某一樣，等到發上來，快要退潮時，再用另一樣。這裡是指「又注射又吸食古柯鹼」，後面所説的「免得呆坐乾瞪牆壁」，是嗎啡製劑的特色。

4這裡的做飯其實是黑話，指的是在準備藥物，給藥加熱。

讓我大開眼界。這痞子有點像我另外一個哥兒們，屎霸。我總是覺得，從個性上來看，雷米和屎霸都是典型的毒蟲。變態男有一個理論：他認為雷米和屎霸，其實是同一個人，雖然他們的長相完全不一樣——雷米和屎霸都在同樣的圈子裡混，這兩個人卻從來沒有同時出現在大家面前過。

雷米這個品味爛透了的傢伙，犯了我們毒蟲的大忌。他居然在放路瑞德（Lou Reed）的〈海洛英〉（Heroin）這首歌，而且他放的是《搖滾動物》（Rock'N'Roll Animal）那張專輯收的版本。藥癮來的時候，聽到這個版本就會特別難受，比聽到《非法利益與妮可》（Velvet Underground and Nico）[5]那張專輯的原始版本還要痛苦一百倍。我提醒你啊，至少原來的版本沒有約翰．蓋爾（John Cale）刺耳難聽的中提琴過門。我簡直無法忍受。

「喔！雷米，你去死啦！」愛麗森大吼。

把你的貨插進靴子[6]裡，跟著韻律走，
寶貝搖啊！甜心搖啊！搖你媽的頭，
幹你媽的屁，翻你媽的屄，
我們都是白種人屍體
啃你媽的節奏屄，

雷米突然嘻哈饒舌了起來。他一面搖著屁股，一面眼睛亂轉。

然後雷米在變態男前面彎下腰來。變態男本來一直故意站在愛麗森旁邊，眼睛盯著愛麗森手上的湯匙；愛麗森點了一根蠟燭，為湯匙加熱。雷米把變態男抓了過來，用力親他的嘴。變態男嚇得趕緊把雷米推開。

「滾邊啦！爛毒屌！」

強尼．史旺和愛麗森都放聲大笑。我本來也想一起笑，但是我笑不出來——我全身的骨頭同時在痛，好像有一把鈍掉的鋸子鋸碎了我全身的骨頭。

變態男用一條止血帶綁住愛麗森的手肘，他顯然是想要緊接在愛麗森用藥之後，分一杯羹。他在愛麗森蒼白細瘦的手臂上找到一條可以插針的靜脈。

「需要我幫妳嗎？」變態男說。

愛麗森點點頭。

變態男把一粒棉花球放在湯匙裡，然後向棉球吹氣。他用針筒吸了五毫升進去。愛麗森手臂上的藍色靜脈大得要死，好像要跳出手臂皮膚。變態男瞄準靜脈，把針刺進愛麗森的皮膚，趁血液回流之前，很慢很慢地把海洛英打進愛麗森的血管內。愛麗森的嘴唇顫抖，用懇求的眼神看著變態男一兩秒。變態男的嘴臉真是有夠醜，像是一隻邪惡好色的爬蟲類。然後變態男把整個針筒的好料，全部送進了愛麗森的神經中樞。

愛麗森向後仰頭，雙眼緊閉，張開的嘴發出一陣高潮的呻吟。變態男的眼神突然間變得天真爛

5 Nico，是德國名模。

6 這裡的靴子是俚語中的「保險套」。

漫，充滿好奇。他好像一個耶誕節早上起床後的小男孩，看到聖誕樹下面堆滿了包裝得漂漂亮亮的聖誕禮物。這兩個人在閃爍的燭光輝映之下，詭異的很，看起來又美麗又純潔。

「這比任何一根老二還要猛……這比世界上任何一根老二還夠力啊……」愛麗森倒抽了一口氣，完全進入了狀況。這副景象讓我騷動不安，我把手伸進了褲子裡，摸摸看我的老二還在不在。在這種情況下自摸，真是有夠噁的。

強尼．史旺把他私人用的針筒遞給變態男。「你可以用一管藥，但是你得用我的針筒。我們要玩個信任感的遊戲，」強尼笑著說。他並不是在開玩笑。

變態男搖搖頭說：「我才不跟別人共用針頭，我自己有帶工具。」

「你這樣子很不給面子喔！懶蛋、雷米、愛麗森，你們覺得呢？你們覺得我白天鵝史旺大媽的血管裡，也會有ＨＩＶ病毒嗎？我脆弱的心靈受傷了喔。我只能說：一定要共用針頭，否則他媽一切免談。」他擺出誇張的笑臉，露出一排爛牙。

我覺得，剛才說話的人，並不是強尼．史旺。不是史旺，絕對不是他本人。一定有個邪惡的魔鬼入侵了強尼．史旺的肉體，而且毒害了史旺的腦袋。我眼前的這個爛貨，早就不再是幾百年前我所認識的那個溫和、愛說笑的強尼．史旺。以前，大家都說強尼是個好孩子，連我媽也這麼說。強尼．史旺很愛足球，人很隨和。那時候大家在麥朵班球場[7]踢足球，髒球衣都丟給史旺一個人洗，而他總是替大家洗球衣洗到傍晚五點以後，卻從來沒有抱怨過。

我真他媽的擔心我跑來這裡，如果沒搞到藥就衰小了。「媽的強尼．史旺！你冷靜一點！搞清楚好嗎？我們有帶錢啊！」我從皮夾裡掏了一些鈔票出來。

不知道是因為良心發現還是因為見錢眼開，強尼．史旺這個爛痞子突然恢復神智：「不要那麼嚴肅嘛！我是鬧著你們玩的啦！你們真的以為我白天鵝會不顧朋友嗎？你們要什麼，我就給什麼。你們都很有概念啊！衛生習慣是很重要的。」他突然很沉重地說：「你們認識古仔嗎，他染上愛滋病了。」

「真的嗎？」我問。這年頭每個人都在謠傳誰有得愛滋病誰沒得愛滋病。我通常都懶得理會。問題是，已經有好幾個人在謠傳古仔的狀況了。

「一點也不錯。他還沒有病到要爛掉，可是他的檢驗結果是陽性的。不過我跟他說，這並不是世界末日啊，古仔。你還是可以和病毒一起生活的。外面有很多爛貨都染了病，還不是活得好端端的。真正要發病還得等上好幾年呢！一個沒染病的混帳，也有可能一大早被車撞死啊！你必須這樣想才對嘛！人生要有目的，不要自暴自棄。」是別人的血管裡有毒，又不是你自己的血有毒，講這種人生大道理誰不會。

反正啊，強尼．史旺甚至還幫變態男燒了一把藥，讓變態男爽個夠。強尼．史旺一面盯看變態男粗腫、多汁、青紫的血管，一面唱起卡麗．賽門（Carly Simon）的老歌〈你真無聊〉（You're So Vain），不過他改了歌詞：「你真血管[8]，你以為這一針是要給你的唷……我愛死了這每一針每一刻……」

就在變態男快要崩潰到大聲尖叫的前一秒，強尼．史旺把針刺進了他的血管，先回吸幾滴血液

7 此球場是愛丁堡的球場之一。
8 原文為 You're so vein，和「你真無聊」諧音。

進入針筒，然後，再把那救人命也要人命的瓊漿玉液，全部射進變態男體內。

變態男雙手環繞著史旺，然後才慢慢放鬆，但他的手臂還搭在史旺身上。他們倆都放鬆了：變態男和史旺好像一對作愛之後的情人，在高潮之後溫存。現在輪到變態男對著強尼·史旺唱情歌了。「史旺哥，我好愛你啊，我好愛你啊，親愛的史旺哥……」這兩個人幾分鐘之前還水火不容，現在卻馬上變成靈魂至交。

終於該我來一針了。我花了他媽好幾個世紀才找到一根可以插的血管。我的血管跟別人不一樣，並沒有很靠近皮膚表層，所以並不是一眼就可以找到。血管一出現，我馬上一針刺進。愛麗森說的對，嗑藥爽起來的感覺，就算是幾十個性快感全部加在一起也比不上。在海洛英柔美的撫摸中，我身體裡枯竭碎裂的骨骸，馬上得到了鮮美的養分滋潤。地球又開始運轉了，地球還在轉動。

愛麗森說，她希望我去看看凱莉。凱莉最近因為墮胎，陷入嚴重憂鬱。雖然愛麗森的語氣並沒有太多責怪意味，但是聽起來她好像覺得我該為凱莉的墮胎負責任似的。

「我幹嘛要去看她？她的事，跟我一點關係也沒有啊！」我抗辯了。

「你畢竟是她的朋友，對吧？」

我很想借用強尼·史旺的話，對愛麗森說：「大家都是好朋友嘛！」這句話聽起來很妙：「大家都是朋友嘛！」聽起來，我們這些人聚在一起不只是為了嗑藥而已，好像也為了偉大的友情。如果要形容我們現在的狀況，這句話真是太貼切了。我很想講這句話，但還是忍住沒說。

所以，我沒有講出心裡的話。但是我跟愛麗森說，大家都是凱莉的朋友啊，為什麼只有我一個人去看她，別人卻不去？

「幹！馬克，你明明知道凱莉很哈你啊。」

「凱莉，媽的妳胡說八道！」我又吃驚，又好奇，而且還頗有一點不好意思。如果凱莉很哈我，可是我卻不知情，那麼我真的是個瞎了眼的白癡混蛋。

「她當然在哈你！凱莉跟我說了幾百次了。她總是喜歡提到你，馬克這樣，馬克那樣。」

很少人用我的本名「馬克」來稱呼我。大家都習慣叫我「懶蛋」，或者更糟，叫我「賣懶蛋的」。被人家這樣亂叫，真的很慘。我盡量不跟別人抱怨這件事，因為我愈是碎碎念，那些王八蛋就會叫得更難聽。

變態男一直在聽我們說話。我轉過身去對著他說：「你也這麼覺得嗎？你也覺得凱莉對我有意思嗎？」

「全世界上每個人都知道凱莉在哈你。這早就不是什麼不可告人的祕密了。我跟你說啊，我真是搞不懂她怎麼會看上你這種人。她應該去看精神科，檢查一下她的頭殼。」

「真謝謝你告訴我啊！死豬頭。」

「如果你想躲在黑漆漆的房子裡，看錄影帶過完一生；如果你不關心你身邊的事，我他媽的跟你講也沒用。」

「可是她從來沒有向我表示過什麼啊？」我哀聲大叫，感覺真困惑。

「你要她把她的一份真情寫在T恤上面嗎？馬克，你真是完全不懂得女人。」愛麗森說著，變態男在一旁嘻嘻哈哈偷笑。

她說的最後一句話，真是刺傷了我，但是我還是要把這件事輕鬆搞定，搞不好這個謠言都是變態男一手策劃出來陷害我的。變態男是個專門挑撥離間的死豬頭，他這一生就只會陷害朋友。我真搞不懂他那樣搞到底得到了什麼狗屁樂趣。

我又跟強尼．史旺調了一點貨。

他告訴我：「這玩意兒，純得跟白雪一樣。」

他的意思是：這批貨沒有加入「太多」不相干的添加物、不含「太毒」的成分。

我們滾蛋的時候差不多到了。強尼．史旺一直在我耳邊鬼吼，說一些我根本不想聽的屁話。他會說，某某人嗑了藥結果下場很慘，他一直在說那種反毒狂熱份子嚇唬人用的反毒文宣，告訴你毒品將會如何誤你一生。他也會用淡淡的哀愁口吻說起他自己的狗屁未來，幻想他會發奮圖強，然後飛去泰國找女人。泰國女人懂得服侍男人，而且，只要男人是白人，口袋裡又有亮晃晃的鈔票，就可以在泰國當皇帝過日子。其實他還說過更不堪入耳、更刻薄更可鄙的話。我對我自己說：這個史旺已經被邪靈附身，他已經失去了本性。可是，說不定現在這樣才是他的本性哩？誰知道，誰鳥他。

愛麗森和變態男在那邊竊竊私語，聽起來好像正準備再燒一點藥來嗑。他們站了起來，一起走進房間去。兩個人面目空洞而蒼白，但是他們走進房間就一直沒出來，我知道他們一定在房間裡打炮。對於女人來說，變態男的唯一功能就是打炮；有些男人可以和女人一起聊天，喝茶，但是變態男唯一的的用處，只有他那根爛屌。

雷米正用蠟筆在牆上畫畫兒。他完全沉陷在自己的小世界。這樣很好，對他很好，對每個人都好。

我想著愛麗森剛剛說的事。凱莉上個星期才墮過胎，如果我現在去找她，而她真的想和我上床，我會一點胃口也沒有啊。沒錯，我的心裡會有鬼，一想到和她上床就有黏呼呼的感覺，好像有什麼怪東西在作祟，我還覺得有點血腥味。我大概真的是他媽的白痴。愛麗森說的沒錯，我真的一點也不瞭解女人，我他媽什麼都不瞭解！

凱莉住在殷其區，那個地區坐公車很難到，我身上又窮到沒錢坐計程車。或許我可以從這裡搭公車去殷其區，但是我根本不知道幾號公車可以到。其實真正的問題是，我已經嗑藥嗑得沒辦法和人幹炮，也昏頭昏得沒辦法和人聊天了。10號公車來了，我跳上去，坐車回雷斯，回到尚克勞范達美的懷抱，我喜孜孜地期盼，就要回家看尚克勞范達美海扁壞人了。

嗑藥血淚筆記63號

讓毒品清洗我全身，穿透我的身體……從裡到外，淨化我的身體。

我的身體內部是一片海洋。問題是，美麗海洋卻被劇毒殘骸污染了……毒素被海水稀釋，但是一旦海洋退潮，就只留下那些毒素，毒素留在我的身體裡面，給我乾淨的感覺，也給我污濁的感受。藥帶走了我腦子內分泌的化學成分，那是讓我抵抗痛苦的武器啊——失去了那些武器，我的腦子要很久之後才會再分泌新的化學成分。

這個爛房間，一大片醜陋的壁紙，簡直恐怖極了。我現在所經歷到的，在多年以前，有些膽小鬼一定也曾經歷過……太好了，因爲我就是一個膽小鬼，我的生理反應都失常了……幸好我要的東西統統都在這裡，都在我汗濕的手中。針筒、針頭、湯匙、蠟燭、打火機、白粉。一切都完整而美好，但是我仍然恐懼。我身體裡面的海洋，可能就要退潮了，把有毒物質留下來，擱淺在我體內。

我開始燒起另一管藥。我顫抖的手握著湯匙，放在蠟燭上燃燒，等藥漸漸融化。海洋的生命愈短暫，毒素的生命就愈長。但是，這個念頭並不會阻止我去做我想做的事。

愛丁堡藝術節的第一天

前二次不成功，第三次才會成功。[9]就像變態男告訴我的：下決心戒藥之前，一定要先弄清楚戒藥的狀況和後果。你只能從失敗中學習，而你所學到的，就是戒藥之前一定要把一切準備工作搞定。他說的沒錯。無論如何，這一次，我可是準備妥當了。我先付了一個月的租金，租下了這間可以俯瞰雷斯高爾夫球場公園[10]的大房間。太多人知道我在蒙哥馬利街的住址，可是我要閉關。手邊要有現鈔，沒有錢是最痛苦的事。在準備戒藥之前，最順手的一件事，就是再嗑戒藥前的最後一管——我今早才在左手臂上打了一針。我總要用點好貨來提提神，讓我能有精神專心做這些準備工作啊！現在我得趕快衝去超市，把我購物清單上的東西，全部買回來。

十罐漢斯牌番茄湯、八罐磨菇湯（全都必須是冷的時候喝，並不加熱）、一大桶香草冰淇淋（融

9 Third time lucky，這是蘇格蘭諺語。

10 雷斯高爾夫球場公園，位於愛丁堡，平常只簡稱為「高爾夫球場」，但開放給一般民眾從事各種體育活動，不限於高爾夫球，並不是有錢人才可以去的地方。這個地點很有歷史紀念意義，因為愛丁堡是世界上最早發展高爾夫球的地方之一。

化成液體之後飲用）、兩瓶瀉藥、一瓶撲熱息痛、一包涼口錠、一瓶維他命、五公升礦泉水、十二份運動飲料，以及一些雜誌：例如軟調色情雜誌、《威仔漫畫誌》（Viz）、《今日蘇格蘭足球》（Scottish Football Today）、《球員雜誌》（The Punter）等。最重要的一樣東西已經搞定：我去了爸媽家一趟，從浴室的藥櫃拿走我媽的鎮定劑。做這種事，我不覺得良心不安。我媽媽現在都不用鎮定劑了，就算她會用到，醫生考量我媽的年紀和性別，也會把鎮定劑當作糖果開給我媽吃。我很開心，弄到了所有單子上的東西。接下來，將是艱苦的一個星期。

我的房間空蕩蕩一片，沒有鋪地毯。地板中央有個床墊，上頭擺了副睡袋。還有一台電暖氣機、一架黑白電視，和一把木頭椅子。我有三個塑膠桶子，每個桶子裝了半桶消毒劑和自來水的混和液，這是給我拉屎、撒尿和嘔吐用的。我把買來的罐頭湯、果汁、藥品排列整齊；躺在這張簡陋床墊上，我一伸手就拿得到這些食物。

我幫自己打了最後一管，慰勞自己購物的辛勞。最後一針的用途是為了幫助睡眠，讓我向藥物深情道別。我試著用少量的海洛英，只想很快地爽一下。之後，龐大的退藥作用出現了。開始的時候，一如以往，肚子開始覺得噁心，一種不可言狀的焦慮感開始襲擊。一旦這種病態感覺開始侵襲，那種不舒服的感覺，馬上就變成了無法忍受的痛楚。我開始牙痛，從牙齒到下顎到眼窩都在痛，痛苦一路延伸到我的筋骨，那是一種悽慘可悲、無法平復，讓人衰竭的抽痛。然後我開始流汗、打顫，我的整個背部鋪滿了一層汗水，好像秋天汽車的車頂結了一層霜。行動的時候到了，我現在還無法面對現實，讓自己就這樣崩潰掉。我還需要一點老派的緩衝藥物，柔順的、讓我安定下來的一小劑。我現在想要再弄一點海洛英來用。只要再用一小劑，就可以解開我糾成一團的肢體，讓我好好睡上一覺。然後我就可以向大家說再見了。藥頭史旺找不到人，另一個藥頭席克又被條子抓了。只剩下史旺的跟班雷米還在。我跑去公寓大廳，用公共電話打給雷米。

當我撥電話的時候，有人突然很快地晃過我旁邊。我退縮了一下，避免和那個人倉皇接觸，但是我一點也不想打探那個人是誰。我希望不要在這個鬼地方待太久，不要久到還得去和新「樓友」串門子。剛才這個人對我來說完全不存在，在這個節骨眼，什麼人我都不在乎。除了雷米，我誰都不鳥。我的銅板掉下去，電話接通了。接電話的是一個年輕女孩，「喂？」她說著打了一個噴嚏。她是感染了夏天的感冒，還是她的毒癮發了？

「雷米在嗎？我是馬克。」雷米一定跟女孩提過我吧。雖然我不認識這個女孩，但是她一定認識我。

我聽到她冰冷的聲音回答我：「雷米不在，他去倫敦了。」

「倫敦？幹！……他什麼時候回來呢？」

「不知道！」

「他有沒有留什麼東西給我呢？」有時候運氣很重要的，雷米那個王八！

「哦，沒有。」

我顫抖著掛掉了電話。現在只有兩條路可以走，第一、回房間，硬撐下去，完成戒藥計畫；第二、打電話給另一個藥頭佛瑞司特，飆到慕爾赫斯，弄點次級貨來用，然後把整個戒藥計畫取消。沒有別的選擇了。二十分鐘之後，我的兩條路只剩一條。我問32號巴士的司機，「有沒有到慕爾赫斯，老兄？」我一面發抖，一面把我身上的四十五便士塞進收銀盒。我身陷暴風雨之中，我需要一個讓我停泊的港灣。我的腦袋裡，正暗濤洶湧。

上公車的時候，我跟一個老太婆擦身而過，這個老妖怪用一種邪惡的眼神看了我一眼。我知道我現在的樣子一定狼狽不堪，渾身上下一團糟。但是我無所謂。在這個時刻，我唯一關心的只有我自己、藥頭麥可．佛瑞司特，以及我們之間這段可惡的距離。公車緩緩向前進，藥頭聖地，也愈來愈接近了。

我坐在公車下層的後座，這班公車空蕩蕩的。有個女孩坐在我的對面，聽著她的索尼牌隨身聽。她長的美嗎？我才不鳥！雖然那應該是部「個人」隨身聽，但是我還是很清楚聽到隨身聽傳出來的音樂，一首大衛．鮑伊的歌〈金色年代〉（Golden Years）。

別讓我聽到你說，生命只是虛無
天使啊！
看看藍天，生命剛剛開始，夜晚充滿暖意
歲月正年輕輕輕……

大衛．鮑伊出的每一張專輯我都有，他的唱片我多的要死，還有一大堆演唱會偷錄的版本。可是我現在根本不想鳥這個人或者他的音樂。我只關心麥可．佛瑞司特，一個醜傢伙，沒有才華，沒出過半張唱片。暢銷單曲，零！但是麥可寶貝，他是我這個時刻生命中最重要的人[11]。就像變態男曾經說過的一句話：除了現在這個時刻，一切都不存在。他這句話一定是套用別人講過的話（我覺得好像是哪個巧克力廣告上的瘋子說過的話）。不過在這個時刻，什麼情緒對我來說都是次要。這個時刻最重要的就是我，發了毒癮，渾身病態的我，以及麥可，可以治療我的麥可。

有些老傢伙，總是喜歡在這個時候搭公車，然後不肯上車，一定要先跟司機打屁一下，問一大堆無關緊要的問題，詢問這是幾號公車啊？會到哪裡啊？幾點會到啊？全都去死吧！可悲的死老猴！那個老女人一面自私地碎碎念，可悲的司機還在放任她嘮叨，我簡直沒有辦法呼吸了。人們都在討論年輕人隨地塗鴉，破壞公物，但是這些老年癡呆所造成的心理污染，怎麼都沒有人出來講話？老年癡呆終於上車了，我看她臉上那張嘴巴長得就像貓的屁眼一樣。

老女人坐到了我的前面，我的眼睛剛好對到她的後腦勺。我很希望她突然腦溢血或者是心臟衰竭死掉算了……不要，我不要再想下去了。如果真的發生這種事，耽擱的時間會更久。她應該慢慢地痛苦而死，才能補償她在我身上造成的痛苦。如果她死得太快，大家就有機會大驚小怪。人都是在找機會大驚小怪。癌細胞才是弄她死的好方法，我願意捐出一個壞細胞，讓它在這個死老太婆體內繁殖擴散。我覺得，這個壞細胞正在滋長……只不過，卻是長在我自己的體內，而不是在死老太婆身上。我實在太疲累，不能再想下去了。這個老婆子，我連恨她的力氣都沒有了。我完全失去了興趣，只是感覺漠然。她根本不屬於現在這個時刻。

我的頭低了下來，猛然間又把頭昂了起來。我覺得我的頭好像要從肩膀上飛射出去，飛到坐我前面的惹人厭老變態的大腿上。我雙手緊緊地抓住我的腦袋，手肘撐在膝蓋上。我有可能坐過站，

11「最重要的人」和「我的人」都是暗語，指的是「我的藥頭」。

於是我一股作氣，在潘尼維爾路下車，站牌剛好在購物中心的對面。我通過雙線車道，穿過購物中心，走過那些鐵門深鎖、從來沒有租出去過的店面，走過從來沒有汽車出現的停車場。從購物中心完工的那一天開始算，這裡從來沒有停過半輛車子。這個記錄已經維持二十多年了。

佛瑞司特住的小公寓，位在一個比較寬敞的地帶，比慕爾赫斯其他地帶來得大。大部分的建築物都是兩層樓高，但是他住的卻是五層樓，所以他的公寓有電梯；但是，電梯卻不能用。為了節省體力，我撐著牆壁，一路爬上樓。

我抽筋、抽痛、流汗，中樞神經系統完全崩潰，而且，我的肚子也開始不對勁了。我覺得一陣噁心，很不吉利喔，長久的便祕，好像快要融化了[12]。在佛瑞司特的家門口，我盡量保持振作。但是他一定看得出來我很痛苦吧。一個嗑藥的過來人，永遠知道誰在犯癮。我只是不想讓這個混蛋知道我有多痛苦。為了得到我需要的藥，我願意承受佛瑞司特的各種虐待，各種折磨，可是，我可不想要向他大肆張揚我的痛苦，我不要太招搖。

佛瑞司特顯然從雕花玻璃鐵門的表面，看到了我紅色頭髮的倒影。他耗了一個世紀，才過來應門。我都還沒有踏進他家門，這傢伙就已經開始在折磨我了。他應門的口氣中，完全不帶一點人情味。

「你還好吧？懶蛋！」他說。

「我還好！麥可！」他稱呼我「懶蛋」，而不叫我「馬克」；我稱呼他「麥可」，而不叫他「佛瑞司特」。他竟然對我這種受苦的藥蟲問好。如果我刻意去迎合他，是不是最好的對策呢？看來，在這種時候，我只好迎合他了。

「進來啊！」他輕描淡寫地聳聳肩，我乖乖地跟著他走進屋子。

我坐在沙發上，旁邊是一個腿受傷、狀至噁心的婊子，我才不要靠她太近。她上了石膏的下肢，大剌剌地擱在茶几上；骯髒的石膏和她桃紅色的短褲中間，露出一截令人厭惡的白色肥肉。她的那對奶子，擱在一只特大號健力士啤酒罐上；棕色的汗衫上衣，裡頭緊緊裹了一身鬆弛的白肉。她一頭油膩膩的頭髮有漂染過，但那是很久之前漂的，所以髮根已經長出了一吋灰黃單調的顏色。這個婆娘完全不理會我。可是，每當佛瑞司特講了些我根本聽不懂的蠢笑話時，這婆娘就會發出像母驢似的大笑，又恐怖又難堪。她說不定就是在拿我這個人開玩笑吧！佛瑞司特面對著我，坐在一張壞掉的搖椅上，他的臉很多肉，但是身子骨卻非常單薄。他才二十五歲，頭就幾乎快禿光了。兩年前他開始禿頭，禿得讓人心驚——我懷疑他可能有愛滋病。大概不會吧！俗話說，只有好人才會死得早，可是佛瑞司特又不是好人！通常，在這種場合，我都會說出很賤的話，但是現在這個關頭，我寧可聊我祖母的直腸造口術，也不敢去惹麥可・佛瑞司特。麥可・佛瑞司特，才是我的老大[13]。

麥可旁邊的椅子上，坐著一個眼神邪惡的痞子。痞子的眼睛注視著那個肥母豬，大概是在看她嘴巴裡的那支大麻捲煙，可是她的那支大麻煙捲得很不專業。肥婆很戲劇化地吸進一大口煙，然後把煙遞給那個有著邪惡眼神的痞子。他這種人，臉蛋長得像精明的田鼠一樣，死蟲子眼睛深深陷在臉蛋裡——長成這樣的人，一向讓我反感。他們也不全是壞蛋啦，但是這個痞子的打扮真是夠離譜，讓人一眼就看出來他是個突兀的怪胎。顯然他經常在溫莎集團的飯店住一段時間，比如索頓、L酒吧、勃斯、彼德赫等地的分店[14]。他穿深藍色的褲子、黑皮鞋、芥末黃的POLO衫，在領子和

12 嗑藥的人常有便祕的現象。

13 「我的老大」，如同之前「最重要的人」，都是指「我的藥頭」。

袖口處還有藍色的細滾邊，椅背後面還掛了一件綠色的羽毛外套（嘿，現在的天氣熱死人喔）。

大家都沒有自我介紹，不過沒關係，反正這就是麥可．佛瑞司特的特色嘛。頭長得像一顆球的麥可．佛瑞司特，就是我的偶像啦。在這裡，他才是老大[15]，而且他心裡有數。這傢伙開始鬼扯，東講西講講個不停，好像一個死撐著不願意上床睡覺的小孩子。那位我不知道名字的時尚先生啊，就叫他「強尼．索頓」好了。索頓先生什麼話也沒說，只是神祕兮兮地微笑，偶爾翻翻白眼，裝出很爽的樣子。如果你想看看吃人怪獸的嘴臉，來看索頓的德性就對了。至於那個大肥婆，天啊，她真是醜到爆，土得要死，可是我只能偶爾勉強擠出一些巴結她的傻笑，我想，這樣傻笑才算有禮數吧。

聽這些人說一堆有的沒有的屁話之後，我身體的痛苦和噁心已經難以承受了。我不得不打斷他們。

「抱歉打斷你和朋友們說話的興致，可是我要談正事。你這裡有貨嗎？」

我簡單的要求，竟然換來驚天動地的反應。就算佛瑞斯特在耍把戲，也沒有必要這樣反應過度吧！

「閉上你的臭嘴，你神經病，沒叫你說話的時候，你不要給我說話。閉上你的屁眼。如果你不喜歡我的朋友，你可以滾去死！一切免談啦！」

「我完全沒有冒犯的意思啦……」現在我只能搖尾乞憐了。這個男人畢竟是我的老大啊，我願意跪在碎玻璃上，爬一千哩，爬到他的腳邊，把他的大便當作牙膏放進我的嘴巴刷牙，這種權力關係我們倆都心知肚明。在這場「麥可．佛瑞司特扮硬漢」的遊戲裡，我只不過是個小卒子罷了。認識他的人都知道，這場遊戲的原理，完全荒腔走板。再說，他這樣搞我，顯然只是要給他的朋友強尼·索頓爽一下而已。可是我又能怎樣，在這裡麥可·佛瑞司特最大啊。而且在我先前打電話找麥可·佛瑞司特的時候，我就知道我要吃很多苦頭了。

我承受了更多如此粗暴的羞辱，好像已經忍了一輩子。但是我完全不在乎。我什麼都不愛（只愛藥啦），我什麼都不恨（只恨阻止我拿到藥的人啦），我什麼都不怕（只怕沒藥嗑啦）。我也知道，如果佛瑞司特這種大便貨色存心不給我藥，也不會搞這一大堆大便給我吃。

不過，一想起佛瑞司特恨我的原因，反而讓我有些暗爽。麥可·佛瑞司特曾經迷上一個女人，可是這個女人很討厭他。這個女的後來也被我上過。搞過之後，那個馬子和我都不覺得有什麼大不了，但是麥可知道之後卻幹譙得要死。很多人都有這樣的經驗吧：你只想要得到你要不到的東西；可是送到你面前的東西呢，你卻一點也不會珍惜。人生就是如此，性愛方面也應該一樣！我以前也遭遇過同樣的鳥事，有失必有得，有得必有失，可是我不會太計較。每個人都會遇到這些鳥事嘛。然而，問題是，佛瑞司特這個鳥蛋卻一直為這件小事懷恨在心。佛瑞司特，只不過是一個賣藥的，心懷惡意的、浮躁的臭傢伙。可是我還是愛著他，他是有藥的好孩子嘛。

麥可漸漸玩膩了這個羞辱我的遊戲。他是一個虐待狂嘛，他看到塑膠洋娃娃的時候，一定要想辦法用針去刺一下。其實我很願意配合他多玩一會兒，但是我已經昏到無法再跟他玩無聊到死的玩

14 這一句是暗語。這些飯店並不是真的飯店，而是監獄。這裡列舉的地名——索頓、勃斯、彼德赫等地——都是以監獄聞名。至於「溫莎集團」，應是指溫莎家族，即目前在位的英國王室。現任英國女王伊利莎白二世就是「溫莎集團」的人。

15 指他是我的藥頭。

笑。最後他終於說：「錢帶了嗎？」

我從褲袋裡掏出皺成一團的鈔票，卑躬屈膝地擺在茶几上弄平。我滿懷敬意，完全把佛瑞司特當作老大[16]來膜拜，然後把錢奉送給他。這時候我才注意到，大肥婆腿上的石膏上面，有一條用黑色粗筆畫出來的箭頭，從她的大腿，一路指向她的兩腿中間，箭頭末端寫著一行大寫粗體字：**把老二插進這裡**。我的肚子開始覺得噁心了。我必須盡一切努力弄到麥可的藥，然後趕快離開這個鬼地方。麥可把鈔票從我手中抽走，然後，從口袋裡拿出兩顆白色的藥丸。我大吃一驚，因為我從來沒有看過這種鳥東西。那兩顆炸彈形狀的藥丸，外表裹了一層蠟。我發飆了，一股無名火衝上了腦門。不，並不是無名火，而是有來由的憤怒。這種憤怒會冒出來，要不是因為嗑了藥，就是因為沒有藥可以嗑。我惱火的是，我所要的東西，他媽的並沒有給我拿出來。

「這是什麼鳥貨？」

「鴉片。鴉片栓劑啊！」麥可的語氣變了，他說得小心翼翼，幾乎要對我道歉了。我發的一場飆，已經完全粉碎了我和他之間的病態共生關係。

「給我這種屁貨幹嘛？」我沒有多想就罵起來——我想想不妥，只好再擠出微笑。我的口吻奏效了。

「一定要我解釋，你才懂嗎？」他冷笑了，奪回他剛才被我剝落的傲氣。索頓怪叫，肥女怪笑。佛瑞司特發現我並沒有開心起來，只好繼續解釋：「你並不是想那種快速的爽吧？你並不需要快的，你需要慢的。你要的是一種慢慢帶走你痛苦的藥，讓你戒除藥品，對不對？所以這就是最好的東西，簡直就是為你量身定做的。這玩意會在你體內慢慢融化，慢慢產生效用，然後慢慢消失。醫院都是用這種東西啊，媽的。」

「你懂這玩意兒？」

「聽聽我的經驗之談吧！」他笑著說，但是他的笑容大部分都是向著索頓，而不是對著我。大肥女甩頭，把油膩膩的頭髮拋在腦後，露出一嘴的大黃牙。

我只好接受了他的建議，聽從他的「經驗之談」。於是我暫時告退，躲到浴室去搞定這兩顆仙丹。我非常匆忙地把兩顆藥塞進了我的屁眼，這還是我第一次把手指塞進自己的屎洞，有點茫茫的噁心感。我看著浴室鏡子中的自己：糾結的紅髮，滿頭大汗，蒼白的臉上長著痘痘。我有兩粒痘痘特別美，堪稱肉瘤。一個肉瘤長在臉頰上，另一個長在下巴。我和大肥婆可以湊成完美的一對醜八怪，我可以和大肥婆一起，乘著平底小船，徜徉在威尼斯的運河上，這樣的畫面真是有趣又變態。

我回到樓下，仍然覺得很不舒服，可是畢竟後面嗑了藥，所以還是很爽。

「需要花點時間，藥效才會出來，」佛瑞司特粗魯說道，我像一隻鵝，慢慢盪回客廳。

還用你說嗎？好東西都塞在我的屁眼裡了。那個索頓先生看見我受折磨，難得給了我一個安慰的微笑。我幾乎可以看見他那張爛嘴裡頭的血。肥婆看著我，表情很怪，好像我把她剛剛生出來的小孩殺了。她臉上的表情很痛苦，讓人無法理解——我看了很想一面大笑，一面尿褲子。麥可看起來好像很挫敗，一副我們在搞什麼飛機的表情，不過他他那股不可一世的銳氣已經緩和了下來，他已經沒有權力控制我了，早在我付款給他的那一刻，他就已經沒有權力控制我了。現在的麥可對我

16 指我的藥頭。

來說，不過只是購物中心裡頭的一坨狗大便；麥可甚至連狗大便都還不如。好了，可以走人了。

「再會啦！各位。」我對索頓和肥婆點頭道別。微笑的索頓對我友善地眨眨眼睛，彷彿他要用微笑照亮整個屋子。連肥婆也試著對我擠出一絲笑容。他們的表情更證明了我和麥可之間的權力關係已經大為改變。還需要更進一步的證明嗎？麥可甚至恭送我走出大門。他說：「有空出來混吧……對不起，剛才對你發飆啦。那個唐納利啊……他就是會讓人抓狂啦。那傢伙是個他媽的頭號大瘋子。有機會再和你聊一下啦！我們還是好朋友吧！馬克？」

「我有空會再來找你的！佛瑞司特。」希望我的語氣具有足夠威嚇麥可的意味，讓麥可有點不自在，就算他不是真的被我嚇到，也有點害怕。我不想和這個藥頭斷線，夠理智吧！畢竟我以後還是有可能需要他。但是我不可以朝這方面去想，如果我這樣想，就表示我有繼續嗑藥的打算，那麼我的整個戒藥計畫，就沒有意義了。

下樓之後，我已經忘掉痛苦了——至少，大部分的痛苦都解決了。我現在感覺到藥效了，身上的酸痛已經不算什麼了。我知道，自欺欺人是一件很荒唐的事，我欺騙自己藥效已經開始發作囉，但是那只是一種安慰性質的想法。可是，我最強烈的一個感覺，就是我沸騰的腸子，好像有很多東西在裡面融化。我已經五、六天沒大便，可是現在，大便好像都呼之欲出了。我放了一個屁，然後隨著那個屁的震動，我感覺到一小團黏屎噴到了我的褲子上。我趕快緊急煞車，死命用屁股的肌肉夾緊屁眼。但是現在情況緊急，如果我不馬上採取行動，後果將不堪設想。我想或許可以回去佛瑞司特的公寓大便吧，但是在這個節骨眼，我實在懶得再跟那個龜毛男扯東扯西。我想起購物中心後面的簽注站，有一間廁所。

走進煙霧瀰漫的簽注站，我直接奔向廁所。有夠機車，兩個人站在廁所門口，就直接尿在地板上，地板上已經鋪滿一吋臭氣沖天的尿。這副景觀讓我想起小時候游泳池外頭的洗腳池。兩個痞子正在甩掉屌上的尿，然後塞進褲襠裡，好像把一條髒手帕塞進褲袋。其中一個人猶疑地看著我，然後擋住我的路，不讓我進去廁所。

「朋友！爛馬桶塞住了，你不能去那裡大便。」他指著一個沒有馬桶蓋的馬桶，裡面漂著棕黃色的糞水、衛生紙，還有幾坨臭大便。

我很堅定地看著他說：「朋友！我他媽的一定要大便。」

「你不會在那個臭地方大便吧？」

我真走了狗屎運，遇到了這一帶最會主持正義的大俠。但是這傢伙讓查爾斯．布朗遜看起來簡直像麥可．福克斯小弟。他其實像貓王，是現在躺在土裡的貓王：肥肥的，已經腐爛的、嗝屁的豬頭。

「你給我滾開，老子可以在任何一個臭地方大便！」我的怒氣畢竟受到了重視，那個瘋子居然對我道歉了。

「我沒有冒犯你的意思，只不過附近的一些小痞子跑來這個地方嗑藥，叫人很不爽。」

「真是一群狗屎小怪胎，」他的朋友插入這一句。

「朋友！我喝了好多天的啤酒，我的肚子快要漲破了，我必須大便。馬桶確實很噁心，但是我如果不是大在那裡，就是大在我的內褲上。反正我已經喝得夠醉了，所以我不會計較馬桶多臭。」

這傢伙終於態度軟化，點點頭把通道讓出來給我。我走向馬桶，感覺到地板上的那一層尿，已經因毛細管原理被我的褲管吸收。我想起了那個荒唐的說法：我說我絕不要大便在自己的內褲上，可是我的內褲上其實已經承包了我的大便。沒想到我的運氣這麼好，這個慘絕人寰的廁所門鎖，居然沒有壞掉，真是讓我大吃一驚。想想公廁一向都被搞爛，這個門鎖竟然完好，真他媽的有夠神。

我趕快脫掉內褲，一屁股坐在冰冷潮濕的馬桶上，讓我的腸子大洩一番。我覺得身體所有的東西，胃、肝、脾、腎、肺、心臟、大腸、小腸，還有快要報廢的腦子，全部都從屁眼中流進馬桶。我一面大便，蒼蠅在我臉上亂飛，搞得我奇癢無比。我用手抓住了一隻，這隻蒼蠅在我的手心還蹦蹦跳跳，真是讓我感到又驚訝又有趣。我把手掌握緊，感覺到這隻蒼蠅再也動不了了。然後我打開手掌，那是一隻又大、又毛、又噁心的紅眼青蠅。

我把這隻蒼蠅的屍體抹在牆壁上，再拿這隻蒼蠅的內臟血液當顏料，用食指寫了一個「H」，然後再寫一個「I」，然後再寫一個「B」。當我要繼續寫「S」的時候，我手上的屍血顏料愈來愈淡了。沒問題，我從色彩比較濃的「H」那個字的上面借了些多汁的血漿，終於把我的「S」完成。[17]我把屁股向後坐，小心別跌進馬桶，然後開始欣賞我的曠世傑作。這隻曾經讓我煩得要死的臭蒼蠅，現在竟然昇華成了賞心悅目的藝術極品。我開始縱情思考這個事件在我生命中所象徵的積極意義。正當我沉醉在如此遐想的時候，一種讓我全身癱瘓的恐懼，突然重重襲向我的全身。我呆在哪裡，一動也不動，但是只有呆一下子。

我從馬桶上跌了下來，落地的膝蓋濺起了地板上的尿。我的牛仔褲在拚命地吸收地上的尿汁，但是我完全沒有力氣去管。我把衣服袖子捲起來，只遲疑了一下下，看了一下手臂上長滿疙瘩，偶爾會流血的疤痕，然後馬上把我整個手掌和手臂伸進馬桶內的那灘黃水。我非常用力的上翻下找，馬上找到了第一粒藥丸。我把黏在藥丸上的大便用手撥掉，這顆藥融化掉了一些，但是大部分還是保持原狀。我把這顆藥放在水槽上，然後找尋第二顆藥，我的手在整個馬桶的骯髒糞水中來回打撈，那都是慕爾赫斯和皮爾登地區的臭男人拉出來的糞尿屎湯。我閉口氣，幸運地找出了另一顆藥丸寶寶。好玄喔，這一顆比前一顆還要完美不缺。其實啊，對我來說，水比大便更噁心[18]。我的手臂沾滿棕色糞水，讓我想起穿T恤曬太陽一定會有的古銅色皮膚。黃色的糞水線一路上升到我的手肘，我要抓狂了。

儘管碰水會讓我覺得非常不舒服，但是我想還是該在洗手檯上，用冰冷的自來水沖沖我的手吧。我這輩子第一次這樣認真徹底地洗手，可是我無怨無悔。我用牛仔褲比較乾淨的部分擦了擦屁股，再把沾滿大便的內褲塞進馬桶，反正馬桶裡早就塞了一坨坨大便了，加入我的內褲，也沒什麼差。

有人在敲廁所的門，而我正在穿浸滿糞尿的牛仔褲。我的腿又開始覺得濕濕冷冷的，這種感覺比糞臭更難以忍受，更讓我頭暈目眩。

「喂！你在裡面幹什麼啊？我快要拉出來了！」

「等一下會死啊？」

我本來想趕快把這兩粒藥丸吞下去，但是一念之下，我趕緊懸崖勒馬。這種東西是用來塞在屁眼裡的，而且它們外面還包了一層夠厚的蠟。如果把這兩顆吞進我嘴巴，恐怕行不通。既然現在我

17 HIBS，西伯隊，是蘇格蘭足球隊名。
18 海洛英毒癮者非常討厭碰水。

已經把身體裡所有的糞物都拉乾淨了，我的寶貝還是回去老家好了。好啦，我把它們塞回去了。

離開簽注站的時候，有幾個人用奇怪的眼神看著我，等在後面排隊小便的人倒是沒有多說什麼。

走出簽注站的時候，我注意到貓王／布朗遜正對著電視比手劃腳。

到了公車站牌，我才發現這是又悶又熱的一天。我記得有人告訴我，今天是愛丁堡藝術節的第一天，他們真是選了一個好天氣。我靠在站牌旁邊的牆壁上，站著讓太陽烘乾我的牛仔褲。我看到32號公車來了，但是我動也沒動，因為我完全心不在焉。下一班車來的時候，我才打起精神，搭上這輛破公車，回到雷斯。我一面上樓梯一面想著，今天該好好梳洗一下啦！

駭過頭

我希望我那個愛幹屁眼的損友懶蛋，不要他媽的一直貼在我的耳朵對我噴口水。我的眼前正有個內褲線條清晰可見的妞兒，我想專心欣賞這幅美景，想辦法把這妞兒弄到手。沒錯，這就是我！我就是駭過頭，他媽的駭過頭！我的男性荷爾蒙最近一直在我身體裡亂竄，好像一顆彈球台上的鋼珠。令人抓狂的色彩與聲效，全部都在我腦子裡竄來竄去。

在這個一級棒、適合釣馬子的美麗午後，你知道懶蛋提出了什麼狗屎建議嗎？這個賤貨居然要回他的狗窩，那個爛地方充滿臭死人的酒氣、滿屋子都是酸敗的精液味道，還堆了好幾袋兩星期前就該扔掉的垃圾。他居然說要回去那種鬼地方看錄影帶喔。拉上窗簾，擋掉戶外的美好陽光，也擋掉你的狗屎腦波，然後像懶蛋男一樣，手裡拿一根大麻煙，像白痴一樣對著電視機播出來的各種垃圾吃吃傻笑。我－才－不－要！懶蛋先生，我，賽門，絕不可能像雷斯這種鳥地方的鄉巴佬和毒蟲一樣，只知道躲在黑暗的家裡，辜負美好的午後陽光。「因爲我生來就是要愛妳，妳也是生來愛我的……」[19]

……一個臭肥豬在那個內褲線條清晰可見的妞兒前面晃來晃去，結果我看不見俏妞的大屁股，反而看見肥豬的大屁股。肥豬竟然臉皮厚到去穿細腿緊身褲，完完全全徹徹底底傷害了我優雅賽門的品味！

「好個苗條妞啊！」我用嘲諷的語氣說。

「你他媽的，性別歧視的蠢屄[20]，」懶蛋說。

我很不想理會懶蛋這個混蛋。所謂朋友啊，只會浪費你的寶貴時間。他們只會降低你的水平，把你的社交、性愛、知識水準，搞得俗不可耐。我最好趕快把這個瘋子打發掉，免得他以為自己是老大。

「其實，當你同時用『性別歧視』和『蠢屄』的時候，代表你的腦袋對此事的判斷一團漿糊，你腦子裡的東西也一樣骯髒污穢，就跟你其他做過的爛事一模一樣。[21]」

我這麼一說，這傢伙就閉上臭嘴了。他很可悲地說了些自怨自哀的回應，企圖挽回劣勢。懶蛋0分；賽門得1分。我們都心知肚明，**懶蛋，懶蛋，你輸了！**

愛丁堡橋樑區的馬路上都是馬子。喔，喔啦啦，我們去跳舞吧，喔，喔啦啦，賽門跳舞吧[22]……每個來自各個種族、膚色和國家的美屄。噢，美屄喲。有兩個亞洲情調的馬子拿著地圖來問路。賽門想，亞洲情調的馬子，也可以上看看喔。至於懶蛋，滾吧！他真的是一個大爛貨，完全沒出息啦。

「需要我幫你嗎？你們要去哪裡呢？」我問道。我有傳統的蘇格蘭好客之道，你不會拒絕我的。

我是年輕的史恩．康納萊[23]，新上任的〇〇七，女孩呀，服務女人就是我的〇〇七新任務。

「我們要去皇家大道，」一口漂亮的英國殖民時代的口音，對著我的臉回答。唷，這個小妞，裝

在內褲裡的豐滿肉體呀。**聽我賽門說：我希望妳彎下蠻腰，翹起妳的馬達……**[24]

當然，此時的懶蛋雖然被四面八方的美屄包圍，可是他的屌根本沒有能力勃起。有時候我真的以為，懶蛋仍然相信老二會勃起，不是為了要上床，而是要讓小便可以射高一點而已。

「我帶路吧！你們要去看表演嗎？」沒錯，藝術節的好處，就是吸引馬子進城。

「是啊，」（瓷[25]）娃娃遞給我一張表演的傳單，是諾丁罕大學劇團演的布萊希特的《高加索灰欄記》。這些人一定是一群裝模作樣、尖聲怪叫的自戀狂，只會自我耽溺，口口聲聲說在為藝術奉獻，真他媽的可悲極了。這群混帳畢業之後，會去發電廠工作，讓當地的小孩子染上白血病死掉；再不然就是去當投資顧問，讓更多工廠關閉，更多人陷入貧窮和絕望。這些念大學的人，沒出息啦！你不同意嗎？史恩．康納萊？我的老朋友啊，以前一起送牛奶的伙伴？我想史恩．康納萊會對我說：「是啊！賽門，你眞是說到重點了。」史恩．康納萊和我有很多很多相同的地方。我們都是愛丁堡人，我們都當過送牛奶的人。我只在雷斯地區送過牛奶，但是史恩啊，那些老傢伙說的，史恩送牛

19 KISS的歌。

20 懶蛋用「蠢屄」罵賽門，不過賽門是男人不是女人。

21 因為「蠢屄」就是一個「性別歧視」的字，懶蛋說別人「性別歧視」自己卻用「蠢屄」一詞，就表示他自己的立場是自相矛盾的。另外值得注意的是，在此書中，「蠢屄」常常用在各種男人身上，意思近於「某甲某乙」、「白痴」。

22 這裡在影射「聽我賽門說」的遊戲，帶頭的人說什麼，其他的人就照作什麼。有點像是台灣小朋友玩的遊戲「老師說」、「請你跟我這樣做」之類，總之就是在表示賽門是帶頭的老大。

23 史恩．康納萊是出身蘇格蘭的名人。

24 這裡在影射注釋22提及的「聽我賽門說」的遊戲。

25 小寫的「中國」（china）在英文是指瓷器，可是這個字難免也讓人聯想起東方人，中國人。

奶送到全城呢！我想，當時童工的法律可能比較寬鬆吧。我們之間有一個地方不一樣，就是我們的長相。我，賽門，可比史恩帥多了。26

懶蛋啊，現在正在鬼扯布萊希特的戲劇，什麼《伽利略》啦，《勇氣媽媽》啦，《太陽神巴爾》啦，全都是狗屁垃圾。那兩個馬子好像還聽得滿有興趣的。靠，還真是想不通啊，懶蛋這個爛貨，還真的有點用處喔。真是他媽的光怪陸離的世界。我想史恩．康納萊會對我說：「是啊，賽門，在這個世界上見識愈多，相信的東西愈少。」史恩，你和我是同路的。

亞洲情調的馬子，去看表演了。看完表演之後，她們要約我們在迪肯酒吧碰面，喝點小酒。懶蛋沒辦法去，幹，真是太好了。他不陪我釣馬子，我會哭鬧到睡覺喔——才怪啦。懶蛋啊，要去找他的老相好，亞柔．莫嘉東小姐，那個可愛的亞柔．莫嘉東啊。交給我吧，我得一口氣搞定兩個東方女孩。我真是個忙碌的男人，責任感永遠放第一，不是嗎？史恩．康納萊會說，「一點沒錯啊！賽門。」

我把懶蛋打發走了。他可以去嗑藥或者去自殺。我真的是有一群狗屁損友：屎霸、第二獎、卑比、麥地、湯米：這幾個傢伙，合在一起可以幹什麼呢？可以開有—限—公—司了，股份超級有限的公司。唉，我受夠了，我老是和這些爛人混：沒出息的人、沒指望的人、酒鬼、街頭混混、毒蟲。我是個熱血青年，我有高昂的鬥志和行動力，我可以狂抽猛送，一路幹幹幹幹幹幹！

……社會主義派，他們儘管搞你那一套的同志、階級、你的工會和你的社會吧。狗屁！保守派，他們儘管搞你那套雇主、你的國家、你的家庭吧。更是狗屁！我就是我，我是你老父的賽門．大衛．威廉森，天字第一屌。站在擂臺上，我一個人對抗整個世界，而且啊，我大獲全勝喔。

真的好簡單！把世界都幹掉！史恩・康納萊會對我說，「賽門，我好喜歡你狂放的個人主義。我年輕的時候，也和你一樣胸有大志喔。」很高興聽到你這樣說，史恩。其他人也曾經這樣稱讚我。

嗯……我看見有個雀斑男人，戴了哈茲隊[27]的圍巾。

……是的，這些哈茲隊的貨色都在今天進城了。看看他的樣子，真是他媽反時尚的極致。我寧願有個當妓女給人幹的妹妹，也不要有個戴著哈茲隊圍巾的弟弟，沒錯，就是這樣……**唷！前面又來了一個俏妞……背著可愛背包……陽光色澤的皮膚……唔……吸她奶，插她，吸她奶，插她……**我們都要幹到爽為止。

……現在該去哪裡混呢？去健身房運動？那裡有三溫暖和日曬包廂……把身體曬得黝黑……嗑藥的事，只不過是一段不愉快的記憶啦。中國妞兒、瑪麗安、安德麗、阿麗……今晚，哪個幸運兒會被我狂抽猛送呢？誰會讓我插的最爽呢？為什麼是被我插？當然，我最會插啦。我甚至可以去酒吧釣人。那種地方的運作機制真是奇妙。有三組人馬：女人、男人，和同性戀。同性戀男人喜歡找那種有巨大三頭肌與啤酒肚的、保鏢型的異性戀男人；異性戀男人喜歡泡女人，女人卻喜歡身材勻稱、溫柔婉約的男同性戀。你哈他，他不哈你，沒有一個人搞得到他想搞到的，除了我，我是無往不利的，你說對不對？史恩？「對極了，賽門，」康納萊一定同意我。

我希望別碰到同性戀，上回想來釣我的那個同性戀。他在餐廳跟我說他有愛滋病，可是他過得很好，並沒有被判了死刑，他好的不得了，所以我可以放心和他幹。哪種貨色，會隨隨便便把這種

26這裡原文為「史恩出局」(out-Sean)，和「我比你搶眼」(outshine)為諧音。

27哈茲隊是足球隊名，是懶蛋、賽門這些人討厭的隊，懶蛋等人支持的足球隊，是西伯隊。

事告訴一個陌生人？我看他一定是在給我鬼扯。

低級庸俗的死玻璃……我想起來了，我得買幾個保險套……在愛丁堡，如果你和女人上床，根本不必擔心會得愛滋病。聽說古仔得了愛滋，是因為和一個有愛滋病的女人搞，可是我才不信。我想啊，他一定是給我偷偷把海洛英打到血管裡才得病，要不然就是給我偷偷摸摸去和男人玩插屁眼，否則，和女人幹怎麼會得愛滋病呢？如果你乖乖和懶蛋、屎霸、強尼，以及席克這些人一起用藥，你安啦，根本就不會有病。可是啊，嗯，何必挑戰命運呢？話又說回來，為什麼不去挑戰命運呢？

至少我知道我還活著好好的，知道我還是活生生的人，只要我還有機會找女人發洩，偷拿女人的錢，我就活很爽！這樣不爽嗎？別人的生活方式，我才不鳥呢，鳥個大屁啊！我他媽的心臟，像一個握得緊緊的拳頭，藏在我他媽的胸口，媽的它是一個大**黑洞**，只有我自己的生活方式，才可以滿足這個大黑洞……

在眾目睽睽下成長

雖然妮娜知道，母親對她很不爽，可是妮娜實在想不透，這一回她到底哪裡做錯了。母親表現出來的態度，讓妮娜感到困惑。一方面，母親叫她滾開；另一方面，母親叫她別光知道杵在原地不動。她的一群親戚們組成了一道人牆，把愛麗斯舅媽給團團圍住。從妮娜站立的地方，根本看不見愛麗斯舅媽。但是從房間裡傳出來七嘴八舌的嘰哩咕嚕聲音中，妮娜知道舅媽就在那房間裡。

妮娜的媽媽看到她了。媽媽瞪著妮娜，好像她是個九頭蛇妖上的一個怪頭。妮娜聽見人們吱吱喳喳說，「唉呀唉呀」、「他生前真是好人啊」，她也看到媽媽的嘴唇示意：「送茶！」

她試圖不去鳥母親的指令，但是母親一直發出嘶嘶聲音催促。她在大房間的另一頭，對著妮娜頻頻指示：「泡多一點茶。」

妮娜把手上的《新音樂快報》（NME）丟在地上。她從搖椅上站起來，走向大餐桌，拿起一個托盤。托盤上有一只茶壺的托盤，以及一個幾乎淨空的牛奶罐。

妮娜在廚房的鏡子中，檢視著自己的臉，原來嘴唇上方長出了一個小點。她的頭髮斜剪得很有形，雖然前一晚才洗過頭，頭髮仍然看起來油油的。她摸摸肚子，感覺自己水腫了，肚子裡都是水。她的月經該來了，真是很討厭。

這個詭異的哀悼盛會，讓妮娜覺得自己像個局外人，因為整個過程實在很不酷。安迪舅舅過世了，她看起來卻漫不經心，而且很冷淡——其實，她有一部分的神情是裝出來的。安迪舅舅曾經是她小時候最喜歡的親戚，舅舅會逗她笑。大家都這麼告訴妮娜，她也回憶起來了：舅舅講笑話、哈癢、玩遊戲、放縱她吃冰淇淋和甜點。但是在過去的她和現在的她之間，妮娜感覺不出一絲情感的聯繫，因此對於安迪舅舅，她也沒有太多感覺。聽這些親戚回顧她嬰兒時期和小時候的故事，只讓她感到羞赧、侷促。她的過去，好像都是她現在要努力拒絕接受的。更慘的是，她的那些過去，一點也不酷。

至少，她的確穿了表現哀傷的衣服。在場的每個人都在提醒她，大家都很悲傷喔。她覺得這些親戚都無聊的要死。他們過著恐怖而俗氣的生活。一種淒涼陰鬱的聚合力，讓他們聚集在這裡。「現在的女孩子啊，只會穿黑色。在我們以前啊，女孩子會穿著很多明亮漂亮的顏色，哪像現在啊，一個個穿得活像吸血鬼出巡。」一波波舅舅，又肥又笨的波波舅舅這樣子說。親戚們聽了都開懷大笑。每位親戚都發出愚蠢而小家子氣的笑聲。那種神經質的笑聲，讓她聯想起小孩子跟在學校霸凌身邊的緊張乾笑，卻不像大人聽見笑話時發出來的聲音。大家發笑，只不過是想消除緊張而已。在死神面前，這些人竟然團結在一起了。安迪舅舅去世，讓這些人更急於找一些無聊的話題來笑一下。

茶壺裡的水滾了，妮娜泡了另一壺茶，端了出去。

「別擔心，愛麗斯，不要擔心。妮娜送茶過來了，」愛薇兒阿姨說。妮娜想，搞什麼啊，這些老女人以為紅茶包泡出來的茶會有什麼神效嗎？她們以為寡婦喝了茶之後，就可以撫平傷痛，不再在乎二十四年的夫妻關係結束嗎？

「心臟問題，是最麻煩的了，」肯尼舅舅說：「幸好他沒有受苦太久。癌症末期，才真是痛苦的折騰呢。我們的爸爸也是心臟病去世的。這是我們費茲派屈克家族的詛咒啊！喔，我就是在說你的祖父啦。」他看著妮娜的表哥馬肯，臉上露出了微笑。馬肯雖然是肯尼舅舅的外甥，卻只比肯尼舅舅小四歲，而他的樣子看上去，比肯尼舅舅還要老。

馬肯大膽說道：「有一天，這些心臟病、癌症，都會被世人遺忘掉的。」

「是呀！醫學能夠解決一切的。你的老婆愛莎還好嗎？」肯尼降低音調說道。

「她準備要做另一個手術，輸卵管手術。他們顯然做了——」

妮娜轉過身，離開那個房間。顯然馬肯只想談他老婆的手術，讓他們可以生孩子的手術。這些細節啊，讓她指尖發麻。為什麼有人會以為別人想聽到這種東西？哪種女人願意經歷這一切生育的麻煩，只為了弄出一個成天只會尖叫的小搗蛋？哪種男人會鼓勵女人去做著種事啊。妮娜走到了大廳，門鈴響了。凱西舅媽和大偉舅舅[28]來了。他們大老遠從雷斯趕來波尼雷格。

凱西舅媽擁抱妮娜，並說：「喔！親愛的，她在哪？愛麗斯在哪裡？」妮娜很喜歡凱西舅媽。她是所有的女性長輩之中個性最爽朗的，而且，凱西舅媽不會把妮娜當小孩子對待，而是當成一個大人來尊重。

28這兩人就是此書主角懶蛋的父母。

凱西舅媽上前擁抱愛麗斯舅媽，然後抱愛琳（也就是妮娜的媽媽）、肯尼舅舅，以及波波舅舅。妮娜覺得這樣的順序很有趣味。大偉舅舅則嚴肅地和每個人點頭致意。

「天啊！大偉，你開那台老旅行車趕來這裡，一點也沒有擔誤時間啊。」波波舅舅說。

「是的，我們繞小路，先接到普托貝拉，然後在波尼雷格前面下公路。」大偉舅舅很細心地解說他們的行程。

門鈴又響了，這回來訪的是我們的家庭醫生，西姆大夫。他的態度又機靈又實際，但是仍然表現出一絲哀傷。他企圖表現出一種憐憫，但是同時也要維持他的專業形象，給家屬信心。西姆大夫認為自己的表現頗恰當。

妮娜也這麼認為。這群激動的婆娘爭著和西姆大夫說話，好像一群粉絲圍著一位搖滾巨星。一會兒之後，波波、肯尼、凱西、大偉和愛琳，全都跟著西姆醫生上樓去了。

他們離開房間走上樓的時候，妮娜發現自己的月經來了，於是她也跟著上樓去處理。

「妳也來幹嘛？」愛琳回頭數落她的女兒。

「我只是要去浴室。」妮娜氣沖沖地回答。

在浴室裡，妮娜脫掉了身上的衣服。她先脫掉黑色的花邊手套，檢查一下月經造成的損害有多少。她發現經血已經流到內褲上，但是還沒流到她的黑色細腿長褲。

「該死！」她說，幾滴濃黑的經血滴到了浴室地毯上。她撕了幾張衛生紙，貼在私處，以免血繼續流出來。然後她開始搜尋浴室櫃子，卻找不到衛生棉條或衛生毛巾。難道愛麗斯姨媽已經沒有月經了嗎？恐怕如此！

她又把衛生紙沾了水，想把地毯上的血漬清理乾淨。

妮娜小心翼翼地踏進淋浴間，沖洗身體。之後，她又用捲筒衛生紙做了一個護墊，用來防血，然後快速穿上衣服，把洗臉台裡面洗好的內褲擰乾，然後塞進上衣口袋。她順便把嘴唇上的痘痘擠了出來，感覺好多了。

妮娜聽到那群婆婆媽媽離開房間，開始下樓了。這真是一個狗屁地方，她很想趕快離開這裡。她留在這裡唯一的目的，就是或許有機會跟媽媽要錢。她本來計畫和莎歐娜和崔西一起去愛丁堡卡爾登劇院看樂團表演。但是，月經來的時候，去哪裡都完全沒興趣。莎歐娜說過，男生都知道女生月經來了沒有；不管女生如何偽裝，男生一聞就聞出來了。莎歐娜很懂男孩子。她比妮娜小一歲，但是已經和男生幹過兩次了，一次是跟葛藍．雷帕做，另一次是跟一個她在艾維摩爾遇到的法國男孩。

妮娜還沒有跟男生做過，她還是個處女。幾乎每個女生都告訴妮娜，跟男人做愛爛透了。男生太笨，脾氣太壞，太無趣，太容易激動。可是，妮娜很享受自己在男孩身上施展的魅力：男生動都不動，像呆子一樣流口水看著妮娜的表情，讓妮娜感到很過癮。如果她要和一個男生做愛，她希望和一個搞清楚自己在幹嘛的男人做。一個比較年長的人吧！但是絕對不是肯尼舅舅那種的。肯尼看妮娜的時候，好像一隻狗：他的眼睛佈滿血絲，舌頭在嘴唇上亂舔。妮娜有一個奇怪的念頭：她覺得肯尼舅舅以前年輕的時候，一定就像和莎歐娜交往過的那些笨男生一樣。

既然月經來了，可能沒辦法去看樂團表演，另一個選擇是在家裡看電視了。這也表示，她得和媽媽以及笨的要死的弟弟，一起看〈布魯斯．弗辛司的兩代同堂機智比賽〉。每次到了節目最後，獎品從輸送帶上傳下來，主持人就用怪里怪氣的腔調唸出獎品的內容，全家就會亢奮得不得了。母親不讓妮娜在客廳面吸菸，可是，母親自己卻讓她那個智障男朋友豆雞在屋子裡抽菸。這個不打緊，她寧可在家裡得癌症和心臟病，也不要去酒吧被男生開玩笑。可是妮娜想要抽菸，就得去樓上，很麻煩。她的房間很冷，等到她打開暖氣，讓屋子暖和起來之前，她大概已經抽掉了一包二十支的萬寶路了。無聊的遊戲綜藝節目，全部都去吃大便吧！今晚，她寧可去看樂團表演，碰碰運氣。

離開浴室之後，她又進房間看了一下安迪舅舅的屍體。屍體躺在床上，床單蓋得好好的。她想，可能有人把他的嘴巴閉上了吧。他的樣子看起來好像醉酒而死、打架而死，像是凍死的，好像臨死前還想跟人家討論足球和政治。他的屍體又瘦又乾，不過，安迪舅舅本來就是瘦瘦乾乾的。妮娜還記得安迪舅舅在她的肋骨上哈著她癢，當時他手指頭也是一樣瘦削。或許，安迪舅舅一直都是死人德性。

妮娜沉住氣，打開愛麗斯舅媽的抽屜，看看有沒有內褲可以借穿一下。抽屜的最上方，擺著安迪舅舅的襪子和內褲。愛麗斯姑媽的內衣褲在下面第二層抽屜。愛麗斯姑媽的內衣褲竟然如此多采多姿，讓妮娜大吃了一驚。妮娜拿起內衣在自己身上比一比，尺碼好大，長度幾乎到她的膝蓋，又拿起了一些太小的花邊內褲，妮娜根本無法想像愛麗斯姑媽穿著這些性感小東西的樣子。有一件褲子的質料，和妮娜的花邊手套一樣呢。她把手套脫了下來，摸摸看這條褲子的質感。雖然她很喜歡，但是她還是挑了一件粉紅花內褲，然後進浴室穿上。

下樓的時候，妮娜發現酒取代了茶，變成了這次聚會的主要社交催化劑。西姆醫生手上拿著一杯威士忌，站著和肯尼舅舅、波波舅舅，以及馬肯談話。她很好奇馬肯會不會向大夫問起關於輸卵管的事。這些男人喝酒的時候，看起來很沉痛的樣子，好像喝酒是很委屈的差事。房間裡雖然還是氣氛悲傷，可是大家顯然都鬆了一口氣，感謝上天那個老傢伙終於死了。這已經是安迪舅舅第三次心臟病發作，現在他終於下台一鞠躬了。大家往後都可以安心過日子，不必再擔心接到愛麗斯的緊急電話，急忙從床上跳起來探視親人。

另外一位表哥喬夫，麥基的弟弟，也趕過來了。他看著妮娜的眼神，讓妮娜感覺到一種類似恨意的情結。那是一種讓人緊張不安的奇怪感覺。這位表哥也是個痞子；妮娜所有的表兄弟都是痞子，至少她認識的都是。凱西舅媽和大偉舅舅（他是從格拉斯哥來的，是個新教徒）有兩個兒子：比利剛剛從陸軍退役，而馬克呢，可能是個毒蟲。他們倆沒來；可能他們根本不認識安迪舅舅和波尼雷格這邊的一班人。他們可能會去參加葬禮吧，也可能不會。凱西和大偉曾經有過第三個兒子，叫做「大偉二世」，卻在一年前過世了。大偉二世的心理和身體都有很嚴重的缺陷，大半的歲月都在醫院裡度過。妮娜遇到過他一次，他坐在輪椅上，嘴巴張開，眼神空洞。她不知道凱西舅媽和大偉舅舅是如何看待孩子的死亡。當然他們很悲傷吧，可是可能也覺得解脫了。

可惡！喬夫跑過來要跟她講話了。妮娜曾經把喬夫介紹給莎歐娜。莎歐娜說過喬夫長得像「濕濕濕」（Wet Wet Wet）合唱團的馬蒂。妮娜根本討厭「濕濕濕」，也討厭馬蒂，不過啊，喬夫長的一點也不像馬蒂。

「妳好嗎？妮娜？」

「很好啊！安迪舅舅去世了，真是遺憾。」

「是啊！還能怎麼說呢？」喬夫聳聳肩，他才二十一歲，但是妮娜覺得二十一歲的男人已經很老了。

「所以，妳什麼時候畢業啊？」喬夫問道。

「明年。我現在就想離開學校，但是我媽媽要我留下來繼續讀。」

「還在修課喔？」

「對呀！」

「妳在修哪些課？」

「英語、數學、算數、藝術、會計、物理，當代研究。」

「妳都會過關吧？」

「是啊！都不太難，除了數學。」

「然後妳要做什麼呢？」

「找工作，或者再做打算吧。」

「不想再念大學了嗎？」

「不想。」

「妳應該去念大學喔。」

「為什麼？」

喬夫思考了一下這個問題。他最近剛拿到英國文學學位，可是目前正在靠救濟金過日子。他大學畢業的同學，處境也一樣遜。「大學是個很好的社交空間喔！」他說。

妮娜看得出來，喬夫注視著她的眼神，並不是出於一種懷恨，而是出於一種慾望。他來到這裡之前，顯然喝過酒；他已經失去了自我控制的能力。

「妳發育得不錯喔。」

「對呀！」妮娜臉紅了，她知道自己在耍風騷，而且她引以為恥。

「想出去走走嗎？我的意思是說，妳可以去酒吧嗎？我們可以去喝一杯喔。」

妮娜在心裡估算了一下——就算去酒吧聽他講那些學校的狗屁話，也比留在這裡好。但是，他們一去酒吧，就會被人看見——這裡是閒話滿天飛的波尼雷格小地方啊。無疑會傳到莎歐娜和崔西那裡，人人都會很想知道這個黝黑、年紀又比較大的男人是誰。真是個製造八卦的大好機會，不可輕易錯過。

此時，妮娜想起了她的手套。她心不在焉地把手套掉在安迪舅舅房間的上方抽屜裡。她先向喬夫告退一下：「好啊！可是我先去一下洗手間。」

那副手套仍然在上面的抽屜裡。妮娜拾起手套，放進了衣袋中，但是她的濕內褲也在口袋裡面，於是她只好趕快把手套拿出來，放進另一個衣袋。她看了看安迪舅舅的屍體。好像有點不對勁，屍體在流汗，在痙攣。老天爺！妮娜確定她看到安迪舅舅在痙攣抽動。她摸摸安迪舅舅的手，竟然是溫熱的。

妮娜奔下樓喊著，「安迪舅舅……我看到他在動……我想他還沒死……你們大家快來……他好像沒死……」

屋子裡的人用不可思議的表情看著妮娜。肯尼第一個反應過來，他一步三個階梯飛奔上樓，大偉和西姆醫生也隨後跟上。愛麗斯嘴巴張著，身體緊張地抽搐，壓根有聽沒有懂。「他是個好人……

從來不會打我……」她神情恍惚地呻吟著。她的心裡浮起一股動力，鼓舞她跟著大家爬上樓梯。

肯尼感覺到他哥哥的額頭在流汗，他的手也是。

「他的體溫恢復了！安迪沒死，**安迪沒有死啊！**」

西姆醫生正要檢查安迪的屍體，但馬上被愛麗斯一把推開。愛麗斯掙脫人牆，趴靠在安迪溫暖、穿著睡衣的身體上。

「安迪，安迪，你聽得見我嗎？」

安迪的腦袋甩到一邊，他臉上愚蠢凍結的表情，完全沒有改變。他的身體仍然軟綿綿的，毫無生氣。

妮娜神經質地咯咯笑了起來。親屬抓住愛麗斯，好像把她當作危險的精神病患。每個人都在低聲安慰愛麗斯，而西姆醫生正在檢查安迪的屍體。

「很抱歉，費茲派屈克先生是真的去世了。他的心跳已經停止了，」西姆醫生沉痛說道。他站起身，把手伸進床單裡。然後他又彎腰，拔掉牆角的一個插頭。他從棉被下面抽出一條白色電線——電線上還有個電源開關。他把電線舉起來給大家看。

「有人把電毯打開了，電毯把死者烤熱，所以屍體還會流汗。」西姆醫生解釋了真相。

「老天爺，全能的基督啊！」肯尼笑出聲來！他看到喬夫的眼睛正在冒火。為了給自己找台階下，肯尼說：「安迪也會被他自己嚇死吧！安迪才沒有幽默感呢，這種事他也受不了的。」他把手掌攤向外，擺出無奈狀。

「你這個混帳……愛麗斯還在這裡，你卻說些不三不四的話……」喬夫在盛怒中，結結巴巴地說，然後一轉身，拂袖而去。

「喬夫，喬夫，老哥啊，等一下……」肯尼懇求道。

大家聽到了摔門的聲音，喬夫走了。

妮娜以為她自己也會被這個復活鬧劇嚇死。為了壓住體內奔竄的笑意，她兩邊腰肋好痛。凱西用雙臂擁抱著她。

「沒事了！親愛的。好了！別擔心了，」她說。妮娜這才發現，原來她自己已經哭得像個小嬰兒。那是身體的壓力退潮後收束不住的生猛哭泣，一種自己也不明白的放任。她哭累了，身體內的壓力漸漸地釋放出來。她軟綿綿地倒在凱西的懷裡。回憶，美麗的童年回憶，像潮水般浮上她的意識。她舅舅與舅媽的這間屋子的確曾經有過幸福與愛啊。

新年大勝利

「新年快樂！小豬頭！」法蘭哥雙臂緊緊環繞著史帝夫的頭。史帝夫覺得脖子的肌肉都要裂掉了！他太緊張，太嚴肅，太不自在，只好苦苦掙扎，跟著這群人起舞。

他盡量擠出一些熱情，回報這些歡樂的人群。眾人紛紛互祝新年快樂，陌生人之間也打過來拍過去。他遲疑的手受到擠壓了，他僵直的背被人拍打，他緊閉的嘴唇，莫名其妙地被人親吻了。但是他腦子裡唯一想到的，是電話、倫敦，還有史黛拉。

史黛拉沒有打電話過來，更糟的是，他打電話去找史黛拉的時候，史黛拉根本不在家。她甚至也不在她的母親家。史帝夫回到愛丁堡的時候，凱斯．米拉就有機可乘，偷吃一把。米拉那個王八蛋，就會佔人便宜。史黛拉和米拉兩人現在肯定搞在一起，搞不好昨晚也在一起搞。米拉是個混球，史帝夫也一樣，史黛拉也一樣。這幾個人根本就是在比爛。但是史黛拉卻是史帝夫眼中最美的人兒。基於這一點，史黛拉比較不那麼爛——其實，她一點也不爛。

「拜託放輕鬆！小豬頭，新的一年來到了啊！」法蘭哥的語氣並不是在鼓舞人，而是命令人——他在命令人家一定要慶祝新年。他就是這個樣子。在這種不得已的時候，人們就只好強迫自己去享樂。這種強迫性享樂，其實並不是必要的，因為此刻他們正駭得嚇人。史帝夫剛才還在想著倫敦的那一個男女私情的世界，現在叫他加入這個眾人齊駭的世界，真的很難。現在他發現身邊的人在看著他。這些人是誰啊？他們想幹嘛啊？答案是：這些人都是他的朋友，他們要史帝夫跟大家一起爽快。

唱盤上放著一首歌，流進他的心，加深了他的悲哀：

我愛一個小妹，一個美妙美妙的小妹，
她像山谷青草青，
她呀青草青，
美妙又艷麗的花兒，
瑪莉，我的蘇格蘭燈籠花。[29]

大家很有勁地放聲合唱。「哈利．蘭德爵士寫的歌，真是太屌了！新年了啊！」道西說著。在四周團歡欣鼓舞的臉龐當中，史帝夫卻更加感受到悲哀。這種感傷就像一個無底洞，而他卻一直在洞中快速墜落，離歡樂時光愈來愈遠。歡樂時光引誘他，似乎一觸可及，卻永遠抓不到。史帝夫可以看得見歡樂，因為那就在他的四周。但是他的心卻是一座冷酷的監獄，只容許他被囚的靈

29 蘇格蘭傳統歌謠〈I Love a Lassie〉。

魂一窺外面的歡樂。就這樣。沒了。

史帝夫喝了一口啤酒，希望今晚不要破壞了別人過新年的好興致。不過，法蘭哥．卑比是個大麻煩。這裡是他的公寓，他絕對會要求每個人一定要快樂到死。

「史帝夫，我幫你弄到了晚上的球賽入場券。你要去和強伯族[30]坐在一起喔。」懶蛋告訴他。

「大家都不去酒吧看轉播了嗎？反正看衛星實況就好啊！」

變態男正在和一個史帝夫不認識的小個子黑髮妞兒講話。變態男聽到了史帝夫的話，就轉過頭來對他說：

「你在搞什麼機車啊？史帝夫？你在倫敦住太久，真的學會了一堆壞習慣。告訴你，我討厭死了電視上的足球轉播。那就像是戴套子幹人的感覺。安全性行為去給狗幹，安全的足球轉播去給狗幹，所有安全的東西都去給狗幹。我們最好建立一個安全無比的美麗狗屁新世界！」他憤慨地說著，臉孔扭成一團。史帝夫差點忘記，變態男的怒火可以猛烈到什麼程度。

懶蛋對變態男的意見表示同意。史帝夫想：這還真是不尋常啊，變態男和懶蛋兩個人專門扯彼此的後腿。通常如果其中一個人說「糖」，另外一個就會說「大便」[31]。懶蛋說：「他們應該禁止足球比賽的電視實況轉播，把那些又懶又肥的屁蛋一個個拖到足球場現場去才對。」

「我真的被你感動了！」史帝夫以投降的語氣說道。

不過，懶蛋和變態男才和諧了一下，沒多久又起衝突了。

「你可不可以抬起你的屁股啊，沙發先生，你一直坐在沙發上！如果你可以十分鐘不碰海洛英，今年看到的比賽鐵定比去年多。」變態男冷笑說道。

「你他媽的膽子夠大啊！」懶蛋轉向史帝夫，但不忘把拇指朝下，對著變態男做出輕蔑的手勢。「難怪人家都叫你『大藥局』。你身上的藥多得簡直像在開藥局。」

他們倆吵來吵去。史帝夫以前還滿喜歡看他們鬥來鬥去，但是現在，他只覺得很煩。

「別忘了，史帝夫，我們二月的時候要聯絡喔！」懶蛋說。史帝夫臉色凝重地點點頭。但是他希望懶蛋忘掉這個朋友之間的約定，或者乾脆別來找他。懶蛋是個好兄弟，但是他有嗑藥的問題。如果在倫敦，他會馬上重蹈覆轍，跟著東尼和尼基那夥人，一頭栽進毒品世界裡。這一夥人總是在蒐集假地址——可以讓他們向政府盜領救濟金的假地址。懶蛋好像從來沒有工作過，但是他總是有錢花。變態男也是一樣，只不過變態男把別人的錢當作他自己的錢，而他自己的錢，當然就是他自己的錢嘍！

「球賽結束之後，去麥地家開派對！他的新家在羅恩街，要準時喔！」法蘭哥．卑比對著他們喊著。

又是一個派對喔！哎！對於史帝夫而言，參加派對好像是上班，好苦好苦。新年派對永遠沒完沒了。一直要到一月四日，這股派對熱才會稍微冷卻一下，派對和派對之間，才會有一些間隔空檔。這些間隔空檔也會漸漸愈來愈長，最後會拉長到一個星期，只有週末才舉行派對。

新年來湊熱鬧的人愈來愈多，小公寓鬧騰騰。史帝夫以前從來沒有見過這個死不要臉的法蘭哥這樣怡然自得。就連拉布．麥克勞林，大家都叫他「第二獎」，他躲在卑比簾子的後面喝得死去

---

30 強伯族（Jambo），是一支球隊的球迷俱樂部。

31 英文中，常用「糖」和「大便」當作對比。「你要糖還是要大便？」（你要好東西還是壞東西？）的說法在英文常見。

活來，也沒人理他。第二獎已經爛醉了好幾個星期。過新年，正好是這種人的藉口，可以一直醉下去，讓別人看不出他們喝醉的爛樣子，反正大家都一樣醉到爛。以前，第二獎的女朋友卡蘿為了抗議他的惡行，氣得拂袖而去。但是第二獎壓根不知道卡蘿今天也來了。

史帝夫移駕到廚房，這是個比較安靜的地方，至少他可以聽得到電話的聲音。他就像個雅痞上班族，離家的時候還留了一張清單給他媽媽，單子上列出了他可能去的地方的電話號碼，如果史黛拉打電話過來，他媽媽可以轉告她，讓她找得到史帝夫。

史帝夫曾經在肯提許鎮一家酒吧的黑暗死角，對史黛拉吐露他的真情。不過這家酒吧他們其實並不常去。史帝夫對她表白心跡。史黛拉卻說，嘿，她必須好好想一下，史帝夫的舉動把她嚇了一跳啦，她無法馬上弄清一切，馬上給他回應。史黛拉說，等史帝夫回蘇格蘭之後，她會回電話給他。情況就是如此！

他們離開了酒吧，各自朝著不同的方向走開。史帝夫走向地鐵站，準備搭地鐵回列王十字區，他的肩膀上背著一個運動背包。他停了下來，回頭望去，看著史黛拉走過橋。

史黛拉鬈曲的棕色長髮在風中搖曳著，她穿著短大衣，短裙子，厚厚的黑色羊毛緊身襪，以及一雙九吋的馬汀大夫皮靴。史帝夫等著她回頭再看他一眼，但是她並沒有回頭。絕望之下，史帝夫在車站買了一瓶蘇格蘭金鈴牌威士忌；一路喝到威佛利車站的時候，他早已醉到騷擾同車人。

從那時候起，史帝夫的情緒一直很鬱悶。他坐在廚房的塑膠料理檯上，對著地上的磁磚深思。法蘭哥的女朋友君恩走進廚房，對他微笑了一下，然後開始緊張地找酒喝。君恩從來不說話，一和人來往就很彆扭。平時法蘭哥話多，把君恩的話都說光了。

君恩離開廚房之後，妮可拉又進來了。屎霸正在追她，總是跟在她屁股後面，好像一隻流著口水的忠狗。

「嘿……史帝夫……新年快樂啊……」屎霸慢聲慢氣的說。

「我們早就互道新年快樂了！屎霸。我們昨晚在特隆區有碰到面。你記得嗎？」

「喔……對呀！放輕鬆點嘛，」屎霸打開冰箱，瞄一下，拿了一瓶蘋果酒。

「你好嗎？史帝夫，倫敦的生活還愉快嗎？」妮可拉問。

史帝夫心裡想：「爛透了！」妮可拉是個親切的女孩，我要把這件事告訴她……不行！這樣不好……還是告訴她好了！史帝夫開始對妮可拉傾吐心中的鬱悶。妮可拉很關心地諦聽著，屎霸偶爾也同情地點點頭，真是他媽的夠沉重。史帝夫覺得好像把自己的人生說得很遜。但是他一說就停不下來。屎霸聽了一下就落跑了，換凱莉進來聽，然後琳達也加入了他們。前面客廳的人已經唱起足球歌曲了。

妮可拉拋出了最實際的建議：「打電話給她，或者等她打過來，或者直接過去找她。」

「史帝夫，給我滾過來！」卑比大吼。史帝夫乖乖地被拖到了外面大廳。「媽的勒！你給我在廚房跟女生談心喔！你簡直比變態男那個混蛋還要賊。那個純粹爵士派的花花公子。」卑比指著正在和一個女孩交頭接耳說悄悄話的變態男。他們先前偷聽到變態男對那個女孩形容自己是個「純粹爵士派」。

我們都去綠油油的都柏林——……他媽的綠油油女皇！

頭甲在陽光下發亮——……他媽的杭士[32]陽光！
獵刀見血，獵槍進攻，
回應湯姆生[33]的槍響。

史帝夫憂愁地孤坐著。在這麼吵的地方，萬一電話鈴響了。他也根本聽不見。

「給我閉嘴，」湯米叫著：「這是我最喜愛的歌，別干擾我。」愛爾蘭抗議樂團「武夫同志」（Wolfetones）正在唱〈巴納海灘〉（Banna Strand）這首歌。湯米跟著其他人一起哼唱著：

可愛的巴納海灘……

當「武夫同志」的另一首歌〈詹姆斯·康諾利〉（James Connolly）傳出來的時候，有些人感動到眼眶濕潤。蓋夫對懶蛋說，「這個反抗份子太屌了[34]，是最屌的社會主義者，也是最屌的西伯隊[35]球迷。」懶蛋陰沉地點點頭。

有人開始隨著音樂唱著，其他人也在音樂聲中繼續交談。當〈老軍旅男孩〉（The Boy of the Old Brigade）播放出來的時候，屋子裡就沒有人再說話了，大家全部一起唱和，甚至那個忙著跟女生拉勒的變態男，也唱了起來：

噢，父親啊，在這美好的復活節早晨，

你爲什麼這麼傷悲——

「唱啊，小子！史帝夫，」湯米用手肘撞著史帝夫的胸口。卑比開了一瓶啤酒，塞進史帝夫手中，還用手臂摟住史帝夫的頸子。

愛爾蘭的男人

爲自己的出生地如此驕傲——

史帝夫害怕唱歌，他感覺歌聲中帶著一種迷惘的威脅感。好像如果每個人都大聲高唱，他們的兄弟情誼就會更加團結。沒錯啊，就像這首歌的歌詞，這是一種「搖旗吶喊」的音樂。但是，這種熱血精神，似乎和蘇格蘭與新年沒什麼關聯吧。那是一首抗爭戰鬥的歌曲。史帝夫並不想跟什麼人戰鬥。但是，那確實是一首很美的歌。

宿醉的感覺被一杯杯的黃湯逼得無路可逃的時候，就可能會變本加厲。宿醉的感覺會變成大怪物，讓人害怕無比。眾人一直喝酒，喝個不停，直到醉醒，直到他們的腎上腺素被燃燒殆盡。

---

32 杭士，是指格拉斯哥的球迷俱樂部。此書的主要角色位於愛丁堡，當然把杭士視為敵人。

33 湯姆生，是出身於都柏林的足球球員。

34 這個反抗者，是指 James Connolly，指與英國對抗的北愛份子。

35 懶蛋和變態男支持西伯隊；他之前在廁所用蟲血寫出來的字，就是西伯隊的隊名。

當我像你一樣是個年輕孩子的時候，
我參加了北愛爾蘭共和軍——共和軍的地方部隊！

走道上的電話鈴響了，君恩上前接了電話，然後卑比把電話從她手中搶過來，趕走君恩。君恩像個遊魂似地退回到大廳。

「什麼？你說什麼啊？找史帝夫啊？等一下喔！不管你是誰，祝你新年快樂，甜心寶貝……」他走到了前廳：「史帝夫，有個俏妞打電話找你。聽起來他媽的酷，是倫敦打來的喔。」

「好小子！」湯米大笑。史帝夫從沙發上彈了起來，他憋尿憋了至少半個小時，擔心自己兩腿發軟，實在不敢相信自己的腿現在居然還可以正常運動。

「史帝嗎？」史黛拉總是叫他「史帝」，而不叫他「史帝夫」。倫敦的朋友都是這樣稱呼他。「你在哪裡啊？」

「妳到哪裡去了啊？史黛拉？我昨天一直打電話找妳。妳在哪裡？妳在做什麼啊？」他幾乎要問出口：「妳和誰在一起？」但是他忍住了，沒問。

「我在琳恩家啊！」喔！當然，琳恩是她的妹妹，好像住在青佛，還是其他同樣無聊恐怖、無處享樂的地方。史帝夫感覺好了許多。

「新年快樂！」史帝夫鬆了一口氣，充滿著喜悅。

電話聲音不見了，對方在丟銅板。原來史黛拉不在家裡，她在哪裡呢？在酒吧裡？跟米拉在一起嗎？

「新年快樂，史帝。我在列王十字區的車站，十分鐘之後要搭火車到愛丁堡。你十點四十五分可以跟我在車站碰面嗎？」

「我的老天！妳開什麼玩笑……十點四十五分我哪裡也不會去，只會去車站。史黛拉，妳讓我的新年快樂極了……那天晚上我對妳說的話……你知道……永遠是真心的。」

「太好了，因為我覺得自己喜歡上你了……我一直在想你。」

史帝夫強忍著控制自己，他的眼眶上堆滿了淚水，一滴眼淚終於離開原位，流下了臉頰。

「史帝，你還好嗎？」史黛拉問道。

「我覺得太美好了。史黛拉，我愛妳。我是說真的，不是在唬妳。」

「唉呀！零錢快要用完了。你可不要耍我啊！史帝……這可不是玩遊戲……十點四十五分見面……我愛你。」

「我愛妳，我愛妳！」電話聲不見了，對方斷線了。

史帝夫溫柔地握著電話筒，彷彿電話筒變成一樣奇妙的物品，變成史黛拉身上的一塊血肉。他掛回電話筒，起身去小便。他從來沒有像現在這麼活力充沛。他看著自己腥臭的尿液流進小便斗，腦子裡卻充滿著美妙的念頭。愛情的魔力全然征服了他。這是新年時節，全新的開始。他愛每個人，尤其是史黛拉，還有派對上的朋友：他們是他的同志，熱情的反抗份子，低下階層兄弟。他甚至也愛哈茲隊的支持者強伯族[36]。哈茲隊的支持者也是好人啦，他們也有權力支持他們心目中的隊

36懶蛋等人支持西伯隊，討厭哈茲隊的支持者強伯族。

伍啊。他很樂意去這家強伯族的地盤拜年，儘管下場可能不妙。史帝夫想要帶史黛拉去都市各處遊玩，參加各種派對，一定很痛快。現在的足球迷，分成好幾個小圈子，真是很蠢，很沒大腦，沒有意義；違反工人階級的團結利益。可是，工人階級的球迷卻要搞小圈子，反而不願意聯合起來。這樣一來，工人就沒有挑戰中產階級霸權的力量了。這一切階級矛盾，史帝夫都看得很明白。

他直接走進房間，把「宣告者合唱團」（The Proclaimers）的〈雷斯陽光〉（Sunshine on the Leith）唱片放在唱盤上。他想要歡欣宣告：無論他去了哪裡，這裡都還是他的家，這些人是他的同胞。他換唱片的舉動惹來了不滿，大家碎碎念了幾下之後，情緒更不爽了。大家本來在吐槽，但是看見史帝夫一臉高昂興致之後，就沒有人再吐槽了。史帝夫拍打湯米、懶蛋和卑比大哥，又把凱莉拉過來跳華爾滋。大家看見史帝夫的態度心情大為轉變，很感到驚訝，但是他本人卻完全沒有感覺。

「你終於和大家打成一片啦！」蓋夫對他說道。

在比賽進行到最後的時刻，史帝夫仍然感到很亢奮；其他人，卻都冷下來了。於是，史帝夫和他的朋友之間，又劃出了鴻溝。稍早的時候，他太冷，無法共享朋友們的歡樂；現在，他太亢奮，又無法體會朋友們的失落。西伯隊輸給了哈茲隊。兩隊都製造了無數得分機會，卻只有哈茲隊得逞，簡直是高中生水準。西伯隊迷變態男很傷心，把頭埋進了雙手裡。法蘭哥惡狠狠地怒視著遠處高歌起舞的哈茲隊球迷。懶蛋大吼，要球隊總教練辭職謝罪。湯米和尚恩在爭執，討論球賽防禦方面的過失，怪罪守門球員沒有盡責。蓋夫咒罵裁判的死板和偏心，而道璽，仍然在哀悼西伯隊前半場的失誤。屎霸（正在嗑藥啦）和第二獎（正在喝酒啦）——兩人早就嗑到茫了，留在公寓，沒來派對。這種人啊，給他們球賽的票也是浪費，他們寧可把球賽的票當作捲煙紙。但是在這個時刻，史帝夫完全不關心這些事——因為，他戀愛了！

球賽結束之後，史帝夫離開了其他人，一路奔向車站，前去和史黛拉會面。一堆哈茲隊球迷也浩浩蕩蕩地朝著同一個方向前進。史帝夫對於這股聲勢，並不以為意。有個傢伙對著他的臉吼叫，哈茲隊以四比一大勝西伯隊。這些人他媽的想幹嘛呀？想幹架嗎？顯然如此。

走到車站的路途中，史帝夫遭受一些了無新意的辱罵。史帝夫想：這些人除了罵「西伯隊王八蛋」或「北愛爾蘭人是豬哥」之外，就沒有別的創意了。有個大哥在朋友鼓動之下，想從史帝夫後面把他絆倒。史帝夫應該把支持西伯隊的圍巾拿掉。幹，他哪裡料想得到呢？他現在已經是倫敦人了，在這個時刻，這些狗屁事與他有何相干呢？連他自己都不願意回答這些問題。

在車站大廳，有一大群人走過他身邊，其中一個年輕人對他吼：「西伯隊王八蛋」。

「你搞錯了！我支持德國隊啦。」

結果，他的臉頰受到一陣重擊，他嚐到一絲血腥味。這群人走開的時候，還有人再用腳踹他。

「新年快樂！愛與和平啊！哈茲隊兄弟們！」史帝夫一面對他們笑，一面吸吮自己酸痛、裂掉的嘴唇。

「這傢伙是個瘋子！」其中一個人說。史帝夫以為他們會回來再找他麻煩，但是他們把目標轉向到一個東方女人和她的兩個小孩。

「巴基斯坦來的臭婊子！」

「滾回你老家吧！」

他們模仿著猩猩的叫聲和動作，離開了車站。

「剛才那些人，好一群情感纖細的年輕人啊。」史帝夫對這個東方女人說道。她用恐懼的眼神看著史帝夫，好像一隻兔子看到了黃鼠狼。這個東方女人又看到了另一個白人，一個口出惡言，渾身酒味，而且流著血的白種年輕人，她也看到了這個年輕人戴了足球領巾，和剛才羞辱她的那幾個人一樣。對於這個東方女人而言，她一點也不關心，也不明白球隊領巾的顏色差異。史帝夫瞭解了這個殘忍悲哀的事實。戴綠色領巾的人也可能羞辱這個東方女人。每個球隊都會有王八蛋球迷。

火車誤點了將近二十分鐘，以英國鐵路的標準運作方式來看，算是超優秀了。史帝夫不知道他的甜心到底有沒有搭上這班車。他胡思亂想的老毛病又犯了，恐懼感讓他全身打顫。他覺得自己好像正在賭場豪賭，而且輸贏金額很高。他看不見史黛拉，他無法在意念中想像史黛拉的容貌。可是，他一轉頭，卻發現史黛拉就在前方！她的容貌和史帝夫想像中的不一樣——看起來更加真實，也更加美麗。她的微笑，她充滿情感的眼神，都默默地和他交流。史帝夫以短跑的衝刺速度，來到她的身前，把她緊緊擁在懷裡。他們吻了很長一段時間，熱吻結束的時候，月台上已經空無一人，列車正朝著丹地的方向緩緩駛離。

還要你說嗎

外面的房間，傳來翻箱倒櫃的嘈雜聲。變態男早就掛了，躺在我們旁邊的窗台上，這時卻好像一隻聽到哨子聲的狗，猛然警覺了起來。我渾身打顫，那聲音把我們嚇了一跳。

李絲莉走進房間，尖叫個不停。她的叫聲實在太恐怖了。我希望她不要再叫了。這樣的狀況，實在讓我不知所措，我們每個人都不知道該怎麼辦。我這一生從來沒有聽過這麼恐怖的尖叫聲，我只希望她趕快叫完。

「……娃娃死了……娃娃死了……我的唐恩寶寶啊……我的天，我的老天！」在她的尖叫中，我只聽得出這幾個字。李絲莉癱在破爛的沙發上。我瞪著她身邊牆壁上方的一塊棕色污漬。到底怎麼搞的，牆壁什麼時候弄髒的？

變態男站了起來。他的眼睛像青蛙那樣凸出，沒錯，他的樣子讓我聯想起青蛙。他就是那副表情突然躍起，從完全靜止的狀態，突然變得躁動。他看了李絲莉幾秒鐘，然後衝進臥室。麥地和屎霸東看西看，搞不大清楚狀況；雖然他們嗑到視線茫茫，但還是感覺到發生了很不幸的事。我知道怎麼回事，我他媽清楚的很。每次有不幸的事情發生，我都會說同樣的話：「我去燒一些藥啊，」麥地的眼睛直視著我，對我點點頭。屎霸站起來走向沙發，坐在李絲莉旁邊幾呎的地方。李絲莉把頭埋在手掌中。我本來以為屎霸會去摸摸她，我希望屎霸會那樣做，但是屎霸只是看著李絲莉。我從這個角度也可以看得到，屎霸正盯著李絲莉脖子上的大黑痣。

「是我的錯……都是我的錯。」她雙手捧著臉哭泣著。

「嗯，李絲莉……馬克去弄藥了……你知道啦，嗯……」屎霸對李絲莉說道。這是我這幾天第一次聽到屎霸說話。顯然這痞子在這一段時日都仍然具有說話能力，並沒有變成啞巴。屎霸根本不是完全木訥不吭聲的人。

變態男回到客廳。他的身體僵直，好像從脖子以下就有一條無形的鍊子牽住他。他的聲音很恐怖，讓我想起電影〈大法師〉中的惡魔。他的聲音讓我很不安。

「幹！幹他媽的小生命！發生這種爛事，叫人又能怎麼辦呢？」

我從來沒有看過變態男這個樣子。我認識這個混蛋一輩子了。「你怎麼了？賽門？發生了什麼事？」

他走向我，我以為他要踹我。雖然我們是好哥兒們，但是我們以前也打過架，喝酒或者激動的時候，我們也會傷害對方。那並不是很嚴重的事，只是宣洩一下憤怒。哥兒們之間總是會那樣，但不是現在喔，現在我可不希望有人來鬧我，海洛英把我的身體弄得亂七八糟的。如果變態男現在要揍我，我的骨頭肯定會裂成幾百萬個碎片。但是他只是走向我。感謝你，老哥，感謝你，變態男，感謝你，賽門。

「事情糟透了，我完蛋了，」變態男絕望地呻吟哀嚎著，彷彿一隻被車輾過的狗，期待有人一槍終結牠的痛苦。

麥地和屎霸站起來，走進了臥室，我也跟著他們進去，推開變態男。早在我看見死去的娃娃之前，我就經聞到了死亡的氣息。小娃娃臉孔朝下，伏在小嬰兒床上。她現在已經是冰冷的死人，眼睛四周泛著藍色。我不用觸摸也知道，小娃娃是死了。她躺在那兒，一動也不動，像兒童衣櫃裡面，一個被遺棄的洋娃娃。好小，他媽真的好小。小唐恩。幹他媽真是可憐。

「小唐恩……我真不敢相信。這真是罪惡啊！」麥地搖頭說道。

「真是他媽的悽慘……幹！」屎霸下巴抵住胸膛，幽幽地說道。

麥地的頭還在顫抖，看起來好像快要火山爆發了。

「我得離開這裡，我他媽沒辦法面對這件事。」

「幹你娘耶！麥地，你們這些爛貨一個也不許落跑，」變態男吼著。

「冷靜點！大家冷靜點啊，」屎霸說，聽起來好像有道理要說，可是啊——

「我們這裡藏了貨跟吸食工具。這裡整條街都是抓毒的警察，已經好幾個星期了。媽的我們如果這時候逃出去，我們就會被抓起來。外面到處都是混蛋警察，」變態男努力地保持沉著鎮定。只要提到和警察有關的事情，大家馬上就會聚精會神，冷靜下來。談到藥這件事，我們可會老派的自由主義者，絕對反對各種形式的國家管制。

「是喔。或許我們應該他媽的閃人。我們先把這裡弄好，然後落跑，就可以讓李絲莉叫救護車或警察來，」我其實滿贊成麥地的建議。

「嘿……或許我們應該陪在李絲莉身邊吧？朋友要互相扶持啊！你們知道我的意思嗎？」屎霸

說。在這種節骨眼，朋友之間的團結似乎只是浪漫遐想。麥地又再度搖頭——他已經在索頓監獄待了六個月。如果他再進去一次，他就死定了。外面的豬玀，還在巡邏個沒完——至少我覺得現在情勢很危急。我比較在乎變態男激起的憂患意識，至於屎霸的浪漫友情，我實在無法苟同。叫我把沒有用完的藥丟進馬桶沖掉，真是不甘心啊。我寧可被抓起來，也不願意把藥浪費掉。

「我的看法是……」麥地說：「那是李絲莉的小孩，不是嗎？如果她當初好好照顧，小孩就不會死，我們也不會被捲入這場災難。」

變態男開始呼吸沉重。

「我不想這樣說，但是麥地說的很有道理。」我說。我開始全身發疼，好想打一管藥，然後趕快滾蛋。

變態男什麼意見也沒說。這真是很詭異。這混蛋通常都會像狗一樣叫不停，對別人使喚東使喚西，完全不管別人是否願意接受。

屎霸說：「我們不能這樣做啦。不能把李絲莉一個人丟在這裡啦！那樣子……我是說……很不上道……你們知道我的意思嗎？很不上道啊！」

我看著變態男問道：「孩子的爸爸是誰啊？」變態男沒有回答。

「吉米．麥基瓦利。」麥地說。

「幹！才不會是他。」變態男不屑地說。

「少他媽給我裝純潔了。」麥地對著我說。

「幹！你在說什麼屁話？」我回答他。這傢伙突然這樣講，真的他媽搞得我很困惑。

「那天波・蘇利文的派對，你也在場，不是嗎？懶蛋？」麥地說。

「沒有啊，我從來沒上過跟李絲莉。」我說的是實話，作法卻錯了。有些人就是喜歡把別人說的話反方向聽，尤其是跟性有關的事。

「那麼，那天早上蘇利文家派對結束，你們為什麼會躺在一起？」

「我那天昏得一塌糊塗。我茫翻了。更何況，拿著台階當枕頭睡，我那玩意翹得起來嗎？我上次做愛是什麼時候都不記得了。」我的說詞說服了他們。他們知道我那天嗑藥嗑得很嚴重，而且嗑藥之後根本不能和人幹。

「哦……有人說是……是席克……幹的，」屎霸提出了另一個可能性。

「不是席克！」變態男搖頭。他把手放在死嬰兒冰冷的臉上，眼中含著淚水。我上前去安慰變態男。突然我的胸口緊繃。大謎團已經解開了。小唐恩死去的面孔，真是像我的死黨，賽門・威廉森——變態男！

變態男捲起夾克的衣袖，露出手臂上的針痕。「我以後再也不要用藥了。我要戒乾淨了。」他的臉上一副男子漢受傷的表情——每次他想找人幹，或想跟人要錢的時候，也都是擺出這副可憐的樣子。這一回我幾乎相信他了。

麥地看著他說：「算了！賽門，你不要搞錯結論。小娃娃落得這個下場，又不是因為你嗑藥。」「也不是李絲莉的錯！」我脫口而出，沒有經過大腦。李絲莉是個好母親，她愛著小嬰兒。這件事不是任何人的錯。嬰兒猝死症[37]，難免會發生。

「是啊，就是嬰兒猝死症……知道我的意思嗎？」屎霸說。

我覺得我好愛大家：麥地、屎霸、變態男，和李絲莉。我很想告訴他們我愛大家。我嘗試著說出口，但是說出來的話，卻變成：「我再去弄一管藥吧！」他們看著我，看起來很無奈。「我就是這種人啊！」我自我辯護，聳聳肩膀，然後跑到客廳去。

這是謀殺！李絲莉。我對這種事，本來就沒有主張，現在的藥物狀況更讓我腦袋空空。我比廢物還像廢物。完全沒用。李絲莉一動也不動。我想或許該過去安慰她，抱抱她。但是我覺得骨頭正在扭曲碎裂。現在這個時候，我無法抱任何人。我沒有上前去抱她，卻開始結結巴巴地對她說：

「真是遺憾……李絲莉……這不是任何人的錯……嬰兒猝死症……小唐恩……真是小寶貝……媽的，真是可憐……媽的不應該死……我告訴妳喔……」

李絲莉抬起頭來看著我，她的臉色蒼白，像一具包了一層白色保鮮膜的骷髏。她的眼睛紅腫，黑眼圈好大塊。

「你在弄藥嗎？馬克，我需要一管。我真的他媽很需要來一管。馬克，幫我弄一管吧！」

至少，我現在有機會證明：我還是可以幫得上忙的。針頭和針筒，滿地都是。我在回想哪一組才是我的工具。變態男說他從來不跟別人共用針頭。真是狗屁唷。如果你的狀況像我一樣腦袋空空，你他媽什麼狗屁都不顧了，還會堅持只用自己的針啊。我拿了最靠近的一組工具，因為那一定不是屎霸的；屎霸一直待在房間的另外一邊。我要避免去用屎霸用過的針。如果屎霸直到如今還沒有染上愛滋病毒，那麼，英明政府就該火速派一組統計學專家到雷斯來，因為顯然雷斯這兒沒有或然率這碼子事[38]。在這裡，不該得病的人得了病，該得病的人卻沒得。

我拿起湯匙、打火機，和棉花球，以及一些席克斗膽聲稱是海洛英，其實摻了清潔劑的爛玩意。[39]所有的人都聚到這裡來了。

「各位弟兄，請倒退幾步，不要擋住光！」我叫道，揮手叫他們走開。我知道，我現在正在扮演藥頭的角色。但是，我也有一點在恨我自己，因為我討厭自以為是老大的人。任何人只要當上老大，就會理解為什麼絕對的權力會造成絕對的腐化。我手上有藥，所以我就是老大。大家退後幾步，默默地看著我燒藥。這些混蛋必須排隊等，我先用，李絲莉排第二。這還用說嗎？

37嬰兒猝死症是查不出原因的嬰兒夭折。
38或然率不準，言下之意是：不該得病的人得了病，該得病的人卻沒得。
39這裡說的清潔劑，是像台灣家庭用的去污粉，藥頭常拿來滲在海洛英裡頭，加量謀利。

嗑藥血淚筆記64號

「馬克！馬克！快開門啊！我知道你在裡面呀，兒子，我知道你在家呀。」

那是我的老媽。我已經好久一陣子沒見到我老媽了。我躺在這裡，很靠近臥室的門，門外的走廊通往另一扇門。我老媽就在那扇門的後面。

「馬克！拜託！兒子，開門啊！我是你媽媽。馬克！開門哪！」

聽起來像是老媽在哭，她說的「開門」在我耳朵裡聽起來卻是「開—門—悶—嗯—嗯」。我愛我的媽媽，我非常愛她，但是我愛她的方式很難定義。我很難向她表達我對她的愛，幾乎不可能的。但是我仍然愛她。我愛她，所以我甚至希望她從來沒有我這樣一個兒子。我希望她可以找個人來代替我，當她的孩子。我會這樣想，是因爲我知道我不可能改變。

我不能開門，不可能的。於是，我又燒了一管藥。我身上的痛苦告訴我，嗑藥的時候已經到了。已經到了。

老天爺！生活愈來愈難熬下去了。

這份海洛英摻了太多廉價雜質。從藥沒有完全融化的樣子，就可以看得出來不純。席克那個藥頭，眞是王八蛋。

我會去看我老爸和老媽，看看他們過得好不好。我一定會去看他們，在第一時間去，但是我得先去找那個王八蛋席克算帳。

她的男人

幹！

我們剛剛出去要小喝一杯，卻碰到這種神經病鳥事。

「你看到了嗎？簡直亂七八糟。」湯米說道。

「不要，讓他去吧，不要惹麻煩。你又不認識那傢伙……」我告訴他。

我看到了，我看得一清二楚，男的打女的。不是甩耳光那種打，是狠狠一拳揍下去。真是可怕。

還好是湯米坐在他們旁邊，而不是我。

「我他媽說的就算，我他媽就是這個樣子！」男孩子又在對她吼。在場沒有半個人鳥。吧台有一個留著金髮捲毛和紅色大臉的大個子回過頭去看，然後微笑了一下，繼續觀賞飛鏢比賽。那些玩飛鏢的男孩子中，沒有一個人轉頭過來關照一下。

「你還是喝那個便宜牌子的啤酒嗎？」我指著湯米幾乎喝光的啤酒杯，問他。

「是啊！」

到。

我走到吧台時，他們又開始打架了。我聽得到他們的聲音，吧台的酒保和金髮捲毛仔都聽得到。

「來啊！再來啊！有種再打啊！」女孩子辱罵那個男孩子。她的聲音像鬼叫，又尖又難聽，但是她的嘴唇卻沒有在動。你只能夠從聲音的方向，知道是她在叫。這家酒吧沒什麼人，我們可以隨便找位子坐下，偏偏坐在這兒。他又對準女人的臉揍了她一拳，鮮血從她的嘴角冒了出來。

「再打我啊！狗屁大男人？再打啊！」他真的再打了。女孩發出一聲尖叫，然後開始哭泣，把臉埋進了手掌當中。他坐在離女孩只有幾吋的地方，看著女孩，眼睛冒著火，嘴巴張開著。「小倆口鬧著玩的。」金髮捲毛仔看著我笑了一笑。我也回敬他一個微笑。我不知道自己為什麼要這樣做，我可能只是需要朋友。我從來沒有跟人坦白，但是我知道，我喝酒喝出了問題。如果你也像我一樣，你的朋友都會閃避你，不想和你往來，除非你的朋友也是酒鬼。

我向著吧台看過去，酒保是個灰髮、八字鬍的老傢伙。他搖搖頭，自言自語說了些只有他自己聽得到的東西。

我從吧台把酒端回來。父親經常告誡我，絕對、絕對不可以打女人。父親說：「小子！男人打女人，是最低劣的人才會做的事，」這個打女人的混蛋，的確可以用「低劣」兩個字來形容。他有一頭油膩的黑髮，蒼白的臉上留了一撮八字鬍。一個白鼬臉的爛貨。

我並不想待在這家酒吧。我只是想來安靜地喝個酒。我答應湯米只喝幾杯就走。我已經能夠控制酒癮，只喝啤酒不喝烈酒。但是今天這種情況，我很想喝一點威士忌。卡蘿回去她老娘的家，說她不回來了。我只想來這兒喝個啤酒，現在看起來有可能要失控發火啦。

我坐下的時候，湯米呼吸沉重，看起來很嚴肅。

「第二獎，你看——」他一面說，一面磨牙。

那個女孩的眼睛腫得閉了起來。她的下巴也腫起來，嘴巴還在流血。她是個瘦小的女孩，如果她再被那男孩子打，她會碎成一片一片。

但是，她仍然繼續挺下去。

「這就是你給我的答案，你永遠給我這種答案，」她一面啜泣，一面對男孩吐口水，又憤怒，又心碎。

「閉嘴，閉上妳的臭嘴！」男孩憤怒到快要休克了。

「你想怎麼樣？」

「你這個臭……」男孩似乎準備又要揍她了。

「夠了！兄弟，你太過份了。」湯米對那男孩說。

「不關你屁事，你最好給我閃遠一點，」男孩指著湯米的鼻子說。

「那邊鬧夠了沒有，」酒保吼著。金髮捲毛仔微笑了一下，幾個射飛鏢的男孩也看了過來。

「這件屁事我管定了，你他媽到底想要怎樣？」湯米說著，身體向前傾。

「拜託！湯米，冷靜一下，」我半好心地抓住湯米的手臂，想著那個酒保。湯米迅速地把我的手抖開。

「你也犯賤欠揍嗎？」男孩說。

「你以為我會乖乖坐著，讓你囂張下去嗎？王八蛋！我們出去酒吧外面算帳。來啊，來啊！」湯米用挑釁的口吻叫道。

對方嚇到了。嚇得好。湯米可是不好惹的。

「不關你的事，」對方說道。聽起來很遜。

沒想到，那個女人開始對著湯米大聲尖叫。

「那是我的男人啦！你幹嘛碰他啦！跟你說話的是我的男人啦。」湯米很震驚，女人竟然恩將仇報。湯米來不及阻止女人的尖指甲；女人正朝著他的臉上亂抓。

好戲，就在這之後發生了。湯米站了起來，一拳朝著男孩的嘴巴揍下去，那傢伙被打得從椅子上跌到了地板上。我站挺了，向金髮捲毛仔進攻。我送給他下巴一拳，然後抓住他媽的鬈髮，把他的頭向下扯，然後往他的臉踹了好幾下。

我發現這傢伙用手抓住我的一隻腳，所以我只好用另一隻腳去踢他。可是，我穿的是球鞋而不是皮鞋，所以我想我再怎樣踢他，他也不會傷太重吧。他甩開手臂，把我掙脫掉。然後他向後退，滿臉通紅，露出困惑的表情。我以為這傢伙會襲擊我，他可以輕而易舉地撂倒我，但是他只是站在那兒，攤開雙手。

「你在搞什麼鬼？」

「男人打女人，對你來說很好玩，是吧？」我說。

「你在說什麼東西啊？」這傢伙似乎完全沒有進入狀況。

「我要打電話叫警察了！你們趕快給我滾，要不然我就打電話叫警察過來。」酒保拿起電話筒，信誓旦旦地說。

「別在這裡胡鬧，」一個玩飛鏢的大胖子，用恐嚇的語氣說道。他的手上仍然拿著飛鏢記分板。

「這跟我一點關係也沒有啊！」金髮捲毛仔對我說。

「難道我搞錯了嗎？」我說。

那個女人和她的男人，整場鬧劇都是因他們而起；我們只是來喝點小酒而已。那對狗男女偷偷走向酒吧大門，想走人。

「幹你老爸！這是我的男人，別想碰他。」她一面走出去，一面還在對我們吼。

我發現湯米把手搭到了我的肩上。

「走吧！第二獎，我們離開這裡吧！」他說。

玩飛鏢的那個大胖子，穿著一件紅色的T恤，上面印著這家酒吧的名字，一個飛鏢靶的圖案，以及「猛男」的字樣。這個大胖子，還有很多屁話要說。

「不要到這裡來惹是生非。兄弟！這裡不是你們的地盤。我認得你們的臉。你們跟那個紅頭髮的威廉森，是同一掛的，就是綁馬尾的那個鬼仔。你們都是一票毒蟲。我們不希望你們這些垃圾來我們這裡混。」

「我們並沒有用藥啊！」湯米說。

「是啊！你們在別的地方用，剛好沒有在這家酒吧用。」胖子說。

「算了吧！猛男。不是這些孩子的問題。是那個艾倫．凡特和他馬子的問題。他們用藥用的比誰都嚴重。你知道的……」另外一個金髮的人說。

「家庭暴力啦！就是這麼回事。他們不應該騷擾只是來喝酒的人。」金髮的人同意胖子的意見。

最可怕的事情，即將發生在酒吧外面。如果我們被跟蹤，那可就慘了。我走得很快，湯米被我丟在後面。

「別走得那麼急！」湯米說。

「去你的！我們得趕快離開這裡。」

我們走到了大街上，回頭一看，並沒有人從酒吧裡追出來。我也看到那對神經病狗男女在我們前面。

「我想跟那個傢伙講幾句話，」湯米說著，準備要跟上他們。我指著開過來的公車，那是A22號，正是我們要搭的那一班。

「算了！湯米，公車來了。我們走吧！」我們跑到站牌，跳上了公車。雖然只要坐幾站就到了，我們還是爬上了公車上層，坐到最後面。

坐定之後，湯米問道：「我的臉還好嗎？」

「跟往常一樣啊，一團糟。剛才那個臭婊子，把你的臉蛋打得更漂亮了。」我對他說道。

他從公車的車窗，照看著自己的臉。

「可惡，混帳。」他咒罵道。

「那對狗男女，混帳透了。」我說。

湯米狠扁那個男的，幫那個狗女出氣，實在是有夠屌。雖然那個馬子也扁了他，還是很屌。我做過很多不光彩的事，但是我從來沒有打過女人。卡蘿說我是豬頭，她說我對她使用暴力，但是我從來沒有打過她喔。我只是揪住她，這樣我們才能認真講話。她說我揪住她就等於是在打她，是一種施加在她身上的暴力。我並不這麼覺得。我只是把她扣留在原地不動，這樣我們才能講話啊！

我把這些事告訴懶蛋，他說卡蘿是對的。我說，卡蘿可以自由來來去去啊。真是莫名其妙。我只是想和她談事情而已。法蘭哥同意我。我告訴懶蛋：「你一旦跟女人交往，事情就很不一樣了。」

坐公車讓我緊張。湯米應該也有同感，因為我們都不再講話了。天已經亮了，改天我們會和懶蛋、卑比、屎霸、變態男，一起喝酒。到時候，我們可得把這晚的偉大經歷，拿出來好好吹噓一番。

快速[40]求職記

一、面試準備：

屎霸和懶蛋坐在皇家大道的某家酒吧裡。這是一家美式風格的酒吧，但是也並不是那麼道地美國風啦，只不過是一堆美國古董和裝飾品堆成的瘋人院。

「我的乖乖！真是太詭異了。我們居然被送去同一家公司面試，你知道嘛！」屎霸說著，喝了一口健力士啤酒。

「真是大災難啊！兄弟。我根本不想要那個狗屁工作。做那種工作就像在做惡夢啊！」懶蛋搖頭說道。

「唉呀，反正我只想混日子，根本不想工作，你知道嘛！」

「麻煩是，如果你沒有努力爭取工作，如果你故意把面試搞砸，那些人就會向上面的人告狀，說你好吃懶做，這樣，發救濟金的單位就會取消你的救濟金。我在倫敦發生過這種事咧，我已經被列

40快速（speedy）這個形容詞，一語雙關。它不但是快，也是「有吸安非他命的」。

入警告名單了。」

「哇……我的乖乖！那麼，你要怎麼辦呢？比方說？」

「嗯……你必須表現得很積極，很有工作熱忱，但是呢，你還是把面試搞砸。只要你有去面試，發救濟金的那些人就不會找你麻煩，說你是米蟲。如果我們面試的時候，誠實表現出我們本來的面目，公司根本不敢雇用我們。如果你在面試的時候，只是坐著發呆，半句話也不吭聲，公司會直接告訴上面管救濟金的人。公司的人會說：那個混蛋，不必指望啦。」

「叫我在別人面前演戲啊，真是困難……你知道嘛！要做到那樣還真是不容易……你知道嘛！你知道嘛！我是很單純、很害羞的男生啊！」

「湯米給了我一些『安』，你什麼時候面試？」

「兩點半，你知道嘛！」

「我是在一點鐘。我兩點鐘的時候，回到這裡跟你碰面，然後我會把領帶借給你用，順便給你來點『安』，給你振奮一下，讓你面試的時候，好好地推銷自己。懂嗎？我們快填寫工作申請表吧！」

兩個人把申請表拿出來放在桌上。懶蛋的表格已經填了一半。表格上有些細節，讓屎霸眼睛一亮。

「嘿……這填的什麼東西啊？喬治．赫瑞茲高中[41]？你念的學校在雷斯啊！你才沒有去那家明星高中嘛。」

「大家都知道啦——如果你念的是明星學校，你就只能拿到好的工作，而不會拿到壞的工作。他們不可能讓一個喬治．赫瑞茲高中出來的人才去做飯店門房的工作；如果我說我是喬治．赫瑞茲高中畢業的，他們就不敢叫我去當門房。那種爛工作，是給學歷差的小老百姓；所以，你也趕快編個好學歷吧，這樣爛的工作就不會交給你幹了。如果他們看到你的表格上，填的是奧基或者克瑞基這種爛校，他們就會把那種爛工作丟給你……幹！我得閃人了。不管你怎麼搞，千萬不要遲到。晚一點再跟你碰面了！」

二、面試過程：懶蛋先生（下午一點）

前來接待我的實習經理，高頭大馬，滿臉痘痘，穿著一身刺眼的西裝。他西裝肩膀上的頭皮屑，好像一排古柯鹼。我真想用一張五英鎊的鈔票，捲起來，然後把他的頭皮屑當作古柯鹼吸掉。他那張大餅臉，和他臉上的斑點，完全破壞了我的情緒，讓我很難完成我的陰謀詭計。就算在我嗑藥嗑到最慘的時期，我的膚質也沒有他那樣差。真是個可憐的混蛋啊！這傢伙顯然是個來湊一腳的次要人物。面試的主考官是個又胖又醜的中年怪物，他的右邊站了一個穿著女強人套裝，微笑冰冷的男人婆。她臉上的粉底厚得嚇人，看上去真是恐怖到了極點。

這個門房工作，有一大堆青年才俊來申請。

開場的第一關，一如我的預期。胖子用溫暖的眼神看著我問道：「我看到你的申請表上寫的，你念過喬治．赫瑞茲高中。」

「是啊……喔！真是美好的青春學子時代啊！已經是很久以前的事了。」

41位於愛丁堡的有名高中。

我的申請表或許有不實宣傳，但是在面試的時候，我可是句句實言。我真的去過喬治．赫瑞茲——我在吉爾斯蘭當木工見習生的時候，曾經在那裡打過零工。

「老佛瑟林罕，還待在那裡嗎？」

幹！現在只有兩種回答可以選擇了，一：是的，他還待在那個學校；第二：他退休了。亂猜實在太危險，我還是回答得曖昧一點好了。

「天啊！你讓我想起了美好的過去——」我笑著說。這個胖子聽到我的回答，似乎還滿開心的。真不是個好兆頭。我覺得面試好像要結束了，他們真的要把那份爛差事丟給我了。接下來他們問的幾個問題，都很輕鬆愉快，沒什麼挑戰性。我的計畫要泡湯了。他們這些人啊，就算遇見一個嚴重腦殘的商學院老頭，也會給他一個核能工程師的工作。可是，這些人如果遇上一個擁有博士學位的街頭小混混，卻會把這樣的人安插到屠宰場當個洗地工人。我得趕快想個辦法，如果他們真的雇我，就太可怕了。那肥仔真的以為我是個走投無路的喬治．赫瑞茲學校老校友，還想要幫助我呢！懶蛋，你這個瘋子，這一次你要失算了。

感謝那位混蛋痘斑雞歪碗糕[42]，他身上看得到的地方都佈滿青春痘，猜想他的雞歪也長了痘斑，不算太離譜吧。但是他這回卻做了一件漂亮的事。他支支吾吾、緊張兮兮地問了我一個問題：「哦……哦……懶蛋先生……哦……你可不可以說明一下……哦……在你的履歷表上，你有幾年完全空白，沒有工作資歷——這幾年內，你為什麼都沒有工作呢？……哦？」

你自己說話的時候，結結巴巴，字和字之間很多空白，你的腦袋才空白啦！

「當然可以啊。我一直有海洛英毒品上癮的問題。我一直想戒掉，因為我一嗑藥就沒有辦法正常上班。我覺得我應該對你們誠實，所以我把用藥情形告訴你們，畢竟你們可能是我未來的雇主。」

真是神乎奇技喔。他們緊張得縮回椅子深處。

「嗯……懶蛋先生，感謝你對我們如此的坦誠。我們還有其他人等著面試……再次感謝你。我們……再聯絡！」

真是奇蹟啊！這個肥腫的蠢貨，態度開始變得冰冷，開始要跟我保持安全距離了。我已經努力嘗試了，如果沒有成功拿到工作，不能怪我沒有努力喔！

三、面試過程：屎霸墨菲先生（下午兩點半）

安，真是棒極了，讓我覺得精力充沛。你知道嘛！……我很期待這一場面試。懶蛋告訴我：「屎霸，好好地推銷自己，說實話。大家加油！努力向前衝衝衝！」

「我看到你的申請表格上說，你是喬治．赫瑞茲高中畢業的學生。今天下午，赫瑞茲的校友好像來滿多的。」

是啊！肥仔。

「事實上，我得說實話。其實我以前念的是奧基高中，就是聖奧古斯汀高中，然後又去念克雷基高中，就是克雷．葛洛斯敦高中。你知道嘛！……我把赫瑞茲高中填進去，只是因為我想那樣會讓我比較有機會得到這份工作。這個地方太多歧視了，你們穿衣西裝打領帶的酷男，看到赫瑞茲高中

42原指一種愛爾蘭甜點，布滿乾果，因此看起來像青春痘。原文之中的麵糊一字具有男性性器的性暗示。

或丹尼爾・史度華學院[43]，或愛丁堡學院的，就會給他們到好機會。你知道我的意思吧！你會不會說，『我看到你是克雷・葛洛斯敦高中的校友耶！』你不會這樣對我說嘛，因為聽起來我會很遜嘛。」

「嗯……我只是想找點話題罷了，因為我剛好念過赫瑞茲高中，並沒有要炫耀啦。我這樣說是為了讓你放鬆一點。但是你大可以放心，我保證不會有任何歧視。在我們新的平等機會聲明中，都有提到不可對學歷有歧視偏見，任何學校出身的人都可以是人才。」

「太好了！老哥。這樣我就放心了。我真的很需要這一份工作。昨晚我一夜沒睡好，就在擔心我會把今天的面試搞砸……你知道嘛！……人家看到你的申請表上填著『克雷・葛洛斯敦高中』，就一定認為你是個沒用的廢料。對不對？但是……你知道嘛！打足球的史考特・尼斯貝嗎？他是杭士隊的球員，本來是藍奇隊的球員，他一直沒有接受國外球隊提出來的超級價碼喔。這個好傢伙，就是我那間學校出來的，比我小一屆啦。」

「墨菲先生，我跟你保證，我們重視的是你的能力資格，而不是你的學歷。你在這張表上提到，你修了五種課程——」

「老哥！我得告訴你……修什麼課，全都是狗屁啦，難道不是嗎？那些都是扯淡，我以為這樣寫，比較容易踏進這個大門。你知道的，積極主動嘛。表示我還有一點工作的潛力啦，你知道嘛！對吧？……老哥，我真的需要這份工作唷。」

「墨菲先生，你是勞工職業部派給我們的——所以，如果你想要踏進面談室的門，你大可以實話實說，不必編造事實。」

「嘿！你怎麼說都行，你是老大嘛，幫政府工作的，坐大椅子的，所以啦……老哥！」

「當然，不過到目前為止，我們對你的瞭解好像還是很有限。你要不要談一下，你為什麼這麼迫切地想要這份工作？甚至願意說謊？」

「我很緊啦！」

「對不起，你說什麼？」

「錢啊！金錢啊！……我手頭很緊，我需要黃金、白銀、鈔票啊！你懂嗎？」

「我明白了！但是，你為什麼特別對旅館這一類的觀光業感興趣呢？」

「嗯……大家都喜歡開開心心啊！休閒是一種享受，你知道嘛！……我對這一行的感覺就是這樣，你開心我也開心，大家開心嘛……」

「是的，謝謝你。」臉上化濃妝的女娃說。我可能會喜歡上這個美眉呢……「你覺得你最強勢的優點是什麼？」她問我。

「哦……我很有幽默感啊！你知道嘛！對吧？人都要有幽默感，我有幽默感呢……你知道嘛！……」唉呀呀，我不能一直說「你知道嘛！……」。這些人會以為我是中下階級的小人物。

「那麼，你的弱點呢？」一個穿西裝，聲音吱吱叫的人問道。這個人一張麻子臉！懶蛋說的沒有錯，真的有個大麻子。這裡真的有一隻花豹。

「我想……缺點嘛，就是完美主義，就是啊，事情有點不完美，我就覺得怪怪的，你明白吧。……我對今天的面談很滿意，你知道嘛！」

43 也是蘇格蘭名校。

「非常謝謝你，墨菲先生。我們會跟你聯絡，告訴你結果。」

「不用客氣啦！應該開心的是我啊！這真是我有生以來最成功的一次面試，你知道嘛！……」我跑上前，抓住每個人的手猛握。

四、面談之後總檢討

屎霸和懶蛋又在酒吧碰面。

「情況怎樣啊？屎霸？」

「好極了！老哥，簡直是好還要更好，你知道嘛！……我覺得那些傢伙會給我那份工作呢。真不妙，我才不想工作呐。對了，老哥，你給我的那個『安』真是棒極了！我從來沒有像今天這樣，在面試中這麼完美地推銷自己。我酷斃了，老兄，我真是酷斃了。」

「我們喝一杯，慶祝你的成功出擊！再來點『安』嗎？」

「當然，我怎麼可能說不呢？你知道嘛！」

2 續發

蘇格蘭把毒品當做自衛的能量[1]

我不能把去巴洛蘭戲院聽演唱會的事告訴莉西。我告訴你，絕對不行。我一拿到了救濟金，馬上去買了演唱會的票，很爽。可是，現在我真的已經破產了。演唱會那天，剛好也是莉西的生日。我的錢，要嘛，就買演唱會的票；不然，就是買生日禮物。二者只能擇其一，所以只好不買禮物啦。畢竟，這是伊吉．帕普[2]的演唱會啊！我想，莉西應該可以體諒我的決定吧！

「你可以買他媽的伊吉．帕普的演唱會門票，卻不肯為我買生日禮物？」這，就是她的反應。看看我，我真覺得很衰小。真是叫人抓狂，你知道嗎。別誤會我喔，莉西是有她的道理啦。我知道，這本來就是我的錯，就像我說的，是我的錯。我，湯米，就是一個夠天真的人啊。我，湯米，什麼都不甩的。我一向我行我素。如果我稍微——那個成語是什麼啊——陽奉陰違？——我根本就不會提演唱會的事，我就不會對莉西說實話了。我實在太興奮了嘛，沒經過大腦就先張開大嘴巴。這就是我，青春無敵的湯米男孩啊。媽的。

所以啊，之後我就沒有再提起我要去演唱會的事，莉西也忘了。可是啊，在演唱會的前一天晚上，莉西告訴我她想去看〈控訴〉（The Accused）那部電影，因為演〈計程車司機〉（Taxi Driver）

的那個女的，有在那部電影裡。我不大想看這部電影，因為這部片搞得太多噱頭，行銷宣傳搞得太大了。不過這不是重點啦，如果你知道我的意思——重點是，我的口袋裡面有伊吉．帕普演唱會的門票啊。我要去聽演唱會，不能去看電影。所以，我只好乖乖地，再把伊吉．帕普演唱會的事提出來。

「喔，明天我不行啊！我要去巴洛蘭，聽伊吉．帕普的演唱會。德威．米其和我要一起去說。」

「你寧可和那個狗屁德威．米其去聽演唱會，而不願意跟我去看電影？」莉西就是這樣喔，她永遠用這種很兇的口吻跟人說話，只有女人和瘋子才會用這種武器對付人。

這個問題，變成了我們倆關係中的一個選擇題。我的直覺是要直接說：「對啊，我就是要和他去聽演唱會！」然後，結果可能就是惱火了莉西。但是我喜歡和她做愛，已經喜歡到上癮了。天啊！我真的愛死了。我喜歡從後面幹她，聽著她柔軟的呻吟，她美麗的腦袋靠在我家裡的黃色絲質枕頭上，那是屎霸從太子道（Princes Street）上的「英倫家用商店」偷出來的，當做我的搬家禮物。兄弟！我知道我不應該暴露我的私人生活啦，但是莉西在床上的樣子實在太美妙了，比較起來，她在生活上的粗暴，一直亂發脾氣，我都可以忍受。我只希望莉西在床上永遠那樣美妙。

我試圖用輕柔、挑逗的語氣向她道歉，但是她兇巴巴的，完全不接受我的歉意。她只有在床

1 這一節的標題有典故，即伊吉．帕普（這一節提及的著名歌手）的歌〈霓虹森林〉（Neon Forest）。歌詞中有一句「美國把毒品當做自衛的能量」（America takes drugs in psychic defense）。這句話類似「運用心靈力量、心靈能量來對抗」，常見於各式電玩或者奇幻小說的用語。

2 Iggy Pop，著名龐克搖滾歌手。

上的時候才會變得甜美。她的表情一直好兇，完完全全把她的嬌美給抹煞掉了。這種暫時性兇惡表情，會讓她更美，但是美感很快就消失了。她說我是世界上最遜的人，然後又連本帶利繼續罵我。可憐的我，湯米，我現在不再是最屌的戰士，而是最遜的豬頭。

這件事，並不是伊吉．帕普的錯。不能怪罪他老兄，不是嗎？他怎麼會知道他來到巴洛蘭演唱的行程，會對一個他根本不認識的人造成這些困擾呢。想想看就知道，亂恐怖的。不過，他老兄還真的是駱駝背上的最後一根稻草。莉西是個很酷的女人，我當然也很樂，連變態男都在嫉妒我。身為莉西的男友，我確實威風八面，但是就像他們說的，威風也是要付出代價的。當我離開酒吧的時候，我覺得自己真的不配當個人類啊。

回家之後，我又吸了一排安，灌進了半瓶「馬利當」（Merrydown）蘋果酒[3]。我睡不著，於是我打電話給懶蛋，問他想不想過來看部羅禮士的動作片。懶蛋明天要去倫敦，他在倫敦的時間比在這裡還多，去搞一些救濟金的事務吧！幾年前，懶蛋在一家荷蘭的渡輪公司工作，就是那種來往荷蘭和英國的渡輪，他在那裡認識了一些人，現在一夥人搞了什麼犯罪組織。懶蛋要在煙城[4]的城鄉俱樂部看伊吉．帕普。我們抽了點大麻，看著電視中的羅禮士單槍匹馬，一口氣連扁十幾個共產黨壞蛋，笑得我人仰馬翻。羅禮士臉上的表情，永遠是好像禁慾到要便祕的樣子。老實說，清醒的時候，這部電影根本不能看；但是呢，吸了大麻，駭起來的時候，這部電影就不一樣囉，簡直變成不可錯過的曠世巨片。

第二天，我的嘴巴潰爛了。湯普——就是剛剛搬進來跟我住的蓋夫．湯普利——說我罪有應得。他說以我的條件能力，應該去找份工作。我跟湯普說，他的口氣簡直像我媽，聽起來不像朋友。你知道他的意思。他是我們這夥人之中唯一有在工作的，而且就是在發救濟金的部門上班喔。可是他總是被我們這群損友壓榨。可憐的湯普！昨天夜裡，我和懶蛋一定吵得他整晚沒辦法睡覺。湯普和那些有工作的人一樣，很痛恨那些只拿救濟金，不去工作，日子卻過得逍遙的人。他尤其痛恨懶蛋每天都跑來跟他打聽申領失業救濟金的事。

我還得去找我老媽，跟她弄點錢。參加演唱會要花錢的，除了搭火車要交通費，買酒、買藥都要花錢啊！我是安非他命的愛用者，這玩意兒和酒精搭配在一起，效果也很讚，剛好我也愛喝酒。湯米，我，就是安非他命王子！

我媽教訓了我一頓，教育我煙毒的害處，說我讓她和我老爸失望。她說我老爸雖然嘴裡不說，但是心裡非常擔心我。後來我老爸下班回家，趁著我老媽在樓上的時候也告訴我，說我老媽雖然嘴裡不說，但是心裡非常擔心。他很坦白地說，他對我的態度感到非常失望。他希望我不要再去碰毒品。老爸觀察著我的臉，好像從我的臉上就可以看出來我在吸毒。真有趣，我碰過用海洛英的毒鬼，用大麻的混仙，還有用安非他命的怪物，但是我所知道最不堪的麻醉藥品使用者，其實是酒鬼，就像第二獎那種人：拉布．麥克勞林，勇奪我們這夥爛人之冠。

弄到錢之後，我和德威約了在蘇格蘭健康教育局門口碰面。德威仍然在和那個叫做蓋兒的小妞約會。很顯然啦，他還沒有把人家弄上床。聽他講話講十分鐘，你就可以對他瞭若指掌。他聽起來很有喝酒的興致，於是我從他手上弄來一點錢。我們先去喝了四品脫[5]的中等濃度啤酒[6]，才去搭

3 這種蘋果酒的酒精濃度7.5%。

4 即倫敦。

火車。火車開往格拉斯哥的途中，我喝了四罐啤酒，吸掉兩排安非他命。到了格拉斯哥之後，我們先去「山米豆酒吧」喝了幾杯，然後再坐計程車去「林區酒吧」，每人各灌了兩大杯啤酒，可能三大杯吧，然後躲在男廁，各吸了一排安非他命。我們開始一面唱歌，把伊吉．帕普的名曲混在一起唱，一面朝著葛洛蓋特區的方向，走到「撒拉森的腦袋酒吧」。這家酒吧就在巴洛蘭戲院的對面。我們喝蘋果酒，吞了解酒藥，順便又吸了一排鋁箔紙上加了鹽巴[7]的安非他命。

離開酒吧的時候，我眼前只看到一片模模糊糊的霓虹燈。這個地方真是他媽的冷，我沒跟你開玩笑，真的冷到斃。我們向著燈光摸索，一路走到了劇院。進了劇院，我們直接先到吧台，又喝了幾杯。我聽到伊吉．帕普正在準備開場表演的聲音。我脫掉T恤，德威又在塑膠桌面上排好了幾排摻了古柯鹼的安非他命和古柯鹼[8]。

然後開始不對勁了。德威跟我說了些關於錢的事，我根本沒聽懂，但是我可以感覺到他語氣中的不爽。我們開始激烈地爭吵叫罵，然後就打起來了。我也不記得是誰先動手的，其實我們不會真正傷害對方，反正我們都感覺不到拳頭和身體的力量。我們嗑了太多藥，根本沒力氣打人。我告訴你啊，我正要對德威痛下毒手的時候，看到鮮血從我的鼻子上滴到我赤裸的胸口，最後滴到了桌上。我抓住德威的頭髮，想拿他的頭去撞牆，但是我的手又發麻又沉重。有個人把我拉了起來，甩出酒吧區，丟到外面的走道上。我站了起來，一面唱著歌，一面跟著音樂的聲音，走到了嘈雜擁擠的音樂會大廳。一大堆汗濕的身體，互相碰撞擠壓。我推推撞撞，朝著舞台移動。

有個傢伙用頭撞我的腹部，但是我仍然繼續向前擠，完全沒有注意到有人在攻擊我，我只管向前猛擠、猛推、猛撞。我在舞台前面跳來跳去，離我的偶像伊吉．帕普只有幾呎之遙。台上的他正在表演〈霓虹森林〉（Neon Forest）這首歌，有人從我後面拍我的背說：「你神經病啊！」我開始狂歌狂舞，把自己扭成變形的橡皮。

伊吉・帕普直視著我，唱出了這句歌詞：「美國把毒品當做自衛的能量」，但是他把「美國」改成了「屎個懶」[9]。從古至今，再也沒有一句話，比這句歌詞更能貼切地形容我們這種人了……

我停止了我的瘋狂亂舞，又震驚又敬畏地看著台上的伊吉・帕普。他卻把眼光轉向了別人。

---

5 這裡的品脫，和平時做西餐測量食材的品脫並不一樣。在英國，喝一大杯，即喝一品脫。英國酒吧裡的一品脫，差不多就像台灣生啤酒一杯那麼大。

6 英國的啤酒依照酒精濃度分成淡、中等、濃三種。

7 鹽，是毒品黑話，指海洛英。此處是指混了海洛英的安非他命。

8 這裡，他們吸兩種藥。第一種是不純的古柯鹼（混了安非他命），第二種是純的古柯鹼。他們並非只吸單純的古柯鹼，是因為「原味」的古柯鹼很貴。所以他們同時吸「調味」，以及「原味」的古柯鹼。

9 原文為拼法不標準的「蘇格蘭」，拼法之中嵌了「屎」字。

啤酒杯

卑比的一個問題是……嗯……卑比有很多問題，而不是只有一個問題。他最讓我覺得困擾的地方就是，跟他相處很難真正放輕鬆，尤其是在他喝了酒的時候。我總覺得，這個傢伙喝了酒之後，腦子就不對勁了：在他喝酒之前，你還可以當他的好朋友；但是喝酒之後，你馬上就變成了他的受害者。對付這個傢伙的辦法就是：你一方面放任他去鬧，一方面又不要他覺得你是一個只會在地上爬的肉腳。

說起來，任何看起來很狂放不羈的事，其實都符合嚴格定義的規則。外人幾乎看不見遊戲規則在哪裡，但是只要用直覺，就可以感覺到規則。儘管如此，和卑比在一起的時候，遊戲規則也依據他的情緒而不斷地變化。和卑比作了朋友之後，你會發現，相比之下，女人還比較容易相處。從卑比身上，我學到跟人相處的時候必須夠敏銳，必須去察覺對方態度的任何一個細微變化。每次我跟女孩子相處的時候，通常都會用對待卑比的同樣態度，小心翼翼去應對。至少小心一下嘛，對不對。

卑比和我受邀去參加吉伯的二十一歲生日派對。參加這個派對的人，還得回覆他們的請帖，才能參加。而且，要攜伴出席。我帶我馬子海瑟，卑比帶了他的女友君恩。君恩懷孕了，但是外表還看不出來。我們約好在玫瑰街的酒吧碰面，這是卑比出的點子。只不過，只有混蛋、肉腳和觀光客，才會去玫瑰街那種爛地方。

海瑟和我的關係很奇怪。我們在一起分分合合，已經四年多了。我們倆之間有一種默契，只要我在用藥，她就會閃人，不理我。海瑟願意跟我混在一起的原因是，她跟我一樣，都是慘兮兮的社會邊緣人。可是呢，她才不會承認她自己是社會邊緣人，偏偏故意假裝混得不錯。和她交往的過程中，性愛是最根本的問題，用藥問題倒還是其次。海瑟和我並不常做愛，主要是因為我經常嗑藥嗑到沒有辦法和人上床，而且，她性冷感。有人說過：性冷感，並不是因為女人冷感，而是因為男人性無能。從某種程度來說，這是沒錯啦！這個世界上最有資格代言性無能的男人就是我啦。我沒有藥救的用藥記錄，讓我成為性無能男人的最佳代言者。

海瑟小時候曾被她老爸強暴。她曾經告訴我這件事；當時她對於往事已經完全無動於衷。不過我也幫不上什麼忙，因為我對這件事，也完全無動於衷。後來，我想跟她談這件事，她卻並不想講。之後我們每次做愛，都是以大災難做結局。我們的性生活一直都是這樣。她拒絕我幾百次之後，終於讓我上她。我們在做的時候，她非常的緊張，總是抓緊床墊，咬緊牙根，讓我做我該做的事。到後來，我們的性生活就停止了。我簡直像在是在跟一塊沖浪板做愛嘛。全世界所有的床上前戲，都挑不起她的性趣，只會讓她更加緊張，她甚至緊張到要生病。我真希望有一天，她能夠找到一個好男人，一個真正可以在床上滿足她的男人。總之，海瑟和我之間有一種奇怪的默契。我們把對方當作社交的工具，當作一種可以帶出場的裝飾品，證明自己還有正常的交往關係——這其實才是我們唯一互惠的功用。這樣的關係可以當作煙幕彈，掩蓋她的性冷感，也掩蓋我因為嗑藥所致的性無能。我老爸老媽把她當成準媳婦，對她親熱的不得了；如果他們知道海瑟和我之間沒有搞頭，就好玩了。總之，我打電話給海瑟了，要求她跟我一起去參加這個晚宴，我們是一對爛貨鴛鴦。

在我們碰面之前，卑比就喝了酒。他穿著一套西裝，看起來下流又恐怖，活脫就是貧民區沒教育的痞子樣。墨黑的刺青從他的袖口和領口下面，一直延伸到脖子和手臂。我想，卑比的刺青是一種會活動的生物，不甘願一直躲在衣服裡面，硬要從衣服底下鑽出來透氣。

「嘿！懶蛋，媽的，你過得好不好啊？」他粗聲粗氣地大聲嚷著。這個人從來不懂禮貌。「嘿！小妞兒，妳好嗎？」他對海瑟說：「妳打扮得真騷啊！看看這個傢伙！」他指著我，神祕兮兮地說：「有格調，有型。」剛剛誇讚過我的外表，他又畫蛇添足地說：「這是個沒用的混蛋，但是他有格調。他是個有智慧，有品味的男人——就和我一模一樣。」

卑比總是在他的朋友身上堆砌華而不實的優點，然後再大言不慚地把這些優點，挪用到自己身上。海瑟和君恩雖然彼此並不很熟識，但是她們很聰明地轉移話題，藉此打斷我和法蘭哥・卑比這位大將軍[10]之間的緊張對話。我想起來，我已經有很長一段時間，沒有和卑比單獨在一起喝酒了。有旁人在場可以緩和情緒；如果要我單獨和這傢伙在一起相處，實在有夠緊張的。

為了吸引我的注意，卑比用手肘粗暴地撞撞我的胸口——如果我們不是朋友，他那股蠻橫的力道，幾乎可以構成蓄意攻擊了。然後他開始講起他看過一部無聊的暴力電影。卑比堅持要親身實地表演電影中狗屁的動作，把空手道、掐脖子、刺殺等暴力動作，全部在我的身體上做示範。他講這部電影所花的時間，是電影本身長度的兩倍。明天我的身上一定會出現淤青，但是我仍然沒有被他激怒。

我們在一個樓中樓的上方酒吧喝酒，下方有一隊很古怪的人馬走進了擁擠的酒吧，吸引了我們的注意。他們昂首闊步，趾高氣揚地走進來，吵吵鬧鬧，樣子非常跋扈。

我很痛恨剛進場的這種人。這些混蛋就和像卑比一樣。他們會拿棒球棍，欺負所有和他們不一樣的人，比如說巴基斯坦人啦，或是同性戀啦。我們活在一個充滿爛貨的國家，而這種欺負弱小的人尤其是爛貨中的爛貨——也因此，嘿，何必責怪英格蘭人殖民我們蘇格蘭人呢？我並不恨英格蘭；他們只不過是爛貨而已，而我們只不過是被爛貨殖民。蘇格蘭人如果被一個值得驕傲的文明殖民，也就罷了；不幸，殖民蘇格蘭人的英格蘭文明，竟然不正派，沒骨氣，不健康，而且又沒有生命力。沒錯，我們都被軟弱無力的混帳王八蛋統治。結果我們變成什麼樣子呢？蘇格蘭人變成了地球上最卑微低下的狗屎殘渣，人類創造出來最可悲，最悽慘，最微不足道的垃圾。我並不恨英格蘭人——他們只不過是要混口飯過日子而已。我痛恨的是蘇格蘭人。

然後卑比開始講起茱莉．麥席森的故事；他以前對茱莉很有意思。茱莉一直很討厭卑比，我卻很喜歡茱莉，或許這就是問題所在吧。茱莉真是個好女人。當年她染上了愛滋病，生了一個孩子，不過感謝媽的老天，這個孩子是健康的，沒染上病。醫院把茱莉和這個孩子用救護車送回家，兩個醫護人員穿著那種防輻射的太空裝，戴著防毒頭盔。在一九八五年當時，這種反應是可以想像的。鄰居們看到這樣，嚇得要死，便一直排斥她，不斷罵她；茱莉受不了只好搬家。一旦被貼上了愛滋病的標籤，一生就毀了。這種標籤貼在一個單身女子身上的時候，就更凄慘了。茱莉受到一連串的

10這裡顯然將法蘭哥比擬為西班牙獨裁軍政府頭子法蘭哥（法朗哥）將軍，表示卑比是個性獨裁的人。

騷擾、迫害，騷擾、迫害，最後終於精神崩潰，而她的免疫系統又早就完蛋了，所以她就成為愛滋病的第一波受害者。

去年的耶誕節，茉莉去世了，我卻沒趕去參加葬禮。當時我在屎霸家裡，躺在沾滿我自己嘔吐物的床墊上，慘到根本動不了。真是很遺憾，因為我和茉莉是很好的朋友。我們並沒有上過床，或者產生曖昧的感情。我們都覺得當朋友最好，上床會改變我們之間的關係，就像其他的男男女女那樣。性愛通常都會讓一男一女發展成情侶關係，或者反過來結束友誼。想要只當炮友，還能夠不談感情，保持現狀，簡直是難上加難啊。茉莉開始用便宜海洛英的時候，她的氣色變得非常好。大部分女孩都是這樣。海洛英似乎把她們最美好的一面牽引出來了。好事總是比壞事先來報到，這種事就像先享受後付款，而且還要你付高利貸。

卑比獻給茉莉的墓銘誌是：「真是浪費了一個好美屄。」針對卑比輕蔑的屁話，我激動地做出反擊，我簡直想要對他說：「你這個兩秒快槍俠才是浪費呢。」可是我沒有說出口。我試著不要發火，生氣只會讓我的嘴被卑比打爛。於是我下樓去拿另一輪的酒來喝。

那群下流的瘋子在吧台，互相推擠來推擠去，還去推撞別人。我在這種情況下去吧台點酒，真是惡夢一場。在人群中，我看見一片結了痂的墨汁刺青，刺青圖案像馬賽克一樣在我眼前展開——這還是個人類嗎？這個人對著緊張的吧台人員大喊著：「雙份伏特加和可樂，他媽的雙份伏特加和可樂，來酒啊！」我把目光轉向酒架上的威士忌酒瓶上頭，強迫自己不要和這群瘋子眼神接觸。不幸，我的眼睛卻不受我本人使喚，反而自行轉過去偷看那群痞子，真叫我羞紅了臉。我的眼神亂飛，臉蛋發紅，好像等著被人打一拳，或者等著被人用酒瓶砸中。這群瘋子惡劣到了極點，是最低等級的下流貨色。

我從吧台拿了酒，先拿給女人喝的烈酒，然後拿啤酒。

然後，麻煩就發生了。

我只是把一大杯啤酒放在卑比面前。他咕嚕一口喝掉之後，卻把喝光的空酒杯往樓下一丟，動作自然得像反射動作。那個杯子，是一個造型矮胖，雕花，帶著把手的玻璃杯。我從眼角可以看得到這只酒杯在空中旋轉著。我看到卑比正在微笑，海瑟和君恩看起來不知所措，從她們臉上的表情，我看到了自己的無助和焦慮。

啤酒杯砸在一個下流瘋子的腦袋上。杯子在腦袋上裂成兩半，那個倒霉鬼也跌在地上。這個男孩的黨羽馬上擺出戰鬥姿勢，其中一個衝向隔壁桌，想找一個無辜傢伙麻煩。另外一個盯上一個端了一盤飲料的倒霉鬼。

卑比站了起來，飛奔跑到樓下，站在酒吧正中央。

「有人拿他媽的酒杯砸人！這裡的人全部不許離開，直到我找出來到底是誰丟的酒杯為止！」

卑比對著那群無辜的人大吼，也對著吧台服務生大叫。結果啊，那些下流瘋子竟然就把卑比當成他們的自己人了。

「老哥，沒關係，我們會處理。雙份伏特加加可樂。」那伙人對卑比說。

我聽不清楚卑比說什麼，不過聽起來他把那個要喝雙份伏特加的傢伙給唬住了。然後卑比對吧台人員大喊：「媽的，你快打電話報警。」

「不要！不要！不要報警啊！」一個下流瘋子喊著。這些傢伙在警察局一定留有一長串案底。在吧台工作的可憐鬼嚇得要死，不知道該怎麼辦。

卑比站得筆直，高高地挺起脖子。他的眼光掃過吧台一圈，再掃向樓上。

「有人看到嗎？你們有人看到發生了什麼事嗎？」他對著一群人大吼。這群人看起來是商校的學生，像是會打英式橄欖球的人，不過他們也同樣嚇得要尿褲子。

「沒看到啊……」其中一個人結結巴巴地說。

我得趕緊下樓去。我告訴海瑟和君恩，千萬不要離開二樓。卑比好像克莉絲蒂偵探小說中的某個神經病偵探，他眼光再一次掃過每個人。他快要爆發了，他媽的很明顯，他想要惹麻煩啊！我跑到樓下，拿了一條吧台的毛巾，想幫那個頭破掉的下流胚止血。這王八蛋居然對我咆哮，我不知道他是要表示感激，還是準備要踩爛我的鳥蛋，總之，我還是繼續我的援救動作。

下流瘋人團中的一個胖子，走向坐在吧台的另一群人，對著其中一個人的腦袋砸了一記。這個舉動引起了一陣騷動，女人開始尖叫，男人也受到了驚嚇，彼此互相推擠，然後開始打架。空氣中充滿了玻璃碰撞碎裂的聲音。

剛才我想要幫他止血的那個男孩，他的白色襯衫沾滿了血。我推擠著人群飛奔上樓，想回到海瑟和君恩那邊。有個人朝我的臉上揮拳。我的眼角餘光有點察覺對方的攻擊，於是敏捷地閃開，並沒有真的被他打中。我轉身看著那個攻擊我的人，結果他竟然說：「來打我啊，白痴。你來打我啊。」

「媽的你滾蛋啦，」我搖頭回答。這個瘋子真要衝過來對我動手了，不過他的朋友抓住了他——抓得好，因為我根本不是他的對手啦。這傢看起來有點酷，他的拳頭力道恐怕不得了。

「媽的，毛仔，你別捲進去啦！媽的這都是那個人惹的禍，」對方的朋友說。我小心翼翼地逃開。海瑟和君恩走下樓梯來找我。毛仔——也就是那個攻擊我的人——現在正要向別人下手了。酒吧的一樓終於暫時空出來一條生路，我催海瑟和君恩快走，從酒吧的大門閃人。

「老兄，讓路給小姐吧。」我們差點撞上兩個男人，於是我請他們讓我們借過。其中一個男人往另一個男人身上靠，讓出了一點空間，我們才擠出了酒吧。在玫瑰街的這家酒吧外頭，卑比和那個喝雙份伏特加的男人，正在合力痛踢一個可憐鬼。「法蘭哥！」君恩發出讓人血液凍結的尖叫。海瑟牽著我的手，想把我拉走。

「卑比！好了啦！」我抓著卑比的手臂，向他吼叫。他停下來不踢人了，卻仔細看著被他踢的人。他把我推開，轉身向我看了一眼，在一分鐘的時間內，我以為他要向我動手。他好像沒有看見我，沒有認出我是誰。然後他說，「懶蛋，我們雷斯的人[11]，是沒有人可以惹的。懶蛋，這個道理你一定要知道，你一定要知道這個道理。」

「好啦，老兄。」那個喝雙份伏特加的男人說。他是卑比的共犯，一起欺負別人。

卑比對了他笑笑，然後竟然往對方的下體踢了一腳。雖然他並不是踢在我身上，可是連我都覺得好痛。

「好個屁，你媽的屄！」卑比冷笑道。他在喝雙份伏特加的男人臉上打了一巴掌，把對方打倒在地上。這傢伙的嘴裡吐出一粒子彈般的白牙。那顆白牙掉到了幾呎遠的人行道紀念地磚上。

11原文為「YLT」，為雷斯的幫派名稱。

「卑比！你在幹什麼啊！」君恩尖叫道。警車警報聲向我們接近的時候，我們正忙著把地上的可憐蟲扶起來。

「這個傢伙，這個傢伙和他在酒吧裡的朋友，媽的就是拿刀砍傷我弟的兇手！」卑比憤怒叫道。君恩看起來很無奈。

卑比在胡說八道啦！卑比的弟弟叫做喬，幾年前在尼德利[12]的酒吧和人打架，被人用刀子砍傷。事實上，這場架是喬自己惹起來的；他也沒有被砍傷得很嚴重。再說，卑比和喬這對兄弟根本就合不來啊！可是從此之後，卑比就把喬和人打架受傷這回事當作最佳的幹架藉口：每當他自己又酗酒了，又和地方人士幹架起來了，他就可以馬上把喬打架受傷的陳年往事拿出來做為藉口，而且把自己說得很高尚。反正他就是行得正；他就是得理不饒人。這就是他講的道理。在這種時候，連我都要閃遠一點。

海瑟和我走在卑比和君恩後面。海瑟想要走了。「卑比真是有病。你有沒有看見他把人家的頭打成什麼樣子？我們快閃人吧。」

結果呢，我竟然也對海瑟說謊了。我竟然想要為卑比的行為辯解。媽的真是太可怕了。我就是沒有辦法面對海瑟的憤怒，再說，面對她的憤怒也很麻煩，說謊反而比較簡單些。所以我們這夥人，一旦碰到了和卑比有關的事，就會盡量說謊。結果呢，我們說出來的一個個謊話，打造了一個卑比的神話。我們相信這個神話，卑比本人也相信了。卑比變成今天這樣的怪物，我們這夥人要負很大的責任。

迷思：卑比很有幽默感。

事實：卑比的幽默感，只是建立在他人的不幸、挫折，和弱點上面；而且，通常都針對他的朋友發作。

迷思：卑比是條「硬漢」。

事實：以我個人的看法，我不會給他這麼高的評價。如果卑比眞的是條硬漢，在他打架逞強的時候，就不該帶刀子、棒球棍、金屬指套、啤酒杯、甚至是削尖的毛線針。可是大多數人和我一樣，都被卑比嚇得要死，根本沒膽去親身檢驗卑比到底是不是一個眞正的硬漢。然而，大家都不是很相信卑比是硬漢。有一次在幹架的時候，湯米就揭發了一些卑比的罩門。後來，湯米竟然和卑比打得不分勝負，可見得卑比的身手並沒有比湯米好嘛。湯米就是太嫩了啦，難怪卑比啊，我必須說，卑比就把湯米吃得死死的。

迷思：卑比的朋友都喜歡他。

事實：大家都怕他啦。

迷思：卑比絕對不會欺負朋友。

事實：他的朋友都對他小心翼翼，退避三舍，不敢去證實卑比會不會欺負朋友。有時候有人還是惹毛了卑比，結果卻證明了卑比也會欺負朋友。

迷思：卑比會為朋友撐腰。

12尼德利，愛丁堡郊區地名。

事實：如果有個單純弱小的傢伙，不小心把啤酒灑到了你的身上，卑比會把他扁到屁滾尿流。如果是一個神經病狠角色對卑比的朋友發威，卑比反而就不會發作了。原來，平時和卑比來往的朋友只是普通朋友，而那些神經病角色對卑比來說，卻是比普通朋友更要好的好朋友。卑比和這夥神經病好朋友認識的地方，都是在少年感化院、監獄之類的社交圈，總之就是混蛋才會進出的俱樂部。

總之，因為有了這些關於卑比的迷思，我才知道如何面對這一夜的種種危機。「海瑟，我知道卑比是個暴躁易怒的人。那幫人害他的弟弟喬一輩子靠維生設備生存。他們兄弟兩人的情感很深厚。」

卑比是個垃圾——我已經習慣了。小學上學的第一天，老師就告訴我：「你坐在卑比旁邊。」二年級的時候也是一樣。我當時在學校拚命用功讀書，晉升到升學班，全都是為了擺脫卑比。後來卑比被退學，轉學到另一家學校，然後又被分發到一家在波蒙特的學校。結果我的學業表現也從此一落千丈，又被送回了放牛班，因為少了卑比，我就失去用功上進的動機。不過也好，至少班上沒有卑比了。

後來，我去哥吉那個地方，在一個建築工那裡當見習生，學習製作木工。我去塔爾佛職校，選修木工國家鑑定的課程。當時我在餐廳吃著薯條，卑比竟然走了過來，身邊還跟著一群惡棍。他們是來參加一個專為不良少年開辦的金屬製造課程。這個課程，似乎是在教他們如何製造尖銳的傷人金屬武器，而不是在教育他們為國家生產國防裝備。

後來我不學木工了，改進升大學的預備學校，然後進了亞伯丁大學。我有點希望看到卑比出現在亞伯丁大學的迎新舞會上，把那些四眼中產的王八蛋痛扁一頓。卑比一定會認為那些王八蛋在偷瞄他。

卑比絕對是一等一的大混蛋，任何人都無可否認。可是最大的問題是，畢竟他還是朋友，你又能拿他怎樣呢？

我們加快了腳步，跟著他們在馬路上走著。我們是生命爛成一團的四人組。

有夠失望

我記得這個人。我他媽真的記得這個人。我曾經認為他是個超屌的硬漢，以前在克瑞基高中的時候，記得嗎？他和凱文・史特洛納那夥人混在一起，都是很屌的角色。別誤會我的意思，我以前覺得這傢伙並不遜。可是我想到有一次，幾個男的還問他是從哪裡來的，其中一個說：「傑基！（這就是他的名字），你他媽是從葛蘭町，還是羅伊斯町來的啊？」這傢伙回答：「葛蘭町，就是羅伊斯町；羅伊斯町，就是葛蘭町啊。」[13]從此之後，這個混蛋在我心中的評價，馬上一落千丈。靠！這是以前狗屎學生時代的事了，已經他媽好久好久以前了。

總之，前幾個星期，我和湯米、席克、第二獎一起在玩撞球。然後這個傢伙，這位名叫傑基、大個子的克瑞基瘋狂校友，走進了酒吧。他根本媽的沒有跟我打招呼。我記得以前我和他一起用石頭打爛很多他媽的螃蟹，就是在他媽的港口那邊，知道吧。可是，這傢伙媽的根本沒有認出我來，根本沒有認出我，以為我是陌生人啊？……這個爛痞子。

後來這痞子的朋友，一個肥臉仔拿錢出來，想打撞球。我對他說：「那個人是比你先來的。」我指著一個戴眼鏡的瘋小孩說。這個瘋小孩的名字早就寫在黑板上了，可是如果老子我沒有出來說話，他就會一直被別人插隊，只能乖乖坐冷板凳、幹譙一整天。

叫我和人幹架，我一定奉陪；如果有人先動手，沒問題，我就上。我不是那種愛找麻煩的屁蛋，但是我現在手上還拿著他媽的撞球桿，如果那個肥臉仔惹我，我就可以把撞球桿插到他肥臉上，插到他爽。我身上可是有帶傢伙的。一點也沒錯。我說過，老子我不想惹是生非，但是如果有哪個找死的混帳王八蛋想給我找碴，老子我一定奉陪到底。所以，那個戴眼鏡的小傢伙放了錢，而且開始撞球，還得分了，你懂了嗎？肥仔坐了下來，嘴裡唸著幹譙的話。我一直注意那個硬漢，但是他不認我的硬漢，至少以前在學校裡，他是很硬的一條漢子。這傢伙一句話也不吭，嘴巴閉得緊緊的，真是個痞子。

湯米對我說：「喂！法蘭哥，那個男的很不賞臉啊？」湯米這傢伙，什麼都不怕的。肥仔和那個所謂的硬漢聽見了湯米說的話，可是他們什麼反應都沒有。肥仔和那個所謂的硬漢。我們可以兩個對兩個一起打撞球，兩個對兩個，正好。第二獎不算。別誤會我喔，我很鼓勵這傢伙和我比球喔，可是他這個人碰到要比賽的事，總是沒頭沒腦的。他醉到連桿子都拿不穩。現在只是他媽的星期三的早上十一點半呢。我們大家本來可以好好一起玩幾桿的，可是那幾個痞子就是不領情。我

13 這個人的回答是錯的。葛蘭町是當地發音的念法，原本該讀為葛蘭登，在愛丁堡；羅伊斯町原來的讀音應為羅伊斯登，在格拉斯哥。兩個地方根本不同。

他媽從來不把那個肥仔看在眼裡，但是我對這個所謂的硬漢，實在失望到了極點。他根本就硬不起來，根本就不是什麼狗屎硬漢。說實話，他只是個爛貨肉腳。真是他媽的屄讓老子失望透了。幹！

都是老二惹的禍

在身體上找出可以插針的血管，實在是件他媽很詭異的事。昨天我不得不把一管藥打進我老二裡，因為我身上最好找的血管就長在我老二上[14]。我希望以後不必老是在老二上打藥。這個時候，聽起來很難想像吧，原來我那根屌除了尿尿，還可以有別的用途。

門鈴響了！媽的。一定是那個豬頭狗屎爛屁房東。我的房東是巴斯特的兒子。老巴斯特是個好好先生，不過現在已經在天國安息了。他以前從來沒有因為房租找過我麻煩。老傢伙啊！每次他過來的時候，我都故作乖巧，幫他脫掉夾克，請他坐下，拿啤酒孝敬他。我們會聊起賽馬，以及五〇年代西伯隊的「五大天王」，就是史密斯、強斯敦、雷利、吐恩波和奧蒙德。我對五〇年代的賽馬老故事，以及當時的西伯隊，完全一無所知，但這是我和他巴斯特老人家唯一可以聊的東西。久了之後，我對這兩個話題，竟然也漸漸如數家珍。然後，我會從老傢伙夾克中的錢包裡，偷一些錢來貼補自己的荷包。他經常帶一大疊鈔票在身上。我再把從他身上偷來的錢，當作房租還給他，或者告

14 指他身上別的地方都找不到可以打針的血管。

訴這老傢伙，我已經付過房租了啦。

缺錢的時候，我甚至會打電話叫老傢伙過來，好偷拿他的錢。變態男和屎霸住在這兒的時候，我會跟老傢伙說，屋子裡的水龍頭漏水啦，或者玻璃窗破啦。有時候，我們甚至會自己把窗戶弄破。有一次，變態男用黑白電視機把窗戶砸爛，再把這個乖老頭找過來，洗劫他的錢包。這老傢伙的錢包，還真他媽的是一大筆財富。他的錢，如果我不去偷，別的搶匪還是會給他搶走。

現在，老巴斯特已經進了天國，換成他脾氣古怪的混蛋兒子當房東。這混蛋竟敢用這種爛屋子跟人討房租。

「藍丹啊[15]——」有人對著我的信箱口大叫。

「懶蛋！」

那不是房東啦，是湯米。這痞子幹嘛選這個時候跑來串門子啊。

「等一下，湯米。我馬上就來。」

我已經連續第二天在老二上打針了。針頭刺進去的時候，我的老二好像一條正在進行生物實驗的海蛇，又醜陋又可怖。每過一分鐘，我的打針歷程就更加噁心一點。藥物的勁道直奔我的屁眼。我得到了一種魔術般的高潮，然後……我覺得想嘔吐。我低估了這玩意兒的純度，一次注射了太多量。我來個深呼吸，振作一下。感覺到一股細薄的氣流，從我背後的一個彈孔，吹進我的體內。別緊張，這並不是服藥過量。我繼續深呼吸，放輕鬆，感覺好極了。

我搖搖晃晃地跑去開門，讓湯米進來。這個動作，對我來說反而不簡單。

湯米的樣子屌到讓人眼紅。他那地中海型的黝黑膚色始終如一，頭髮被太陽自然曬成金色，修剪得有型的短髮，用髮膠抓起來。他一邊的耳朵釘著一只金色的耳環，溫柔的天藍眼珠子。坦白說，湯米是個皮膚曬成古銅色的美男子。所有最好的優點，全在他身上了。他英俊、隨和、聰明，也很會幹架。照理說，湯米應該讓人嫉妒，然而事實並非如此。或許因為湯米對自己沒有自信，所以沒有充分利用他的優勢。他不是虛榮的人，並不會變成大家的眼中釘。

「我和莉西，分了，」他說。

我不知道應該先恭喜他，還是先同情他。莉西或許床上技巧非凡，但是她有一張利嘴，和一種足以割掉男人老二的目光。我想湯米需要紓解一下心情。我看得出來他心事重重，因為他並沒有因為我在用藥而罵我傻，他甚至根本沒注意到我正嗑藥嗑到駭。

我非常努力地表現出我對湯米的關心，儘管我沉醉在海洛英的自我世界裡，我對一切漠然處之，外面的世界對於我而言，都是狗屁。「她讓你很不爽嗎？」我問。

「不知道。說實話，我最懷念的是跟她做愛。就是擁有一個愛人的感覺，你懂我的意思嗎？」湯米很需要黏人的，他黏人的程度比一般人大多了。

我對莉西的印象，是從念書的時候開始。當時我、卑比，和蓋瑞．麥克維，三個人在雷斯高爾夫球場公園裡，躺在田徑跑道的下面，躲避混蛋舍監瓦雷斯的監視。瓦雷斯是個賊眼痞子，最頂級的納粹法西斯混蛋。我們選擇這個位置，因為可以從這裡看到女生穿著小短褲賽跑，順便收集一下打手槍的幻想材料。

15「懶蛋」（Rents）的名字在英文中即房租之意。

莉西在跑道上賽跑，但是跑在第二個位置，落在瘦高腳步又大的摩根・「真銳」・韓德森後面。我們趴在地上，手肘撐著腦袋，看著莉西以一股邪惡又堅定的表情，努力向前衝，她賽跑時所顯露的個性，正符合她一貫的行事作風，邪惡又堅決。真的是她的一貫作風嗎？以往湯米失戀的時候，我都會詢問他的性生活如何。但是現在我不會問了——唉，我還是會啦。總之，我們三個趴在地上，我聽到呼吸沉重的聲音，轉過頭去，發現卑比正盯著那群妞兒，慢慢扭動他的屁股，口裡唸著：「莉西・麥琴塔……小騷貨……我一週七天都要插死妳的小屁屁……插妳的小屁屁……幹妳的大奶奶……」

然後，他的臉垂了下去，倒在草皮上。我以前對待卑比，還沒有像現在這樣小心提防。那個時候他還不是狠角色，只是個想當老大的痞子，他對我哥哥比利還會敬畏三分。在某個程度上，唉，其實是在每個方面，我很賤，都是拿我哥比利的威望當靠山，而我自己不敢承認自己是個小角色。總而言之，我們把卑比從背後拉起來，看到他沾著泥巴的龜頭，還在滴著精液。原來這痞子偷偷地用他的彈簧刀，在柔軟的草皮上挖了一個洞，然後把老二插進土裡，幹了起來。我真要嚇死了。卑比就是不得了。這痞子當年還比較隨和些，那時候，他還沒有變成百分之百的自大狂，也就是說，那時候，還沒有謠言說他是個不可救藥的神經病。

「你這個低級貨……」蓋瑞說。

卑比把老二收回去，拉上拉鍊，然後把手上的精液和泥巴，全部抹在蓋瑞的臉上。

蓋瑞被搞得飆起來了，我也差不多打完槍了。蓋瑞站了起來，用腳去踹卑比的球鞋鞋底，然後就七竅生煙落跑了。我回想起這個故事，總覺得這個故事的主角其實是卑比，而不是莉西啦。雖然說，畢竟是莉西和「真銳」賽跑時的傑出表現，造就了這段精彩歷史。

總之，過了幾年之後，湯米把上了莉西。大家都在想：「走了狗屎運的死小孩湯米。」甚至連變態男都沒有上過莉西呢！

真奇怪，湯米到現在還沒有提到海洛英。我整個屋子都是注射毒品的工具，他或許看得出來我已經被藥打昏頭了。通常在這種時候，湯米就會開始很迂腐地用我老媽的口吻說，「你在自殺啊？別再嗑藥啦！你應該丟掉毒品，好好過自己的日子！」之類的一堆屁話。

但是，現在他卻說：「馬克！用藥的感覺是怎樣的啊？」他的聲音中充滿著疑惑和好奇。

我聳聳肩膀，不大想討論這個問題。有一種人，上了名校，取得好學位，在金融界上班，付很貴的費用去看心理醫生，卻還要和我這種下三濫攪和，真是夠朋友啊。湯米現在堅持要我把我的感覺分享給他。

「告訴我，馬克，我想知道嘛。」

但是在那時候，我稍微想了一下，又覺得：朋友嘛！生命中總是會發生些大事小事，通常是他媽的小事啦，他們總會希望有個人能指點他一下，心理專家和思想警察當然會指點他，但是我也想到了一套理論。我現在可以既平靜又清晰，而且非常自在地說出我的一番大道理。

「我也不知道，湯米，我不知道。我只是感覺到，嗑了藥之後，一切事物都變得更加真實了。生命既無趣又無謂。一開始，我們對生命期待很高，然後努力和生命搏鬥。我們都知道，我們都會在尚未得到生命真正的解答之前死去。我們都發展出又臭又長的各種理論，想要用不同的方式來解釋生命的意義。可是，當我們在面對知識、大道理，面對真實世界的時候，卻又非常的無能無力。生命基本上既短暫又讓人失望，然後，我們就這樣死了。我們的生命中充滿了一堆狗屎，例如事業、感情……這些東西欺騙了我們，讓我們以為生命是有意義的。海洛英是一種教人誠實的藥，因為它過濾掉了生命中的謊言。有了海洛英，你在心情好的時候，會覺得你是不朽的。當你情緒惡劣的時候，它會更加強你原來就有的感覺。這是唯一真正誠實的藥品。它不會改變你的意識，卻會去琢磨你原來的自我，讓你真正感覺到完整的人生。用過這種藥之後，你會真正瞭解到這個世界的悲哀，你無法再麻痺自己，視而不見。」

「屁！」湯米說：「完完全全狗屁不通。」或許湯米說對了。如果他上個星期問我這個問題，我可能會給他完全不一樣的答案。如果他明天問我，又會是另一種版本。但是現在這個時刻，我的概念是，有了藥物，其他東西似乎全都無聊又無所謂。

我的問題是，每當我意識到我可能會得到我想要的東西，或是覺得我真的會得到我想要的東西——例如女友、房子、工作、教育、金錢等等——我馬上就覺得我追求的這些東西枯燥乏味，我再也不想珍惜。可是毒品不一樣，你不是那麼容易就拒絕得了它；它不會輕易放過你。面對毒品是一種終極挑戰，也是一種擋不住的快感。

「那也是一種擋不住的快感。」

湯米看著我說：「讓我試試，讓我爽一下吧！」

「滾你的！湯米。」

「你說那是一種擋不住的快感，我真的想經驗一下。」

「不可以！拜託，湯米，聽我的話。」我這樣說，似乎更加鼓舞了他的興致。

「我有帶錢啊，拜託，幫我打一針吧！」

「湯米……不要鬧了……」

「我告訴你。拜託……我們不是好哥兒們嗎？幫我弄一管吧！我他媽承受得起的。只打一針不會怎麼樣的。來吧！」

我聳聳肩膀，答應了湯米的要求。我把工具仔細地清洗乾淨，燒了一份劑量較輕的藥，然後幫他注射進去。

「這真是他媽太屌了！馬克……好像在玩雲霄飛車……我的頭在轉……我的頭在嗡嗡叫……」

他的反應真是嚇了我一大跳。某些人的體質，先天就是該用海洛英……

後來，湯米藥效退了之後，準備要回去了。我告訴他：「你終於破戒了。是你自己要加入嗑藥俱樂部的喔。麻醉藥、迷幻藥、安非他命、搖頭丸、魔幻香菇、寧比泰藥錠[16]、鎮靜劑[17]、海洛英，都是我們俱樂部的寶貝。敲敲你的腦袋搞清楚，這是你的第一次，也是你的最後一次。」

我這樣說是因為，我知道這傢伙一定會向我要一些海洛英帶回去。但是我手邊的量連自己用都不夠，我永遠都不夠用。

「你說得對極了，」他說著，穿上了夾克。

湯米走了之後，我頭一次感覺到老二奇癢無比。我不能用手抓，如果我用手抓老二，老二可能會被細菌感染。到時候，問題就真正大條了。

16 寧比泰是一種巴比妥鹽，是嗑藥者弄不到毒品時，用來擋癮的。
17 即凡寧錠，曾為台灣流行的合法處方藥，之前懶蛋在戒藥的時候就是用他母親的鎮靜劑幫助他閉關。

星期天的傳統早餐

我的老天！媽的，現在我人在哪裡啊……現在，我在的這個房間，我根本沒有印象啊？回想一下，德威[18]，回想一下啊……。我好像嘴巴太乾了，結果舌頭都卡住不動了。真是有夠機車……有夠幹……有夠……媽的，鳥事不會發生吧！

挖勒……幹……拜託……不會……吧！

求求你，老天爺……

老天爺，求求你別讓這種事情發生，真的求求你……

唉呀，我在一個陌生的房間，一張陌生的床上醒了過來，全身上下沾滿了我自己的穢物。我在床上小便，我在床上嘔吐，我還在床上大便。我的腦袋正在嗡嗡叫，我的肚子咕嚕咕嚕好像要拉肚子。這張床一團糟，真的是他媽一團糟。

我把床單抽了出來，連床罩一起拿起來，把我的糞尿和穢物組成的一大團臭東西，捲在被單中心。我包得非常緊實，一滴不露喔。再把床墊翻個面，把潮濕的那一面藏在底下。然後我走進浴室，把身上、胸口、屁眼上臭死人的大便小便，全部洗乾淨。我想起來我在哪了，我在蓋兒的媽媽家啊！

真衰小！蓋兒的媽媽家？我是怎麼來到這裡的？回到房間，我看到我的衣服疊得整整齊齊的。我的老天爺啊！

是誰把我的衣服脫掉的啊？

我開始把時間往前推。今天是星期日，昨天是星期六。漢普敦準決賽的日子。我一定是在比賽結束前或之後，把自己搞成這副雞巴樣。我們隊根本沒機會贏過格拉斯哥，在漢普敦球場，有那種裁判，還有那一大狗票的大群後援會球迷在叫囂，我們怎麼可能贏得過。與其去看自己支持的球隊輸掉，還不如好好樂他一下。我不是故意安排這樣度過一天的。我甚至不記得我到底有沒有去看球。我在杜克街搭公車到馬克斯曼，跟湯米和懶蛋那夥雷斯幫的哥兒們碰面。媽的！我想起來了！我想起比賽前在魯斯葛倫發生的事情了。我想起來了，我吃了摻大麻的蛋糕，用了安非他命、迷幻藥、海洛英。最要命的，是酒。我在跟大家碰面之前。先喝了一大瓶伏特加，才去跟他們在酒吧見面的。

蓋兒昨晚是怎樣和我碰面的呢？我也搞不清楚。幹！到底怎麼回事啊？我又回了到床上，沒有床單的床墊和被子[19]，感覺冷颼颼的。幾個小時之後，蓋兒過來敲門了。我和蓋兒在一起約會了五個星期，但是還沒有上過床。蓋兒說她不希望我們的關係是從肉體開始，不然我們的關係就只會停

18 這個人就是德威，他在自言自語。

19 收起來的東西是床單和床罩，但沒有收起被子。歐美中上階級家庭的床上，在被子上面還要放一層床罩。

留在肉體的層次了。她讀到一篇《柯夢波丹》雜誌上的文章，決定要把文章中的知識運用在實際生活中。於是，五個星期之後，我的睪丸充滿了精蟲，都快要腫成大西瓜了。我的糞尿、嘔吐穢物之中，搞不好爬滿精蟲。

「德威．米其，你昨天晚上的表現很失態喔！」她帶著控訴的口吻說道。她是真的生氣，還是在假裝嬌嗔啊？我實在看不大出來。然後她又問：「為什麼床單不見了？」這下她真的生氣了。

「嗯……蓋兒，出了一點小意外吧！」

「好啦！別管那麼多了了。跟我下樓吧，我們正在吃早餐。」

她走了，我虛弱地穿上衣服，膽怯地走下樓梯，真希望我是個隱形人。我把那一大包床單拿在手上，我想帶回家洗乾淨。

蓋兒的父母端坐在廚房餐桌前。屋子飄著傳統星期天早餐的味道，以及烹調油炸的聲音，一切都讓我覺得噁心死了。我的肚子馬上開始翻攪。

「有人昨晚出了點狀況喔……」蓋兒的母親說道。但是還好，她的語氣是說笑的，不是在生氣，我鬆了一口氣。

我仍然羞得滿臉通紅。修斯頓先生也在餐桌上，他試著幫我打圓場：

「有時候放鬆一下，也是很好的啊！」修斯頓先生倒是很站在我這一邊。

「有時候緊一點，更好，」蓋兒說道。我的眼角偷偷瞄向她，她的父母並沒有注意到。蓋兒才發現她發言不當。緊一點當然很好啊——好個屁！

「修斯頓太太，」我指著床單說，這綑床單在我腳旁，就放在廚房的門口。「我把你們的床單和床罩弄得有點髒，我想拿回家洗乾淨，明天再帶過來。」

「唉唷！孩子啊，不用擔心啦！我把床單直接丟進洗衣機就可以了。你快坐下來吃早餐吧！」

「不行啊……這些床單……真的被我弄得很髒唷。我很不好意思啦，我要帶回我家洗。」

「我的乖乖！」修斯頓先生笑了。

「不！你坐著，孩子。讓我來處理。」修斯頓太太走過我的面前，拿起了那一包東西。廚房是她的地盤，她要在這裡做什麼，誰敢說不？我把那包東西拉回來，但是修斯頓太太的動作真是夠快，力氣也還真他媽的夠大。她一把從我的身上又抓了回去。

床單被扯張開了。滑溜溜的糞尿、噁心死的嘔吐物、酒臭的髒東西，全部彈出來了，灑得地板到處都是。修斯頓太太站在那兒，嚇得動也不動，過了幾秒鐘之後，她跑去水槽，開始大吐特吐。

黑褐色的臭屎斑斑，大珠小珠直直落，噴到了修斯頓先生的眼鏡、臉，和白襯衫上面。屎尿混和物濺上了餐桌，沾上了桌布，掉進了修斯頓先生的星期天傳統早餐，好像被炸魚薯條店的稀釋醬汁弄得一塌糊塗。蓋兒的黃衣服，也沾到了一些大便。

幹……他媽的……老天。

「我的天……我的天啊……」修斯頓先生一直重複著這句話，修斯頓太太看到之後大聲尖叫。而我，則可憐兮兮地忙著把那些髒東西，用床單再收集起來。

蓋兒嫌惡地看著我。我覺得我們的關係，應該就到此結束了。我永遠都沒辦法把蓋兒搞上床。我生平第一次覺得沒和她上床也無所謂，我只想趕快逃離這個地方。

嗑藥血淚筆記65號

突然變冷了，變得他媽非常的冷。蠟燭快要點完了。只有電視，提供了整個室內唯一的光線。電視裡有些黑黑白白的東西……不過那是一台黑白電視，所以當然會有黑黑白白的東西……如果是彩色電視，效果會不一樣吧……或許吧……

眞是凍死人了。可是如果我動一動的話，會更覺得冷。如果我動一下，我就會知道，我不該動，我最該做的事就是不該動，才不會覺得冷。這樣動都不動，至少我還可以幻想我有辦法讓自己暖和：比如說，我可以幻想自己走動一下，或者把爐火點燃。可是我的保暖祕訣是，盡可能不要動，這比從房間的這一頭走對角線到另一頭，去打開暖氣，來得簡單多了。

房間裡還有另外一個人。我想是屎霸吧。在如此的黑暗中，實在很難分辨到底是誰在屋子裡。

「屎霸……屎霸……」

他不發一言。

「兄弟！好冷喔。」

屎霸……如果是他的話……仍然不發一言。他可能已經死了，也可能沒死，因爲我看到他的眼睛是睜開來的。不過，那也並不表示他還活著。

在「日光港口」酒吧痛不欲生

楞尼看著手上的牌，然後觀察朋友的表情。

「等什麼啊？比利，趕快出牌啊！」比利攤開手中的牌給楞尼看。

「兩張A喔！」

「走了狗屎運，比利．藍登[20]，你真是他媽走了狗屎運，」楞尼的拳頭對準掌心捶下去。

「快給錢吧！」比利．藍登說著，拾起地板中央的一疊鈔票。

「納仔，幫我把啤酒丟過來，」楞尼說。但是這罐啤酒卻沒有被接牢，掉到了地上。楞尼打開啤酒，一大堆啤酒沫濺到了匹斯柏身上。

「媽的你白癡啊！」

「抱歉，匹斯柏，是他的錯啊，」楞尼笑著指著納仔說：「我要把他啤酒丟給我，並沒有要他把啤酒往我頭頂上扔啊！」

楞尼站了起來，走到了窗前。

「還沒看到他人嗎？」納仔問道：「沒有那筆錢，這場賭局真是玩不起來。」

「沒有，這傢伙不知道死到哪裡去了？」楞尼說。
「打個電話給他吧，搞清楚到底是怎麼回事。」比利提議。
「好吧！」
楞尼到大廳撥電話給菲爾．葛蘭特。這種小兒科的賭局，沒有錢下注，他們玩得很沒興致。如果葛蘭特帶那筆錢過來，大家會玩得比較有勁兒。
對方的電話一直響著，卻沒有人接。
「沒人在家啊！就算有人在家，也沒人接他媽個電話，」楞尼告訴大家。
「這傢伙，沒有拿了那筆錢落跑吧？」匹斯柏笑著說，但是笑得很不自在——他說出了大家最恐懼的一件事，大家本來都不敢說出口的那件事。
「他敢這樣，就完了。我最恨那種占朋友便宜的人，」楞尼吼著。
「你為什麼這樣說呢？那到底還是葛蘭特賭贏的錢啊。他可以隨他高興花用啊，」傑基說。
大家看著傑基，眼神意味深長，而且具有敵意。楞尼說：「你去死啦！」
「至少，葛蘭特正正當當地贏了那筆錢。我知道啦，我們是有個默契啦。我們籌一大筆賭博基金用來賭牌，這樣打牌才會刺激。然後，再把贏來的錢平均瓜分。我知道大家都說好了！我想說的是，以法律的角度來看喔……」傑基為他的立場辯護道。
「那筆基金，是我們大家的錢喔，」楞尼厲聲說：「葛蘭特應該知道，這筆錢是不可以私吞的

20比利．藍登，是懶蛋的哥哥。

吧？」

「我知道，我只是說，站在法律立場來看啊……」

「閉上你他媽的狗嘴，」比利打斷了傑基的話：「我們沒有站在法律立場看這件事，我們現在是他媽站在朋友的立場。如果什麼事都要講法律，你那間死老百姓的爛公寓，根本別想有半件家具了。」

楞尼點點頭，同意了比利的說法。

「我們現在做個結論吧。葛蘭特今晚沒出現，一定有個理由吧。可能有人在堵他？」納仔提出了他的看法。他長滿痘子的臉繃得很緊。

「可能他被搶了，搶匪拿走了那筆錢……」傑基說。

「葛蘭特不可能被搶啦，他的樣子看起來就像是要去搶別人，怎麼可能會被搶。如果他想用這一招給我耍花樣，我會讓他好看，」楞尼正處在非常焦慮的狀態中。他們現在談的，是一筆大家的賭博基金啊！

「我只是說，拿那一筆錢落跑，是白癡才會做的事啦！」傑基再次發表聲明。他有一點被楞尼的態度嚇到了。

過去六年當中，葛蘭特從來沒有錯過任何一場週四夜的賭局，除非他跑去度假。他是這群人當中，非常值得信賴的中堅份子。楞尼和傑基都很懷念那一段一起打架，一起搶錢的好哥兒們時光。賭博的基金，過節的基金——這是從他們十幾歲一起去猶德瑞馬[21]度假的時候，一直遺留下來的傳統。現在大家都長大了，他們的聚會也變成了小圈子聚會，或者是帶著老婆女友參加的聚會。

為什麼每個人自己賭博的錢，和大家一起共同的賭博基金，會攪和在一起呢？這就得回溯到多年前他們喝醉的一個場合。匹斯柏——當時是他們的總務——開玩笑地把一筆大家共有的基金丟過去當賭注。他當初只是為了好玩這樣做。他想要體驗一下，把所有錢全部豁出去的感覺。享受一下那種刺激感，然後再把錢平均瓜分，假裝進行了一場豪賭。每當他們有經濟需要，不可以隨便花錢的時候，他們就會用「賭博基金」來賭錢，而不會用「個人口袋裡」的錢。好像在玩大富翁遊戲那樣，用玩具鈔票，而不是真的有輸贏。

有幾次，特別是某個人「贏走」了所有的錢，就像上星期葛蘭特那樣的狀況，大家的心中就會開始出現奇怪而危險的複雜情緒。他們是好哥兒們，大家都不會對彼此出賤招使詐。他們相信沒有人敢把錢全部拿走，一方面是因為大家都講情義，另一方面是因為大家不會為了兩千英鎊而拋棄家庭。如果有人拿了大家的錢落跑，就等於要拋棄家庭，遠走高飛。這就是拿錢落跑的下場，他們不斷地自我提醒，自我要求。大家最害怕的，就是錢被偷走。這筆錢擺在銀行裡還比較安全些吧。大家愈來愈神經質，陷入了集體抓狂的情緒。

第二天早上，葛蘭特還是沒有出現。楞尼該去救濟金中心報備，報告他的生活狀況，不然他就會失去領救濟金的資格，可是他遲到了。

「李斯特先生啊，你就住在我們辦公室附近，而且你每兩個星期才需要來報備一次，你竟然還會遲到喔。我們對你的期待並不是很過份吧？」中心的職員，蓋夫．湯普利，用一種很跋扈的口吻說道。

「湯普利先生，我知道你們的基本立場啦。可是我也知道你一定會體諒我的狀況啦。我是個大忙人，有好幾個忙得要死的生意要顧啦。」

「去死啦，楞尼，你根本就是個懶骨頭。我在王冠酒吧和你碰面吧，我要吃午飯，你在十二點的時候去那裡找我。」

「好啦。蓋夫，我需要跟你調點錢。明天交了房租之後，我就他媽破產了。」

「沒問題。」

楞尼走進酒吧，坐在吧台上，拿著一杯啤酒，閱讀《每日記錄報》。他想點根菸抽，但是還是放棄了。現在的時間是上午十一點零四分，他已經抽掉了十二支菸。每一次他被迫在早上起床，他就會這樣，抽很多菸。他抽了太多的菸，如果他賴著不起床，他就可以少抽點菸，所以通常不到下午兩點，他是不會起床的。這些幫政府工作的痞子真是有夠堅決，楞尼想著：他們堅決要你早起，以便讓你多抽一點香菸，順便毀掉你的健康和你的錢包。

《記錄報》的背頁一如往常，充滿了藍杰隊和塞爾特隊[22]等等的足球垃圾文章。桑尼斯[23]盯住英格蘭第二分隊的一個傢伙，麥克尼爾[24]說塞爾特隊恢復了鬥智。沒有一則體育評論提到哈茲隊。喔，哈茲隊的吉米．山迪森稍微被提到了一點點，他說的同一句話被引述了兩次，而且這一小段話只是節錄呢。報上還有一小段文字，討論為什麼西伯隊的米勒仍然認為自己是這一行最屌的球員，說他在過去的三十場比賽中，只踢進了三球……全都是沒有營養的廢話。

楞尼翻到第三頁。他很喜歡看《記錄報》上，衣服穿得少少的性感女郎，反而不大喜歡《太陽報》

上的上空裸女。還是有一點幻像空間比較好些。

楞尼從眼角的餘光，看到了寇林．達爾利許。

「寇哥，」楞尼頭也不抬地說，捨不得把眼光從報紙上轉開。寇克把一張高腳凳推到楞尼旁邊坐了下來。他點了一杯很烈的啤酒說：「你聽說了嗎？真是可怕啊！」

「哦！什麼事啊？」

「葛蘭特啊……你沒聽說嗎？……」寇哥直視著楞尼。

「沒有啊！怎麼了？」

「他死了，掛了。」

「你在開玩笑吧！你可別唬我……」

「真的，就在昨天晚上。」

「事情是怎麼發生的……」

「心臟病發作！掛了！」寇哥彈指說道：「很顯然，他的心臟有毛病，但是都沒人知道。可憐的葛蘭特和彼得．吉立在一起工作。昨天下午五點，葛蘭特在幫彼得整理東西，準備趕著下班回家。然後葛蘭特突然抓住胸口，倒在地上。彼得叫了救護車，送葛蘭特去醫院，幾個小時之後，他就去

22 藍杰隊和塞爾特隊都是蘇格蘭格拉斯哥地區的球隊，這兩個球隊是死對頭。
23 藍杰隊的球員。
24 塞爾特隊的總教練。

世了。可憐的葛蘭特，他是個好人。你們常和他一起打牌吧！」

「喔……是啊……他真是個……百年難得一見的大好人。這實在是……太糟了！」

幾個小時之後，楞尼很糟，而且很醉。他跑去跟蓋夫．湯普利借了二十英鎊，原來只是要買酒。匹斯柏下午進入酒吧的時候，楞尼正在對兩個人嘮叨，一個是好心的吧台女服務生，另一個是穿著「坦納釀酒廠」工作服，面帶尷尬的清醒男人。

「……百年難得一見的大好人……」

「楞尼，我聽說了，」匹斯柏用力握住楞尼的寬肩膀，他抓得很緊，似乎要確定還有朋友在身邊，順便估算一下他到底醉到什麼程度。

「是的，匹斯柏，我還是不敢相信……百年難得一見的大好人……」楞尼慢慢地轉過頭，再一次看著吧台的女服務生。他握緊的拳頭翹出拇指，指向肩後的匹斯柏說道：「讓這個傢伙告訴你吧……匹斯柏，怎樣？你知道，葛蘭特是……百年難得一見的大好人……匹斯柏……你覺得呢？」

「是啊！真是讓人震驚。我還是不敢相信。」

「可不是嗎？我們以前經常在這裡混，但是以後我們再也看不到那可憐的傢伙了……才二十七歲……人生真是太不公平了，媽的我跟你說，人生太不公平了，媽的真是不公平……」

「葛蘭特不是已經二十九歲了嗎？」匹斯柏問道。

「二十七歲、二十九歲，有差嗎？他還是個孩子呢！他的老婆和孩子也真可憐……看看那些老不死的……」楞尼憤怒地指著室內對角一群玩骨牌的老年人：「他們命夠長，活得他媽夠久，什麼屁事都不會做，只會鬼叫放屁。葛蘭特從來不會怨天尤人。他真是個百年難得一見的大好人啊！」

然後，楞尼看到了坐在酒吧另一邊的三個年輕人，屎霸、湯米，和第二獎。

「比利弟弟，交一些垃圾朋友。這些毒鬼全都會得愛滋病死掉。他們在自我毀滅。生命是可貴的。葛蘭特多麼愛惜生命啊！那些痞子卻把生命當狗屎。」楞尼憤怒地瞪著那三個年輕人，但是他們正專心交談，並沒有意識到楞尼的怒氣。

「算了吧！楞尼。清醒一下吧！沒有人在責怪誰啊。這些孩子都還好嘛。那個丹尼・墨菲從不惹麻煩；拉布・麥克勞林以前是個很不錯的足球選手，曾經加入曼聯。這幾個孩子都還算老實。拜託，他們有些朋友也是你的朋友啊！就是在救濟金發放處工作的那個……他叫什麼名字來著……蓋夫。」

「是吧……但是那些老狐狸……」楞尼勉強承認了，他的怒氣又轉回到屋子另一頭的那群老人家。

「別鬧了！楞尼。管他們去死的呢！老人家又不會害人，別惹是生非了。快把酒喝完，我們得去納仔家，我得先打電話給比利和傑基。」

在巴克曼街，納仔的公寓內，瀰漫著一股陰鬱之氣。大家的話題，從哀悼葛蘭特，漸漸轉移到了那筆巨款。

「本來星期五是要分錢的，這傢伙卻在前一天晚上掛了。他身上有一千八百英鎊啊！六個人平分的話，我們每個人可以分到三百多英鎊呢。」

「這我們也沒辦法啊！」傑基說。

「沒辦法個屁！這筆錢每年都要平分的，放年終假之前的兩星期就要平分的。我已經拿這筆錢去訂度假飯店了。拿不到這筆錢的話，我他媽就要宣告破產了。要是我取消度假計畫，我老婆席拉會把我的懶蛋當成撞球打爛掉，這樣子不行啊！」納仔鄭重說道。

「一點也不錯！我當然非常同情葛蘭特的老婆和小孩。這是人之常情。問題是，那筆錢根本就是我們的，不是她的啊！」比利說道。

「這一切都是我們的錯。我知道這種事總有一天會發生。」傑基輕描淡寫說道。

門鈴響了！進來的人是楞尼和匹斯柏。

「你可以接受這種事情嗎？你這笨蛋！」納仔針反唇相譏。

傑基沒有回答，只是從匹斯柏丟在地上的一箱啤酒中拿出了一罐。

「真是可怕的噩耗啊！不是嗎？」匹斯柏說著。楞尼則愁眉苦臉地一口一口地喝著啤酒。

「百年難得一見的大好人啊！」楞尼說。

納仔很慶幸楞尼插話。他發現匹斯柏已經提起葛蘭特的時候，他正想要針對那筆錢大吐苦水。

「我知道這個時候不應該自私，但是那筆錢的問題還是得解決啊！下個星期就要分錢了。我都已經安排好度假計畫了，我需要那筆錢。」比利說道。

楞尼不屑地說：「你算什麼朋友啊！難道我們就不能等到葛蘭特入土為安之後，再來解決那筆錢的問題嗎？」

「葛蘭特他老婆費翁娜會把事情搞砸啊！如果沒有人跟她講，她根本不會知道那筆錢是我們的。她只要去檢查葛蘭特死後留下來的東西，就會意外發現這一筆錢。將近兩千英鎊，真酷啊！然後她會拿這筆錢去加勒比海的小島上享福，我們卻坐在媽的雷斯高爾夫球場公園喝蘋果酒，慶祝新年到來。」

「比利，你把這件事說得好慘。」楞尼說。

匹斯柏面色凝重地看著楞尼，覺得有人在搞背叛朋友的事。

「楞尼，我很不願意這樣說，但是比利說得沒錯。葛蘭特雖然是大好人，可是從來沒有讓費翁娜過個穿金戴銀的好日子。不要誤會我，我對費翁娜並沒有個人恩怨，可是我想她一定也愛錢啦。想想看，如果你在屋子裡發現了兩千英鎊，你一定會先花了再說，根本不會去管錢是哪兒來的。你一定會這樣做，對不對？如果是我，我就會這樣。我相信每個人都會這樣，人性就是如此啊！」

「好吧！那麼，誰要去跟她討這筆錢呢？我可不幹。」楞尼忿忿地說。

「我們一起去。那是我們大家的錢啊！」比利說道。

「好吧！那麼我們等葬禮結束之後再去，就下星期二吧！」納仔提出了建議。

「好吧！」匹斯柏也同意了。

「沒問題啊！」傑基聳聳肩，也接受了這項提議。

楞尼點點頭，帶著一臉的倦容服從了大夥的決定。他也承認，這筆錢畢竟是他們的啊……

星期二很快就來了，也很快就過去了。葬禮結束後，大家拚命喝酒，其他的事全部被甩在一邊。每個人都喝得爛醉，語無倫次地說了一大堆哀悼葛蘭特的話。卻沒有人提起錢的問題。一直到第二天下午，他們才帶著宿醉碰面，然後再一起去找費翁娜。

沒人應門。

「可能去她母親家了吧！」楞尼說。

對面的公寓，一個穿著藍染布衣服的灰髮女人走了過來。

「先生們！費翁娜今天早上走了。她去迦納利群島。孩子都暫時寄放在她媽媽家。」這個女人說話的態度，彷彿宣佈這個大新聞是很爽的事。

「這真是太棒了！」比利說道，聲音低到只有他一個人聽得清楚。

「是喔？」傑基聳聳肩膀。他所表現出來的無所謂態度，和其他人有點不一樣。「這樣子，我沒辦法啦。」

然後，傑基突然感覺到臉上被人狠狠揍了一拳。他驚訝地發現，打他的人竟然是比利。傑基被打倒在地，爬著跌下樓梯。他趕快抓住欄杆，免得繼續摔下去。他從樓梯的轉角處，驚恐地看著比利。

其他人也和傑基一樣，都被比利突如其來的舉動嚇了一大跳。

「不要激動啊！比利。」楞尼抓住比利的手臂，眼睛卻繼續盯在比利的臉上。楞尼非常緊張而困惑，很想知道為什麼比利如此震怒，他對比利說：「你瘋了嗎？這並不是傑基的錯啊！」

「不是嗎？我他媽可以不吭聲。但是這自作聰明的傢伙，實在是太過分了。」比利指著趴在地上的傑基說道。傑基的臉很快地腫了起來，整張臉看起來竟然更加狡猾了。

「到底是怎麼一回事啊？」納仔問道。

比利沒有理會納仔，雙眼瞪著傑基說：「傑基，這件事到底多久了？」

「什麼事啊？」傑基顫抖的聲音中，帶著一絲心虛。

「迦納利群島啊！王八蛋。你難道不是要和費翁娜在那裡見面嗎？」

「你他媽抓狂了嗎？比利。剛才那個女人都說了啊！你沒聽到嗎？」傑基說著拚命搖頭。

「費翁娜是我老婆雪倫的妹妹。你以為我一直被蒙在骨子裡嗎？傑基，你到底搞她搞多久了？」

「那是他媽的謠言啊！」

比利的憤怒一發不可收拾，他也感覺到這股高漲的怒氣，漸漸蔓延到了其他人的胸口上。他聳立在傑基的身旁，好像拿著舊約聖經的上帝，正在譴責傑基，宣判他的罪行。

「王八蛋，你以為葛蘭特不知道嗎？搞不好就是這件事情害得他心臟病發。他所謂的死黨，竟然睡了他的女人！」

楞尼看著傑基，渾身因為憤怒而顫抖。他看著其他人。每個人的眼睛都噴出了怒火。在那一剎那，他們之間產生了一種共識。

傑基淒厲的尖叫聲在樓梯間裡迴盪。他們猛踹傑基，把他從樓上一路踹到樓下。傑基努力地保護自己，但是仍然敵不過他們的拳打腳踢。在恐懼和疼痛當中，傑基只希望這一切苦難結束之後，他還能夠死裡逃生，留住半條命，讓他有機會逃離雷斯。

3 再戒

大便人生

幹！一大早頭痛得要死，真他媽的幹。我衝過去打開冰箱，耶！兩瓶貝克啤酒。啤酒是最好的治療頭痛良藥。我用加倍的速度把啤酒灌進肚子裡，馬上覺得精神百倍。狗屎，我得注意時間了。回到臥室，那女人還在床上賴。看看這個懶惰的肥女，懷了孕就賣乖，就他媽有權利給我躺著睡一整天……算啦！這是媽的題外話了。幹！我得趕快打包，肥婆如果媽的沒有幫我把牛仔褲洗好，看看我怎樣給她好看……我的 501 呢……幹！我的 Levis 501 牛仔褲哪去了？……原來在這裡。那肥婆還算識相。

肥婆終於給我起床了，她對著我說：「法蘭哥……你在做什麼？你要去哪裡？」

「我要走了，馬上就要走，」我粗聲粗氣，頭也不回地告訴她。幹！襪子又找不到了……在這種宿醉狀態下，每件事都要花他媽兩倍時間。腦袋暈成這樣，我他媽實在沒有辦法做事。

「你要去哪裡？要去哪裡啊？」

「我告訴妳，我正在趕時間。我和勒克索搞了一筆生意。這件事我不能再說下去了，但是現在我最好先消失幾個禮拜。如果有警察上門，妳就說好幾年沒看到我了。妳以為我在跑路，沒錯。記住，妳沒看到過我。」

「但是你要去哪兒呢？混蛋你要去哪兒呀？」

「我要去哪裡是我的事，妳有辦法就自己找到我。妳媽的不知道我去哪裡，警察就媽的沒辦法從妳身上問出我的下落。」我說。

然後這個爛女人起床了，媽的開始對我吼，說我不能媽的就這樣一走了之的一些屁話。我朝她的嘴賞了她一拳，又狠狠踹了她的臭屄。她被我揍得倒在地板上，呻吟不停。媽的這都是她自找的。我早就警告過她，如果她敢用那種態度跟老子講話，下場就是這樣。這就是他媽老子我的規矩，要就這樣，不要，就給我滾。

「我肚子裡的孩子！我肚子裡的孩子！」她又給我鬼叫起來了。

我回她，學她說話：「我肚子裡的孩子！我肚子裡的孩子！」

「閉上你媽的臭嘴，不要跟我講孩子的事，」她躺在地上，媽的像電視機一樣唉唉叫不停。

反正，那孩子也不一定是我的種。我以前也跟別的女人有過小孩。我知道那是怎麼一回事。她以為有了小孩，我就會變成一張媽的乖乖牌。等到她生出孩子，看到我的反應，就會媽的嚇一跳。我告訴你，混蛋小孩啊！狗養的煩死人了！

刮鬍刀。媽的我得帶刮鬍刀。一定會派上用場。

那個女人還給我死躺在那裡，嘴巴裡唸著說身上好疼，媽的要去看醫生。混蛋我哪有時間管她的屁事啊。我都媽的要來不及了，都是他媽這個死婊子的錯。媽的我動作得再加快一點。

我走到大門口正要出去時，混蛋女人大叫：「法——蘭——哥——！」我在心裡對自己說，這好像哈普啤酒的狗屎廣告詞喔：「該是火速閃人的時候了。」沒錯，我就是這樣的人。幹，酒吧都開了，媽的開門開得早。懶蛋那個紅頭髮的小子正在打撞球，媽的要打黑球入袋，和麥地決勝負。

「拉布，媽的把我的名字排上去，我也要打一桿。媽的大家都喝什麼酒啊？」我走到了吧台。拉布這傢伙，我們都叫他「第二獎」。他媽的眼眶是黑的。媽的看起來有人占了他的便宜。

「拉布，混蛋你怎麼搞成這樣的？」

「喔，幾個羅謝那邊的人幹的。我喝醉了。」

拉布這痞子看著我，媽的像個孬種。

「知道他們的名字嗎？」

「不知道，不過沒關係。我會找到他們的，沒問題啦。」

「你媽的最好是沒有問題。那夥人你認識嗎？」

「不認識，只是見過面而已。」

「媽的等我和懶蛋從倫敦回來之後，我們媽的再去找羅謝那幫混蛋算帳。道璽前一陣子也在那裡被人惡搞。有些問題媽的需要好好解決，幹，問題真夠多。」

我轉向懶蛋問他：「老兄，都準備好了嗎？」

「沒問題，法蘭哥。隨時可以走了。」

我把球排好開始打，痛宰了懶蛋這小子，把懶蛋的兩粒球都搞得粉碎。「混蛋，你在撞球桌上大概有辦法搞定麥地和第二獎之類的貨色，可是你只要碰上我——旋風法蘭哥——你就沒戲唱了。紅頭小子，你想和法蘭哥打撞球之前，還是先照照鏡子吧。」我對懶蛋說。

「撞球是白癡玩的，」他說。這個豬頭真是嚎嘯。根據懶蛋的理論，只要是紅頭髮懶蛋自己不拿手的東西，就是他媽白癡玩的東西。

我們得動身了，這一局沒辦法再玩下去了。我抽出一疊鈔票，看著麥地問他：「嘿！麥地，你知道這是什麼嗎？」我把鈔票在他眼前搖晃。

「哦……知道啊！」麥地說。

我指著吧台問：「知道那是什麼嗎？」

「哦……知道啊……那是吧台。」這痞子真是智障，真狗養的重度智障。我知道。

「那……知道這又是什麼嗎？」我指著我的啤酒問他。

「哦……知道啊！」

「我給了你這麼多提示，你還不知道我在想什麼嗎？你一定要我把整個句子講出來才行啊，白痴！我要一品脫的特釀啤酒，傑克丹尼爾牌威士忌，加可樂，懂了嗎？」

麥地靠過來對我說：「法蘭哥，你知道的，我手頭有點緊……」

我知道是怎麼回事，好吧，於是我對他說：「媽的或許你會轉運吧。」這痞子聽懂了我的暗示，就往吧台走去。他最近又在嗑藥了，不過話說回來，他也沒有真正停過藥。等我從倫敦回來之後，我一定要跟這痞子好好談一談。死毒蟲，廢料一個。懶蛋現在都沒在用藥喔，從他喝啤酒的樣子就可以看得出來。

我很期待這趟倫敦之旅。懶蛋的朋友湯尼和他馬子要出遠門幾個星期，大概是去度什麼狗屁假期。他們把公寓交給了懶蛋。我有幾個以前在監獄認識的朋友也在倫敦，我可以趁這個機會把他們找出來敘敘舊。

吧台女服務生羅莉安正在招呼麥地。媽的這個女人是個小騷貨。我走向吧台。

「羅莉安，我來囉。」我用手指把她的頭髮撩到鬢角，然後把我的手指頭放在她的耳背上。女孩子都喜歡來這一套。那是他媽女人的性感地帶。我對她解釋道：「從耳朵後面感覺，可以判斷出一個人昨晚有沒有做愛，你知道嗎？做愛後的溫度會不一樣。」

羅莉安只是笑著，麥地也跟著笑。

「你知道，媽的這套理論是有科學依據的。但是有些人媽的就是不懂。」

「那麼，羅莉安昨晚有沒有做愛呢？」麥地問道。這個小子的氣色真他媽糟透了，好像一具加熱過的屍體。

「這是我們之間的祕密，不是嗎？小美人。」我對她說。我覺得她開始對我有意思了，因為她變得好沉默，媽的我跟她說話的時候，她變得好害羞。等我從倫敦回來，媽的我一定要採取行動，我是媽的速戰速決派的。

媽的君恩那個肥婆生孩子之後，我媽的才不要留下來待在她身邊。如果她讓我媽的傷害到孩子，她就會死。懷孕以後，就以為可以跟我回嘴。沒有婆娘可以跟我回嘴，有沒有懷我的孩子都一樣。她根本很清楚這件事實，卻還在那裡媽的自作聰明，以為有了狗養的狗屁孩子之後，情況就會轉變。

「嘿！法蘭哥，」懶蛋說：「動身了吧！我們還得張羅一些吃吃喝喝的東西呢！記得嗎？」

「好啊！你帶了什麼？」

「一瓶伏特加和幾罐啤酒。」

這紅頭髮痞子的習性，我猜也猜的出來。他混蛋，老子最討厭伏特加了。

「我還要一瓶傑克丹尼爾威士忌，還要八罐特濃啤酒。順便叫羅莉安幫我裝滿幾壺啤酒。」

「那麼，在火車上，一路上酒鬼就有酒喝啦。」他說。有時候我真弄不懂這痞子的冷笑話。我和懶蛋已經認識很久了，但是這傢伙變了，我說的不只他嗑藥的那些屁事。那種感覺好像是，他走他的陽關道，我過我的獨木橋。不過，他仍然是個好哥兒們，這個紅頭髮的小王八蛋。

於是我拿了酒壺，一壺裡面裝著威士忌，是給我的；另一壺裝著啤酒，是給紅頭小子的。我們帶著東西，跳上計程車到鎮上，又在車站酒吧快速灌下一大杯啤酒。我和吧台的傢伙哈啦打屁；這傢伙是菲弗地方來的人，我認識他住在索頓監獄的哥哥。我記得他不是個壞人，一個無害的貨色。

開往倫敦的火車他媽擠得要死，搞得我他媽一把無名火衝了上來。我的意思是，你他媽已經付了火車票錢，那些英國鐵路局的混帳領錢也並沒有少領啊，可是車上居然他媽沒有位子坐，真衰小。幹！

我們帶著一堆酒瓶酒罐，在火車上一路向前擠。我身上的酒瓶都要從袋子裡掉出來了。都是那些背包客，帶行李的人啊……，還有那些混蛋娃娃車。媽的，根本不應該讓小孩上火車的。

「真是他媽的擠。」懶蛋說。

「討厭的是，那些有位子的人，都有訂位。如果是訂愛丁堡到倫敦的火車，那沒有問題，倫敦是個他媽的首善之都啊，但是這些鳥人都是訂到柏威克那種鳥不生蛋的鬼地方。火車根本就不應該停靠在那些破爛小鎮，從愛丁堡到倫敦就他媽夠了，混蛋廢話少說。如果媽的鐵路局交給我來搞，媽的我就會給他這樣搞。」火車上有些人看著我。老子他媽有話就直說，管別人說什麼。

這些人都有訂位。搞什麼鬼，訂什麼位。先來的就該媽的先坐，後來的就該媽的後坐啊，搞出什麼狗屎訂位……我才不鳥那些訂位的人呢！他媽訂個鬼位。

懶蛋在兩個馬子的旁邊坐下。好傢伙，這紅頭痞子做對了一件事。

「到達靈頓之前，這個位子都沒人坐，」他說。

我一把扯下座位上的訂位卡，塞到屁股後面。「從現在開始一直到抵達倫敦，媽的位子全都是我們的。我才不鳥那些訂位的人呢，」我說著，順便朝著對坐的女孩子微笑。混蛋，我說得準沒錯。四十英鎊一張火車票，我告訴你，鐵路局那些公務員，還真敢。懶蛋聳聳肩膀。這個愛裝模作樣的小子戴著一頂綠色棒球帽，等到他媽的睡著，那頂狗屁帽一定會被風吹到窗外，我他媽敢跟你保證。

懶蛋喝著伏特加，我們才剛到波提貝利，這傢伙就已經媽的喝掉了一大半。伏特加真是討厭，紅頭髮痞子。唉呀，如果那傢伙就是要這樣，混蛋就隨他啦……我拿起我的傑克丹尼爾威士忌，大口豪飲。

「上啊！上啊！上啊！」我說。懶蛋只是微笑。他一直偷看著坐在旁邊的女孩，這兩個馬子好像是美國人。紅髮小子的毛病是，雖然他把自己打扮得很有型，但是他根本沒膽去跟女孩搭訕。像我和變態男就很會搞定馬子。大概因為懶蛋只有哥哥而沒有姊妹，他就是媽的不會跟女孩子打交道。如果你要等他媽的採取第一步，你要等媽的一輩子。現在讓我媽的來示範一下，教教這紅頭髮小子如何釣馬子。

「英國鐵路局，媽的很賺錢吧！」我說著，推推坐在我旁邊的女孩。

「對不起。」這女孩對我說的話，聽起來好像是「堆……不氣」。

「妳們是從哪兒來的啊？」

「對不起，我聽不大懂你說的話……」這些外國來的觀光客，聽不懂我這種他狗養皇家正港英語。跟他們講話，你得講得很大聲、很慢，夠上流，他們才有可能聽得懂。

「你們—是—從—哪兒—來—的—啊？」

這樣，她就媽的聽懂了。坐我前面的人，好奇得要死，轉頭過來瞄我。我給他瞪了回去。我想啊，有些人在下火車之前，嘴巴就要被我打爛了。

「喔……我們是從加拿大，多倫多來的。」

「東—多喔！就是電視上那個獨行俠[1]的朋友，是不是？」我說。這兩個馬子卻只是看著我，有些人就是他媽聽不懂蘇格蘭式的幽默。

「你是哪兒來的呢？」另一個馬子問我。真是一對正點的美眉。紅髮小子坐在那裡，混蛋要出招了，我告訴你。

「愛丁堡，」懶蛋回答，他試著讓自己的音調媽的聽起來比較正派上流。自作聰明的紅髮小子。我法蘭哥媽的給大家熱場之後，懶蛋現在也想過來參一腳了，媽的愛耍酷的傢伙。

這兩個馬子跟我說了一堆，說愛丁堡有多美，山坡上的狗屁城堡、狗屁花園有多麼可愛等，混

1 獨行俠是早期美國電視節目裡的人物。他有個印第安人朋友，名叫東多。因為東多這個字的拼法和多倫多有一點像，卑比故意把多倫多說成是東多，自以為這樣很幽默。

蛋，都是狗屁垃圾。死觀光客腦子裡想到的就只有這些，他們只會看太子道和大街。就像慕尼的姑媽有一次帶著她的小鬼，從愛爾蘭西岸小島上的小鄉下來愛丁堡的時候，也是這副老土德性。

這個老姑婆跑去委員會找房子住。委員問她，媽的妳想住哪一區的房子呢？老姑婆告訴他們，「我想住太子道的房子，這樣才可以看到城堡。」這個老姑婆媽的有夠蠢，只說愛爾蘭話，英語卻不大會。可憐的婆娘剛下火車，看到街道就很喜歡，就以為整個狗屁愛丁堡都長成那樣。那些垃圾委員聽了她的蠢話大笑不已，把她分配到西葛蘭登去當接線生，那種鳥地方，狗都不想在那裡拉屎。蠢婆娘的家看不到漂亮的城堡，卻看到了煤氣工廠。如果你不是大富翁、沒有媽的大房子、你他媽沒有很多錢，你他媽現實生活就是這樣。

總之，那對馬子開始跟我們一起喝了點小酒。懶蛋已經喝醉了。我知道他醉了，我可以把他媽的推到地上，從他身上擠出酒來喝，媽的一周七天都可以從他身上擠出酒來。告訴你，昨晚珠寶店的大事結束之後，我和勒克索跑去狂飲。所以我知道那種媽的喝醉的感覺。但是現在，我只想玩一下撲克牌。

「懶蛋，把牌拿出來玩吧。」

「我沒帶，」他說。我狗養的屄真不敢相信這超級大王八。我前天晚上最後還媽的提醒他一次：媽的記得帶撲克牌喔。

「我叫你記得帶他媽的撲克牌，你嗑藥嗑昏了嗎？我他媽前天晚上跟你說的最後一句話是什麼？記得帶他媽的狗屁撲克牌。」

「我就是忘了啊！」他說。我打賭這個紅頭王八一定是媽的給我故意忘記帶牌。現在沒有撲克牌可以玩，媽的真是無聊到斃。

無聊的混帳，媽的竟然開始給我看起書來了，真是狗養的有夠上流。這痞子和那個加拿大女孩，都他媽一副噁心的學生樣，兩個人竟然開始討論媽的讀書心得。我真的很想媽的大吐特吐。在這種地方應該是要大家媽的大笑一下，不是要讀什麼狗屁垃圾書。如果是我的話，我他媽的會把每一本媽的臭書收集起來，媽的堆成一座山，然後全部燒光。全天下所有的狗屁爛書，都是他媽拿來給那些自作聰明的混球炫耀用的，好讓別人知道他讀了多少垃圾。如果要知道媽的什麼東西，看報紙看電視都他媽足足有餘了。一群假惺惺的屁人。媽的讀書……

火車在達靈頓停了下來，有幾個人上了火車，查看車票上的編號，尋找座位。火車還他媽停著，這幾個人也繼續媽的在找座位。

「對不起，這是我們的座位。我們訂了位，」有個傢伙對著我們說，一面把車票亮給我們看。

「我恐怕這是個誤會吧，」懶蛋說。這個滑稽的紅頭髮痞子，還真他媽的有格調。我告訴你，他真的有一套。「我們在愛丁堡上車的時候，並沒有看到訂位卡。」

「可是我們有訂位證明啊，」一個戴著約翰．藍儂風格眼鏡的痞子說。

「我建議你最好去跟鐵路局的人抱怨，我和我的朋友都很確定這位子是我們的。鐵路局出問題，並不是我們的責任。謝謝你，晚安！」懶蛋說著笑了出來。這紅髮小子，真狗養的酷。

我出神地觀賞懶蛋的精彩演出，居然忘了叫他們滾蛋。我他媽的不想惹事，可是那個約翰．藍儂竟然還有話要說。

「我們有票，表示這位子是我們的，」這痞子還在給我講屁話，我他媽受夠了。

「喂！老兄，」我說：「對，就是你，大嘴仔。」他轉過身子想躲，然後我站了起來對著他說：「他說的話你聽不懂是不是？有辦法去騎媽的腳踏車啦！狗養的四眼田雞，馬上給我滾……」我指著火車下面，請他給我滾下去。

「算了吧！克萊，」他的朋友說。這兩個屁蛋終於滾了，眼不見為淨對大家都好。我以為事情就他媽結束了，誰知道那兩個傢伙，居然把票務人員給找過來了。

看得出來，這個管票務的男孩並不想淌這趟混水。可憐的傢伙只是被迫過來執行任務，他說，我們的位子是他們的。我直截了當地告訴他：

「我才不管媽的他們有沒有什麼狗屁車票。媽的我們坐下來的時候，座位上並沒有媽的『已訂位』的標籤，我們他媽才不會走呢！就這樣說定了。混蛋你們火車票已經賣得夠貴了，下次最好記得先在狗養的座位上標明已訂位。」

「訂位的標籤一定是被別人弄掉了。」他說。這痞子真他媽沒屁用。

「不管是不是被別人弄掉了，關我屁事啊。我說過了，座位是空的，我就他媽有權利坐上去。一切他媽的就到此為止。」

管票的男孩跟那兩個痞子說他也沒辦法，然後開始吵了起來。我才懶得理他們。他們恐嚇說要檢舉票務人員失職，管票的男孩也不甘示弱，給他吵了回去。

坐在我前面那個好奇鬼又在看我。

「看什麼看！你他媽有毛病啊！」我對他吼，這個人被我轟得臉紅脖子粗，趕緊轉頭回去。沒用的垃圾！

懶蛋睡著了。這個紅頭髮小子媽的醉到頭殼壞去。他已經把酒壺裡的酒喝掉了一半，啤酒也差不多快被喝光了。我帶著他的酒壺去洗手間，把壺裡的酒倒一點出來，然後再用我自己的尿，填補到原來的位置。這就是他媽的沒帶撲克牌的報應。現在他的酒壺裡面有三分之二是酒，三分之一是我的尿。

回到車廂，我把他的酒壺放回原位。紅頭痞子還在睡，一個馬子也在睡，另一個看書看到都要鑽進書裡了。兩個騷貨！不知道我應該先幹那個金髮尤物呢？還是先幹黑髮辣妹？

火車到了彼得市，我把紅頭小子叫醒：「來啊！懶蛋，你媽的喝一點點酒就媽的掛了啊？好小子，他媽真有勁啊！短跑的就是拚不過我們這種路遙知馬力的！」

「沒問題的……」他媽的拿起酒壺，把一大口酒灌進肚子裡。然後這傢伙的臉擠成了一團。我看了都要媽的笑出尿來。

「這酒是臭的，味道全部走掉了，喝起來像狗養的尿。」

我盡量控制自己，忍住不要笑，然後對他說：「不要狗養的找藉口，你這爛貨。」

「我還要喝啊……」他還繼續喝。我試著看向窗外，等著這大笨瓜把我的尿喝完。

火車到了列王十字區，我他媽已經酒完全醒了。兩個馬子已經下車了，我還以為我們可以有機會風流一下呢。我下車的時候差點忘記叫懶蛋下車。我甚至沒拿走自己的袋子，反而拿了紅頭仔的袋子。他最好拿到我的袋子。我他媽連去哪裡的住址都不知道……然後，我看到這紅頭小子在車站門口外面，跟一個拿著塑膠杯乞討的小乞兒說話。他媽的拿了我的袋子，算他走運！

「法蘭哥，你身上有零錢可以給這孩子嗎？」懶蛋說。有個死小鬼媽的拿著杯子，媽的很可憐的樣子看我。

「滾一邊去啦！吉普賽人啊[2]！」我打落小鬼手中的杯子。死小鬼嚇得半死，滿地亂爬，在人來人往的腿之間，尋找他的狗屁銅板。

「你說的公寓到底他媽的在哪裡？」我問懶蛋。

「不遠，」懶蛋說。他用奇怪的眼神看著我，好像我是個他媽的怪物……有時候人就是會露出這種狗屁臉色……媽的這年頭，不管是不是朋友，都有可能擺這種臭臉色。懶蛋轉過頭，我跟在他後面，走向維多利亞道。

奶奶和納粹

雷斯行人廣場真的是，擠死人了。對一個皮膚白的人來說，真是熱的要命。你知道吧！有些人耐熱，但是像我這樣的人沒辦法。這種場面太可怕，唉噢。

還有另外一件事也讓我相當不爽，我破產了。沒錢的喬．史壯曼[3]。你知道，我現在只能在街上亂逛，看人。每個人都有些死黨啊！但是萬一朋友懷疑你沒錢了，所有的人全部都躲起來，閃得遠遠的。

我發現法蘭哥正在維多利亞女王那個老巫婆的雕像下面，和一個兇惡的大塊頭男人講話，這個人名字叫做勒克索，是個偶然認識的朋友，你知道我的意思嗎？真是有趣，你知道吧！天下的神經病好像彼此都認識，你知道吧！這樣的組合很恐怖，真的恐怖喔。

「屎霸，小子，你好嗎？怎麼樣啊？」卑比是很亢奮的人。

2歐洲許多乞丐和流浪漢是吉普賽人。有些並不是，卻也被人誤以為是吉普賽人。

3喬．史壯曼是英國著名的龐克搖滾歌手。不過，這裡有別的意思：因為喬．史壯曼的名字聽起來和「倒霉」(bummer)押韻，所以在倫敦俚語中，這個名字被借用，表示倒楣。

「還不錯啦！你知道吧！法蘭哥……你自己呢？」

「好的很，」他說著轉向身邊一個像山一樣高大的方形巨人。「你認識勒克索吧，」這句話，並不是在向我發問，而是在向我宣示。我點點頭，表示我認識他。那個大塊頭看了我一秒鐘，轉過頭繼續和法蘭哥講話。

我知道這兩個貨色，就像垃圾袋破了，露了餡[4]。於是我說：「哦……我在趕時間，有空再聊吧！」

「等一下，小哥。你錢夠用嗎？」法蘭哥問我。

「哦……基本上……我已經完全破產了。我口袋裡有三十二便士，我在愛比國家銀行的存款只剩下一英鎊。我的投資組合基本上不至於讓夏綠蒂廣場[5]的有錢人失眠啦，是吧。」

法蘭哥塞給我二張十塊錢鈔票。太好了，卑比真是個好傢伙。

「別給我拿去嗑藥啊！瘋小孩。」他溫柔地責罵我，你知道吧。

「週末的時候打電話給我，或者過來找我也可以。」

我剛剛說了什麼批評法蘭哥老大的話嗎？你知道吧……他不是個壞人啦。他是個叢林的野貓，但是即使叢林的野貓，有時候也會坐下來，喵喵叫一下。你知道吧！尤其是在把別人活活吃掉後。我在想，到底是誰被法蘭哥和勒克索活活吃掉了，你知道吧。前一陣子法蘭哥寶貝和懶蛋跑路去了倫敦，在那裡躲警察。他到底幹了什麼好事？有些事最好別知道太多。其實一直都是這樣，知道愈少愈好。

我順道經過了烏利超市，這家超級市場生意很好，你知道吧，忙的要死。結帳口的安全警衛正全神貫注地和一個在結帳的性感小貓調情……於是我趁機會偷了幾捲空白卡帶……心跳加快，然後又慢下來……這種感覺太爽了，你知道吧，棒極了……好吧！或許是第二爽的事吧，僅次於嗑藥和幹馬子。幹東西，真是太爽了，那種腎上腺素直衝腦門的感覺，讓我想去城裡，大偷特偷一番，知道吧。

空氣真是，要命……熱啊。熱，是這裡唯一的形容詞。我來到了海濱，在救濟金發放處附近，找了張長椅子坐了下來。口袋裡有二十英鎊的感覺真好，你知道吧，有錢，人生就有了更多機會。我坐在椅子上望著河流，河面上有一隻大天鵝，我想到了天鵝史旺，和他賣的藥。這隻大天鵝，真是他媽漂亮。你知道吧！我希望身上有些麵包，可以拿來餵這隻大鳥。

蓋夫在救濟金發放處工作。或許我應該趁著午休時間去找他一下，跟他喝一兩杯啤酒。最近喝了幾杯酒，他都幫我買單。我看到瑞奇．墨納漢從救濟金發放處走了出來。這個人還不壞。

「瑞奇……」

「嗨！屎霸，近來好嗎？」

「哦……沒什麼特別啦。就是東一點西一點，有的沒的……你知道吧！」

「這麼糟喔？」

「比你想得還糟，老哥，比你想得還糟！」

4貨色在原文中為「貓」。說話的人，屎霸，習慣把人叫作貓。英文俚語中，的確是可以把張三李四叫成貓，可是這部小說中只有屎霸特別愛用這個俚語。

5蘇格蘭著名景點。

「還在嗑藥嗎？」

「上回在梳士利巴公園[6]用過最後一次之後，已經有四個星期又兩天沒再碰藥了。你知道吧！我每一秒都在計算，每一秒都在算。就像時鐘在跑，滴答……滴答……你知道吧！」

「感覺好些了嗎？」

你知道吧！這個時候我才知道自己的狀況，我無聊到死，可是我的身體……你知道吧！真的好多了。戒藥後的前兩週，簡直就是一場沒有終結的死亡之旅……可是現在，現在我已經好了，可以和猶太公主或天主教女孩大幹一場，一定要穿白襪的那種乖女生喔，一定要那種穿白襪子的女生才行。你知道吧。

「……是啊！……我確實覺得好多了……你知道吧！」

「星期六想去復活節路球場嗎？」

「哦……不去了，你知道吧！自從上次看完足球賽之後，就沒再去過了。我可能會再過去吧！找懶蛋一起去也好啊……可是懶蛋現在在倫敦……或者是找變態男也行。找蓋夫一起去也好囉……順便請他喝幾杯……我又要去市民輔導中心報到了。」

「……是喔！或許吧……看看情況再說吧……你不去嗎？」

「不去了！上季的球賽結束之後，我就決定不再去了，除非他們把米勒換掉，找個新的球隊總教練。我們需要新的總教練……」

「對，他是叫做米勒……我們需要一個新的總教練。我根本不知道那個總教練是幹嘛的。我連球隊隊員的名字都叫不出幾個。那個叫什麼……肯諾，可是肯諾好像離隊了，還有……杜瑞！高登．杜瑞！」

「杜瑞還在球隊嗎？」

瑞奇看著我，搖頭說道：「沒有，杜瑞早就跳槽了，八四年跳槽到雀西隊了。」

「對喔！杜瑞，我還記得這傢伙打敗了賽爾提克隊，還是藍杰隊？我都搞混了。反正沒什麼差，就好像一個銅板的兩個面，你知道吧！」

他聳聳肩，我不知道他是不是真的被我說服了。

瑞奇跑來跟我哈啦，或者該說是我去和他哈啦吧……我的意思是，時機歹歹，誰搞得清楚是誰先去找誰哈啦啊？不管怎麼樣，我們又走到了雷斯行人廣場。沒有海洛英的日子真是無聊死了。懶蛋在倫敦，變態男成天在城裡晃來晃去，過去曾經名氣響叮噹的老港口[7]現在好像已經配不上變態男了。拉布，就是那個第二獎，不知道跑到哪裡去了。湯米自從和他馬子莉西分手之後，好像鑽到了地底下，消失得無影無蹤。只有我和法蘭哥還在這裡……這叫什麼生活，我問你。

瑞奇又叫慕尼，又叫里察．墨納漢。是愛爾蘭獨立運動鬥士[8]，當然囉，當然囉。他不再和我哈啦了，卻跑去城裡找他馬子了。現在真的只剩下孤伶伶的我一個人了[9]。於是我決定去復活節路底的療養院看我的娜娜奶奶。娜娜討厭那個地方，但是她屋子還不壞。我希望我也有那樣一間屋子

6愛丁堡著名景觀公園。

7這裡說的城裡，是指愛丁堡。舊港口，是雷斯。在此是說，變態男不屑在雷斯（主要角色的共同家鄉）活動，而要去附近的大城愛丁堡。

8這個人似乎並不是什麼愛爾蘭鬥士。屎霸只是要誇大指出這個人是愛爾蘭人而已。

可以住，很酷啊，可是只有老人家才能住，你知道吧！住那種公寓，只要拉拉求救的繩子，就會發出警報，會有管理員跑過來幫你搞定一切。你知道吧。這就是我想要住的地方啊！如果公寓管理員是法蘭克．查巴的瘋女兒，就是唱〈蠢妹子〉（Valley Girl）的慕恩．于妮．查巴[10]，哇！這副景象一定很美妙了！我可沒有在呼攏你啊！

奶奶的腿已經整個爛了。娜娜的老家，原本在羅恩街一個房子的頂樓。醫生說，奶奶每天爬樓梯上上下下，太離譜了。說得對，死肥子蒙古大夫。如果你把奶奶腿上隆起的靜脈曲張血管拿掉，她的腿就完全沒東西了，空空如也，知道嗎？我手臂上打過針的爛血管，都比奶奶腿上的那一團爛肉長得優秀。她還會對醫生來硬的呢，你知道吧！老人家就是喜歡畫出他們自己的勢力範圍，然後死守著勢力範圍不放。沒錯，如果侵入他們的勢力範圍，他們就會用爪子來抵抗，搞得自己張牙舞爪、渾身皮毛都豎起來[11]。這就是娜娜奶奶……我都叫她慕斯庫莉太太，就是那個唱歌的希臘國寶女人娜娜．慕斯庫莉（Nana Mouskouri），你知道嘛！

娜娜住的公寓，有一間交誼廳，你知道吧，可是娜娜從來不去用，她只有在勾引布萊斯先生的時候才會去。結果，這老頭子的家人跑去跟管理員投訴，說娜娜奶奶對他性騷擾。管理員婆子就在我媽媽和布萊斯先生的女兒之間當仲裁人，但是娜娜卻把他女兒逼哭了。她用惡毒的話批評他女兒臉上醜陋的胎記。那個胎記看起來像是酒漬，知道吧。娜娜很會抓住他人的弱點去攻擊對方，尤其是女人的弱點，知道吧。

打開了幾道門鎖之後，娜娜把門打開了。她面帶微笑，示意要我進屋子。我在娜娜這裡受到了熱情的款待，但是我媽媽和姊姊，可就沒有這種待遇，你知道吧！娜娜根本不把她們當人看。她們對娜娜奶奶鞠躬盡瘁，百般照顧，但是娜娜只喜歡男生，討厭女生。你知道吧！她曾經跟五個不同的男人，生下了八個孩子呢！這只是我們所知道的部分喔，可能還有更多，你知道吧。

「哈囉……你是卡倫？威利？還是派區克？還是凱文？迪司蒙？」她把所有孫子的名字都唸了一遍，就是沒唸到我的名字。我無所謂啦！知道吧。我習慣被叫做「屎霸」，連我老媽也這樣叫我。有時候連我都忘了我的本名是什麼。

「我是丹尼啦。」

「丹尼，丹尼，丹尼啊。我竟然把凱文和丹尼弄混了。我怎麼會忘掉你的名字呢，丹尼男孩。」

你知道嘛！她當然不會忘掉……〈丹尼男孩〉（Danny Boy）和〈皮卡蒂玫瑰〉（Roses ay Picardy）是她唯一知道的兩首歌。她會抬高嗓門唱這些歌，唱得中氣不足、五音不全，還會做手勢，把手抬高，展現她的台風，知道吧。

「喬治在這裡呢！」

我眼睛掃視這個L形的屋子，在轉角的地方看到了我的舅舅杜德，他正陷在一張椅子裡，喝著淡啤酒。

「杜德！」我說。

「屎霸，你好嗎？老弟。過得怎麼樣啊？」

9 原文為「我和傑克．瓊斯在一起了」，為俚語，指「我自己一個人」。
10 Moon Unit Zappa，搖滾歌手法蘭克．查巴的女兒，曾經在她老爸的暢銷曲〈蠢妹子〉中擔任口白。
11 屎霸習慣把任何人比擬成貓。

「好啊，老哥，很好啊！你呢？」

「就是這樣囉！你母親好嗎？」

「嗯……還是老樣子。你知道吧！還是一直找我麻煩啊。」

「嘿！你說的是你自己的老媽啊！母親是你最好的朋友呢！對不對啊？媽咪。」他問娜娜。

「好兒子！真他媽的對極了。」

「他媽的」是娜娜最喜愛的口頭禪。你知道吧！「尿（Pish）」也是她的另一個口頭禪。沒有人能夠像娜娜一樣，把尿的尾音（sh）拖得那麼長，你幾乎可以看見一道黃色的尿柱，從她的兩排牙齒中間噴洩出來，你知道吧！

杜德舅舅露出牙齒，給了娜娜一個充滿溺愛的大微笑。你知道吧！杜德是個混血兒，他的父親是加勒比海的水手。你知道吧！他是用加勒比海的精液製造出來的呢！杜德的老爸以前在雷斯打混很久，結果就搞上了娜娜，把她搞大了肚子。之後，那傢伙又回去過他雲遊四海的水手生活。水手好像日子過得挺不錯的，每停靠一個港口，就可以搞到一個馬子。

杜德舅舅也是娜娜最小的一個兒子。

娜娜奶奶的第一任丈夫是我的外祖父，一個來自愛爾蘭威斯佛特郡，喜愛冒險的老牛仔。這老人家曾經把我母親抱在腿上，對她唱些愛爾蘭抗議歌曲。他長長的鼻毛從鼻孔長到了外面，當時我母親一定以為他很老，小娃娃都會那樣覺得，但是外祖父當年也不過才三十多歲。後來，外祖父掛了，好像是從一間低級公寓頂樓的窗戶摔了下來。他當時還在搞另外一個女的，不是娜娜。沒有人知道他的真正死因是酒醉、自殺……還是兩者都有。總之，這傢伙留下了三個小鬼，包括我老媽。

娜娜的第二個（結婚）對象，是個粗嗓門的漢子，曾經是建鷹架的工人。這老傢伙還在雷斯出沒。他曾經在一家酒吧裡告訴我，鷹架工程現在也算一門正式的行業了。你知道吧！懶蛋那個時候在當木工，告訴那老傢伙他根本在胡扯，建個鷹架，根本不算個技能。老傢伙聽了這句話，羞得一溜煙跑了。你知道吧！我有的時候還會在玩撞球的地方碰到他。他這個人還不錯。他和娜娜的婚姻維持了一年，生了一個小孩，離婚的時候，肚子裡還有一個。

娜娜的下一任……受害者，是合作社的保險員，名字叫做艾利克。當時他是個鰥夫。艾利克認為娜娜肚子裡的孩子是他的。他們的婚姻維持了三年，又生了一個小孩。這個可憐的傢伙後來逮到娜娜和別的男人在屋子裡瞎搞，氣得奪門而出。

當時艾利克在樓梯間，拿著酒瓶，等裡面的男人出來，聽說是這樣啦。那傢伙嚇得跪地求饒。艾利克把酒瓶放下，告訴他說我不會用武器解決問題。那傢伙的態度馬上大變。他把可憐的艾利克踹下樓梯，拖到外面馬路上。艾利克渾身是血，昏迷不醒，最後被丟在雜貨店外面路上的一堆垃圾上頭。

我的母親說，艾利克是個正派的小男人。你知道，他是全雷斯唯一不知道娜娜在胡搞的男人。

娜娜的倒數第二個孩子，很玄。你知道，就是我的阿姨莉塔。莉塔和我母親的年紀差很多，她和我的年齡比較近。我想我一直很哈莉塔，她是個酷妞，死硬派的六〇年代辣妹，你知道吧！沒有人知道莉塔的父親是誰。排在她後面的就是杜德舅舅了。娜娜四十多歲的時候生下了他。

在我小的時候，總覺得杜德是個幽靈般的怪物。每當星期六去娜娜家喝茶的時候，就會看到一個髒髒的小黑人，瞪著每個人，然後沿著踢腳板走路[12]，神祕兮兮閃人。據說杜德的肩膀有問題，走路的樣子才這樣不正常，我當時也這麼以為啦，後來我才慢慢知道，他在學校和在馬路上常常被人欺負。我跟你說啦，他皮膚是什麼色，關別人屁事？為什麼別人要因為杜德的膚色而去找他麻煩？我每次聽人家說，英格蘭的人才有種族歧視，我們蘇格蘭人都是賈克．譚森的孩子[13]——我一聽這種話就想笑。這種說法真是不用大腦，全部是從屁眼講出來的。

我的家族，一直有茶葉[14]的傳統，你知道吧！而我所有的舅舅都是偷雞摸狗的人。你知道吧！杜德舅舅似乎只要犯了一點小錯，就會受到嚴厲的處罰。他基本上是個很衰小的人。懶蛋曾經說，黑皮膚的人，最容易受到警察和法官的關注。懶蛋的話真是說得對極了。

總之，我和杜德舅舅決定跑去波西酒吧喝一杯。這家酒吧有點誇張，平常時候，波西酒吧是個安靜的家庭式場所，但是有時候會擠滿了從西部鄉下來的「橙黨」[15]，慶祝他們一年一度在雷斯高爾夫球場公園的大遊行[16]。說實話，這些人從來沒有惹過我，但是我沒辦法跟他們溝通。他們在宣揚對教外人士的「恨」。你知道吧！慶祝幾百年前打贏的宗教勝仗，真是很蠢，你知道吧！

我看到懶蛋的老爸，和他的兄弟、姪子，也都在那群人當中。懶蛋的哥哥比利也在那裡。懶蛋他老頭也是很沉迷派系鬥爭的人，是個巴黎小麪包[17]，但是他現在不像以前那樣熱中了。他們一家人都是從格拉斯哥來的，而且懶蛋他爸好像還是很在乎這個家族。不過，懶蛋不跟這群人來往，他根本很討厭這些人，連提都不想提他們。他的哥哥比利卻不一樣；他很熱中於橙黨的活動，還有那些足球派系的事情。比利坐在吧台邊，對我點了個頭，但是我不認為這傢伙是真的對我友善。

「你好嗎？丹尼。」比利說。

「耶，還OK啦，還OK啦，有懶蛋的消息嗎？」

「沒有。他應該過得還好吧。只有一次聽說他在搞什麼名堂。」比利是半開玩笑，他的小姪子們用一種兇惡的眼神看著我們。於是我們在門的旁邊找了一個角落坐下。

這真是錯誤的第一步。

我們坐著的地方附近，有幾個危險的傢伙正盯著我們看。這夥人有些是光頭黨，有些不是。有些是蘇格蘭口音，有些是英國或北愛爾蘭貝爾法斯特口音。其中有一個人穿著「死酷戴佛」(Skrewdriver)[18]的運動衫，另一個穿著「北愛爾蘭阿爾斯特屬於英國」(Ulster is British)的運動衫。他們開始唱起一首讚美巴比・山茲[19]的歌。我對政治不是很懂，但是我知道巴比・山茲是個勇敢的偉人，他從來沒有殺過人，他以那樣的方式死去，一定要有很大的勇氣才做得到。你知道吧！

12 踢腳板為牆壁和地板交界的地方。也就是說，這個人緊貼著牆壁走路。

13 這句話是蘇格蘭的流行口號，表示我們大家不分膚色都是同一家人，不分彼此都是上帝的孩子。相傳賈克・譚森是十九世紀的一位神職人員，總是叫會眾團結相愛。

14 即小偷。「茶葉」(tea leaf) 念起來很像「小偷」(thief)。

15 橙黨是指新教的一支，主要範圍在蘇格蘭和愛爾蘭北部，十八世紀於愛爾蘭創立，名字取自一位信奉新教的英國國王，該王系出法國南方的柳橙王室。橙黨的系譜非常複雜，牽連歐洲多個國家(荷蘭，德國等等)，影響力至今仍在。說它是橙黨不盡然全對，因為它不是一個政黨，而是宗教派系；但它具有政治力量，稱為黨也不為過。

16 橙黨的大遊行，每年都在北愛爾蘭以及蘇格蘭舉行，紀念橙黨的祖先在一六九〇年打勝仗。

17 巴黎小麪包（或稱小果乾麪包）這個詞是用來罵蘇格蘭格拉斯哥市藍杰隊的支持者。不同的球隊各有不同的支持者，各以不同的貶語來罵對方，因此常常引起不同球迷之間的肢體衝突。

18 白種右派種族主義搖滾樂團。

19 Bobby Sands，愛爾蘭運動份子，後來在獄中絕食死亡。

那個穿「死酷戴佛」運動衫的男人，似乎很瘋狂地死瞪著我看，但是我也盡量避免和他眼神交會。但是當他開始唱起：「英國不該有黑人」的時候，我們很難繼續保持鎮定。我們盡量冷靜，但是那傢伙不肯放棄，終於伸出利爪，對著杜德叫囂。

「噢？黑鬼，看個屁啊？」

「肏你老爸，」杜德鄙夷地罵道。這種場面對他來說已經是家常便飯，但是我卻沒有經驗過。這真是他媽，你知道吧……太沉重了。

我聽幾個格拉斯哥的人說，這夥人並不是真的橙黨支持者，他們其實是納粹。但是，在場大部分的橙黨混蛋，也跟著叫囂辱罵，興風作浪。你知道嘛！

然後，他們開始唱起來了：「黑人雜種！黑人雜種！」

杜德站起來走向他們那一桌。穿「死酷戴佛」運動衫的男人那張嘲弄扭曲的臉，突然間大變，他和我都同時看見，杜德手上拿著一個巨大的玻璃煙灰缸……這是暴力啊……這樣不好啊……

……杜德把煙灰缸猛烈地重擊那混帳的光頭上，那傢伙的頭殼被打破，整個人從凳子上跌倒到地板。我又害怕得顫抖，真的好怕。另一個男的跳到杜德身上，把他給撂倒。這時候我必須做點事了，我拿起一只玻璃瓶，用來敲那個穿「阿爾斯特」T恤的傢伙，想把他擺平；玻璃根本沒有碎，可是，這傢伙用手摀住頭，你知道嘛。但是有人往我的肚子狠狠地揍了一拳，力道之大讓我感覺好像被刺了一刀。

「殺了這個愛爾蘭的狗雜種，」有人嚷著。他們把我架在牆上……我只是拳腳猛揮，但是並沒有什麼感覺……其實我還有一點……覺得好玩，因為這不是像卑比發起瘋來那樣真正的暴力，而只是玩……鬧劇……因為我根本不會真正地打架，但是我也不真的覺得這夥人有什麼了不得……看起來他們笨手笨腳的……

我真的不知道後來發生了什麼事。一定是懶蛋的老爸大偉．藍登和他的哥哥比利，把我拉了出來，接下來我攙扶著杜德出去。他已經被打得鼻青臉腫。我聽到比利說：「把他弄走，屎霸。他媽的！把他弄到外面去。」這個時候，我才感覺渾身酸痛。我哭了，眼淚混和著憤怒和恐懼，還有更多的挫折感。

「幹！——幹！——幹！——」

杜德受傷了。我扶著他走在街道上，後面的辱罵叫囂聲還不斷地傳過來。我努力尋找娜娜奶奶的家門，根本不敢回頭看。進了老人公寓之後，我攙扶杜德爬上樓梯，他的臉上、腰部和手臂上，都在流血。

我打電話叫救護車，娜娜抱著杜德的頭說：「他們還在這樣對付你……他們什麼時候才會放你一馬啊！我的寶貝……這種事從他以前在學校的時候就開始了，從他媽在學校的時候……」

我的內心充滿憤怒。但是我是對娜娜奶奶的生氣，知道嗎？娜娜奶奶雖然有杜德這樣的孩子，一個和別人不一樣，讓別人覺得刺眼的人，可是娜娜奶奶可以體會那種和別人不一樣的感覺嗎？知道吧，想想那個臉上有酒漬胎記的女人……這一切都是因為恨、恨……仇恨別人，但是恨能夠帶給我們什麼呢？恨，能夠帶我們走到哪裡去呢？

我送杜德去醫院。他的傷勢並不像外表那麼嚴重。我看到他躺在推車病床上，傷口已經被縫合了起來。

「沒關係的，丹尼。我以前碰到過更慘的狀況，我的未來，也會有更多更慘的遭遇。」

「不要這樣說！不要這樣說！你知道吧！」

杜德看著我，似乎認為我根本不瞭解他。我知道，或許他是對的，我確實不瞭解他。

久旱之後第一炮

整個大白天他們都嗑藥，嗑得不省人事。現在他們在一家肉麻兮兮的鉻黃霓虹燈人肉市場買醉。這家酒吧賣的酒統統太貴，想要和雞尾酒吧比美，可是它的水平和雞尾酒吧差了十萬八千里。會到這個地方來的人，都是為了一個理由，也只有那一個理由。因為時間還早，大家喝酒、談天、聽音樂，到目前為止只是純放鬆，還不至於完全是為了搞那一檔事兒。

屎霸和懶蛋斷了海洛英[20]，可是用了大麻和酒精以後，他們的性慾變得從無到有，到了一個猖獗的狀態。在他們的眼底，酒吧裡的每個女人都性感的不得了，甚至連某幾個男人也很有魅力唷。他們無法只把目光鎖定在某一個人身上，因為現場人人都性感，結果他們的目光總是又被其他人吸引了過去。處在這樣的環境中，這對哥兒們才想到，噢，已經很久沒有打炮了。

「如果在這種地方，你都還無法像喬．麥克布來德一樣射門得分[21]，你就可以滾了。」變態男這

20 原文強調他們目前的狀況是「post-junk」，「junk」特指海洛英，所以他們是斷了海洛英癮的人。使用海洛英的人，基本上是沒有性慾的；斷了癮之後，性慾又會回來了。

21 喬．麥克布來德是蘇格蘭的足球神射手，以射門得分出名。他的名字被用在這裡，顯然有性暗示。

樣想著。他腦袋溫柔地跟著音樂擺動。在這種場合，變態男一貫採取高姿態口吻，以冷靜的態度分析局勢。原來，他早就和兩個住在敏多飯店[22]的美國女人幹了一整天啦；他眼睛上的黑眼圈就是證據。可惜變態男的艷福，卻無法和屎霸、爛蛋，或卑比分享——變態男才不會和他的朋友組成二男二女的四P呢。兩個美國妞只會去找變態男，變態男是她們唯一的選擇。變態男把他的恩寵賜給兩個美國女人。

「她們有很好的古柯鹼呢！我從來沒有試過那麼好的品質，」變態男微笑地說。

「是莫寧賽[23]的貨喔。」屎霸說。

「古柯鹼……狗屁垃圾啦。雅痞用的爛貨啦，」雖然懶蛋已經戒藥了好幾個星期，但是他還是具有一種海洛英用藥者的優越感：他對於其他藥物非常輕蔑。

「我的兩個正妹回來了，我得先閃人啦，兩位先生請繼續玩你們骯髒的小遊戲吧！」變態男搖著頭，看起來真欠扁。他露出一種傲慢、高人一等的表情，掃視整個酒吧。「這個場子，都是工人階級嘛。」他輕蔑地說。屎霸和懶蛋交換了一個眼神。

和變態男交朋友，就免不了要嫉妒他多彩多姿的床上生活。

懶蛋和屎霸開始想像了：變態男跟兩個敏多飯店淫娃玩了什麼樣的古柯鹼性愛三P呢？——變態男就是把那兩個女人叫成敏多淫娃[24]。他們最多也就只能這樣，用腦子想像意淫。變態男從來不會把他的性愛冒險細節告訴朋友。他如此謹慎，只是為了讓性生活沒那他麼豐富的朋友吃味嫉妒，而不是對他性愛女伴尊重的表現啦。屎霸和懶蛋知道，和有錢的觀光客玩三P配古柯鹼助興，是變態男那種性愛達人的特權。而屎霸和懶蛋呢，只配來到這家很遜的酒吧。

懶蛋看到變態男站在遠處。他可以想像變態男的嘴巴會吐出些什麼屁話。想到這裡，他就覺得好恐怖。

變態男的一籮筐風流事，至少都還在大家的意料之內。讓懶蛋和屎霸覺得可怕的是，就連卑比也有馬子可以泡。卑比正在和一個女人說話，屎霸覺得這個女人的臉還算美，懶蛋卻惡毒地批評她的屁股太大。懶蛋邪惡又嫉妒地想，有些女人就是會被瘋子神經病吸引。這些女人都會為她們錯誤的決定付出嚴重的代價，她們的生活遲早會變成地獄一樣。他揚揚得意拿卑比的女朋友君恩作例子：君恩現在正在醫院生孩子。懶蛋覺得自己舉出來的例子很好，根本不至於講得太白[25]，然後喝了一口貝克牌啤酒。他想著：看，我說得有道理吧。

可是，懶蛋又開始自我分析。他先前揚揚得意的滿足感很快就消失了。他又開始理性地想，其實和卑比說話的那個女人，屁股並沒有很大啦。他發現自己又在自我欺騙了。他一方面覺得，自己顯然是整個酒吧中條件最優的人。他敢這樣想，是因為他可以找出酒吧裡每一個俊男美女的缺點。懶蛋只要一直去想那些俊男美女的缺點是多麼可怕，他就可以完全否定那些俊男美女的優點。另一方面，他卻不在乎他自己的缺點。反正他已經習慣自己的缺點了，他根本視而不見。

總之，懶蛋這個時候非常嫉妒卑比。他覺得自己現在的處境已經慘到了谷底。卑比和他的新馬

22 這家飯店在愛丁堡屬於三星級飯店，算是中上，但並不是最頂級的。
23 莫寧賽是愛丁堡的有錢人住宅區。
24 淫娃一字「manto」的發音類似敏多飯店（Minto）。因此，敏多淫娃一詞在英文中押韻。
25 懶蛋批評卑比的話，只說了一半：他只說「卑比的女友正在醫院生孩子」，但沒有說「卑比卻在外面玩別的女人」。不過聽了前一句的人，很容易想到後一句。

子，正在和變態男以及那對美國淫娃說話。那兩個美國淫娃看起來很亮眼，至少她們曬成棕色的皮膚和昂貴的行頭讓人眼紅。看到卑比和變態男假裝是一對最要好的朋友，兩個人假裝很親熱，更是讓懶蛋噁心到想大吐特吐。懶蛋哀痛地發現，不管在性的領域還是在別的領域，贏家總是急急忙忙和輸家畫清界限，這叫輸家情何以堪啊。

「屎霸，現在只剩下我們倆落單了！」懶蛋終於發現到了這個悲慘事實。

「是啊……你知道吧，好像真的滿慘的……貓人！」

懶蛋喜歡聽到屎霸說別人是貓人，但是他自己卻不喜歡被叫做貓人。他覺得貓很噁心。

「你知道嗎？屎霸，有時候我真希望再重新嗑海洛英，」懶蛋本來以為自己說這句話的用意，是為了嚇唬屎霸，看看屎霸那張嗑印度大麻嗑昏了的廢料臉上，會有什麼反應。但是當他把這句話說出口，他才瞭解到，原來自己說的是真話。

「嘿！你知道吧，講成這樣，他媽太沉重了啦！」屎霸從緊繃的雙唇之間，擠出這句話。

懶蛋這個時候才感覺到，剛剛他們在廁所用的安，就是他一直在譴責的安非他命啦，已經開始發揮藥勁了。懶蛋發現，戒掉海洛英之後的問題是，你會變成大笨蛋，開始飢不擇食，手上能搞到什麼藥，不管三七二十一就抓來用。海洛英的藥性很重，嗑過之後，就沒有辦法被其他閒雜藥品滿足了。

懶蛋很想說話。他體內安非他命的勁道，已經超過了酒精和大麻。

「屎霸啊，我跟你說啊，只要你用了海洛英，人生就這樣了啦，你在生活裡就只會關心海洛英了。你知道我哥哥比利吧，他又簽約回去加入狗屎軍隊了。他要去貝爾法斯特[26]呢！他媽的蠢才。

我就知道那痞子被人家管得死死的。卑微的帝國主義小兵。你知道這笨豬跟我說什麼嗎？他說：『我不能一直在街上混。』當兵打仗就跟嗑海洛英一樣。只不過嗑海洛英你不會常常被射。而且，你是自己射你自己[27]。」

「唉，呃，這樣說吧，聽起來，很慘，你知道吧。」

「也不是，可是你想想看。在軍隊裡面，那些招募來的死阿兵哥被照顧得好好的。國家給他們飯吃，弄個髒的要死的軍營俱樂部，給他們便宜的酒喝，免得這些死阿兵哥就跑去鎮上胡鬧，降低媽的人家民眾生活水平，騷擾當地人，搞出一些五四三的麻煩事。但是阿兵哥一旦回到老百姓的大街上，馬上惡性復發。」

「對呀！但是你知道吧，這是不一樣的啊！因為……」屎霸想打斷懶蛋的長篇大論，但是懶蛋興致高昂。這個時候只有在他嘴裡塞一瓶酒才能讓他閉上嘴，就算閉嘴幾秒鐘也好。

「嗯……等一下，老弟，聽我說完。聽我現在要說的話……我他媽要說的是……對極了，嗑海洛英的時候，唯一關心的事，就是怎麼弄到海洛英。沒在嗑海洛英的時候，反而煩惱一大堆別的事。你擔心沒錢用，擔心沒酒喝；一旦有了錢，卻喝了太多酒；你擔心找不到馬子，沒有炮可以打；一旦有了馬子，就會覺得馬子很難搞定，覺得自己被馬子綁得要窒息斃命；你把馬子甩掉了，又會有罪惡感；你擔心帳單、食物、警察，擔心那些強伯族球迷的納粹豬跑來揍你。嗑海洛英的時

26 位於北愛爾蘭的城市，以政治紛爭出名。
27 這裡的射，有兩個意思：用藥的人是用藥射在自己身上；士兵是把子彈射在別人身上。

候，從來不會想到這些煩死人的屁事。嗑藥的時候只會關心嗑藥這一件事情，就是這麼簡單。你懂我的意思嗎？」懶蛋終於住嘴，讓他的嘴巴放鬆一下。

「沒錯！但是嗑海洛英的生活太慘了，你知道吧！那根本沒有生活可言啊。像個病人……簡直是慘到不能再慘……嗑藥嗑到骨頭爛掉，那是毒藥啊，完全是毒藥……別告訴我你又想回去嗑海洛英，因為你知道吧，那種生活是狗屁。」屎霸的回答中帶著一絲惡毒。屎霸的個性溫文隨和，說出這種話算是非常激烈的。懶蛋發現，自己碰到屎霸的癢處。

「沒錯，我說了一堆屁話，就像路瑞德[28]的歌一樣。」

屎霸對懶蛋微笑了一下。光憑他的微笑，路上的老太婆就會想要把屎霸當作流浪貓認養。

現在，他們倆看到變態男正帶著安娜蓓和露意絲那兩個美國淫娃離開酒吧。變態男很盡責地為卑比打氣加油了半個小時。懶蛋覺得，當卑比的朋友唯一的功用就在此：為卑比加油。他想想，其實跟一個他根本不喜歡的人作朋友，是很荒唐的事。和卑比相處，就像嗑海洛英一樣，都是生活中的一種習慣——卑比也是危險的。懶蛋想，根據統計數字，被家人或密友殺掉的人，比被陌生人害死的人多得多。有些人喜歡和一些瘋子狂人做朋友，因為他們覺得這樣就可以捍衛自己，比較不容易被外面的殘酷世界傷害，可是啊，事實正好相反。

變態男帶著美國馬子走出酒吧的時候，回頭看了一下。他對著懶蛋挑起一邊眉毛，好像羅傑摩爾那樣酷[29]，然後步出了酒吧。懶蛋突然覺得，藥物引發的恐慌感在他心中閃了一下。懶蛋在想，或許變態男對女人無往不利的祕訣，就是他會挑起一邊的眉毛。懶蛋知道那樣做是很困難的。他曾經花了好幾個小時，對著鏡子練習這絕技，但是每一次，他兩邊的眉毛都還是同時向上揚，而不是一上一下。

喝了這麼多酒，消耗了這麼多時間，頭腦就不靈光了。到了酒吧打烊前的一個小時，原本不考慮上床的對象，都變成可以接受的性伴侶。再過半小時之後，同一批人都變得超級性感了。

懶蛋游移中的目光，這時聚焦在一個身材纖瘦的女孩身上。女孩一頭棕色長髮，直髮末端微微向上捲起。這個女孩的皮膚曬成古銅色，化過妝的五官看起來更加細緻。她穿著一件棕色上衣和白色的褲子。她把手插進了褲袋，褲子表面鼓起內褲線條。現在該是懶蛋大顯身手的時候了。

這個妞，以及她的朋友，正在和一個臉蛋圓胖的男人聊天，這位男子的襯衫領口敞開，襯衫下襬緊繃著凸出的肚皮。懶蛋對於體重過重的人一直有偏見，現在他很高興找到了機會大肆發揮他的偏見。

懶蛋說，「屎霸啊，你看那個胖子啊！真是他媽的腦滿腸肥的笨蛋。有人說，胖的人是內分泌或者新陳代謝有問題。我他媽才不信邪哩。電視上的衣索比亞，沒有一是個胖子。難道衣索比亞的人都沒有內分泌腺嗎？騙肖啊？」屎霸聽了懶蛋突發牢騷，露出嗑藥之後很茫的微笑。

懶蛋覺得這個妞很有品味，因為她讓那個胖子貼到了冷屁股。懶蛋喜歡這女孩處理的方式。她的態度堅定而莊嚴，並沒有讓那胖子難堪，但同時也讓那個胖子清楚地知道，她對胖子並不感興趣。那胖男微笑了一下，攤開手掌、腦袋歪一邊，結果他的朋友一起發出嘲弄的笑聲。這段小插曲，也讓懶蛋的信心更加堅定，他要上前去和那女人說話。

28這裡一語雙關。路瑞德（Lou Reed），即先前提及 Velvet Underground 的團長；另外，這個名字也是安非他命的暱稱。

29羅傑摩爾是早期飾演〇〇七的演員之一。

懶蛋對屎霸做了一個手勢，要求屎霸和他一起過去。懶蛋是個不喜歡主動出招的人。當屎霸開始和那女人的朋友交談時，懶蛋覺得很欣慰，因為屎霸通常不會主動出擊。一定是藥在幫忙，把屎霸變成主動的人。但是他聽到屎霸正在鬼扯法蘭克．查巴，懶蛋聽得心煩意亂。

懶蛋想要採取一種策略：他希望表現出隨性的態度，但同時也要表現出他對那女人的興趣；他希望表現誠懇，但同時也要輕鬆自在。

「對不起，打斷你們的談話。我只是想告訴妳，我很欽佩妳卓越的品味，妳剛才甩掉了那個死胖子，真是很酷。我覺得跟妳說話應該會很有趣。如果妳要我離開，就像妳對那個死胖子一樣，我絕對不會不高興。喔，對了，我叫做馬克。」

那女人對他微笑了一下，表情有點困惑，也有點高傲；但是懶蛋覺得至少對方沒有拒他於千里之外，要他滾蛋。於是他們開始交談，懶蛋在談話的過程中，開始對自己的外表感到不自在。安非他命的勁道開始有點退了下來。他開始擔心自己染成黑色的頭髮是不是看起來很蠢——他的橘色雀斑，明明就證明了他是個紅頭髮的傢伙啊。他以前曾經覺得自己長的很像《季吉星塵》[30]時期的大衛．鮑伊。幾年以前，有個女人說他簡直就是蘇格蘭亞伯丁的足球選手艾利．麥可利許的雙胞胎兄弟。艾利．麥可利許退休的時候，懶蛋還特地跑去亞伯丁參加他的退休典禮，表示他的感激之情。他還記得變態男大搖其頭地告訴他，一個長得像艾利．麥可利許的男人，怎麼可能會有女人喜歡？

於是，懶蛋把頭髮染成黑色，抓出尖刺的髮型，希望擺脫掉艾利．麥可利許的陰影。但是現在他卻擔心，萬一他脫掉衣服，跟他上床的女人看到他頭髮是黑的，可是陰毛是紅色的，一定會大笑到翻。懶蛋把眉毛也染成黑色，他也考慮過把屌毛也染黑。為了這個決定，懶蛋還曾經很愚蠢地跑去，徵詢母親的意見。

「別那麼蠢了！馬克，」母親對他說。生活中太多變動，讓她賀爾蒙失調，讓她變得愈來愈神經質。

這個女孩的名字叫做黛安。懶蛋想，他自己真的在想，這個黛安很美。品相，是很重要的。根據他自己過去的經驗，當有化學藥物在身體和腦子裡跑的時候，千萬不要相信自己的判斷力，不然就很容易釣到品相不好的貨。他和她開始聊起音樂，黛安告訴懶蛋她喜歡「簡單頭腦」樂團（Simple Minds），兩個人展開了第一回合的爭辯。懶蛋並不喜歡「簡單頭腦」樂團。

「『簡單頭腦』根本是垃圾，他們趕上了U2社會運動風潮之後，音樂簡直一無可取。自從他們丟掉了『浩大搖滾』（pomp-rock）[31]的根，開始公然宣揚他們不誠懇的『小政治』狗屁理念，我就不再相信他們的音樂了。我喜歡他們早期的東西，但是自從《新的黃金夢》（New Gold Dream）專輯之後，他們的音樂簡直是垃圾。那些聲援曼德拉的作品，簡直既丟臉又讓人想吐。」懶蛋怒氣沖沖地罵道。

黛安告訴他，她相信「頭腦簡單」樂團對於曼德拉以及南非多元種族運動的支持，是真誠不假的。

懶蛋很快地大搖其頭，他希望自己冷靜，但是在安非他命以及黛安的挑戰刺激之下，他覺得自己根本身不由己，不得動彈啊。

30 Ziggy Stardust，大衛．鮑伊一九七二年的專輯。

31 「浩大搖滾」是前衛搖滾（progressive rock）的一支，「浩大」（Pomp）是指曲式的壯觀華麗。

「我收集了從一九七九年之後所有的《新音樂快訊》週刊（New Music Express），我真的有收集，但是幾年前全扔掉了。我記得在雜誌的訪問中，柯爾[32]對其他樂團的政治意見開炮，還說『頭腦簡單』只關注音樂，不管政治。」

「人都可能會變啊！」黛安反駁道。

黛安如此過度天真純樸的聲明，讓懶蛋感到微微震驚，也讓他對黛安更加仰慕。他只是聳聳肩膀，勉強同意黛安的觀點，但是他的思緒急速奔騰，仍然在想著柯爾永遠落在他的宗師彼得．蓋布瑞(Peter Gabriel）後面。自從「四海一家」音樂會(Live Aid）之後，搖滾歌手一窩風地搞政治參與，把政治當成了流行時尚，希望別人知道他們也是好人。另一方面，懶蛋也提醒自己少表示意見；他決定，以後他在討論音樂觀點的時候，不要太嚴肅。懶蛋想著：從大處著眼，去和人家斤斤計較對於音樂的看法，根本他媽的不值得嘛。

一會兒之後，黛安和她的朋友去洗手間討論懶蛋和屎霸，決定該怎麼進行下一步。黛安對於懶蛋有點舉棋不定，她覺得懶蛋有一點豬頭，但是在這種地方，遍地都是豬頭，而懶蛋似乎有些與眾不同，雖然他的思想和為人並不是非常的出類拔萃。重點是，時候已經不早了……

屎霸轉過身和懶蛋說了些話，懶蛋正在聽「農場」樂團（The Farm）的歌，根本聽不見屎霸的聲音。懶蛋認為，只有在用搖頭丸的時候，才聽得下「農場」樂團的歌，但是用搖頭丸的時候聽他們的歌，簡直是浪費資源，應該聽口味更重的電音舞曲才對。就算他聽得到屎霸說話，他昏成一團的腦袋，也根本無法回答屎霸，還是養精蓄銳一下，等黛安回來再跟她說話。

懶蛋開始和一個從利物浦過來度假的人，聊起他的個人狗屁經驗。他和這個陌生人開談，只是因為這個人的口音，讓他想起他的朋友達佛。一會兒之後，他發現這個人和達佛完全不一樣，他卻錯把這個人當知己，吐露了好多隱私。回到了吧台，屎霸不見了。於是他身上的藥效完全退光了。黛安只是一場回憶，一種藥物恍惚狀態中的朦朧感覺。

他走到外面透透氣，卻看到黛安正準備自己一個人搭計程車。他的心中湧起一種嫉妒的痛苦，他在想，屎霸會不會把黛安的那個朋友帶出場了？他可能是整晚唯一沒有人要的，如此的想法讓他感到恐慌。一種全然的絕望，不自覺地驅使著他走向黛安。

「黛安，我可以和妳一起搭計程車嗎？」

黛安表情狐疑地說：「我要去佛瑞斯特公園喔。」

「好極了！我也是要去同一個方向。」懶蛋撒了一個謊，然後對自己說：既來之，則安之！

他們在車上閒聊。原來黛安和她的朋友莉莎吵架，於是決定自己一個人回家。至於莉莎，就黛安所知，應該還在跟屎霸或者什麼白痴男人跳舞，在舞池較勁吧。所以懶蛋押對寶了。

愁眉苦臉的黛安，表情像個卡通人物。她告訴懶蛋，莉莎好恐怖啊，她把莉莎的罪行一一揪出來清算。懶蛋其實覺得莉莎的罪行沒有什麼大不了，但是黛安的怨毒，卻讓懶蛋感到有點不安。他很配合地奉承黛安，同意莉莎是全世界最自私自利的女人。然後懶蛋轉移話題，因為黛安一直罵人只會讓黛安的心情更差，而他自己也不會得到好處。他把屎霸和卑比和女人嬉鬧的趣事告訴黛安，不過他把限制級的內容都過濾掉了。懶蛋從來不提變態男，因為女人都喜歡變態男，他要盡一切可

32指「頭腦簡單」樂團的主唱吉姆・柯爾（Jim Kerr）。

能讓他遇到的女人遠離變態男——即使在談話中，也要讓變態男徹底消失。

黛安對於朋友的怨恨終於稍微緩和下來了。懶蛋這時候問，可不可以吻她。黛安聳聳肩膀，請他自己做決定。黛安是不在乎呢，還是無法自己下決定？不管了，懶蛋想，不在乎，至少比直接拒絕來的好吧。

他們交頸親吻了一會兒。懶蛋覺得黛安的香水味兒太刺鼻；黛安覺得懶蛋太瘦，一身皮包骨，不過吻功很好。

他們下車之後，懶蛋才向黛安招供，承認自己根本不是住在佛瑞斯特公園附近。他這樣說，只是為了能有多一點時間和她相處。黛安想要裝酷，可是還是有受寵若驚的感覺。

「你想不想上來我家，喝杯咖啡或茶？」黛安問道。

「好哇！」懶蛋很努力，讓說話的聲音保持一種自然隨性的愉悅，不要表現得太過歡天喜地。

「你只能喝一杯咖啡，懂嗎？」黛安加了這麼一句話，讓懶蛋很難捉摸出她究竟在打什麼主意。黛安很狡猾地把上床做愛當成一種談判籌碼，但是同時，她的態度也非常明確，表示她說一是一說二是二。懶蛋只是點點頭，像個迷惑的白癡鄉巴佬。

「我們得非常安靜。有人在睡覺。」黛安說道。懶蛋想，狀況好像不太妙，可能會沒搞頭。他腦海中出現了一個嬰兒，還有一個保母。他從來沒有跟有小孩的人做過愛。這樣的念頭讓他覺得很奇怪。

他知道這個屋子裡有人，卻沒有聞到嬰兒尿、嘔吐物，和嬰兒爽身粉的味道。

於是他說：「黛……」

「噓！他們在睡覺，」黛安打斷了他的話：「別把他們吵醒，否則我們麻煩就大了。」

「誰在睡覺啊？」懶蛋緊張地輕聲說道。

「噓……」

眼前的情況讓懶蛋感到手足無措。他的腦子快速回想自己親身經歷的恐怖一夜情經驗，以及從別人身上聽來的可怕一夜情故事。他的心裡打開了一個驚悚資料庫，裡面充滿各種一夜情可能撞上的衰事：比如，炮友有吃素的室友啦；炮友其實是發神經的老鴇啦。

黛安帶著他來到一間臥室，讓他坐在一張單人床上。然後，她就不見了。幾分鐘之後，她拿了兩杯咖啡回來。懶蛋發現自己的那一杯有加糖，雖然他不喜歡加糖的咖啡，但反正他現在的味蕾又不靈。

「我們要打炮吧？」黛安揚起眉毛，輕聲問道。她語氣很有力，卻隨性得有點異常。

「喔……好哇！」懶蛋說著，差點把咖啡潑出來。他的脈搏加快，感覺緊張，動作笨拙，像個處男。他擔心藥物和酒精加在一起的效果恐怕會讓他無法勃起。

黛安說：「我們必須非常安靜。」懶蛋點點頭。

他很快速地脫掉了毛衣和T恤，然後脫掉球鞋、襪子和牛仔褲。他對自己的紅色陰毛感到很不自在；他跳上床之後才敢脫內褲。

懶蛋看著黛安脫衣服的時候，老二勃起了，讓他鬆了一口氣。黛安和懶蛋相反，脫衣服的動作慢慢來，而且看起來很自在。懶蛋覺得黛安的身體很美。在他的腦袋子裡自動播放起一句足球金言「開始打吧！」(here we go)，而且不斷播放。

「我想要坐在你的上面，」黛安說著，掀開了被單，懶蛋的紅色陰毛馬上曝光。還好，黛安並沒有特別留意。懶蛋對自己的老二很滿意，那根屌看起來比平常還要大支。或許這是因為……懶蛋知道為什麼……因為他已經很久沒有看見自己的屌勃起了。黛安就沒有大驚小怪了。她什麼樣的屌都見過吧，大概。

他們開始互相愛撫。黛安很享受做愛的前戲。懶蛋很熱情地撫弄黛安，和黛安以前遇到過的大部分不重視前戲的男人很不一樣，她很開心。但是當她發現懶蛋的手指在撫摸她的私處時，她的身體卻僵硬起來，一把將他的手推開。

「我裡面已經夠溼了啦，」黛安說。她冷冷的態度讓懶蛋有點愣住了，他感覺到這場性愛似乎冰冷又機械化。他甚至一度以為，他勃起的老二會因此而開始垂軟，但是並沒有。黛安低下身，坐在上面，真是奇蹟中的奇蹟，他的老二仍然堅硬。

黛安的下面把他的屌整支吞下去，懶蛋輕輕發出呻吟。兩人開始一起緩慢搖動，愈插愈深。懶蛋感覺到黛安的舌頭在他的嘴裡活動，而他的手則輕輕地觸摸著黛安的屁股。感覺似乎已經過了很久，懶蛋覺得自己隨時都會射。黛安也察覺到懶蛋瀕臨高潮的極度興奮。她對自己說：拜託！別再給我遇到一個沒用的弱雞啊！

懶蛋不再把心思從放在黛安身上，免得太快射精。為了晚一點射，他試著想像他在幹英國首相柴契爾夫人、醜魔術師保羅．丹尼爾（Paul Daniels）、哈茲隊的主席魏勒斯．莫塞、打板球的怪物吉米．沙威爾，以及其他可以讓他不要過度興奮的怪胎，以免自己太早繳械。

黛安抓住時機，騎著懶蛋，把她自己帶入高潮——床上的懶蛋像是一支釘在一大片衝浪板上的假陽具。他看到黛安咬著手指頭，屏息忍住高潮興奮時候的浪聲和淫叫；黛安的另一隻手，則放在懶蛋的胸膛上，這個動作讓懶蛋也瀕臨高潮。即使他想像自己正在舔魏勒斯．莫塞的髒屁眼，到了這時候也無法再阻止他射精了。開始射精的時候，他覺得自己似乎會射個不停。他的老二好像一個淘氣小頑童手上的水槍，一直射一直射。長久的禁慾生涯，讓他累積了太多精液，足夠他噴到屋頂外面。

如果懶蛋有機會跟別人炫耀自己的性愛經驗，他大概就會說，和黛安的這一炮幾乎就是男女同步性高潮了。可是懶蛋知道自己根本不會把他和黛安的打炮細節說出去——如果他和朋友談性的時候，故做神祕，聳肩微笑，反而比較容易被別人當成男人漢；如果他把打炮細節一五一十都掏出來討朋友開心，反而不夠酷。這種耍神祕的招數，是他從變態男上所學到的。懶蛋看起來是個反對大男人主義的人，可是他其實也和自私自利的大男人主義糾纏在一起。他對自己說，男人都是可悲的混蛋。

黛安離開他的身體之後，懶蛋進入了甜美的睡眠。他決定要在半夜醒過來，再做更多愛。他將會更放鬆、更活躍，也會對黛安展現他更多的床上實力。現在，他發現自己幹勁十足，不怕上場了。他覺得自己就像一個走出陰影的足球金腿，他巴不得再上場踢球呢。

但是他的美夢卻被黛安打斷，她說：「你該走了。」

懶蛋還沒來得及爭辯，黛安已經跳下床。她用自己的褲子擦掉從她體內流到大腿內側的濃稠精液。懶蛋這才想到，他們沒有做安全性行為，有感染愛滋病的危險。他最後一次跟人共用針頭之後，曾經做過病毒篩檢，檢查結果他並沒有感染。懶蛋擔心的是黛安，想像一下，黛安，竟然願意和懶蛋這種人上床，那她一定也會跟每個人做愛。黛安想把他趕走，傷害了懶蛋脆弱的男「性」尊嚴；前一秒鐘他還是個勇哥，這一秒鐘他卻成了渾身發抖的輸家。多年來，他一直和別人共用針頭打藥（不過呢，那種在毒窟裡，一群人共用的大針筒，他是不用的），都沒有染上病毒；如果他只和人打一次炮就中鏢，那也算是他的命啦。

「咦……我不能留在這裡嗎？」他聽見自己微弱、自憐的聲音——如果變態男在場，他一定會很無情地模仿懶蛋這時候的音調。黛安直視著他，搖頭說：「不行。這樣好了，你可以睡在沙發上，可是你得安靜，如果有人看到你，你必須假裝沒事發生過。穿上衣服吧！」

懶蛋又再度很在乎自己看起來很刺眼的紅色陰毛。他欣然服從黛安的指示。

黛安帶懶蛋走向客廳的沙發。她丟開懶蛋走掉。懶蛋他穿著一條小內褲，冷得渾身發抖。她再回來的時候，手上帶了一個睡袋，以及懶蛋的衣服。

「真不好意思啊，」黛安輕聲說著，開始吻他。他們交頸擁吻了一下，懶蛋又勃起了。他試著把手伸到她裙子裡，卻被黛安阻止了。

「我得走了，」黛安堅定地說。

黛安丟開懶蛋離去了，懶蛋感到空虛和困惑。他躺在沙發上，把自己裹進睡袋裡，拉上拉鍊。在黑暗當中，他卻保持著清醒，想要搞清楚這棟屋子裡到底有什麼東西。

懶蛋想，黛安的室友一定是個怪里怪氣的混蛋，不許她帶人回家。懶蛋想，或許黛安不希望她的室友看到她帶陌生人回家做愛。為了提高他的自尊，他告訴自己，是他亮眼的智慧，以及他有些缺陷卻很獨特的外表，讓黛安破例帶他回家。懶蛋幾乎要相信自己的鬼話了。

他終於入睡，睡得不安穩，做了些奇怪的夢。他本來就很容易作怪夢，但這一夜的怪夢讓他很不安，因為夢境特別生動，而且很容易讓他回想起夢境的內容。夢中，他在一個白色的房間裡，屋子裡閃著綠色的霓虹燈。他被鍊在牆壁上，看著正在大啖人肉人骨的小野洋子，以及西伯隊的後衛高登．杭特。被肢解的人肉，擺在一列巨大的塑膠面桌上。這兩個人恐怖而淒厲地辱罵懶蛋。他們的嘴角滴著鮮血，不斷叫罵詛咒的嘴巴，還在痛快地啃咬著人肉碎片。懶蛋知道，下一個端上桌被肢解成人肉碎片的就是他。他試著巴結高登．杭特，想告訴他自己是他的忠實球迷，但是高登．杭特這個復活節路[33]的後衛卻保持他一貫的冷峻態度，只對著懶蛋的臉大笑。然後夢境變換到了另一個場景，懶蛋才鬆了一口氣，卻發現自己全身赤裸，全身沾滿了流來流去的大便，正在雷斯水道旁，和衣著整齊的變態男，一起吃雞蛋、番茄和炸麵包。然後他夢到一個穿著用鋁箔做成兩截式泳裝的女人，正在誘惑他。這個女人其實是個男的，他們慢慢地幹起來，從身上各種不同的洞互相抽插，兩人的身體上，流出像刮鬍膏那樣的濕黏流質。

切菜聲和煎醃肉的香味，把懶蛋從睡夢中喚醒。他瞥見一個女人的背影，但並不是黛安。這個背影又一下子晃進了客廳旁邊的小廚房。然後他聽到了男人的聲音，心裡一陣恐懼，身體痙攣了一下。懶蛋只穿著內褲，宿醉，身在一個陌生的地方——這時候懶蛋最不想聽到的，就是男人的聲音。於是他假裝還沒睡醒。

懶蛋從眼皮的縫隙中，偷看那個男人：那人身材大約和他自己一般，可能矮一些。這個男人走

33這個復活節路是指復活節路球場，即西伯隊的基地球場，位於雷斯。

進廚房。雖然那對男女說話說得很小聲，但是懶蛋還是聽得見他們。

「黛安又帶了一個新朋友回來喔，」那男人說道。懶蛋很不喜歡他說到「朋友」時，語帶嘲弄的口氣。

「是啊，但是你小聲一點。這一次，別又搞得大家不愉快，也不要東猜西猜。」

懶蛋聽到他們回到了客廳，然後又走開了。他很快地套上毛衣和T恤，打開睡袋跳下沙發，穿上牛仔褲，一口氣完成了所有動作。他把睡袋很仔細地疊好，把沙發抱枕塞回原處。然後他穿上發臭的鞋襪。他希望味道不會太明顯，沒有人會聞到——但是他自己也知道，如果別人不會聞到，才怪。

懶蛋太緊張了，結果反而不覺得身體很虛。他倒是感覺到自己仍在宿醉。宿醉的感覺仍然留在懶蛋心靈的陰影處，好像一個非常有耐心的攔路搶匪，守株待兔，等著對懶蛋下手。

「哈囉！」那個不是黛安的女人回來了。

她是個大眼睛、尖下巴的美女。懶蛋覺得自己好像在哪見過她。

「嗨！嗯……我是馬克。」懶蛋自我介紹。但是那個女人並沒有自我介紹，卻在探問懶蛋的資訊。

「你是黛安的朋友吧？」這女人的聲音稍微帶著一點侵略性。懶蛋決定採取安全策略，撒個小謊；他不要說太誇張的謊話，這樣說出來的謊言才容易被人採信。麻煩是，毒蟲最擅長說謊，說謊的時候比說真話的時候更具有說服力。懶蛋一時說不出話，想起一個道理：你可以叫一個人戒藥，卻沒辦法叫他戒掉劣根性。

「喔！黛安和我，不只是朋友呢！妳知道莉莎吧？」

那女人點點頭。懶蛋繼續說謊，摸索謊言之中讓人放心的調性。

「實在有點不好意思喔！昨天是我的生日，我必須承認，昨晚我喝醉了。我弄丟了鑰匙，不幸的是，我的室友跑去希臘度假了，所以我回不了家。其實我也可以直接回去把門撞開，可是我喝醉了，根本沒辦法好好思考。而且如果那樣做，我可能會因為闖進自己的公寓而被逮捕。還好我遇到了黛安，她很好心地讓我睡在沙發上。妳是她的室友吧？」

「嗯……從某個角度來看……我和黛安算是室友吧！」她竟然怪笑了起來。懶蛋搞不清楚這到底是怎麼回事。他覺得很不對勁。

剛才那個男人也進來加入了談話。他很草率地對懶蛋點了一下頭，懶蛋也回給他一個虛弱的微笑。

「這位是馬克，」那女人告訴他。

「是噢。」那男人說。他的語氣不冷不熱。

懶蛋覺得這兩個人看起來年紀和他差不多，可能比他年長一些吧。他對年紀很沒有概念，看不出別人的年齡。但是黛安顯然比大家年輕很多。懶蛋推斷，或許這兩個男女對黛安具有一種變態的控制慾，把黛安當作小孩來對待。懶蛋從其他年長的人身上，也發現到了這種現象。這些人通常都想控制比他們年輕、活潑、受歡迎的人，因為他們無法擁有年輕人的本錢。這種自卑的情緒，經常偽裝成親切、保護的態度。懶蛋在這兩人身上嗅出了這一點，然後對他們產生了一絲敵意。

然後，懶蛋發現一個驚人的真相——他大吃一驚，不知所措。他看見一個小女孩走進了客廳。懶蛋看著女孩，渾身發寒。這個小女孩簡直是黛安的分身，但是她看起來只是中學生。

懶蛋只花了幾秒鐘就完全瞭解：這個中學生就是黛安啊。懶蛋馬上理解，為什麼一般女人卸除化妝的動作，會被說成是「變臉」。黛安看起來只有十歲而已。她也注意到懶蛋滿臉驚訝。

懶蛋看著剛才那對男女。他們對待黛安的態度，就是父母親的態度，因為他們真的是黛安的父母親。懶蛋雖然焦慮緊張，卻還是有力氣指責自己太笨，竟然沒有早一點發現真相。黛安長得非常像她媽媽啊。

於是，大家坐下來吃早餐。黛安的父母溫柔地審問陷於困惑中的懶蛋。

「馬克，你是做什麼的啊？」黛安的母親問他。

做什麼的？要談正經工作嘛，他沒有。懶蛋在一家詐騙集團工作，專門騙取社會福利金。他有五個不同的地址可以進行詐騙：在愛丁堡、李文斯敦和格拉斯哥各有一個；倫敦有兩個，一個在牧羊人草叢區，一個在哈克尼。用騙取社會福利金這種方法騙取國家的錢，一直讓懶蛋感到很有正義感，他巴不得大肆宣揚自己如何挑戰國家制度。可是，他知道自己必須謹慎，畢竟這個世界上充滿了偽善道學，自以為有正義感，又愛管閒事的混蛋——那些正義份子一定巴不得出賣懶蛋，把他移交政府法辦。懶蛋覺得騙來的社會福利金是他應得的錢。這種吸金術，需要高超的技藝和工夫，並不是一般人幹得來的。尤其是對於懶蛋這樣一個在海洛英毒癮中奮鬥求生的人，竟然可以搞這種吸金術，更是值得佩服呢。他必須在英國全國各地不同的地區報到，必須和詐騙集團的同事在福利金的交付場所保持聯絡，如果湯尼啦、卡洛琳啦，還是尼克西，打電話叫懶蛋馬上前往倫敦和社福人士面談，懶蛋就要立刻去倫敦趕通告。他在牧羊人草叢區的福利金，現在出了點問題，因為他拒絕了一個很酷的工作機會。這個美妙的工作機會，就是在諾丁丘的漢堡王分店做漢堡。

「我在區域政務會休閒司的博物館部門擔任策展人，我的工作是負責收集社會史的文物，收集主題是市中心的庶民歷史，」懶蛋撒了一個大謊，引述起他假造的個人履歷資料。

黛安的父母看起來很感興趣，甚至有點被懶蛋唬弄住了——那正是懶蛋所期待的反應。他受到了鼓舞，於是想要再更進一步地玩下去，企圖把自己的形象塑造成一個謙遜內斂的人。

「我在垃圾堆裡面翻找民眾丟棄的東西，然後把這些東西當成正宗的歷史文物來展示。這些東西展現了勞動人民的日常生活。我必須保護這些文物，絕不可以在展覽的時候摔壞。」

「做這樣的事需要頭腦的，」黛安的父親稱讚懶蛋，眼睛卻看著黛安。懶蛋不敢看黛安。他也知道刻意迴避和黛安眼神接觸，有可能愈描愈黑，不過，懶蛋就是不敢看她。

「也沒那麼了不起啦！」懶蛋聳聳肩膀說道。

「但是必須是有資格的人，才能勝任這種工作。」

「嗯，我有亞伯丁大學的歷史學位啦。」懶蛋說的幾乎是實話，他確實曾經進過亞伯丁大學，覺得歷史系課程很簡單，後來卻因為拿獎學金買毒品嫖妓，第一年才念了一半就被退學了。他想，難道他是亞伯丁大學校史上，第一個和校外人士上床的學生嗎？不至於吧！這樣就要退學啊？他覺得，人應該創造歷史，而不該研讀歷史。

「教育是很重要的，這也是我們做父母的一直在告訴我女兒的，」黛安的父親說著，又再度給了黛安一個機會教育。懶蛋很不喜歡黛安父親的態度，可是他更討厭自己和黛安的父親一搭一唱。他

34 領救濟金的人，必須接受政府輔導就業。如果政府叫懶蛋去漢堡店上班，而懶蛋不去，就必須要向社福人員解釋，否則救濟金就會被取消。

覺得自己好像黛安的怪叔叔。

這時候懶蛋清楚想著：黛安的媽會火上加油，叫懶蛋去勸黛安好好準備考試。

「黛安明年要參加歷史會考，」黛安的母親笑道，「還有法語、英語、藝術、數學，和算數，也都要考喔。」她繼續驕傲地報告。

懶蛋聽了這種父母經，心裡打顫了N次。

「馬克對這些事沒興趣啦！」黛安說。她用傲然而成熟的語氣說話，故意說給父母聽。小孩變成大人話題的時候，就被剝奪了權力，而這時小孩就會用黛安的這種態度來反抗父母。懶蛋發著抖回想，以前老爸老媽把他當作話題來討論的時候，他也是這樣反擊父母。但是黛安的語氣太酸，太孩子氣，所以她反而造成了反效果。

懶蛋用腦過度了。他的腦子裡胡亂想著：**大家說，這種事就是打出爛球。做了這種事，就要被關起來。一點也沒錯，你知道吧，而且監獄鑰匙被人家扔掉了。你是性侵害的犯人，每天在索頓監獄被人打爛臉。性侵害的人，強暴幼童的人，戀童癖的人，搞兒童性暴力的人，就是你！**他可以聽見神經病說話，例如和卑比一樣的人，這樣說：「聽說你搞了一個只有六歲的馬子啊？」「大家說這就是強暴啊！」「你家，我家，都可能是下一個強暴兒童事件的受害者喔。」去死吧，想到這裡，懶蛋不寒而慄。

煎醃肉的味道讓他覺得噁心。懶蛋吃素吃了好幾年。他吃素並不是為了政治或道德目的，他只是不喜歡肉的味道。但是他並沒有說什麼，因為他很努力在黛安父母眼中維持好的形象。他拒絕吃香腸，因為他想到這種東西裡面都是毒素。但是再想想他曾經嗑過的毒品，他自我諷刺地想：「你最好看看你在身體裡射了什麼東西。」他很好奇黛安是不是也喜歡把藥射在身體裡，結果他想起這裡有一語雙關的意思[35]，便開始不由自主地偷笑了起來。

懶蛋有氣無力，企圖掩飾剛才偷笑的行為，便搖搖頭，說起一個故事——或者該說，說起一個假的故事。「天啊！我真是愚蠢啊。我昨晚喝醉了。其實我很不會喝酒。但是，一個人一生中，畢竟只能過一次二十二歲生日啊！」

黛安的父母對於他最後的一句話感到狐疑。他今年二十五歲，卻好像快四十歲了。但是他們還是很有禮貌地繼續聽下去。「剛剛說過，我弄丟了外套和鑰匙。非常感謝黛安和你們兩位的殷勤款待。你們收留我過夜，又幫我準備了這頓豐盛的早餐。真的很不好意思，我吃不完這根香腸。可是我很飽了，早餐我不習慣吃很多。」

「你太瘦了，該多吃點才對。」黛安的母親說。

「在外面租房子就是會像你這樣，壞習慣東一個西一個，只有在家裡住才是最好的。」黛安的父親說道。他這低能的話，讓大家陷入了緊張的沉默。父親窘困說了一句：「大家都這麼說啊！」然後他馬上轉移話題問懶蛋：「你打算怎麼回去你的公寓啊？」

有些人真的把懶蛋嚇死。在懶蛋眼中看來，這些人好像一輩子都沒有幹過任何非法勾當。難怪黛安會變成這個樣子，跑去酒吧釣陌生人上床。這對夫妻簡直太健康了，健康得讓人覺得下流。黛安的父親頭髮有些稀疏，她母親的眼角有魚尾紋。但是懶蛋知道，外面的旁觀者會把他們夫妻和懶

35 懶蛋本來是在想，黛安喜不喜歡把東西射進身體裡——這裡的「東西」，可以是藥，也可以是男人的精液。

蛋看成同樣年紀的人，只不過這對夫妻看起來比懶蛋健康。

「我可以把門硬撞開啦。那只不過是一個爛鎖而已啦。真的很蠢。我一直很想弄一個傳統的木頭門閂呢，幸好我沒裝。公寓進門的樓梯間有一個對講機，我可以叫住在隔壁的人讓我進公寓的。」

「我可以幫你啊！我自己會做木工。你住在哪裡啊？」黛安的父親問道。懶蛋覺得很煩，但是也很高興，黛安的父親真的相信了他的一堆狗屁謊言。

「沒有關係的，念大學之前，我也當過木匠。太謝謝你的好意了。」懶蛋這一次的謝意，是真誠發自內心的感謝。說真心話的感覺很奇怪，因為他太習慣說假話了。他感覺自己的生命變得更真實了，卻也更加脆弱了。

黛安的父親聽到懶蛋也當過木匠，眉毛上揚了一下，懶蛋又加了一句：「我曾經在高基[36]的吉蘭先生那裡當木工學徒。」

「我認識勞夫．吉蘭啊！那個可悲的老狐狸。」黛安的父親輕蔑地嘲笑道，他的語氣也變得比較自然了。懶蛋和他之間，開始發展出了一種交流和默契。

「這正是我不想待在他那裡工作的原因之一。」

懶蛋感覺到黛安正用腳在桌子底下摩蹭著他，他就不敢再講下去了。他喝一大口茶。

「啊！我得走了，再次感謝你們。」

黛安說，「等一下。我馬上準備好，跟你一起進城[37]。」懶蛋還來不及拒絕，黛安已經一溜煙跑不見了。

懶蛋假裝好心，想要幫忙收拾餐桌，不過黛安的父親馬上叫他去沙發坐，留下黛安的媽媽一個人在廚房忙碌。懶蛋的心都沉了—他以為黛安的爸爸要跟他說「小老弟你玩什麼把戲我都知道啦」之類的話。幸好，並沒有。懶蛋和黛安的父親聊起了勞夫·吉蘭和他的哥哥柯林。懶蛋聽說柯林竟然自殺了，覺得很爽，因為他老早就討厭柯林。他們也聊起彼此共同在工作上認識的一些人。

然後他們談到了足球，黛安的父親是支持哈茲隊的球迷。懶蛋是支持西伯隊的，他說西伯隊在上一個球季中，和當地對手比賽的表現並不好。黛安的父親提醒他，在上一個球季中，西伯隊不管跟哪一隊比賽，表現都很糟糕。

「西伯隊和我們出賽的成績並不佳，不是嗎？」

懶蛋露出了微笑，他第一次感覺到很高興幹了這個男人的女兒，而且他高興的原因，並不只是因為性。他覺得這件事真是奇妙。在他以前嗑海洛英的時候，性愛和西伯隊這兩樣東西，根本就不值一提。但是現在，這兩樣東西突然變得重要了。他想，說不定因為西伯隊在八〇年代的表現很差，他才會去嗑藥吧。

黛安準備好了，她畫了淡妝，不像前一天晚上那樣濃豔。她看起來像是十六歲，比實際年齡大兩歲。他們倆走在街上的時候，懶蛋鬆了一口氣，因為他終於離開黛安的家，但是他也有一點羞赧，害怕被別人認出他來。他在這一帶也認識了一些人，大部分都是毒蟲或毒販。懶蛋想，如果碰到了他們，說不定會被以為懶蛋在拉皮條。

懶蛋和黛安穿過了南蓋爾，來到了海馬其特。黛安一路上握著懶蛋的手，不停地和他說話。她

36 高基為愛丁堡的地名。
37 這裡的城，就是指愛丁堡。

也鬆了一口氣，終於從父母的魔爪中掙脫出了來。她想多知道一些關於懶蛋的事。說不定可以從懶蛋身上弄到古柯鹼呢。

懶蛋想著昨晚發生的事，心裡覺得恐慌，他納悶到底黛安做過些什麼事，到底遇到過什麼人，竟然學到這些性愛經驗，而且在床上還很有自信。他覺得自己好像已經五十五歲，而不是二十五歲，而且，他確定路上有人在看他們這一對。

懶蛋還穿著昨天的衣服，看起來衣衫襤褸，渾身汗臭味。黛安穿著黑色的細毛線褲，這種非常窄的褲子，看起來就像緊身褲，外面還圍著一條白色的迷你裙。懶蛋看著黛安的這種混搭式打扮，心裡想，幹嘛兩種風格混搭起來穿啊？穿其中一種就好了啊。他跑去買《蘇格蘭人報》和《每日記錄報》，黛安在海馬其特車站等。懶蛋發現有人看著黛安，竟然奇怪地冒起了一把火，然後惡狠狠地把那個人給瞪了回去。懶蛋想，或許，這是一種自卑感的投射吧！

他們跑去達瑞路的唱片行逛，在唱片堆中東翻西攪。懶蛋顯得非常煩躁，宿醉的噁心感覺愈來愈嚴重了。黛安則一直把唱片封套拿給懶蛋看，跟他說某張唱片「很讚」，某個樂團「很屌」。懶蛋覺得這裡大部分的唱片都是廢物，但是他已經無力到不想再跟她爭。

「嘿！懶蛋！你好啊，小子！」有人在拍他的肩膀，他覺得全身的骨頭和神經中樞系統，好像就要暫時掉到皮膚外面去了，就好像一根鐵絲穿透一團黏土一樣，可是骨頭和神經系統又跳回原位。他然後轉過身，看到了強尼．史旺的弟弟狄克。

「還不錯啊！狄克。你過得還好嗎？」懶蛋假裝漫不經心地回答，企圖掩飾他的急速心跳。

「還可以啦！大哥，」狄克看到懶蛋和一個馬子在一起，給了他一個曖昧的眼神，說道：「我得趕時間，有空再聊吧！如果你碰到變態男，叫他打電話給我。這痞子還他媽欠我二十塊錢。」

「他欠你錢啊？他也欠我喔。」

「變態男這個人品德真的很差！總之，有空再見面吧。」狄克說著，轉向了黛安：「美女，我們也有空再見面吧，你的朋友真是不上道，竟然沒有為我們介紹一下。你們應該是一對吧！小心這傢伙喔！」懶蛋和黛安緊張地微笑，發現別人是這樣看待他們的關係：是一對。狄克離開了。

懶蛋覺得他必須一個人獨處。宿醉的感覺讓他愈來愈難過，他撐不下去了。

「黛安……我必須趕時間。我得回到雷斯和我的朋友碰面，我們約好一起看足球……」

黛安揚起眼睛，表示她了解，並發出懶蛋聽起來是咕咕叫的怪聲。黛安感到很失望，因為她還沒來得及跟懶蛋要點印度大麻，他就要走了。

「你家地址在哪裡？」黛安從包包裡拿出紙筆，然後笑著說：「你一定不住在佛瑞斯特公園吧。」懶蛋寫下了他在蒙哥馬利街的真實地址——他已經頭昏眼花，沒有辦法再編造出一個假地址了。

黛安走了，懶蛋感覺到錐心刺骨的疼痛：他厭惡自己。他無法確定痛苦是因為他跟黛安打了一炮，還是因為他瞭解自己沒辦法再和她打炮。

傍晚，他在家看電視，既然身上沒錢，週末夜就窩在家裡看個〈越戰先鋒第三集〉[38]的錄影帶吧！門鈴響了。懶蛋打開門，看到黛安站在門口。她又恢復了濃妝豔抹的成熟打扮，就像前一晚上的性感模樣。

38 Braddock: Missing in Action 3，一九八八年出品，羅禮士主演的動作片。

係。

「進來吧！」懶蛋說。他覺得很奇怪，自己竟然能夠這麼輕鬆自在就進入了監獄一般的男女關係。

黛安以為她會聞到印度大麻的味道，她真的很希望聞到印度大麻的氣味。

漫步走過草地公園[39]

酒吧擠的要死，你知道吧，都是這一帶的混混，和一堆來藝術節湊熱鬧的人。大家趁著下一場表演之前，趕過來一點吸毒。有些節目表演還可以看……可是有點貴，你知道吧。

卑比好像尿在褲子上……。

「法蘭哥，你尿褲子了嗎？」懶蛋指著他褪色的藍色牛仔褲上的一灘水漬問。

「媽的，什麼我尿在褲子上！那是他媽的水啦！我他媽洗手的時候不小心弄到褲子，媽的你在想什麼！你這個紅頭仔。我這褲子就是對水敏感，尤其是加了肥皂的肥皂水。」

變態男的眼光掃過整個酒吧，尋找女人的蹤跡……這小子是個色胚子。每次跟哥兒們在一起才混一下下，他就開始感覺無聊，想要找馬子。或許這就是為什麼變態男一直很會對付女人，或許因為他不會對付女人就會死。一定是這樣。麥地正在安靜地自言自語，一面還在搖頭晃腦。麥地好像有問題……不只是海洛英的問題，還有他的腦袋瓜。麥地好像陷入很嚴重的憂鬱症。

39 草地公園，是愛丁堡的一座大型公園。園中以草地為主，是愛丁堡藝術節的主要場地之一，也是示威遊行的好場所。

懶蛋和卑比吵起來了。懶蛋最好提防一點，你知道吧。卑比那個傢伙，你知道吧！是一隻叢林猛獸。而我們……我們只是普通的遜貓，你知道吧。

「媽的，那些人有的是錢。你一天到晚吵著要殺掉有錢人，說些無政府主義的狗屁理論；現在，你什麼事都不敢做！」卑比嘲笑著懶蛋，樣子真是……你知道吧……很難看。他的深黑眼睛上面長著黑眉毛，濃密黑頭髮短短的，只比光頭黨那種人的頭髮長一點。

「法蘭哥，這不是敢不敢做的問題。不是我不敢，而是我不想。我這裡有很好的快克[40]，還有安非他命，有搖頭丸，我們大家可以玩得很開心啊，說不定可以去個電音舞廳，不用在他媽的草地公園瞎耗一整晚嘛。那裡地方又大，人多又好玩。可是這個地方喔，等一下就會擠滿警察，麻煩事一大堆。」

「我才不要去他媽的什麼電音舞廳。你以前說過，那是小鬼才會去的地方。」

「是啊！不過，我去過一次之後，想法改變了。」

「我他媽才不要去。我他媽就是要去一家又一家的酒吧，去廁所堵個人。」

「不要，我才不要惹事。」

「你少來了，裝高尚！你自己還大便大在褲子上喔，記得有一個周末『牛與草叢』酒吧的德性吧。」

「你才沒有。我們沒有必要去惹別人，就是沒有必要。這種蠢事根本沒有必要。」

卑比看著懶蛋，整個人在椅子上繃得很緊，你知道吧，他的身體往前傾，我以為這傢伙要去扁懶蛋，你知道吧！

「怎樣，怎麼樣！老子媽的覺得你才是沒必要。你這個爛貨。」

「好了啦！法蘭哥，火氣不要這麼大啦。」變態男說。

卑比好像瞭解到自己太過份了，連他自己都發現自己很離譜。收斂一點吧，大猛獸，給這個世界一點溫柔吧！卑比真是隻壞貓，一隻大壞豹。

「我們搞個大戰車[41]吧。拜託，你在搞什麼？我們上次搞的那個人，自作聰明，活該被我們惡搞。而且啊，我們上次在巴里酒吧的包廂搞那個人的時候，把他的錢削光，我就沒有看見你把眼睛轉開。」

「上次那個人後來昏迷不醒，送進醫院，媽的還流了很多血。他甚至都上了新聞……」

「那傢伙現在沒事啦！新聞說的！媽的他又沒有受什麼傷。好吧，就算他受傷好了，媽的又會怎樣？有些欠扁的有錢美國人，照理說，本來就不該在我們這裡出現。他們這種鳥人，幹嘛去擔心啊？對了，你啊，你以前不是也砍過人嗎？在學校的時候，你就砍過伊克．威爾森，所以你不要給我媽的裝高尚。」

卑比所提起的事，讓懶蛋無話可說。他非常不喜歡提起那件事。你知道吧，但是事情就是發生過了。我們扁了一個人，那個人就是一隻會用爪子抓人的貓。我們並不是故意的。可是卑比說，不管是不是故意的，下場都一樣。但是……我們真的很壞，很變態啊……你知道吧……那個人不肯交出錢包，卑比就亮出刀子，你知道吧……那個人還是不把錢包交出來，最後還講了一句話：「你才

40快克（crack），或者快克古柯鹼，是古柯鹼的副產品。

41大戰車（Sherman Tank）為英國的黑話，指「美國人」。

不敢用刀啦！」

卑比聽了，整個人都要瘋掉了。他失去控制，拿起刀子亂砍，知道嗎，我們幾乎都忘記要搶錢包了。卑比用腳踹他的臉，而我伸進那人的口袋，把錢包拿走。血流到了廁所的地板上，和尿混在一起。可怕，可怕，可怕啊，你知道吧。我每次想到這件事，都會渾身發抖。躺在床上都會打顫。每次我看到一個長那樣的美國人，只要有人長得像那個來自美國愛荷華州迪莫伊市的理查‧豪塞，我就會全身發冷。每當聽到鎮上有人用美國口音說話，我也會嚇得跳起來。暴力，媽的真是很可怕。卑比，法蘭哥老大，他簡直是把大家都強姦了，那天晚上強姦了大家，等於是幹了我們的屁股，然後用錢把我們打發走，把我們當成妓女，你知道吧。壞貓卑比。很野，很野，很野。

「你也要來幹一票吧！屎霸？」卑比咬著下唇對我說。

「嗯……你知道吧，我不喜歡……暴力……我還是留在這裡，嗑點藥，就好了啦，你知道吧。」

「又是一隻軟腳蝦，」卑比轉身而去，並沒有很失望的感覺，彷彿根本沒有指望我會跟他一起……這或許是好事，也或許是壞事，但是這個年頭，誰還分得清好壞呢？你知道吧！

變態男則對卑比表示：他本人是情聖，不是打手。卑比正準備回話嘲諷變態男，麥地卻突然插進來說：「我跟你去！」

卑比馬上把注意力從變態男身上移開，開始稱讚麥地，你知道吧，他說我們全部是一群廢料，可是我覺得麥地才是廢料，因為他總是在迎合卑比說的話……我一直很不喜歡麥地……他是爛人。朋友之間總是會彼此損來損去，但是麥地在損人的時候，你知道，我覺得他不只是在損人而已，他心中有一股恨……你知道吧。我們都在尋開心啊！但是麥地的問題就是，他無法忍受看見別人開心，知道吧。

我發現，我從來沒有跟麥地單獨相處過，你知道吧。通常都是我和懶蛋兩個人混，或和湯米兩個人混，或者我和第二獎，我和變態男……我甚至也會跟法蘭哥大將軍一起混……但是我從來沒有跟過麥地兩人獨處。這個事實說了一些玄機吧，你知道。

卑比和麥地這兩個壞傢伙，跑去獵捕下一個受害者了，我們的氣氛也突然變得……清新亮麗。變態男拿出「白鴿」搖頭丸，我想那一是一種迷幻藥物。大部分的搖頭丸都沒有MDMA（亞甲雙氧基甲基安非他命）成分，效果只有點像一半安非他命加上一半迷幻藥，但是我只用好品質的安非他命。你知道吧，這種藥很奇妙，「很查巴」，沒錯，就是這個形容詞：「很查巴」……我說的是法蘭克．查巴《喬的車庫》（Joe's Garage）那張專輯，想到黃色的雪，猶太公主，還有天主教乖女孩，我也想到，如果我能夠有個女人……你知道吧……有個女人可以讓我去愛，那就太棒了……這個女人不是要用來打炮啦，嗯，不是只用來打炮啦……這個女人主要是用來愛的，就像我也愛每一個人一樣啊，可是我並沒有和每個人上床……我只想要找個女人來愛。比如說，懶蛋愛海瑟，而變態男愛……變態男愛女人太多了。不過話說回來，這幾個傢伙不見得比我快樂。

「別人家的草皮比較綠，另一邊的陽光比較亮……」我竟然在唱歌了，可是我從來不唱歌的……但是我的藥勁來了，我唱歌了。我想到了法蘭克．查巴的女兒慕恩，你知道吧……她跟我很配的……我可以跟她老爸一起混，去錄音室，看看他的創作流程，知道吧，創作流程……。

「真他媽的瘋了……我得走了，否則真的悶死，」變態男手抓著頭說。

懶蛋的襯衫釦子解開了，他在扭他的奶頭，你知道吧……

「嘿！屎霸……看我的奶頭……我的奶看起來好奇怪喔……你看過有人的奶像我這樣嗎？」

我跟他說愛情的事，但是懶蛋說世界上沒有愛情，他說愛情就像宗教一樣，國家叫你去信宗教，這樣國家就可以掌控你，更容易搞爛你的腦袋……有些人啊，就是一定要扯到政治才會爽，知道嗎……可是懶蛋說的東西，並沒有讓我洩氣……因為你知道吧……懶蛋並不相信自己所說的……因為……我們取笑我們看到的每個人……酒台有個瘋漢，臉上血管都爆開了……有個看起來很大小眼的妞兒，看起來是專門參加英格蘭藝術活動的那種人，臉好臭，好像有人剛剛對著她鼻子放屁[42]。

變態男說：「我們去公園那邊偷襲卑比和麥地吧……那兩個人，沒嗑藥，又無聊，愛喝酒，是白痴。」

「危—險，老兄，危—險—啊……卑比是個瘋子，你知道吧。」我說。

「為了我們的球迷打拚吧。」懶蛋說。這句話是他和變態男從西伯隊的傳單上看來的，傳單宣傳「曼島[43]季前賽」。廣告中的人是西伯隊主力球員亞歷．米勒，他在照片上的樣子好像嗑藥嗑昏了頭，底下的一行字寫著「為了我們的球迷打拚吧」。只要有藥可以嗑，他們就會說這句話。

我們從酒吧搖搖晃晃走出來，走向草地公園。我們開始唱歌，裝著誇張的美國紐約口音，唱著法蘭克．辛納區的歌：

你和我，就像一對小甜心
走過大草坪

拾起許多勿忘我。

有兩個馬子朝著我們走過來了……我們認識她們……她們是羅珊娜和吉兒……一對好學校出身的甜寶貝，好像是念基斯培學院，還是厄司凱恩學院……她們在閒聊英國南方的生活，談音樂，談藥，談生活經驗……

變態男伸開雙臂，像熊一樣一把抱住了小吉兒；懶蛋也對羅珊娜做了相同的動作……只有我還是一個人落單，看著天空的雲朵，你知道吧，大家都在忙交配的時候，只有我的屌是閒的。

這兩對在一邊卿卿我我。真是殘忍啊！太殘忍了，這教我情何以堪啊。懶蛋先放開懷裡的女人，但是雙手仍然抱著羅珊娜。懶蛋鬧了一個笑話喔，你知道嗎……那天晚上在多諾凡酒吧懶蛋一起走的小女孩，居然未成年。她的名字叫做……黛安吧！真是壞男人啊！懶蛋。變態男呢，把吉兒壓在樹幹上了。

「你怎樣啊？美女，打算做什麼呢？」變態男問她。

「去英國南部吧，」吉兒說，她嗑藥嗑得有一點昏……一個嗑昏頭的小公主。是猶太人嗎？她的臉光潔無瑕……哇，這些馬子很想裝酷，但是在變態男和懶蛋面前，就有點緊張。懶蛋男和變態男這兩個超級大毒蟲一定會對這兩個小妞上下其手。你知道吧！真正夠酷的馬子會賞他們兩巴掌，讓這兩個色鬼滾成一團。可是啊，我眼前的這些馬子只是在裝處女而已啦，在她們這個年紀的馬子，

42他們容易發笑，是嗑藥的反應。
43曼島是英國和愛爾蘭之間的一個小海島。

都很愛做一些事去挑戰她們的上流父母。我不是說懶蛋會因此佔到便宜喔[44]，我告訴你啊，他早就嚐到甜頭啦[45]。變態男就不同了，他好像已經把手伸進吉兒的牛仔褲裡了。

「我知道妳們女孩子，都喜歡把藥藏在……那裡……」

「賽門！我身上沒有藥啦。賽門……賽—門—」

變態男發現這個女孩嚇壞了，就放手讓她走。每個人都笑得很緊張，假裝大家只是在鬧著玩。女孩走了。

「美女們，晚一點再碰面啊！」變態男對著她們嚷。

「可以啊……去英國南部找我們吧。」吉兒說著，一面倒退著向後走。

變態男拍了一下大腿說道：「應該把這對騷貨帶回家大幹一場的，把她們幹昏才好。這些馬子就是欠幹。」變態男說這些話的時候好像在自言自語，而不像在對我和懶蛋說話。

懶蛋開始大叫，指著一個東西。

「變態男！你的腳旁邊有一隻松鼠！殺了牠！」

變態男試著靠近松鼠，想引誘牠過去。但是這隻松鼠卻跳開了。牠的動作很奇怪，會把整個身子拱成一個弧形。真是個奇妙的銀灰色小東西……你知道吧！

懶蛋拿起一顆石頭丟向松鼠。我覺得很不舒服，看著那個小動物差一點被石頭打到，我的心臟都要停止跳動了。懶蛋拿起另一顆石頭準備再丟，笑得像個瘋子，但是我阻止了他。

「別去惹牠啦！一隻松鼠又沒有惹到誰，」我厭惡懶蛋虐待動物……那樣子做是不對的。一個會那樣傷害其他生物的人，絕對不會愛自己……我的意思是……為什麼要這樣做呢？小松鼠那麼可愛。牠只是在玩牠自己的，自由又自在。或許這就是懶蛋無法容忍的地方：松鼠是自由的。

懶蛋還在狂笑，我一把抓住了他。這時候，有兩個端莊的婦女，從我們的身邊經過，看了我們一眼。這兩個女人的眼神，你知道吧，帶著嫌惡。懶蛋的眼中，充滿著火。

「抓住這個鳥人！」懶蛋大聲對著變態男喊，故意讓那兩個婦女聽得見他講的話：「用玻璃紙包起來，這樣你在幹的時候，鬆掉的老皮才不會垮下來。」

小松鼠跑跑跳跳地逃離了變態男。但是那兩個婦女卻轉過身來，露出嫌惡的表情，惡狠狠地看著我們，好像我們是一坨大便，你知道吧！這時候我也笑了出來，但是雙手仍然抓著懶蛋。

「臭屄還在看什麼看？他媽的喝下午茶的的母雞，」懶蛋提高音量說著，故意讓她們聽見。

兩個婦女轉過頭去，加快腳步遠離了。變態男還在吼著：「滾啦，戈壁沙漠一樣的乾屄。」然後他轉過頭來對我說：「想不到連那兩個老母雞也想釣我。沒有人會想幹她們啦，就算目前在這裡的人也不想幹她們[46]。我寧可用特力屋賣的磨砂磚來磨我的老二，也不要幹那兩個臭屄。」

「去你的！如果小唐恩的下面那裡有長毛，你連她也會幹，」懶蛋說。

我想，懶蛋一說出這種話，他就後悔了吧。你知道嗎？唐恩是個死去的小嬰兒，李絲莉的孩子。嬰兒猝死症。你知道吧，每個人都知道啦，唐恩的父親就是變態男。

變態男只是說道：「去你媽的，你這個龜頭。你是市立野狗收容所撿來的啦！我幹過的女人多

44指懶蛋不一定會對他眼前的女孩下手。

45指懶蛋早就玩過一個叛逆少女了，即先前的黛安。

46指這時候大家在這裡都嗑昏頭，在選性伴侶時，會飢不擇食。

得要死，每個都是值得幹的美女。」

我記得有一次變態男喝醉酒回家，帶了一個住在史坦胡斯的女人……我並不覺得那個女人有特別美啊……我想每個男人都有他的痛腳吧。

「是喔……回想一下那個住在史坦胡斯的馬子，她－叫－什－麼－名－字－啊？」

「你現在又開始講廢話了！你以為你用美國運通卡和悠遊卡把你的老二包裝起來，就可以媽的去妓院當有錢大爺啊？」

他們開始損來損去，然後走了一小段路，我開始想到了小唐恩。還有那隻小松鼠，小松鼠活得自由自在，沒有傷害別人……但是人類卻要殺死松鼠……為什麼呢？我覺得很難過，很悲哀，也很憤怒。

我想離開這群人，於是我轉過身，朝著另一個方向走離他們。懶蛋從後面追了過來說：「拜託！屎霸……老天爺！你又怎麼了啊？」

「你剛才要殺死那隻小松鼠。」

「那只是一隻松鼠啊！是有害的動物啊！」懶蛋說著，把手搭在我的肩膀上。

「你和我才是有害的動物啦……」我繼續說：「什麼叫做有害的動物？那兩個高尚的女人覺得我們是有害的動物。難道她們就有正當的理由，把我們消滅嗎？」

「對不起，丹尼……那只是松鼠嘛！對不起，老兄。我知道你很愛動物。我只是……你知道我的意思的，丹尼。我啊……一團糟……，丹尼。我不知道。卑比的事，還有……嗑藥。我不知道我該怎樣活下去……只是一團糟，丹尼。我不知道我活著幹嘛。對不起，老兄！」

懶蛋已經很久沒有叫我「丹尼」了，但是現在卻一直叫我丹尼。他看起來很沮喪。

「嘿！放輕鬆一點啦！老哥。那只不過是一隻小動物……我不會太在意，你不要放在心上啦……我只是想到一些純潔無辜的生命，就像小唐恩……你知道吧，我們實在不應該去傷害他們，你知道吧。」

懶蛋抓住我，把我抱住。「你是世界上心地最好的人。記住，你是個好人。我講這話不是因為喝醉酒，也不是因為嗑了藥。我是真心這麼說。人在頭腦清醒的時候，如果去跟別人說出自己的真心感覺，就會被罵作是同性戀。」我拍拍他的背，其實我也想跟他說同樣的話，但是如果我說出口的話，好像是因為我聽到他先對我這麼說了，我才這麼說。總而言之，我還是說了。

我聽到變態男在後面叫我們：「你們這兩個死玻璃，要不然就快滾到樹叢裡去打炮，要不然就快滾過來，一起跟我去找卑比和麥地。」

我們從擁抱中放開了對方，彼此都笑了出來。我們都很瞭解變態男啦。他雖然是個想要咬遍全城垃圾袋的髒貓，可是他還是一個好人啦。

4 搞砸

法庭之災

法官帶著一種介於憐憫和嫌惡之間的表情，向下注視著被告席上的屎霸和我。

法官說：「你們在水石書店[1]偷竊書籍，企圖販賣獲利。」賣書？賣他媽個書，我還賣屁眼呢！

「不是，」我說。

「是的，」屎霸居然跟我同時回答，還唱反調！我們轉向彼此，互看一眼。我們兩個曾經花了很多功夫套招串供喔，沒想到才上場兩分鐘就全部破功。

法官深深嘆了一口氣。當法官不是個好差事，想想看，他們每天要面對一堆瘋子神經病，一定無聊到斃。但是我想法官的薪水一定很多，再說又沒有人叫他來幹這一行。這位法官先生應該專業一點，務實一點，別老是一副煩得快要死掉的樣子。

「藍登先生，你沒有企圖販賣偷來的書，獲取利益嗎？」

「法官大人，我並沒這種企圖啊，我偷書的目的，是為了要閱讀。」

「你也會讀齊克果喔，藍登先生？那麼就請你談談這位哲學家吧。」這位充滿優越感的法官對我說。

「他提出主體性和真實性的概念，我很感興趣。我尤其注意他對於抉擇這個行為的看法。他提出：真正的選擇，是在懷疑和不確定的情況下做出來的；做出決定，並不必依靠經驗，也不必去尋求他人的建議。我們大致上可以理直氣壯地說，齊克果的這些看法，是一種中產階級的存在主義哲學，將會動搖社會整體的智慧。然而齊克果的哲學也可以帶來解放，因為一旦社會集體智慧被否定掉，社會對個人的掌控也就會削弱……」我說得有點囉哩巴唆，於是發言就告一段落。這些法官痛恨聰明的人，你愈是跟他們辯，他們判給你的罰金也會愈多，甚至會被判到更高的刑責。藍登，好好拿捏一下，尊敬一下法官吧！

法官很不屑地冷笑了一下。像他那樣受過高等教育的人，一定比我這種死老百姓更懂哲學。……當這種狗屁法官，還是需要一顆狗屁頭腦，並不是每個人都有能耐幹他這一行的——我好像聽到旁聽席上的卑比正在跟變態男講這樣的話。

「至於你，墨菲先生。你企圖販賣贓書，你以前也把偷來的贓物賣掉，以便換取金錢，滿足你的海洛英毒癮。對不對？」

「就是這樣……你說對了！你知道嘛，」屎霸點頭應答，一臉深思變成一臉困惑。

「墨菲先生，你是一個慣竊。」屎霸卻搖動肩膀，好像在說：那不是我的錯啦。「筆錄上說，你仍然有海洛英毒癮。墨菲先生，你也有偷竊的癮。很多人努力工作，你卻不斷地用偷竊的行為，奪去他們生產出來的東西。人們工作掙錢，才買得起這些東西。我們一直想要讓你戒除偷東西的壞習

1英國的大型連鎖書店。

慣，可是你卻一偷再偷，可見得我們的努力對你無效。因此我要判你監禁十個月。」

「謝謝你……嗯……我的意思是，沒問題，你知道嘛！」

然後，法官轉向了我。媽的。

「至於你，藍登先生。你的情況不一樣。筆錄上說你也有海洛英毒癮，但是你已經盡力解決吸毒問題。你說你偷竊的行為是戒藥之後憂鬱症的結果。這一點我願意接受。我也可以接受你當時推羅德先生，是為了自我防衛，而不是故意要把他推倒。因此，我判你緩刑六個月，但書是你必須繼續接受合適的治療，克服毒癮。社工人員會監控你的進展。我也可以理解，你擁有大麻，是為了個人使用，但是我不能寬恕你使用非法藥物的行為。雖然你說你用大麻是為了對抗海洛英戒斷之後的憂鬱症，你還是不該用藥。你持有違禁藥品，我要判你一百英鎊罰款。我希望你最好找其他辦法解決戒藥後的憂鬱症。如果你像你的朋友丹尼爾·墨菲先生一樣放棄法庭給你改過自新的機會，又被送到法庭來，我就會毫不猶疑地判你監禁。我說的話，你聽清楚了嗎？」

清楚得像搖鈴鐺啦，你媽的乖孫子。我愛你，豬腦袋。

「感謝法官大人開恩。我知道自己的行為讓我的家人和朋友失望，我也浪費了法官大量寶貴的時間。不過，找出問題的癥結，才是重新做人的關鍵。我已經定期去診所報到，服用美沙酮和替馬西泮（Temazepam）[2]安眠藥，穩定我的狀況。我不會再繼續自我欺騙。在神的幫助之下，我一定能克服疾病。再次謝謝您，法官大人。」

法官仔細觀察我的臉，想知道我有沒有在開玩笑；我當然不可能露出馬腳。和卑比混久了，我已經習慣了面無表情，裝酷。面無表情，至少比死掉好吧！這白痴傢伙相信我說的都是肺腑之言，不是在講笑話，就宣布本案終結。我獲得了自由，可憐的屎霸卻要開始吃牢飯了。

一個警察用手勢示意屎霸過去。

「真抱歉啊！老弟，」我有點洩氣地說。

「沒關係啦……我會戒掉海洛英的，而且索頓監獄裡流通的印度大麻是有名的好喔。日子就是一把尿[3]，很容易過啦，你知道嘛……」屎霸說著，被一個撲克臉的警察帶走了。

走到法庭外面的大廳，我的母親跑上前擁抱我。她看起來很疲倦，臉上兩個黑眼圈。

「我的寶貝兒子啊！我該對你怎麼辦啊？」她說。

「笨豬頭，那玩意兒會害死你的。」我哥哥比利搖著頭說。

我很想告訴比利，並沒有人逼他來這裡，我也不喜歡他那種粗魯的態度。不過我的話還沒說出口，卑比剛好跑了過來。

「懶蛋！好傢伙。這樣的結果還不錯吧！屎霸真是可惜，不過媽的這樣的結果都比他我們預期的好啊！他不至於關十個月啦，只要表現良好，媽的他關不到六個月就會出來的。說不定還會更早出來。」

變態男今天看起來像個廣告公司的總裁似的，把手臂圍在我媽身上，還給我一個爬蟲類一般的微笑。

「這件事值得好好慶祝一下。我們去狄康酒吧！」卑比提出建議。於是我們一群人像一群毒鬼，

2 一種中樞神經的催眠鎮定劑商品名。

3 英國人說的「一把尿」，就是美國人說的「一塊蛋糕」，即台灣人已經熟知的「小case」之意。

排成一列跟在他的後面。大家不想幹別的事，喝啤酒就成了最好的選擇。

「如果你知道你做的事如何的讓你爸爸和我難受——」媽看著我，一臉嚴肅。

「蠢豬一隻，」我的哥哥比利很不屑地說：「竟然去書店偷書。」這傢伙把我惹火了。

「過去六年來，我他媽的一直在書店偷書。我偷的書一共價值四千英鎊，全部放在爸媽家和我的公寓。你以為那些書都是我買的嗎？我光偷書就賺了四千英鎊啊，你這個白痴！」

「喔……馬克，你怎麼可以……家裡那麼多書，原來……」老媽看起來好心碎。

「媽，我已經洗手不幹了。」我一向都說，只要有一天我偷書被逮到，我就再也不偷了。這種事是會上癮的。現在正是收山的時候了。不必再玩了。一切結束。我說這些話是真心的，老媽一定也這麼認為，因為她轉移話題了。

「注意你講話的用詞，你也一樣，」她轉向比利說：「我不知道你們去哪裡學會這些不堪入耳的粗話，因為你們在家裡從來不會聽到爸媽用這些髒字啊！」

比利對我揚起眉毛，狐疑地看著我，我也用同樣的姿態給他看回去。真難得我們兄弟倆這樣團結一致。

大家很快就喝得有點醉。老媽談起了她的月經，把我和比利搞得很難堪。老媽已經四十七歲，仍然還有月經，所以她覺得這種事一定得講出來給每個人都知道才行。

「我的量好多啊！衛生棉根本沒有用，好像拿一份晚報去塞破漏的大水管，」她高聲狂笑，把腦袋向後面甩，讓我想起那種噁心的、放浪的、在雷斯碼頭工人俱樂部喝了太多特釀啤酒的女人，這種女人我見多了。老媽早上一定喝酒了，可能還混了些抗憂鬱劑。

「媽，妳別再說了啦，」我說。

「你是說，你老媽讓你難堪了嗎？」她用拇指和食指，捏著我瘦削的臉頰說：「我只是很高興他們沒有把我的小寶貝關起來。我知道你們不喜歡被我叫成小寶貝，但是你們永遠都是我的小寶貝。你們兩個都是。以前你還是個小嬰兒，坐在娃娃車裡，我都唱你最愛的歌給你聽，記得嗎？」

我緊緊咬住牙關，覺得喉嚨愈來愈乾，也覺得我面無血色了。幹，我記得才怪！

「媽媽的小寶貝愛吃酥油，酥油，媽媽的小寶貝愛吃酥油麵包，」老媽五音不全地唱了起來。變態男居然也快樂地跟我老媽一起唱。我真希望被關起來的人是我，而不是幸運的屎霸。

「媽媽的小寶貝，還要來一杯啤酒嗎？」卑比問我。

屎霸的老媽走進了酒吧。「你們都一起唱啊，你們大夥兒都唱啊，混蛋狗娘養的。」

「丹尼的事，我真的非常抱歉，墨菲太太……」我說。

「跟我說抱歉？我還要跟你說抱歉哩！如果不是你和你們這一幫垃圾，我的丹尼今天也不會進什麼狗屁監獄！」

「好了，柯琳。我知道妳心裡不舒服，但是妳這樣說話，並不公平喔。」老媽說著站了起來。

「媽的，我告訴你們！都是這傢伙害的，」屎霸老媽惡狠狠地指著我說：「媽的看這傢伙在法庭站在那裡說得天花亂墜，其實就是他害我們家丹尼染上毒癮。這一個傢伙，另外還有那兩個也一樣壞。」連變態男和卑比都被她列入黑名單了，讓我鬆了一口氣。

變態男什麼也沒說，只是從椅子上站了起來，臉上掛著一種「我此生從來沒有受過如此羞辱」的表情，用一種很不可一世的悲傷態度搖著頭。「搞什麼飛機啊，」卑比兇巴巴回嘴。卑比向來不怕老貨，連那種兒子剛進了監牢的雷斯老媽，他也不怕。「我從來不碰藥，我也告訴懶蛋和屎霸……馬克和丹尼，毒品會害死人！……變態……賽門都已經戒藥好幾個月了。」卑比站了起來，義憤填膺的樣子。他憤怒地搥著自己的胸口，好像是想藉此發洩，免得自己去揍墨菲太太，對著她喊：

「我—他媽的—是叫他們戒藥的人！」

墨菲太太轉過身，跑出酒吧。她臉上的表情觸動了我，那是她完全被擊敗的表情。她的孩子入獄，而她不僅失去了兒子，她心中兒子的形象也破裂了。我很同情這個女人，因此很討厭卑比的行為。

「唉，墨菲太太在洗衣店當收銀員，」老媽說，然後悲哀地繼續說道：「我很同情她，畢竟她的兒子被關起來了。」老媽看著我，搖著頭說：「雖然惹了這麼多麻煩，你還是要和他們一家人往來吧。法蘭哥，你的小寶貝呢？」她又轉過去跟卑比說話。

像我老媽這種人怎麼會這麼容易就對卑比那種人有好感啊？我邊想邊在心裡打顫。

「很好啊！藍登太太。這小鬼他媽的愈長愈大了。」

「叫我凱西吧，老是叫我藍登太太，都把我叫老了。」

「妳本來就老啊，」我說。老媽根本不理我，在場也沒有人在笑，連比利都覺得不好笑。卑比和變態男看著我，好像他們是對我很不滿的叔伯輩，很想處罰我這個沒有禮貌的小姪子，只可惜他們沒有資格訓我。我現在竟然降格到了和卑比小孩一樣的地位。

「是個小男孩吧！法蘭哥？」老媽問起新科老爹法蘭哥。

「是啊，我對小君[4]說，如果是個女孩，她最好給我爬回娘胎去。」法蘭哥說。

此刻，「小君」的臉蛋似乎就浮現在我眼前：她的皮膚像麥糊那般灰暗，頭髮油膩，細瘦的身體垂著鬆垮的肉。她冰冷的臉上，沒有任何表情，好像一個死人，不會笑，也不會皺眉頭。她的孩子一直哭鬧，鬧得叫人心驚，於是君恩只好依賴鎮定劑過日子。她將會愛她的孩子——法蘭哥對孩子冷漠到什麼程度，她就會愛孩子愛到什麼程度。這種愛，一定會是讓人窒息的，耽溺的，無條件的，不罵不罰的。這孩子在如此的寵愛之下，長大一定會和他老爸一模一樣。打從君恩開始懷孕的那一天起，這個小孩子就注定了長大要去索頓皇家監獄報到；同樣的道理，有錢人家的小孩還是胚胎的時候，就注定了長大之後要念伊頓[5]。都注定了啦。當法蘭哥的兒子在學壞的時候，法蘭哥這個爸爸會在什麼地方鬼混呢？他，就像現在一樣，當然會待在酒吧打混。

「我快要當祖母了噢！老天爺，你們相信嗎？」老媽又敬畏又驕傲地看著比利。比利也很驕傲地假笑。自從他搞大雪倫的肚子之後，這傢伙成了老爸老媽的心肝寶貝。爸媽都忘了：比利惹得警察上門的次數比我還多得多，而且我還要面子，不像比利一樣在自己家門口前面大便。但是現在，這一切都是狗屁。就因為他又跑去從軍，這一次他簽了他媽六年，現在又生了一個小王八蛋。老爸老媽應該問問比利，比利他這一生到底有幹過什麼正事嗎？可是他們沒問。現在只有驕傲的微笑。

「比利啊，如果你老婆生出女孩，就叫你的老婆帶走，不要養了，」卑比又在重複這句話，但是現在他的語音含糊不清。酒精搞昏了他。又是一個媽的不知道從幾點開始就一直喝酒的人[6]。

4即他的女友「君恩」。
5伊頓公學為英國著名學府，為牛津劍橋名牌大學的搖籃，貴族和上流社會人士都愛把孩子送去伊頓就讀。
6「又是一個」一整天喝酒的人，暗示另一個喝酒一整天的人是懶蛋自己的媽。

「法蘭哥真是有原則啊！」變態男拍拍卑比的背，企圖火上加油，讓他自食惡果，刺激他講出幾句卑比式的經典名句。我們會收集卑比說過的一些最蠢、最笨、最性別歧視、最暴力的言詞，趁他不在場的時候，拿來模仿他的行為舉止。我們會笑得死去活來，簡直要笑得昏厥。但是這個遊戲有個危險：如果卑比知道我們在背後開他玩笑，他的反應簡直無法想像。有時卑比剛轉過身，變態男就開始做鬼臉，這就是在玩火了。總有一天，要不是變態男就是我，甚至我們兩個一起，會玩到走火的程度，把卑比惹毛，然後飽嚐他丟擲過來的拳頭和酒瓶，或者被「球棒家法」伺候。（又是卑比的經典名句。）

我們搭計程車到雷斯，卑比開始抱怨愛丁堡的計程車費太貴，然後開始胡說八道，說雷斯是個各種娛樂統統都有的好地方。比利同意點頭，其實他是想要早點回家啦；比利想，如果從雷斯的酒吧打市內電話給懷孕的老婆，老婆會比較安心。

變態男很可能會開開心心地把雷斯痛罵一頓，只可惜我先下手為強，我罵過雷斯了。這傢伙很高興地去打電話叫計程車。我們來到了雷斯行人廣場的一間酒吧，我很不喜歡這家酒吧，但是似乎每次走進去了就出不來。吧台的胖子麥肯給了我一杯伏特加，由酒吧請客。

「聽說你在法院的結果不錯，恭喜你啊！老哥。」

我聳聳肩膀。有一群老傢伙把卑比團團圍住，好像他是個好萊塢巨星，忘情地聽著卑比講一些根本很不有趣故事，而且他們搞不好早就聽過這些故事很多次了。

變態男走向吧台幫大家買酒，準備好好大喝一頓。他很誇張地把鈔票拿在手上晃。

「**比利，你要啤酒？……藍登太太……喔，凱西啦，妳要什麼？妳要琴酒加檸檬？**」他從吧台處對著坐在角落的我們大吼。

我知道卑比和一個方臉的醜八怪男人有某種陰謀的牽扯，那醜八怪的像瘟神，誰看到都會想馬上躲開。卑比拿錢給變態男，請他去買酒。

比利打電話給他太太雪倫，結果在電話裡大小聲。

「我弟弟他媽的被法院放出來了，不必去坐牢！他去書店偷書，毆打書店店員，身上還帶著違禁藥品。結果他走狗屎運，不必關。連我媽都在這裡為他慶祝呢！幹，我當然應該在酒吧為弟弟慶祝啊。」

比利為了要安撫他老婆，竟然把我當成一張王牌來打，好像我和他手足情深似的。

「那裡有一個〈浩劫餘生〉（Planet of the Apes）的傢伙，」變態男對著我的耳朵說，腦袋指向一個正在酒吧裡喝酒的男人。這個人看起來好像〈浩劫餘生〉的臨時演員。一如以往，這個人喝醉了，想要找人說話。他的眼光很不幸地飄向了我，然後走了過來。

「嘿！喜歡賽馬嗎？」他問道。

「不喜歡。」

「喜歡足球嗎？」他含糊地說。

「不喜歡。」

「橄欖球呢？」他的語氣開始失望了。

「不喜歡，」我說。我實在看不出來這個人是要找炮友，還是單純想交朋友。我想這痞子也不知道。總之，他已經對我失去了興趣，然後開始對變態男下手。

「嘿！喜歡賽馬嗎？」他問道。

「不喜歡，而且我也討厭足球和橄欖球。可是我喜歡看電影，尤其是那部〈浩劫餘生〉。你看過那部嗎？我很喜歡呢！」

「喔……我記得那部電影啊！〈浩劫餘生〉嘛！那個他媽的查爾登．希斯頓，跟那個羅迪．麥克……那男的叫什麼名字啊？就是那個小個子的。你知道我說的是誰吧？」浩劫餘生轉過來對我說：「他一定知道我說的是誰！」

「羅迪．麥克道爾。」

「對！就是他，」浩劫餘生一副勝利的表情說道。他又轉過去跟變態男說：「那天那個小妞是誰啊？」

「什麼？你說誰啊？」變態男問，他完全聽不懂。

「那個金髮小妞啊！前幾天晚上你和她在一起出現在這裡啊！」

「喔……對！是她喔。」

「是個正妹，很體面，個子小小的……希望你不要介意我說她是正妹——你知道嘛！我並沒有冒犯的意思，老弟。」

「不會，一點問題也沒有。」變態男放低音量對他說：「你付五十塊錢，她就是你的了。」

「你是說真的嗎？」

「當然。你不能玩性虐待，只能單純幹她。只要你肯花五十塊錢。」

我簡直不敢相信我的耳朵。變態男不是在開玩笑？他真的要把浩劫餘生和瑪麗亞．安德森搞在一起，變態男跟這個女毒蟲分分合合搞了好幾個月。變態男的作法，還有眼前的這一切，都讓我非常噁心反胃。我又開始嫉妒被關起來的屎霸了！

我把變態男拉到一邊，跟他說：「你他媽在搞什麼？」

「我在搞的就是，我得先照顧好一號[7]。你他媽又有什麼問題了？什麼時候你開始變成社工人員了？」

「那是他媽的兩回事啊！我真是不明白你到底他媽在想什麼東西。我真是不明白。」

「現在你以為你是戒毒冠軍啦？」

「我不是戒毒冠軍，但是至少我不會陷害別人。」

「你去死啦！叫湯米去向席克那幫毒蟲販買藥的人，是不是你啊？」他的眼神，清澈又邪惡，完全沒有良心，完全不帶同情心。然後他又回去跟浩劫餘生談交易。

我正準備和變態男說，湯米是有選擇權的，但是瑪麗亞卻沒有。這一切，都可以回歸到關於選擇的思辨——選擇的起點和終點在哪裡[8]？我還可以為自己注射多少，選擇的概念才會在我的生命中消失？我他媽真希望我知道，我他媽希望我能夠了解任何事。

好像是套招一樣，湯米這時候走進了酒吧，後面跟著昏成一團的第二獎。湯米開始用海洛英了，他以前從來不用的。或許這是我們的錯，或許是我的錯。湯米以前只用安非他命。他被莉西甩

---

7 一號，是指「我自己」。

8 「選擇」這個哲學的議題，就是懶蛋先前在法官面前報告的主題。當然，「選擇」也是《猜火車》電影版主打的關鍵詞。

掉之後，才開始變成這個樣子。他安靜得嚇死人，自制得嚇死人。第二獎就不一樣了。

「懶蛋小子走運了！嘿！小子你真有一套！」第二獎大吼著，我的手快被他捏碎了。

於是大家開始一起合唱「懶蛋小子，獨一無二」，歌聲迴繞在整間酒吧裡。牙齒都掉光的老威廉·莎恩，也在大聲跟著唱。卑比的爺爺，一個只有一隻腳的老好人，也在唱。卑比和他兩個我根本不認識的神經病朋友也加入合唱。變態男，比利，甚至我的老媽，全部一起唱。

湯米拍了一下我的背說，「幹的好啊！」然後說：「你有海洛英嗎？」

我跟他說別再嗑下去了，趁著還來得及戒之前，趕快懸崖勒馬。他跟所有那些自以為是的人一模一樣，說他知道該怎麼戒。他說的這句話，我覺得好耳熟。啊，我就曾經這樣說過——說不定以後我又要再說這種話了。

所有我最親密的人，現在都包圍在我的身邊，但是，我這時候卻覺得特別寂寞。在我過去的經驗中，從來沒有過。

浩劫餘生不知道什麼時候，已經和大家打成一片了。這傢伙如果真的要和瑪麗亞做愛，那會很不美觀。如果他想跟我老媽說話，我會用碎玻璃打爛他那張猩猩臉。

安迪·羅根也進來酒吧了。他是個很有精神的男人，渾身散發著犯罪和監獄的氣息。我和安迪·羅根認識很多年了，當時我們都在議會高爾夫球場當停車場收費員，而且都幹走了很多現鈔。我們是用停車巡邏車裡的那台查票機來A錢。那段時間我們真的A了很多錢，我甚至只要用A來的錢就夠了，根本不必動用自己的薪水。我很喜歡羅根，但是我們的友誼並沒有更進一步。每次碰到面，他都只會講以前的事。

每個人都是這樣，沉溺在回憶之中。每一段對話的開始，都是：「記得以前，當我們……」我們在談可憐的屎霸老弟。

佛洛斯基也來到了酒吧，要我過去吧台，想跟我要海洛英。可是我正在進行戒毒計畫啊，他真是瘋了！說來諷刺，我竟然是在戒藥的時候，因為偷書被逮到。都是因為我服用美沙酮，這玩意兒真他媽要命，搞得我神經非常緊張。在書店的時候，那個罣丸臉的店員想逞英雄抓我，我非常不爽，於是給了他好看。

我告訴佛洛斯基我正在戒藥，他一句話也不說，馬上轉身滾蛋。

比利發現我在跟佛洛斯基講話，於是跟蹤他到外面。我趕快衝出去，抓住比利的手臂。

「我要宰了那個混蛋垃圾……」比利氣沖沖地從牙縫中說。

「別去惹他了！他沒對我怎麼樣。」佛洛斯基愈走愈遠，完全沒有注意到我們，他什麼事都不關心，只關心怎樣搞到海洛英。

「混蛋垃圾！你跟那種人混，把自己搞成現在這樣，都是他媽你自找的！」

比利看到雪倫和君恩走過來了，才回到酒吧坐下。

卑比發現君恩進了酒吧，就氣沖沖地瞪著她。

「小孩呢？」

「在我姊姊家，」君恩怯生生地說。

卑比那雙惡狠狠的眼睛，張開的嘴巴，和他冰冷的臉，都從君恩身上移開了。卑比想要把這件事想一下，看看他自己究竟是高興、不高興，還是根本沒感覺。然後他轉向湯米，很熱絡地說湯米是個有種的人。

我眼前的人們是怎樣了?比利他媽的管東管西，是個保守派，愛生氣的混帳。雪倫看著我，好像我是兩頭人似的。老媽喝醉了，騷態畢露。變態男……是個痞子。屎霸在牢裡。麥地在醫院裡，沒有人去看他，也根本沒有人提到他，好像這個人從來沒有存在過。卑比……老天爺，他還在發脾氣，而君恩穿著好難看的運動服，全身骨架好像垮掉了。這件運動服恐怕從來都沒有好看過吧，但是君恩穿了這件衣服之後更是顯得憔悴、身材走樣。

我跑去廁所，尿完了尿之後，我知道我不可能再回去大家的桌子，面對可怕的場面。於是我從酒吧的側門悄悄地離開了。離我下一劑服藥的時間，還有十四個小時和十五分鐘。那是國家贊助的藥品：海洛英代替品，美沙酮，一種噁心的果凍，每天要服用三次。我知道很多參加這個戒藥計畫的人，根本就一口氣吃下三份的果凍，然後又跑去嗑藥。明天早上，我必須等到明天早上。但是我等不了這麼久。我要去強尼·史旺那邊打一針，只要**他媽的打一針**，我就有力量撐過漫長痛苦的一天。

嗑藥血淚筆記66號

動一動身體[9]，對我來說是很大的挑戰。可是，動一動身體不應該是困難的事啊。我的身體可以動，以前我的身體可以動。理論上來說，我們，人類，都是會移動的。可是，如果你所用要的東西都在你手邊的時候，你何必移動身體呢？我想，再等沒多久，我就要移動身體了。我也從經驗中知道，當我身體很不舒服的時候，我就會移動身體了。我只是不能想像，在身體不舒服的時候，我怎麼可能想要動。想起來眞恐怖，我想我必須馬上爬起來動一動了。

當然，我當然還有動的能力，媽的，當然可以。

9 這裡說的動，就是日常生活中的走路、起立等等基本動作。懶蛋因為嗑了海洛英，所以「不喜歡動」。這是中樞神經抑制劑（如海洛英）的共同特色。使用海洛英與嗎啡，都會有一種「懶洋洋的至福感」，後腦的活動被抑制，因此不想走路，不想起立。

死狗

套句詹姆斯・龐德老兄的台詞：哈……敵人完蛋了。看看這傢伙什麼鳥樣子。留了個大光頭，穿了草綠飛行員夾克，以及九吋的馬丁大夫鞋。典型的大蠢蛋。一隻汪汪叫的狗，乖乖跟在他後面。牛頭犬，大便狗，牛頭大便狽[10]……一張狗嘴四條腿。唉呀！小狗在樹下尿尿了。**過來啊！小寶貝，過來啊！**

住在公園旁邊就可以玩這個遊戲。我瞄準這頭野獸；或許是我在多慮，總覺得這個瞄準孔最近有點不準，偏向右邊。別擔心！我，變態男，是個夠屌的神射手，我的技術足以彌補科技的缺失，我說的科技武器就是這把點二二口徑的老空氣槍。我把目標移向那個光頭黨，瞄準他的臉，準星在他身上遊走，上上下下，下下上上……**別緊張啊，寶貝……來！再讓我瞄準一下**。從來沒來有人像我這樣，給這混帳這麼多關愛的眼神……這麼多關懷……還有這麼多……對，這麼多愛心，愛他愛得要死。在自己家的客廳裡，知道自己有權力讓一個人受苦，這種感覺真是好極了。**叫我隱形殺手吧！瑪妮潘妮小姐**[11]。

其實那隻鬥牛犬才是我的目標，我要這隻狗去攻擊他的主人，對他主人的睪丸下手，扯斷人獸之間的動人關係。我希望這隻鬥牛狗仔比我前幾天射中的那隻笨牧羊犬有種。我一槍打到那隻大狗的側臉，希望這隻可悲的狗會跑去咬牠那個又醜又笨，穿著運動服的主人，希望牠的主人會像〈加冕街〉裡的薇拉和愛薇[12]一樣慌張呼叫——但是那隻笨狗只會嗚嗚哀號。

大家叫我變態男，我是這個爛社區的大害蟲，白癡的終結者。我要對付的就是笨狗——管你叫阿忠[13]，叫拳擊手洛基[14]，叫第一滴血藍波，叫拳王泰森，總之各種狗主人給狗取的媽的豬腦袋腦殘名字。我所做的，是為了被你們殺掉的小孩，被你們咬爛的臉，還有你們拉在街上的大便。你們這些狗在公園所拉的大便，尤其讓我不爽：每一次在雷斯周日業餘聯盟的艾比山運動俱樂部，身為中場球員的我一使出滑鏟[15]絕技，身上就會黏到狗大便！

現在他們倆走在一起囉，人和獸。我扣下了扳機，向後退一步。

太美妙了！那隻狗大叫，跳到了光頭黨的身上，一口利牙狠狠地咬住牠主人的手臂。幹的好！賽門！謝謝你啊！史恩康納萊。[16]

---

10 原文在「牛頭㹴」之中插入「大便」一詞。
11 瑪妮潘妮小姐（Miss Moneypenny）是〇〇七情報員電影中的美女角色，她每一集都會出現，但是從來不會跟主角龐德上床。
12〈加冕街〉（Coronation Street）是英國電視史上播放時間最長，以及收視最高的電視劇集。薇拉和愛薇是劇中人物，一對中年婦女，彼此是好友。
13 原文為「Fido」，意味「忠實」，是常見的狗名。
14 在此是指狗被取名為洛基。
15 一種足球賽的技法。
16 變態男很愛幻想和〇〇七情報員明星史恩・康納萊（為蘇格蘭人）對話，實際上是自言自語。

「夏恩！夏恩！你這隻笨狗！我要殺了你！夏——恩！！」這男孩大聲尖叫，狂踢這隻狗，但是他的馬丁大夫鞋根本踢不開這頭怪獸。這隻狗緊緊咬住他。這種狗是不會鬆口的。只有白癡才會養這種狗，因為這種狗的唯一優點就是兇猛。男孩子被咬得快要瘋掉了，剛開始的時候他還會掙扎，然後他就停止不動了，因為愈是掙扎，手臂愈痛。他本來恐嚇這隻狗，但是到後來他也只能哀求這隻毫無感情的殺人機器，別再咬他了。有個老傢伙想上前幫忙，但是惡狗眼睛一轉，鼻子一哼，老頭子就嚇得倒退了幾步。這隻狗好像在說：「你敢過來，下一個被咬的就是你。」

我拿起一根鋁製球棒，極速飛奔下樓。這個時刻我已經等很久了，我要的就是這樣的場景。我是個獵人啊！我興奮得口乾舌燥，獵人變態男要出征。賽門，該是你上場解決麻煩的時候了。我會搞定的，史恩康納萊。

「救我啊！救我啊！」光頭黨尖叫，他的年紀比我想像得還要輕。

我對他說：「不要擔心，小子。保持冷靜，」不要害怕啊！賽門在這裡呢！

我偷偷走到狗的後面，我可不希望這混帳狗放開他的主人，跑過來攻擊我，雖然說機會並不大。這男孩的手臂，還有那隻狗的嘴角上，流滿了鮮血，男孩的夾克有一面都被血給浸透了。這男孩以為我會用球棒打擊那隻狗，但是那樣做就好像是把懶蛋或屎霸送去跟羅拉．美克雯[17]做愛，實在太便宜他們了。

我輕輕地挑起這隻狗的項圈，把球棒插在項圈的縫裡。然後我開始扭動球棒，一直扭……**邊扭邊叫**[18]……狗仍然死咬不放。光頭黨跪了下來，痛到幾乎要昏厥。我就一直扭，感覺到狗仔的脖子粗大的肌肉，開始求饒，鬆弛了下來。我繼續扭。**我們再來扭舞吧，就像去年夏天一樣**[19]。

這隻狗從鼻孔和緊咬人肉的嘴巴之間，吐出了一串恐怖的喘息，我終於把牠掐死了。狗在痛苦掙扎時，依然死咬著光頭黨男孩，即使牠現在已經像一袋馬鈴薯動也不動，還是不肯放開牠的牙齒。我把球棒從牠的項圈裡抽出來，用球棒把狗嘴翹開，男孩的手臂才重獲自由。這個時候警車也來了，我用男孩夾克的乾淨部位，幫他把手臂上的傷口包起來。

光頭黨男孩不斷地對警察和救護車人員稱讚我的英勇。他很氣他的狗夏恩，但是他仍然不知道為什麼他「不會傷害一隻蒼蠅」的可愛寵物，會突然變成一隻發狂的猛獸。這痞子居然用「不會傷害一隻蒼蠅」來形容這隻狗仔的溫馴，還真是陳腔爛調到極點。**狗這種野獸隨時都會發狂**。

醫護人員把他帶上了救護車，年輕的警察搖著頭說：「媽的，蠢貨，這些畜生簡直是殺人犯。這些笨蛋以為養狗是很爽的事，可是狗遲早有一天會發瘋，變成猛獸。」

年紀比較大的那個警察很有禮貌地盤問我球棒的用途，我告訴他那是為了居家自衛，最近這一帶經常有小偷闖入。我解釋，我賽門並沒有妄想要以身試法，但是留一支球棒在家裡總是心安。我想，在大西洋這一邊[20]買球棒的人，心裡應該都明白，根本不是想用來打棒球吧！

老警察說：「我明白。」廢話，你這隻蠢驢當然明白。執法人員都很笨的，對不對啊？史恩康納萊？賽門，我覺得他們實在不怎麼樣！

17 這個角色尚未出現。她是一個主動追求性愛的女孩，所以變態男才會覺得她「很容易上」。

18 〈Twist and Shout〉為披頭四的歌名之一，但別的樂團也唱過。

19 這句歌詞來自美國歌手恰比．切克（Chubby Checker）在一九六〇年唱的〈扭〉（Twist）。這句歌詞看起來似乎和上一首歌〈邊扭邊叫〉有關，其實兩者無關。

20 指歐洲。另一邊就是美國。

他們說我是個勇敢的男人，還說要表揚我。**謝謝你啊！長官，那不算什麼啦！**

變態男今晚要去瑪莉安家，好好享受病態的樂趣。我一定要用狗爬式的姿勢幹她，就當作我對死狗夏恩致敬吧！

我像風箏一樣高[21]，像一群公鹿一樣性亢奮。這真是個他媽美麗的一天。

尋找內在的生命

我從來沒有因為嗑藥而被關。但是，卻有很多人企圖讓我「改邪歸正」。改邪歸正？狗屁！有時候，我寧願自己被狠狠扁一頓，也不要改邪歸正。改邪歸正就是向主流社會投降。

我曾經和各種門派的戒毒諮商師周旋過，他們的背景有的是精神病學，有的是臨床心理學，有的是社工。精神病學家佛柏醫生大致上採用佛洛伊德的精神分析，用一種不是由醫生高高在上的方式來對待我。他用這種諮詢技術要我回顧過去的生命，找出我這一生所沒有解決的心理衝突。這套理論假設，要找出衝突的來源，解決衝突，我的憤怒才會消失；因為我憤怒，所以我會自我毀滅——我嗑藥，就是我自我毀滅的行為。

我們的典型對話內容如下：

佛柏醫生：你曾經提到過，你有一個，嗯，殘障的弟弟，後來過世了。你要不要談談他？

（短暫的沉默）

21 指「high」，興奮。

我：為什麼要談他？

佛柏醫生：你不願意談你的弟弟嗎？

（短暫的沉默）

我：不，我只是不懂，我嗑海洛英，和我的弟弟有什麼關係啊？

佛柏醫生：好像是你弟弟剛去世的那段期間，你才開始大量服用海洛英吧？

我：那段時間發生了很多事啊！我弟弟的過世，和我的毒癮之間，到底有多大的關聯啊？我真的不知道。當時我正好進了亞伯丁，亞伯丁大學啦，我恨透了那所大學。另外，我坐船跨過英吉利海峽，去荷蘭見識到了所有可以想像的酷人酷事。

佛柏醫生：我自己反而很想回到亞伯丁大學呢。你說，你恨透了亞伯丁大學？

（短暫的沉默）

我：是啊！

佛柏醫生：你恨亞伯丁大學的哪些地方呢？

我：我恨整間學校，學校裡的教職員，學生，所有一切我都恨。他們都是一群無聊的中產階級笨豬。

佛柏醫生：我懂了！所以，你沒辦法和那裡的人交朋友？

我：不是我沒辦法，而是我不願意，我不願意和他們作朋友。我想，對你們專家來說，我有沒有辦法，和我願不願意，都是同一回事吧！（佛柏醫生聳聳肩膀，不表示意見）……我對那個鬼學校的人，他媽一點興趣也沒有。

（暫時沒人說話）

我：我的意思是，我不懂，在學校搞人際關係到底有什麼意義啊？反正我在那所學校也不會待太久。如果我要找朋友，我會去酒吧；如果我要找女人幹，我會去找妓女。

佛柏醫生：你找過妓女嗎？

我：是啊！

佛柏醫生：會不會是因為你在社交的層次、性愛的層次，沒有信心接觸大學女生，所以你才會去找妓女呢？

（暫時沒人說話）

我：不會啊！我在學校也認識了一些女孩子啊！

佛柏醫生：然後呢？

我：我不想和女生交往，只想上床。我不想刻意去掩飾我的目的。女生對於我的意義完全就是為了滿足我的性需求。我覺得去找妓女反而比較誠實啊，我並不想玩欺騙感情的遊戲。那時候我是個道德破產的人。我把獎學金用在妓女身上，然後偷食物、偷書。我就是這樣開始偷東西的。我當時的問題並不見得是嗑藥，不過嗑藥顯然沒有解決問題。

佛柏醫生：嗯……我們再回頭談談你的弟弟吧，殘障的弟弟。你對他有什麼感覺呢？

我：沒什麼太大的感覺……我告訴你，他根本就沒有進入我的生命啊…在我的生命中，他像一個局外人，全身癱瘓，只會坐在那兒，腦袋歪向一邊。他只會眨眼睛和吞東西，有時候也會發出一點點聲音……他像是一個物體，不像是個人。

（短暫的沉默）

我：我想，我從小就對他懷恨在心。我的意思是說，我的老媽會推著娃娃車，帶他出去。他個頭不小，卻坐在娃娃車裡面。我和我哥哥比利，都因此而受到其他鄰居小孩的嘲笑。他們會說：「你弟弟是個智障，」或者：「你弟弟是個殭屍」，還有一些很難聽的話。當然啦，我知道，童言無忌嘛，那些小孩胡說八道，不見得有敵意啦。可是，他們真的沒有敵意嗎？我當時年紀小，雖然長高了，卻要面對笨拙尷尬的青春期；我開始擔心我的身體也有問題，不知怎麼的，我也擔心自己會像我的殘障弟弟……

（好長一段時間，沒人說話）

佛柏醫生：所以，你恨你的弟弟？

我：是啊！我小時候會恨他。後來，他被送進醫院。我想這下可好，問題解決了。我不用再看到他，眼不見為淨。我去醫院看過他幾次，但是我不覺得那有什麼意義。你知道嗎？我們完全無法交流溝通。我只是覺得他是一個被殘忍扭曲的生命。可憐的大偉二世飽受最糟糕的折磨。真是悲慘極了，但是總不能一輩子都為他的事而痛哭流涕吧。醫院是最適合他的地方，有人照顧他。他去世的時候，我有一種罪惡感，因為我記恨過他，也或許因為我沒有對他多付出一些。但是，又能怎樣呢？

（短暫的沉默）

佛柏醫生：你以前跟別人說過這些感覺嗎？

我：沒有耶……或許我跟我爸媽提過吧！

我和佛柏醫生以前的心理諮詢，就是這個樣子吧！在談話的當中，很多題目被拿出來討論，有些是微不足道的，有些是沉重的，有些很無聊，有些很有趣。有時候我會說實話，有時候我會說謊。我說謊，因為我會故意講些佛柏醫生想聽的話。有時候我也會故意說些讓他難以捉摸的話，捉弄他，或是讓他困惑。

媽的，如果我知道這些生活細節和我的毒癮有什麼關聯，那就好了，但是……

在諮詢過程中，我還是知道了一些事。佛柏醫生為我揭開了心靈的面紗，我也自己研讀精神分析。我知道我的行為該如何解釋。我和去世的弟弟大偉二世之間有一個心結：我不能面對弟弟畸形的生命，以及他的死亡，弟弟引起我的情緒也是我不能表達的。我對媽媽抱持著戀母情結，同時也對父親嫉妒[22]。我會有海洛英毒癮，就是因為我有肛門性格[23]，我想要吸引別人注意，只不過我不是以拒絕排便的行為來反抗父母的權威，而是把海洛英灌進我的體內，藉以宣告我對自己身體享有自主權，以便宣告我和社會對立。夠瘋狂吧！

醫生分析出來的這些結果，或許是真的，也可能不是。我花了很多時間思考分析結果，我也樂意探討這些結果之中的玄機。分析結果並沒有讓我想要辯駁。不過，我覺得這些分析出來的結果，和我嗑藥這回事並沒有很大的關聯。當然啦，充份討論我目前為止的一生也他媽的有好處啦。只不

22原文指「伊底帕斯情結」，即戀母恨父，為佛洛伊德精神分析最關心的情結。

23在精神分析中，肛門性格用來描述嬰兒對於自己身體的控制。嬰兒雖然幾乎對任何事都無能為力，但是至少可以控制自己不要排便，這樣就可以覺得自己很了不起。肛門性格也用來形容成人：尤其是死愛錢（嬰兒的大便等同成人的金錢），拚命儲蓄，個性放不開的人。

過我想佛柏醫生和我一樣沒有頭緒吧。

莫利．葛瑞夫，則是一位臨床精神病理學家。他研究我的行為，企圖加以調整，而不像心理分析專家一樣，追溯我的行為來自什麼根源。好像佛柏醫生已經完成了精神分析的前置作業，現在輪到他來徹底清除我的毛病。剛好在那個時候，我開始進行減藥計畫，但是根本沒屁用。然後我開始服用美沙酮，結果情況更糟糕。

毒品諮詢專員堂莫．克森，並不是醫學人士，而是社會工作者。他很相信羅吉斯的輔導方法，也就是以受輔者作為輔導過程的中心。我去了中央圖書館，看了卡爾．羅吉斯寫的《成為一個人》（*On Becoming a Person*）。我覺得這本書根本是垃圾，但是我必須承認，堂莫似乎讓我更接近我所相信的生命真相：我厭惡我自己，也痛恨這個世界，因為我無法接受我自己的局限，也無法面對生命的局限。

如果一個人願意承認讓人喪氣的生命局限，似乎有助於心理健康，讓人不至於做出偏離正軌的行為。

成功就是慾望得到滿足；失敗就是慾求不滿。慾望有兩種：一種大致上是內在的，是從個人的原始需求而來的；另一種是外在的，是被媒體和流行文化中廣告和社會樣板角色所刺激出來的慾望。堂莫覺得，成功和失敗對我來說，只停留在狹窄的個人層面，並沒有同時兼顧個人和社會。由於我並不在乎來自社會的肯定，成功（或失敗）對我而言也只是一種過眼雲煙的經驗，並不會累積下來，成為社會所認可的財富、權力、地位等等。失敗對我來說，同樣也只是過眼雲煙，並不會沉澱下來，變成生命中的傷疤羞恥。所以根據堂莫的理論，如果有人稱讚我考試考得好、找到好工作、找到正妹，我都會完全無動於衷，因為這些讚美之辭，對我來說一點意義也沒有。當然，這些好康的事情一時會讓我開心，我也會從中得到樂趣，但是這些好處並不會存留在我的生命之中，因為我一點也感受不到這些好事所附帶的社會價值。我覺得堂莫想要說的是：我媽的什麼都不甩。但是為什麼我會這樣呢？

原來一切的問題來自於我和主流社會疏離。我自己認為，社會不可能變好，我也不可能改變自己去適應這個社會——可是，堂莫無法接受我的想法。這樣的想法讓我陷入了憂鬱症，憤怒感擺布了我。專家說，憂鬱症就是這樣來的。憂鬱症也讓人失去動力，讓人內在空虛。而海洛英呢，卻填補了我的空虛，同時也滿足了我企圖自我毀滅的慾望，於是我又被憤怒情緒擺佈了。

就這方面，我基本上同意堂莫的說法。但是我們之間還是有歧異。我認為我的生活沒有希望，可是堂莫不願意這樣想。他覺得我痛苦的原因，是因為我給自己的評價太低，卻又要怪罪社會。他認為我拒絕了社會可能給我的肯定和讚美（以及社會可能給我的責難），不過他認為我並不是拒絕這些價值，而是我覺得自己不夠好，沒有資格接受社會的肯定（也覺得自己不夠壞，不該接受社會的責備）。我並不願意挺身承認：「我這個人條件很差，不配過好日子！（或者說：我這個人條件很好，該過好日子）。」我反而說：「媽的，一切都是狗屁！」

海瑟曾經跟我說過一句話，就在她提出要和我分手之前，當時我又開始嗑海洛英，而我已經又反反覆覆用藥戒藥好幾百次了。她說：「你讓自己嗑藥嗑到爛，只是為了要每個人覺得你是個很有深度，媽的很複雜的人。你真的很可悲，而且媽的無聊透了。」

在某個層面，我比較贊同海瑟的觀點。她抓出「自我」這個重點。海瑟非常瞭解自我需要什麼。她在百貨公司當櫥窗設計師，但是總是宣稱自己是個「消費展示藝術家」，或者類似的好聽頭銜。為什麼我很不屑這個世界，覺得自己比這個世界了不起呢？因為，我就是不屑，知道了吧。我就是比這個世界屌，懂了吧。

我這種態度的下場，就是被送來接受些狗屁不通的諮詢治療。我根本就不想配合。但是如果不配合，另外一條路就是去坐牢。我開始覺得，屌霸的下場——去坐牢——還比較舒服些。這些狗屁諮詢治療，只會把一灘水弄得更混濁，不但沒有讓事情更清楚，反而讓我愈來愈迷惘。基本上，我只希望這些人能夠管他們自己的事就好，我也管我自己的事。為什麼只因為我有毒癮，所以每個人都自以為有權力來解剖我、分析我？

如果我同意他們確實有這種權力來搞我，我也就等於加入了他們尋找聖杯之旅，然後我就會乖乖跟著他們走。這樣我就會順從他們，放任自己被欺騙，相信他們強加在我身上的狗屁行為理論。然後，我就會變成了他們的附屬品，而不再是我自己了——我過去依賴著毒品，現在要依賴他們這些專家。

社會發明了一套扭曲的強辯邏輯，企圖收編主流社會之外的人，然後加以改變。這樣說好了，如果我很瞭解嗑藥的好處和壞處，知道我不會活很久，而且我腦袋很清楚，如此等等，可是，我還是決定要嗑海洛英，這樣做行不行呢？主流社會不會允許我這樣做，他們不可能放手讓我做我想做的事，因為如果主流社會一旦放手，就等宣告他們失敗。事實上，主流社會提供什麼給我，我就決定加以排斥。選擇主流！選擇好的生活！選擇付貸款！選擇洗衣機！選擇開汽車！選擇癱在沙發上，看愚蠢沒有營養的綜藝節目，把垃圾食物往嘴巴猛塞！選擇一路爛到底，賴在家裡撒尿拉屎，在你自己生出來的自私狗屁小鬼面前丟臉到死。選擇好的生活！

所以，我選擇不要選擇好的生活。如果主流社會的笨蛋搞不定我，那是他們的問題。就像哈利・蘭德爵士寫的歌：**我只要走我自己的路，一直走到路的盡頭……**[24]

24 〈Keep Right on to the End of the Road〉，哈利・蘭德爵士所寫的一首歌，見第一章的「新年大勝利」。

在家軟禁

這是一張我所熟悉的床。或者該說，我在床上面對的壁紙，是我所熟悉的。牆上的海報，留著七〇年代鬢角的派地．史坦頓[25]，正盯著床上的我。另一張海報裡，伊吉．帕普正用鋤頭打爛一疊唱片。這是我以前的房間，我正在父母家。我的腦子努力回想，我到底是怎麼來到這裡的。我只記得我本來在強尼．史旺家，然後覺得我快要死掉了。想起來了，強尼．史旺和愛麗森帶我下樓，把我丟上計程車，我被送去醫院……。

有趣的是，這事發生之前，我記得我還在吹牛說我自己絕對不可能服藥過量。不過，什麼事都有第一次啊！一切都是強尼．史旺的錯。他賣給我的藥，經常都添加了雜質；所以，每一次我用湯匙燒藥的時候，都要故意多用一點藥量。結果這痞子這一次給了我什麼？他竟然一反常態，給了我很純的藥。這麼重的藥量，真的會死人。強尼．史旺這個大白癡，他一定把我父母家的地址告訴醫院。所以我在醫院住了幾天，情況穩定之後，就被送去爸媽家了。

現在我這隻毒蟲正處於進退兩難的狀況：要睡嘛，又睡不得，因為身體太難過；要醒嗎，又醒不了，因為太疲憊了。我的感官知覺閃閃爍爍，感覺一切都不真實，只覺得壓垮人的、無所不在的悲愁和痛苦正在摧殘我的身體和心智。我驚訝發現，我老媽正坐在床邊，靜靜看著我。

當我猛然看見她的時候，我差點以為她一屁股坐在我胸口，要不然我怎麼會這樣不舒服呢。

老媽把手放在我汗濕的額頭上，她摸我的感覺，好恐怖，讓我發毛，好有侵略性。

「孩子！你在發燒。」她溫柔地說，然後搖搖頭，滿臉憂愁。

我抬起擱在被子外的一隻手，想把她推開；但是她卻誤會了我的身體語言，用雙手抓住我伸出去的手，緊緊擠捏。我很想大叫。

「孩子！我會幫助你的，我會幫助你戰勝疾病。你在這裡住，跟我和你老爸一起，直到你康復。

她的眼神中閃耀著熱切的光芒，她的聲音具有宗教的熱情。

我們一定能夠克服你的毒癮，我們一定可以的。」

夠了！媽咪，夠了！

「你會熬過去的。馬修大夫說，戒藥過程就像得感冒一樣，」老媽這樣告訴我。

馬修那老傢伙上一次吃冷火雞[26]，是什麼時候的事？我很想把這恐怖的老傢伙關在一個貼滿海綿牆壁的房間[27]一個星期，每天給他打幾針二乙醯基嗎啡[28]，然後把他丟在那裡放幾天。之後，他會求我再給他打更多藥。然後我就要搖搖頭跟他說：「放輕鬆啊！老哥，你他媽有什麼毛病啊？這

---

25 Paddy Stanton，是托洛斯基的信徒，社會主義者。
26 冷火雞為俚語，指猛然戒癮（酒癮、煙癮、毒癮都算在內），而沒有任何緩衝。
27 戒藥者以及某些人犯的房間貼滿海綿，以免關在房裡的人不小心或是故意撞牆，傷害自己的身體。
28 即海洛英。

就跟感冒一樣嘛！」

「他有給我『替馬西泮』嗎？」我問。

「才沒有呢！我跟他說，什麼垃圾藥品都不要。用那種東西，比用海洛英更糟，你會抽筋、噁心、瀉肚子……狀況會更加悽慘。不要再用任何藥了！」

「或許我應該再回去住院吧，」我巴巴地提出我的建議。

「不！不要住院，不要再用『美沙酮』了。你自己說過，那個東西讓你愈搞愈糟。兒子！你欺騙了我們。你跟我和你老爸保證過的！你說你在用美沙酮，可是你仍然在用海洛英。從現在開始，一切乾乾淨淨，什麼都不給你。你住在這裡，讓我盯住你。我已經失去一個孩子了，我不希望再失去你。」老媽說著，淚水浸濕了眼眶。

可憐的老媽，她還在責怪自己的爛基因，把我的弟弟大偉二世生成一顆大白菜。她為大偉二世打拚好幾年之後，還是把大偉二世送進了醫院，讓她很自責。大偉二世去年過世，我媽生不如死。我知道別人對她的看法，那些三姑六婆鄰居。他們覺得我老媽是個輕浮不要臉的女人，因為她把頭髮染成金色，穿著裝扮太過年輕，而且她狂飲嘉士伯特釀啤酒。這些人認為，我老爸老媽利用大偉二世的重度殘障身份，才得到特權，得以搬離原來的爛房子，弄到靠近河邊的好國宅，事成之後，又很刻薄地把可憐的大偉二世丟到療養院給別人照顧。

媽的這些都不是事實，無聊到死的芝麻屁事。這些人狹窄的心胸，嫉妒成性，已經變成了雷斯風俗的一部分。在這種爛地方，每個人只會東家長西家短，完全沒在管自己事。這個地方的人，都是貧窮垃圾白人集合成的垃圾國家裡的貧窮垃圾白人。有人說愛爾蘭人是歐洲的垃圾——狗屁啦，蘇格蘭人才是歐洲的垃圾。至少愛爾蘭人打仗從英國手中拿回他們的國家，至少是大部分啦[29]。我記得有一次在倫敦，尼克斯的哥哥形容蘇格蘭人是「白黑人」[30]，結果我們被人家包圍起來；現在我才明白，這個詞唯一冒犯之處是對黑人的歧視，用來形容蘇格蘭人恰恰好。每個人都知道，蘇格蘭專門生產好軍人；就像我的奴才哥哥比利。

這些街坊鄰居也對我老爸抱持戒心。我爸的口音是格拉斯哥的，而不是愛丁堡的。他從教會退休之後，就在英利斯頓和伊斯佛頓那一帶的市場鬼混殺時間，而不是留在我們這裡的史崔西酒吧和這裡的老頭說三道四。

爸媽都是好意，爸媽對我都是好意，但是他們卻不可能瞭解我的感覺和我的需要。

保護我吧！別讓這些想幫助我的人靠近我！

「媽……我很感激你想要我所做的一切，但是我只需要再一針，讓我平靜下來。只要再一針就好了，」我懇求著老媽。

「想都別想，兒子！」我老爸不知道什麼時候也出現在房間裡，我和媽都沒有聽見他走進來。我老媽找不到機會說話，他就脫口說：「你可以起來吃飯了。我告訴你，你最好給我振作。」

老爸的表情像石頭一樣，下巴抬得高高的，手臂扠腰，一副準備要跟我幹架的樣子。

29 愛爾蘭島大部分是愛爾蘭的土地，完全獨立於英國之外。但是愛爾蘭北方的領土仍然屬於英國。

30 「白黑人」（porridge wog）的確是常用來污辱蘇格蘭人的字眼。「Porridge」指的是粥，而「wog」是指黑人。事實上「wog」本來是指黑人造型的玩偶，在大英帝國全盛時期用來泛指任何英國人之外的人。不是英國的人民，就是次等的「wog」，就連鄰國的法國人也是。

「唉……好吧，」我從被單底下，發出悲哀的呢喃聲。老媽把手搭在我的肩膀上，彷彿在保護我。我們母子都讓步了。

「什麼事情都會被你搞砸！」他開始指控我，把我搞砸的事一條條唸出來：「當學徒、念大學、還有小女朋友……你有那麼多機會，卻一個個搞砸了。」

老爸實在不必說他以前住在葛芬的時候，沒有好機會，十五歲就輟學去當學徒了。他在暗示什麼啊。只要想一下就知道，他那個世代我也沒有什麼不同，我在雷斯長大，也是十六歲輟學去當學徒啊。況且，他並不是活在一個高失業率的時代。不過，我沒有力氣跟他辯。就算我有力氣，跟格拉斯哥的人爭辯是完全沒有意義的。我遇到過的任何一個格拉斯哥人，都認為自己是全世界、全西歐、全蘇格蘭裡，唯一真正受苦受難的無產階級勞工。格拉斯哥人的受苦經歷，是格拉斯格人的寶貝。我試著改變話題：

「嗯……或許我該回到倫敦，找份工作。」我幾乎胡言亂語了。我想像麥地現在也在這個房間裡。「麥地——」我好像真的喊出了麥地的名字。我身上的疼痛，又他媽的開始了。

「這裡就是你的快樂天堂。你哪兒也別想去。你想要大便，也要經過我同意才行。」

看樣子，逃離這個地方的機會並不大。我腸子裡面的結石，必須動外科手術取出來。我必須開始忍痛喝下鎂乳溶劑，然後忍上好幾天，才能夠搞定結石。

老爸離開之後，我開始懇求我老媽，希望她分一些她用的抗憂鬱劑給我。大偉二世去世之後，老媽用了六個月的抗憂鬱劑。問題是，她自己戒掉了抗憂鬱劑，就把自己當成戒藥專家。拜託！親愛的媽咪，我用的是海洛英啊！

我現在，根本就是在家軟禁。

早上的經驗並不愉快，但是比起下午，早上簡直就是輕鬆的野餐。老爸去做了田野調查。他去了圖書館，拜訪了健康委員會和社工人員。他做了研究，問到了一大堆意見，也帶回傳單。

老爸希望我去做愛滋病檢測，但是我不想再去忍受那一套過程了。

我起床去吃飯。我拖著虛弱的身體，弓著身體，有氣無力，吃力走下樓梯。每向前走一步，一股血液就衝上我抽痛的腦門。一時之間，我還以為我的腦袋會炸掉，像一顆氣球那樣爆開，我的血液、頭骨碎片，還有灰質，全部噴在老媽的奶油色浮雕壁紙上。

老媽讓我坐在電視前，火爐旁，一張舒服的椅子上，並且擺了一個食物托盤在我的面前。我的身體裡面本來就在抽痛了，看了盤子裡的碎肉就更噁心。

「媽，我告訴過妳，我不吃肉啊！」我說。

「你一向喜歡吃碎肉馬鈴薯啊！兒子，這就是你的錯了。你沒吃該吃的食物。你需要吃肉……」

海洛英和素食主義之間顯然有了一種因果關係。

老爸說：「這是很好的牛排碎肉，吃了它！」這真是他媽的太荒唐了。

我覺得這個時候我應該走出大門，拂袖而去——雖然我只穿著田徑服和拖鞋。老爸似乎嗅出了我的心思，拿出了一串鑰匙。

「大門上了鎖，我也會把你的房間鎖起來。」

「這是他媽的法西斯極權，」我恨恨地說。

「少跟我來這一套。你可以大哭大叫，隨你便。一切都是你自找的。還有，在家裡，嘴巴放乾淨一點。」

老媽突然激動嚷著：「兒子啊！我和你老爸也不希望這樣啊！我們並不是要害你。我們這樣做，是因為我們愛你啊！兒子，你們是我的一切，你和比利是我的心肝啊。」老爸把手放在老媽手上。

我不能吃這頓飯。老爸不可能用暴力強把肉塞進我嘴裡，所以他必須接受事實：這些上好的碎牛排，眼看著就要被浪費掉了。也不是浪費啦，因為我爸會吃我的牛排碎肉。我卻喝了一些漢斯牌的罐頭番茄湯，這是我生病的時候，唯一可以入口的東西。有一段時間，我的感覺自己的靈魂好像脫離了身體，開始看起電視上的綜藝節目。我聽見老爸在和老媽說話，但是我的眼睛還是捨不得從醜陋的綜藝節目主持人臉上轉開，去看我的老爸和老媽在幹嘛。老爸說話的聲音，好像是從電視機裡面放出來的。

「……蘇格蘭的人口是全英國人口的百分之八，但是ＨＩＶ陽性反應的人數，卻佔全英國感染者的百分之十六……福特小姐，得了幾分呢？……愛丁堡的人口是蘇格蘭人口的百分之八，但是愛丁堡的ＨＩＶ感染人數，卻是全蘇格蘭感染人數的百分之六十，也就是整個英國最高的感染比率……達芬和約翰拿到了十一分，但是露西和克里斯拿到了……十五分！……他們在為慕爾胡斯的人進行肝炎驗血的時候，發現了這個驚人的問題……喔……喔，輸的這一隊，很有運動家精神，我們給他掌聲鼓勵……這些混蛋把藥賣給小孩子，如果我知道這些混蛋是誰，我會帶一群人把他們給揪出來。警察顯然根本沒有在管這些事啦，放任他們在大街上販毒……不會讓你空手而歸喔……就算一個人染上了ＨＩＶ病毒，並不表示這個人一定就會病死，我只能這樣說，凱西，這樣的人不一定會病死啦……歡迎來自史塔佛夏，里克市的湯姆和西薇雅……他說他從不共用針頭，但是他經常說謊……親愛的西薇雅，聽說妳和湯姆第一次見面的時候，他正在妳的車子引擎蓋底下找東西……我只是說有這種可能性，凱西……湯姆那時候正在修理妳的車，妳的車正在維修，是這樣子喔……希望他能夠理智一點……第一個遊戲叫做『射殺遊戲』……並不表示一定會病死啦……嘿，我們這裡有一個高手，是我的老朋友，就是大不列顛皇家射箭協會的老朋友，天下無敵的蘭．洪姆斯！……我只能這樣說了！凱西……」[31]

就在這時候，我開始感覺到嚴重的暈眩，覺得這個房間正在旋轉。我從椅子上跌了下來，肚子裡的番茄湯全部吐到火爐旁邊的地毯上。我不記得我是怎麼被抬到床上的。我的初戀就是這樣開始的啦噢喔……

我感覺到身體遭受扭擠重壓。彷彿我崩潰倒在街上，然後有一張床慢慢地降下，壓在我的身上，然後有一組邪惡的工人，把笨重的建築材料壓在床的上面，同時在我下方的地底下，還有很多尖銳的棒子，一根根刺進了我的身體。我曾經和一個人……

現在他媽的幾點了？我不知道現在是狗屎七點二十八分了。她，我無法忘懷……

海瑟——

看到她的時候，我的心也碎了噢喔……

我推開厚重的被子，看著牆壁上的派地．史坦頓。派地！我該怎麼辦呢？高登．杜瑞，你這個「點唱機」先生[32]。現在得分如何？點唱機先生，你為什麼離我們而去呢？[33]為什麼呢？伊吉……你

31楷體，是電視發出的聲音；一般字體，是懶蛋老爸的說話。

也走過同樣的路！老哥救我。**救救我吧！**

你在說些什麼啊？

你他媽的根本一點狗屁幫助也沒有……一點屁用也沒有……

鮮血流到了枕頭上。我咬到舌頭。看起來，舌頭被我咬得很嚴重。我身上的每一個細胞，好像都要脫離我的身體，每一個細胞都生病了，發疼了，醃在媽的純毒藥之中

癌症

死亡

生病　生病　生病

死亡　死亡　死亡

愛滋病　愛滋病　你們全部去死　**媽的　混蛋　你們都去死**

自找的得癌症的人——他們

沒有選擇　活該

自己的錯　給自己宣判死刑

丟棄你的生命　何必如此

給自己宣判死刑　毀滅

復健

法西斯

好老婆

好孩子
好房子
好工作
好
見到你真好，見到你……
好　好　好
　　　　　　　　頭腦失常
　　　　　　　　癡呆
疱疹　黴菌瘡　肺炎
擺在眼前的生命　認識一個好女孩　然後
成家立業

她仍然是我的初戀情人

　　　都是自找的
　　睡吧

32 點唱機是杜瑞的綽號。
33 指杜瑞離開格拉斯哥的球隊，加入愛丁堡哈茲隊。

更多恐怖的感覺。我醒著？還是睡著了？他媽的誰知道，誰理你！我就不理你。痛苦仍然在我體內。我知道一件事。如果我一動，我就會把舌頭吞下去。好一根舌頭啊！就像我小時候等不及要囫圇吞媽媽烹調的舌頭沙拉[34]。舌頭沙拉，美食多傷身，毒死孩子吧。

你會吃掉那舌頭的。很好啊！孩子，舌頭很美味呢！

你會吃掉舌頭啊！

如果我不動，我的舌頭就會下滑到食道裡。我可以感覺到舌頭正在下滑。我坐了起來，一陣空盲的驚慌和噁心的感覺把我毀滅掉，但是我什麼都沒有吐出來。胸口的心臟猛烈地拍打著，汗水從我憔悴的骨架上噴擠出來。

這還算是睡睡睡睡睡覺覺覺覺嗎？

幹！幹！房間裡除了我，還有怪東西喔，正從天花板上跑出來了！是個嬰兒。小唐恩，正在天花板上爬著。你好嗎。但是她正向下看著我啊。

「你他媽讓我死死死死死掉好了，」小嬰兒說。那不是唐恩，那不是真的小嬰兒！不要啊……我是說，這真是他媽的瘋狂啊！

天花板上的小孩有一嘴尖銳的吸血鬼牙齒，牙齒的血滴了下來。它身上覆蓋著一層黃綠色的黏液。它可怕的眼神，就像我所遇到過的每一個神經病一樣。

「你他媽的殺了我　讓我死了算了　你放臭屁你頭發臭　看那面牆壁啊　你這個屁爛毒蟲　我要把你的破爛身體撐開　放進你他媽的可悲的生病的灰色的吸毒肉體　從你的爛毒老二先開始因為我

死的時候還是個處女我從來沒有打炮過也從來沒有化妝打扮過也沒穿過很酷的衣服我一事無成因為你這個屁爛毒蟲從來不正眼看我一眼我讓我死了吧我他媽的悶死好了　我知道那種感覺因為我有一個靈魂而且我還瞭解痛苦你這混蛋你這自私的屁爛毒鬼你和他媽的海洛英拿走好多我的東西我要咬斷你媽的病態的老二**他媽的我要找人吸老二我要他媽的吸老二我要他媽的他媽的。**」

那小孩從天花板上跳到了我的身上。我的手指把它黏土般鬆軟的血肉撕裂，但是它醜陋刺耳的聲音仍然在叫喊嘲笑著我，我輾轉反側，感覺床正在上下跳動，我穿透地板掉到下面去了……

這還算是睡睡睡睡睡覺覺覺覺覺嗎？

我的初戀啊！

我又回到了床上，仍然抱著那小孩，溫柔地搖著他。小唐恩，真是他媽的可憐啊！

我其實抱著枕頭。枕頭上面沾滿了血。或許那是我舌頭上的血，或許，小唐恩真的來過了我這裡。

人生就該甘於平淡。

痛苦更加劇烈了，然後再睡 再痛。

當我重新恢復意識的時候，我發現已經過去了一段時間。我不知道到底過了多久，只知道時針指著：兩點二十一分。

變態男坐在椅子上看著我，臉上帶著溫柔的關心，夾雜仁慈卻又驕傲的輕蔑。他喝著茶，嚼著

34這裡的舌頭菜聽起來很可怕，事實上一般人真的吃舌頭沙拉，即用豬舌或者牛舌來做。

巧克力消化餅乾，我發現老爸老媽也在房間裡面。

現在他媽的得分是多少啊？

現在他媽的得分是

「賽門來了呢！」老媽說。她要確定我沒有處在幻覺狀態。幻覺總不至於同時具有影音效果吧。就像唐恩一樣，每一個唐恩[35]，我就死掉了一次。

我對賽門——唐恩的父親——微笑了一下。「還好吧，賽門。」

這個混蛋還真是很有魅力。他開朗而和善，跟支持格拉斯哥的老爸聊足球[36]；他對我媽來說彷彿像家庭醫師一樣的全家好朋友。

「這是個危險的遊戲啊！藍登太太。我並不是說我沒有犯錯過啦，我當然也做錯事過，但是到了某個時候，人總是必須向毒品說不。」

向毒品說不。很簡單。選擇好的生活啊。保養皮膚啊。海洛英男孩。

我老爸老媽不敢相信，「小賽門」（他年紀比我大四個月，卻沒有人叫我「小馬克」）竟然也嘗試過毒品，而且不只是像年輕人玩票嗑好玩而已。在老爸老媽的眼中，小賽門顯然是成功的典範。小賽門有好幾個女朋友喔，小賽門很會穿衣服喔，小賽門的皮膚曬成古銅色喔，小賽門在城裡有公寓喔。甚至小賽門去倫敦玩，都被當作多彩多姿的、時髦的、神氣活現的冒險，賽門就是雷斯香蕉平民住宅的可敬騎士[37]。但是，我的倫敦之行，在爸媽眼中，卻下流惹人嫌。小賽門做什麼都不會錯。老爸老媽簡直把這傢伙當成投胎到電玩世代的小威利[38]。

小唐恩曾經侵入變態男的夢中嗎？才沒有。

雖然老爸老媽從來沒有明講，但是他們都認為我會之所以會染上毒癮，都是因為我和「墨菲小子」混在一起的緣故。因為屎霸是個又懶又髒的混混，腦袋空空的，不管有沒有嗑藥，他看起來就是在嗑藥樣子。屎霸很沒用，就算他喝得爛醉，也沒辦法氣走一個他想甩掉的情人。至於卑比呢，他媽是個超級瘋子，卻被我爸媽當作蘇格蘭男子漢的典範。沒錯，當卑比發飆的時候，就會有可憐的傢伙會被他的啤酒瓶碎片砸到臉，但是卑比認真工作認真玩啊，如此等等。

經過了一個小時，在場的每個人都把我當成頭腦簡單的笨蛋，老爸老媽確定變態男沒在嗑藥，不至於為了媽的同情我而偷偷把海洛英塞給我，才終於甘願離開我的房間。

變態男看著我牆上的海報，說道：「這個房間和我們小時候一樣，沒有變啊！」

「等一下，我拿足球棋和A書給你！」我們小的時候，曾經一起看A書打手槍。變態男以前就是這種男生，但是他現在很不喜歡提起青少年時期的性啟蒙。提起這方面的事，他馬上改變話題。

「這盞燈不錯啊！」他說。這爛痞子現在到底想怎樣啊，有夠冷。

「沒錯，我的燈他媽好得不得了，而且我他媽的難過得快死掉了。賽門！幫我弄點海洛英吧！」

「不可能啦，馬克。我現在已經戒了。如果我又開始跟屎霸、強尼·史旺那幫爛人鬼混，我馬上

35雙關語。唐恩是之前那個嬰兒的名字，也是「破曉時分」的意思。

36懶蛋的父親出身格拉斯哥，住在愛丁堡，支持格拉斯哥的球隊，因此和愛丁堡的人格格不入——愛丁堡的人當然支持愛丁堡隊並且討厭格拉斯哥隊。變態男卻可以為了迎合懶男的父親而去談格拉斯哥隊。

37懶蛋故意用很浮誇的詞來描述變態男，當然是為了要損人。這裡的騎士，並不是來自城堡，而是雷斯的一座窮人住的平民住宅；俗稱雷斯香蕉平民住宅，是因為建築物從空中看呈彎曲香蕉狀的弧形，故名之。

38小威利，蘇格蘭語為「Oor Wullie」，英文為「Our Willie」，為二十世紀上半葉的蘇格蘭漫畫角色。

又會開始嗑藥。不可能，我才不可能走回頭路的，」變態男搖著頭，噘著嘴唇對我說。

「謝謝你啊，你還真是媽的貼心。」

「別媽的哭天搶地了。我知道你現在很痛苦。我以前也經歷過好幾次你現在這樣的狀況啊！你已經戒了好多天了，最痛苦的階段就要過去了。我知道這樣做很艱苦，但是如果你又再開始，一切功夫全部白費了。繼續用鎮定劑，我週末帶點印度大麻來給你吧！」

「印度大麻？印度大麻！你的真是很會耍寶。你給我大麻？你以為只要亮出一包冷凍豌豆，就可以拯救整個第三世界飢荒啊。」

「不要吵，聽我說。等到你身上的痛苦過去之後，真正的戰鬥才剛開始呢！你還要克服沮喪感、無聊感。我告訴你，你他媽情緒會低落到想自殺。你會需要些東西來讓你振作。我戒藥之後，喝酒喝到昏天黑地。有一個時期，我一天喝掉一瓶龍舌蘭。那時候第二獎和我在一起，都被我比下去了！我現在連酒也戒了，而且我正在和幾個馬子交往哩！」

他給我看一張照片，變態男和一個正妹的合照。

「她叫法碧安，一個法國女孩子。假期的時候認識的。這張相片是在蘇格蘭紀念碑前面照的。下個月我要去巴黎找她，然後一起去科西嘉島。她的父母在那兒有小屋。老兄啊，她家有夠高尚喔，媽的。一面尬一個法國女人，一面聽她用法語說話叫床，這實在是太刺激了。」

「是喔……不過她在床上說什麼？我猜她應該會說：小雞雞，法語怎麼說，小巧的雞雞，已經放進去了嗎……我想你那法國馬子會用法語說這些吧。」

變態男了我一個很寬容我、自以為是老大哥的微笑，好像在說：你屁放夠了沒有。

「說到這個。我上星期才跟羅拉・美克雯碰面。她告訴我你在這方面有問題，說你上一次跟她搞的時候，一點也沒有爽到。」

我微笑了一下，聳聳肩膀。我以為那場大災難已經過去了，變態男居然又舊事重提。

「她說啊，你那根小雞雞，連你自己都滿足不了，還能滿足別人嗎？你那支小小火柴棒，根本算不上是一根真老二呢。」

唉，提起老二的尺寸，我實在沒辦法和變態男比。他的老二很明顯比我大。我們以前更年輕的時候，曾經在威佛利車站的快照亭子裡，拍下自己老二的照片，再把照片貼在老舊灰色候車亭的玻璃窗上，給來往的行人看。我們曾經說這是我們的公共藝術。我知道變態男的老二比我大，於是我拍照的時候，盡量讓老二靠近照相鏡頭，這樣拍出來會比較大支。但是很不幸，變態男也學會了這一招，也開始用同樣的招數。

至於我和羅拉・美克雯的災難做愛經驗，更沒什麼好說的。羅拉是瘋婆娘。說她嚇死人，還是說得好聽了。跟她搞一個晚上，全身被她抓出來的血痕，比我身上的針孔還多。那天晚上發生的事，我已經盡可能解釋過了。有些人就是死咬著別人的痛處，真是讓人厭煩。變態男就是巴不得每個人都知道，我是個做愛做得很糟糕的人。

「好吧！我承認，我那天晚上表現得糟透了。可是我那時候喝醉了，嗑藥嗑到昏，而且是她把我拖進房間裡，又不是我主動的。那女人還想要求什麼？」

變態男暗自竊笑一下，這混蛋每次都露出這種表情，好像他還有很多可以嘲笑別人的題材，卻故意暫時不出招，準備留給下一次。

「好吧！老大。只是覺得你錯過了很多好康！前幾天我在公園閒逛，到處都是女學生。你點燃一根大麻，她們就蜂擁過來，好像蒼蠅聞到垃圾堆一樣。淫娃有夠嗆。外國妞也到處都有，有些一聞到大麻就浪到不行……我在雷斯也看到了一些甜得像小蜜糖的正妹。說到小蜜糖，上星期六在復活節路球場看球賽，米基．維爾踢得好極了。大家都在問你去哪兒了。我告訴你，伊吉．帕普和棒客樂團（The Pogues）快要來開演唱會了。你應該開始好好振作一下，好好過你他媽的日子了。你總不能一輩子躲在黑漆抹烏的屋子裡吧。」

我對這傢伙說出來的狗屁垃圾，一點興趣也沒有。

「我真的需要再打一管，賽門，再一小管，讓我舒服一點。要不然，吞一點美沙酮也好……」

「如果你是好孩子，你有機會喝點摻水的韃靼特釀啤酒！你老媽說她星期五晚上可能會帶你去碼頭工人俱樂部，如果你肯乖乖的話。」

這個自以為是的傢伙走了之後，我卻開始懷念起他了。變態男幾乎要把我搞發瘋了。那種感覺就像回到了往日，但是我也發現，事情改變了太多。世界改變了，藥物改變了世界。不論我和藥一起生活，我和藥一起死亡，或者我可以不用藥而過日子，我都明白，有些事情已經無法再回到過去了。我必須離開雷斯，離開蘇格蘭。永遠離開。馬上走，不只是去倫敦躲六個月。我已經看清楚了雷斯這個地方的局限和醜惡，在這裡，我再也沒辦法用以前的眼光看待雷斯。

又過了幾天，我身體的痛苦也稍微減緩了一些。我甚至開始在做飯了。每個人都認為自己的媽媽是全天下最會作菜的女人，我本來也一直這麼覺得；但是在我搬離父母家自己住之後，我才知道，我老媽根本不會做菜。於是，我開始在家裡作晚飯[39]給我老爸老媽吃。老爸嘲笑我的菜是「給兔子吃的」[40]，但是我覺得在私底下，他很喜歡吃我做的辣椒料理、咖哩飯，以及燉菜。我老媽似乎有點不爽我佔領了被她認為屬於她的地盤，也就是她的廚房，而且一直吵著要吃肉——但是我也覺得老媽很欣賞我的廚藝。

漸漸地，身體的痛苦變了，變成了一種恐怖的、無望的、黑暗的憂鬱症。我一直到現在才知道什麼是完全的、徹底的絕望；有時候還感受伴隨著一波波的生猛焦慮感。這種可怕的感覺，讓我失去動力，我只好成天坐在椅子上，看著我痛恨的電視節目——但是我也覺得，如果我關掉電視不看，會有更可怕的事情發生。我一直坐著，膀胱裡積滿了尿，但是我不敢去廁所，因為我害怕有怪物躲藏在樓梯間。變態男曾經警告過我戒藥之後的心情是很可怕的，我自己以前也曾經歷過這種狀況，但是事先的警告或者過去的經驗，都無法讓我有萬全的心理準備。酒後宿醉跟這種感覺比較起來，簡直就像一場恬靜的春夢。

〈我心已碎〉（My heart is breaking）。卡噠一聲轉台。遙控器真是個偉大的發明，只要按一下，就可以跳到另一個時空。電視上有個女的拿了具壞掉的運動器材要求換貨，男的就說，因為嚴重缺乏充分而足夠的輸出輸入方式，這個問題會影響利潤的評估審核，在一個地區的層次來說，就有效性和效率而言，而且呢，交稅的大眾——畢竟大眾是真正買單的人。[41]

「來點咖啡嗎？馬克？」老媽問我。

39 原文為「茶」，但是在英國，喝茶就是吃晚飯。
40 懶蛋吃素，和兔子一樣。
41 這是嗑藥後的語言，並不順暢。

我沒回答這個問題。我該說：好，我要咖啡；或者：不！謝謝。——到底要不要咖啡？說點話啊！讓老媽決定到底該不該給我咖啡吧！我把下決定的權力轉移給我老媽。轉移權力給別人，才能讓自己持有權力。

「我幫安琪拉的女兒買了一件漂亮的小衣服呢，」老媽說著，拿起了那件應該被形容成漂亮小衣服的東西給我看。老媽好像搞不清楚我根本不知道誰是安琪拉，我才不知道哪位小朋友將要得到這件漂亮的小衣服。我只是點頭微笑。這麼多年來，老媽的生活和我的生活，早就偏離了十萬八千里。我們之間的交集，力道很猛，可是焦點模糊。我會說：我跟席克的朋友買到了很好的海洛英，他是一個我忘了名字的爆牙。情況就是如此：老媽買衣服送給我不認識的人；而我，從她不認識的人手上買到毒品。

老爸開始留起八字鬍了。他的八字鬍，加上他修短的頭髮，看起來還真像個前衛的男同志，一個克隆[42]。佛雷迪．麥丘里[43]的翻版。老爸根本不懂同志流行次文化。我把同性戀文化的來龍去脈解釋給他聽，他覺得很不屑。

第二天，八字鬍不見了。老爸說他現在「懶得」留鬍子了。收音機裡的克萊爾．葛羅根（Claire Grogan），正在唱〈別跟我說愛〉（Don't Talk To Me About Love），老媽在廚房煮豆子湯。我的腦子裡一整天都在唱著「喜悅分割」（Joy Division）合唱團的〈她失去控制〉（She Lost Control）。伊恩．寇帝斯[44]和麥地，他們兩個人不知道為什麼在我的腦海中糾纏不休，但是他們只有一個共通點：想死。

以上是所有今天值得拿出來講的事。

週末的時候，我的情況並沒有很糟。賽門帶了印度大麻過來，可是他帶的是標準愛丁堡的印度大麻，根本是爛貨。我把他帶來的印度大麻做成大麻蛋糕，勁道才好了點。我下午甚至在自己房間裡，享受了一段迷幻旅行。但是，我仍然不想出門，尤其不想和我老爸老媽去碼頭工人俱樂部，不過，看在老爸老媽的份上，我決定跟他們去。他們兩老也需要放鬆一下。每到週末，老爸老媽都會去酒吧狂歡。

我，腦子半清不醒地，在大街散步。老爸一直沒有把他的視線從我身上拉開，因為他怕我落跑。我在行人廣場碰見馬利，兩個人還聊天聊了一會兒。我爸卻突然插入，叫我快走，不要再聊——他惡狠狠地瞪了馬利一眼，彷彿馬利是個惡鬼，而且想要打斷馬利的腿。馬利真可憐，他這個傢伙其實是個連大麻都不吸的人。在路上也看見羅伊德・比提，他在好幾年前是我的好朋友，不過他這一次只害羞地向我點頭示意。他和自己的妹妹打炮的八卦傳遍了全世界，之後他就不敢出來和人混了。

在酒吧中，每個人都熱情地跟我老爸老媽微笑，但是他們給我的微笑卻很緊繃。我可以感覺出來，有些人正在交頭接耳，我們找了桌子坐下之後，他們又突然閉上嘴，一片沉默。老爸拍拍我的肩膀，對我眨眨眼；老媽給我一個微笑，看起來溫柔得叫人心痛，又溺愛得叫人窒息。其實我老爸老媽還真的不壞，說實在啦，我真他媽的愛死了我的老爸老媽。

42 克隆（clone）就是複製人、複製羊、複製狗等。在同志文化中，克隆是指完全按照主流時尚訊息打扮自己的男同志：身體一定健美，穿最流行的品牌，看起來很炫，但整個人完全模仿別人而無個性。

43 Freddie Mercury，英國「皇后合唱團」的男同志主唱。

44 Ian Curtis，「喜悅分割」的主唱，後來上吊自殺。

我在想，今天我會變成這個樣子，老爸老媽一定感觸良多，覺得我真的在糟蹋生命。可是我還活著啊！可憐的李絲莉，卻永遠看不到小唐恩長大成人了。變態男和李絲莉吹了，結果李絲莉住進了格拉斯哥南部總醫院，而且還要掛上維生系統。她用撲熱息痛[45]。她當初在慕爾戶斯，想要逃開我們的海洛英文化，所以才搬去格拉斯哥；結果，她去了格拉斯哥之後，又搬到波西爾跟史提諾與賈伯同住。有些人走到哪裡都會碰上混蛋。對李絲莉這種人來說，唯一的出路，就是切腹。

強尼．史旺又是平常那副很敏感的樣子。他說，「媽的，現在，最好的藥都被格拉斯哥的人拿走了。他們可以享受醫院等級的上流貨，而我們呢，卻只能隨便找一些阿貓阿狗的爛藥來滿足一下。再好的藥給那些人都是浪費。他們大部分的人根本沒有注射到體內。把海洛英當作煙來抽，用鼻子吸，真是他媽的浪費！」他很不滿又輕蔑地說道。他還說起李絲莉，「李絲莉竟然也來找我強尼．史旺拿藥！她有沒有想一想我的處境啊？沒有，她只是坐在那兒自怨自唉，為她的小寶貝傷心。真是可惜啊！不要弄錯我的意思，她自己的悲劇其實是一個轉機啊。她擺脫責任了，不用去當一個單親母親。她應該掌握契機，展翅高飛啊！」

擺脫責任？聽起來真是不賴。我也想擺脫奉命坐在這家爛酒吧的責任。

賈克．林敦朝著我走了過來。賈克的臉像個橫著擺的雞蛋。他有一頭濃密的黑頭髮，但是其中也點綴著幾絲灰髮。賈克今天穿著一件藍色短袖襯衫，露出了手臂上的刺青。他的一隻手臂上刺著「賈克和愛玲——真愛不死」，另一隻手臂刺了「蘇格蘭」和獅子徽章[46]。但是很不幸，真愛還是出了問題，愛玲很久以前就離開了賈克。賈克現在和瑪格麗特在一起。瑪格麗特顯然很痛恨賈克手臂上的刺青，但是每次她要求賈克洗掉舊刺青，換上新的刺青圖案，賈克卻故意抗拒。他的藉口是害怕針頭會染上愛滋病。這個藉口顯然是鬼扯蛋，賈克顯然對愛玲還沒有忘情。關於賈克，我記憶最深刻的，就是他在宴會上唱歌。賈克的宴會招牌歌是喬治．哈里遜（George Harrison）的那首〈我的上帝〉（My Sweet Lord），但是他每次都既不熟歌詞。他只會唱歌名〈我的上帝〉，還有那一句「上帝，我真的想看到你」，其他部分，他都用「啦—啦—啦」含混過去。

「大偉。凱西！姑娘，妳今晚看起來真漂亮啊。藍登[47]，看好她啊，否則你一轉過頭，我就要把她帶走！帶回到我們格拉斯哥去。」賈克用他那種衝鋒槍式的節奏，劈里啪啦地說。

老媽試著故作矜持害羞狀，但是她的表情卻讓我有一點想嘔吐。我只好假裝忙著自顧自地喝啤酒。酒吧裡玩賓果的時候，全場都安靜了下來，這輩子我第一次覺得這種場面讓我高興。每當我在講話時，就會有白痴在我的話中找語病，這種事最讓我討厭。現在全場安靜下來，正合我意，我爽極了。

我紙上的賓果已經連成一條線了，但是我不想說話，也不想引人注意。真是命運的安排，以及賈克的安排，賈克並不理會我不想出風頭的願望。這傢伙看到我的賓果卡了。

「你的賓果，全部連成線了啊！馬克，就是你啊！喂大家注意！這邊有人贏了啊！馬克，你得獎卻不吭聲，好奇怪。來吧！出去領獎吧！」

我很仁慈地對賈克微笑，心裡想著，這個愛管閒事的傢伙，最好馬上死，死得愈難看愈好。

---

45 一種解熱鎮痛藥。

46 歐洲各國都以古代流傳下來的盾牌狀徽章當作象徵。蘇格蘭的徽章圖案是一隻獅子。

47 這裡是指大偉．藍登，即懶蛋的爸。

眼前的啤酒看起來好像堵塞的小便池裡的東西，只不過灌了二氧化碳。我咕嚕一大口喝完了一杯，身體猛開始烈地抽搐。老爸拍拍我的背。我現在的狀況，已經不能再喝酒了，但是賈克和老爸卻一直把酒推給我。瑪格麗特過來了，沒多久，她和老媽就痛飲了一頓琴湯尼和嘉士伯特釀啤酒。台上的樂隊開始表演，我很高興，因為我可以暫時不用說話了。

老爸和老媽站了起來，隨著〈搖擺蘇丹〉（Sultans Of Swing）這首歌翩翩起舞。

「我很喜歡『險峻海峽』樂團（Dire Straits），」瑪格麗特說：「他們的音樂是給年輕人聽的，但是年紀大的人也很喜歡他們啊！」

這位女士對音樂的看法如此低能，讓我很想卯起來跟她辯論。然而，我正在和賈克聊著足球經，這樣已經讓我很滿足了。

「羅克斯伯[48]竟然也想射門，這真的是我看過最差勁的蘇格蘭足球隊。」賈克昂著下巴發表他的意見。

「倒也不全是他的錯。每個人都只能用自己的屌小便啊[49]。他們的隊伍還有誰？」

「當然也對啦！不過我比較想看到約翰．羅柏森（John Grant Robertson）在場上發威。他有這個能力。他是蘇格蘭最有耐力的前鋒。」

我和賈克一直繼續這種好像儀式般的爭論。我試著營造一種熱情的假象，讓人以為我是一個生命力十足的人，可是我的努力根本沒有辦法維持下去，好慘。

我發現賈克和瑪格麗特被賦予了一個任務，就是看好我，別讓我溜掉。他們輪流看守我。這四個人從來不會同時上場跳舞。賈克和我老媽上去跳〈流浪者〉（The Wanderer），瑪格麗特和我老媽上去跳〈裘琳〉(Jolene)，老爸和老媽上去跳〈順流而下〉(Rolling Down the River)，然後賈克和瑪格麗特跳〈最後一支舞留給我〉(Save Your Last Dance For Me)。

台上的胖歌手開始唱起了〈唱唱藍〉(Song Sung Blue)，老媽拉著我上舞池，好像我是個布娃娃。我的汗水在燈光下噴濺，老媽秀出她的舞步，而我又不自覺地痙攣起來了。當我發現台上的樂手開始表演尼爾・戴蒙(Neil Diamond)的組曲，我的委屈達到極限。我得一面跳舞，一面聽〈永遠穿牛仔褲〉(Forever In Blue Jean)、〈石頭上的愛〉(Love On The Rocks)、〈美麗的噪音〉(Beautiful Noise)，當樂手唱起〈甜蜜的卡洛琳〉(Sweet Caroline)的時候，我已經快要崩潰了。老媽逼著我模仿整個酒吧裡的其他瘋子，把手舉起來，跟著唱：

手……觸摸手……向外伸展……觸摸你……觸摸我。

我回頭看向桌子旁，賈克正使出渾身解數，手舞足蹈，像個雷斯的艾爾・喬森[50]。

這場苦難過去之後，另一個災難又來了。我老爸給了我十英鎊，要我去幫大家買酒。發展社交技術，建立自信訓練，顯然也是今天晚上的功課。我拿著托盤走到吧台，排隊買酒。我看著酒吧大門，摸了摸手中很脆的鈔票。我要不要賭一下呢？我只要跑半個小時，就可以到席克那兒，或強尼

48 蘇格蘭足球隊的領隊。

49 指，你有什麼樣的條件，就只好做什麼樣的事。

50 Al Jolson，老牌黑人爵士樂手。

大媽家，我就可以徹底遠離這場夢魘。可是，我看到我老爸站在門口瞪著我，好像這家店的警衛，而我卻是個搗亂份子。只不過，他的任務是阻止我逃跑，而不是趕我出去。

如此的場面，真是變態透了。

我回過頭去排隊買酒，看到了以前在學校認識的翠卡・麥金蕾。我並不想跟任何人說話，但是我也不能假裝沒看到她，況且，她正對著我微笑，表示她已經認出我了。

「翠卡，妳好嗎？」

「很好呀！馬克。好長一段時間沒見到你了。你還好嗎？」

「還不賴吧，妳呢？」

「你都看見啦！這位是傑瑞。傑瑞，這位是馬克，他是我以前的同學。好像已經是很久以前的事了喔！」

翠卡介紹我認識了一個粗暴、一身臭汗的大猩猩。他咕噥著對我打了個招呼。

「當然很久了。」

「還在跟賽門聯絡嗎？」每個淫娃都要向我詢問變態男的下落，真是讓我受不了。

「有啊！前幾天他還來我家。他要去巴黎，然後去科西嘉島。」

翠卡微笑了一下，那個大猩猩很不滿地看著她。這傢伙的臉看起來，好像對什麼事都不滿，一副隨時要準備找人幹架的樣子。我猜他一定是薩色蘭[51]的人。以翠卡的條件，她可以找到更好的男朋友。以前在學校的時候，很多男生都在肖想她。我以前也故意在她四周出沒，希望別人以為我跟她是一對，我希望藉由毛細管作用，可以把她吸收成為女朋友。有一次我真的被我自己宣傳的假相給洗腦了，結果卻被甩了一個大耳光。當時我們在廢棄的鐵路上，我想要把手伸進了她的衣服裡。可是變態男幹過她，真是個痞子。

「賽門總是各地跑啊。」翠卡說著，露出了很鬱卒的微笑。

賽門，他爹爹的。

「當然啦！賽門很忙啊。他忙著夾著卵蛋到處晃啊，拉皮條、販毒、侵佔朋友的金錢。這就是我們的賽門。」我衝口而出的酸話，把我自己都嚇了一跳。變態男是我最好的朋友啊！喔，變態男和屎霸……再加上湯米吧，他們都是我的好哥兒們。為什麼我要惡意中傷變態男呢？只是因為他沒有盡好身為父親的職責？還是因為他根本不承認他是孩子的父親？很可能是因為我嫉妒他。變態男根本不在乎。因為他根本不在乎，所以他不會受到傷害，永遠不會。

不管原因是什麼，翠卡被我嚇到了。

「哦……好吧，我們再聯絡吧！」

他們很快地離開了。翠卡拿回放滿酒的托盤，那個薩色蘭的猩猩（我覺得他是薩色蘭人啦）回頭看了我一眼，他的手指頭關節幾乎都要擦到舞池地板的光澤表面。

我那樣說變態男的壞話，真是有夠失格。我只是很痛恨變態男可以那麼自由地離開蘇格蘭，而我，卻被當作一個大壞蛋。我想，那只是我個人的感覺罷了。變態男也有他的焦慮，他的個人痛苦。討厭他的人，可能比討厭我的人還多。一定很多人看不爽他。不過，管他去死的呢！

51位於蘇格蘭北方的區。言下之意是，離大都市很遠，很偏僻，當地人被懶蛋視為土包子。

我把酒拿回我們的桌子。

「兒子，你還好嗎？」老媽問我。

「我好極了，我的生活煥然一新！媽，我覺得煥然一新。」我想學詹姆斯．賈納[52]的語氣說這句話，但是很可悲，沒有成功，就像我在其他方面一樣，永遠都不成功。不過，成功、失敗，那是什麼東西啊？誰會去鳥啊？我們都活著，我們也都會死，大家的生命都很短暫。就這樣子，我他媽的報告完畢！

愈悲傷愈好幹

美麗的一天——看起來似乎表示

專心。手上有事。這是我參與的第一個土葬儀式。「來吧！馬克，」有個溫柔的聲音在叫我。我走上前，抓住一截繩子。

我正在幫助老爸和我兩位叔叔，查理和道吉，把我哥哥的遺體垂降到墓穴裡。陸軍負擔一切喪葬費用。「都交給我們吧！」陸軍福利部門的軍官，輕聲細語地告訴我母親。都交給我們吧！是的，這是我這輩子參加過的第一個土葬儀式。這年頭通常大家都是用火葬。那具棺材裡面到底裝著什麼東西？我納悶地想著。比利剩下的屍體當然不多啦。我看著老媽和比利的妻子雪倫。我的姑媽們正在安慰雪倫。比利的好友，楞尼、匹斯柏、納仔[53]和他的同袍，也都在這裡。

比利小子，比利小子。嘿！——嘿！——我們在這裡啊！和你沒有沒關係

我的腦子裡一直想著那首華克兄弟（Walker Brothers）的歌，後來被米茲・尤瑞（Midge Ure）翻

52 James Cagney（Jimmy Cagney），好萊塢硬漢演員。

53 即之前一起賭錢，結果贏錢的朋友暴斃的那一群人。

唱過的：沒有懊悔，沒有告別，不要掉眼淚，我不要你回來……等等，等等。[54]

我並沒有感到遺憾，只感到憤怒和輕蔑。當我看到媽的英國國旗覆蓋在棺材上的時候，內心就翻騰了。我看到一個軍官，低聲下氣，唯唯諾諾地想和我母親說話，顯然他很不會應付士兵的家眷。更讓我看不下去的是，我老爸一票格拉斯哥的朋友，也群聚在這裡。他們盡說一些屁話，說比利很偉大，為國捐軀，說他為格拉斯哥人爭光。可是我認為，比利是個狗屎笨蛋，不用懷疑。他不是英雄，他不是烈士，他只是個蠢蛋。

我突然發出一陣傻笑，完全不能克制這股怪笑的勁兒。我笑得歇斯底里，笑到快要撐不下去了。老爸的弟弟查理跑過來抓住我的手，他的眼中充滿著敵意，不過他本來就是一副不懷好意的樣子。他的老婆愛菲把他拉開，對他說：「這孩子在難過啦。那只是他表達的方式，老查。這孩子是在難過啦。」

查理老頭，你去洗澡啦，格拉斯哥髒鬼。

比利小子，比利小子。小的時候大家都這樣叫他。大家會說：「你好嗎？比利小子。」而躲在沙發後面的我，大家都很不屑地叫我：「喂，小毛頭」。

比利小子，比利小子。我記得小的時候，你坐在我的身上。我被你緊緊地按在地上，無法動彈。我的氣管被壓成細得像一根稻草。氧氣從我的肺和我的腦中流失，我只能祈禱媽媽能夠在我瘦弱身體被你壓垮之前，趕快從普雷斯多超市[55]回來。你老二的尿味，你的短褲上有一個地方溼了。你這樣欺負我，真的覺得很刺激嗎？但願如此。我現在想抱怨也沒法了。你一直有大小便失禁的毛病，媽媽也因此對你特別照顧。你用力壓我，擠我、扭住我，問我最屌的足球隊是哪個？你根本沒有給我喘息的餘地，我只好說：哈茲隊最屌啦。就算我支持的球隊新年時候在泰恩凱索球場[56]痛宰你支持的哈茲隊，你還是要逼我說哈茲隊最屌。我想我應該很爽才對，因為對你來說，我說的話，比事實更具份量：我說哈茲隊很棒，事實上哈茲隊不行。

我最親愛的哥哥效忠英國女王。他在愛爾蘭的克洛斯麥格倫基地出任務偵察，這塊區域屬於英國管轄。他們一群人離開了車子檢查路障的時候，**蹦！砰！蹦！砰！**幾聲巨響，全部的人都掛了。這件意外就發生在他們的任務結束前的三個星期。

大家都說比利是個為國捐軀的英雄。我記得那首老歌：〈比利別逞英雄〉（Billy Don't Be A Hero）。其實，他死的時候是個穿軍服的白痴。他拿著來福槍，走在鄉間的小路上，然後就被炸死了，那根本是個愚蠢的死法。他是帝國主義的無知受害者。他明明知道有千百種狀況會導致他死。這是最大的罪惡：他知道所有的險況。是什麼東西帶領他經歷愛爾蘭的大冒險，還導致他的死？就是一點點模糊不成形的地方派系情懷。他死的方式，和他活的方式一樣，都是他媽徹底的不進入狀況。

比利的去世對我來說卻是件好事。他上了十點鐘新聞。根據安迪．渥荷的說法，他死後「成名十五分鐘」。大家都同情我們，雖然這種同情是被誤導的，但是我們還是禮貌性地接受。總不能讓親友失望吧！

54〈不後悔〉（No Regret）的歌詞。
55 普雷斯多超市為英國的連鎖超市，但九〇年代中之後就已經被併購了。
56 愛丁堡的足球場。

葬禮上有個看起來屬於統治階層的傢伙，大概是個助理部長。這傢伙操著一口牛津劍橋英語，說比利是一個多麼勇敢的年輕英雄。這種貨色，如果不是在為英國皇家跑腿賣命，而是在街上鬼混耍狠的話，一定是他媽的個吃軟怕硬的小角。這個媽的狗養的還說，害死比利的兇手，一定會被繩之以法。兇手他媽的當然抓起來。朝著英國議會兩院一直走過去啊[57]！

把這個有錢人所養出來的工具，這隻白豬，加以臭罵一頓，我是不是就可以享受小小的勝利呢？喔，不，不，不。

色薩蘭兄弟合唱團[58]和他們的跟班[59]圍著比利，繞著他唱歌跳舞，好好折磨了比利，比利嚇得發抖。他們唱著一首七〇年代在雷斯街頭相當流行的歌：〈**你的兄弟麻痺了**〉（Your Brother's A Spastic）。通常在看二十二對二十二的足球賽時[60]，一連看了太久，雙腳累到痠麻，就會有人演奏這首歌，讓大家調劑一下。他們所唱的比利兄弟，是誰呢？是大偉二世，還是我？無所謂。他們沒有發現，我正在橋下看。比利，你的頭向下低垂。沒用。你現在感覺如何呢？比利？這滋味應該不好受吧！我知道……因為

墓地的感覺很詭異。屎霸也來了，他剛從索頓監獄出來，很乾淨[61]。湯米等人也都在。屎霸看起來很健康，而湯米卻好像剛熱過身的死神。這兩個人好像完全角色互換了。[62]

湯米的好朋友德威・米其也在場，他和我一起當過木匠學徒。德威從一個女孩身上染上了愛滋病，卻願意在這樣死氣沉沉的場合出現，真的很勇敢，真是他媽的有勇氣。至於卑比，我還想要利用這個惡魔，巴望他在這裡作怪搗蛋呢，原來他去貝尼東[63]度假了。如果卑比在場的話，我就可以利用終極無賴的卑比當武器，用來對付我的格拉斯哥土包子親戚。而變態男還在法國，享受他的異

國夢幻。

比利小子啊！我還記得我們曾經合住一個房間。我是怎麼度過那幾年的啊。

太陽有一種力量。人類會崇拜太陽，是可以理解的。太陽永遠在那裡，我們都知道有太陽，我們看得見太陽，也需要太陽。

那個房間，你有優先使用權。你的年紀比我大十五個月。拳頭決定地位。你經常把一些身形嬌弱、眼神墮落，嚼著口香糖的女孩帶回家打炮，至少你們在房間裡互相愛撫。你的女伴用複製人[64]的輕蔑眼神看著我，而你把我和我的朋友，以及我的足球棋統統趕到客廳。我特別記得你毫不留情的把我掉在地上的足球棋子踩爛，一個利物浦隊棋子，和兩個雪菲爾週三隊的棋子。你根本不必惡搞我嘛，可是我知道，你這樣做，是要表示你可以完完全全宰制我，不是嗎，比利小子？

我的表妹妮娜也來參加葬禮。她留著一頭黑色長髮，穿著一件長及腳踝的大衣，那一身哥德風的裝扮，看起來很騷，很好上的樣子。比利的那幫同袍和老媽的格拉斯哥舅舅們相處得不錯噢，我

57英國議會兩院旁邊就是英國政府。言下之意，兇手就是英國政府。
58此樂團真的存在，在一九七〇年代活躍。因為年代不符此書的背景（一九九〇年代），所以這個樂團在此出現，該是懶蛋自己一個人的幻覺而已。
59跟班，指的是後來陸續加入這個樂團的新成員。
60指一種街頭足球，分一邊各二十二人，或者一邊各六人，二十二人的比賽後來減為各十五人。
61指身體乾淨，也指沒有用藥了。
62在小說前半部，湯米是健康男孩，而屎霸看起來不健康。
63西班牙的度假勝地，靠地中海。
64指生化人，假人類。

發現自己開始吹起口哨，吹著〈霧露〉[65]這首曲子。一個長著大暴牙的比利同袍發現我竟然在吹口哨，非常訝異而憤怒地看著我，於是我給了這傢伙一個飛吻。他看了我一眼，馬上把眼神轉開，一臉大便。很好！獵殺兔寶寶的時節到了[66]。

比利小子，除了大偉二世之外，我也是你另一個痲痺的弟弟，一個從來沒有性經驗的弟弟。你把我的私事告訴楞尼，楞尼笑到快要氣喘病發作。你這樣做，並不會讓我──比利，你真白痴……我對妮娜誇張地眨眨眼睛，她害羞地對我微笑了一下。我老爸看到了我的輕浮動作，氣沖沖地過來訓我。

「你敢再做蠢事，就要倒大霉了，聽清楚了嗎？」

老爸的眼神疲憊，眼窩都凹下去了。他身上散發悲慼、不安，以及脆弱的感覺，都是我以前從來沒有看過的。我很想跟他多說些話，但是我卻痛恨他把這場葬禮搞成馬戲表演。

「爸，回家再說吧！我去找媽媽。」

有一次，不記得什麼時候，我在廚房偷聽到一段對話。老爸說：「凱西，那孩子有點不對勁啊！你看他一整天坐著，很不自然啊。看看比利，比利就跟他很不一樣。」

老媽回答道：「大偉，這孩子很不一樣。只是這樣子而已吧！」

和比利不一樣，懶蛋不是比利小子。懶蛋不會用嘈雜的聲音讓你去認識他，你必須從懶蛋的沉默中去瞭解他。當懶蛋走向你的時候，他不會大聲尖叫，宣告他的意圖，但是懶蛋會走向你。說聲嗨，嗨！再見！

湯米、屎霸和米其開車送我。他們沒有要一起去我父母家，很快就離開了。我看到神智不清的老媽，在愛琳阿姨和愛麗斯姑媽的攙扶下，走出計程車。這些格拉斯哥的婆婆媽媽們嘰嘰喳喳地，她們說話的口音真是恐怖；如果一個男人說出這種口音已經夠糟了，女人說話也說成這個口音，簡直讓人噁心反胃。這些老臉看起來被砍爛的老傢伙，看起來並不自在。當然，如果她們參加的是老長輩的葬禮[67]，有老媽子們扶持，才會比較舒服。

老媽抓著雪倫的手臂，雪倫是比利的遺孀，正挺著一個大肚子。我真他媽搞不懂，為什麼在葬禮的時候，每個人都要抓著別人的手臂。

「孩子，比利會說，妳一直是個誠實的好女人。妳永遠屬於他。」老媽說話的語氣，好像她是要說服自己，而不是說服雪倫。可憐的老媽。兩年以前，她有三個兒子，現在，她只剩下一個了，而且是一個毒鬼。這場遊戲真是**一點都不OK**。

我們一大夥人走進了屋子。「軍隊會給我一些補助嗎？」我聽到雪倫在問愛菲嬸嬸：「我懷了他的孩子……那是比利的骨肉啊……」她懇求地說。

「你還認為月亮是媽的綠色臭乳酪變成的啊？」[68]我說。

幸好，每個人似乎都恍然若失，沒有理會我。

這就像比利對我一樣，每次我一變不見，人家就會故意忽略我。

65 Foggy Dew，十九世紀塞爾特民謠。

66 台灣也熟知的老牌卡通兔寶寶，節目中有一隻兔寶寶（即暴牙），一隻黑鴨子，和一個獵人。獵人常在考慮，這個時節該獵殺暴牙呢，還是獵殺鴨子。

67 他們現在是參加白髮人送黑髮人的葬禮，當然會難受許多。

68 西方人常傳說月亮是乳酪變成的。懶蛋在諷刺，這些都是騙小孩的話。

比利，我對你的輕蔑，一年比一年增加。我對你的輕蔑已經取代了我對你的恐懼，好像膿汁從爛瘡裡面被擠出來，傷口裡面已經沒有膿汁了。當然啦，就是因為有刀刃，才可以劃開膿瘡。當然我手中有刀，大大平衡我的肉體弱勢。記得伊克·威爾森嗎？[69]他二年級的時候，就發現欺負人得付出代價。你先是吃驚，之後開始敬愛我。你第一次像個親兄弟那樣尊重我、愛我，但是我卻更加輕視你。

你知道嗎，當我發現刀的力量之後，你的力量就愈來愈虛妄了。你知道吧？你也知道的，你這個大笨蛋，應該知道刀刃與炸彈的種種。不。你偏偏不知道炸彈。你不知道。

我感到愈來愈不自在，愈來愈窘迫。大家開始把酒杯填滿，一面喝酒，一面稱讚比利的好處。我實在想不出比利身上有任何優點，所以我只好閉嘴不說話。但是很不幸，我哥哥的暴牙同袍，就是我拋飛吻給他的那傢伙，偷偷走到我身邊，對我說：「你是比利的弟弟吧！」他說話時，一口大牙整個暴了出來，好像想要把他的嘴巴晾乾似的。

猜也猜得出來，這傢伙又是一個格拉斯哥的橙黨偏執狂。難怪他一直跟老爸那一夥人在一起。這時候，眾人的焦點全集中在我的身上。誰要鳥這個惹人嫌的暴牙兔寶寶。

「我的確是，就如你說，他的弟弟。」我快活附和他。我感覺到有一股怒氣正對著我冉冉上昇。我現在必須對著這一大群人演一下戲了。

在這個時候，如果想要和他們打成一片，但是又不想太投合整個房間充滿的病態虛偽（虛偽，卻很變態地給包裝成禮數），最好的方法就是死抱陳腔濫調不放。在這個時候，大家都喜歡陳腔濫調，因為陳腔濫調不是假的而是真話，而且陳腔濫調真的具有意義。

「比利和我，從來沒有意見一致過……」

「對啊！……差異多元總是好的嘛。」肯尼舅舅說，他想幫我打圓場。

「……但是有一件事，我們倆倒是所見略同，就是我們都喜歡喝好的啤酒，找樂子。」如果比利現在看見我，他一定會笑我笑到翻。他會看著我呆笨的臉說：你玩得開心吧！老天爺！我這裡還有朋友和家人要顧。我們很多年沒有見面了。

這裡有一些我們互寄的卡片。

> 比利：
> 聖誕快樂，新年如意
> （除了元旦的三點到四點四十分之外）
> 馬克

> 馬克：
> 聖誕快樂，新年如意
> （哈茲加油）
> 比利

69在第三章最後一節，在大草地公園裡，卑比叫懶蛋去洗劫無辜的人，懶蛋不從。於是卑比說，懶蛋以前在學校曾經對伊克．威爾森動粗，現在卻不要暴力了。懶蛋再次提及這個人，表示他以前在學校會打人，因此比利也怕懶蛋了。

比利：

生日快樂

馬克

然後是比利和雪倫：

馬克：

生日快樂

比利和雪倫

是雪倫的筆跡，看起來像。

跟我老爸攪和的那群格拉斯哥白種垃圾，每年都會參加橙黨七月大遊行，他們偶爾也會去復活節路球場或泰恩凱索球場看藍杰隊打球。我希望這群人留在德拉夏普[70]就好了。他們聽到了我對比利的小小感言，大都很嚴肅地點頭，除了查理叔叔。他看出來了我的心思。

「小子，你他媽覺得很好玩是不是？」

「你想知道嗎？沒錯，是很好玩！」

「我真為你感到可悲，」他搖著頭說。

「你才沒有咧，」我對他這樣說，他仍然搖著頭，一面走開了。

更多的麥克尤恩特濃啤酒和威士忌被端上來了。愛菲嬸嬸開始唱歌，一首鼻音很重的鄉村悲歌。我跑到妮娜旁邊。

「妳真是出落得楚楚動人，妳是個小蜜糖啊！妳知道嗎？」我藉著酒意胡言亂語。妮娜看著我，彷彿以前就聽我說過這些話。我想建議她，兩人一起開溜，溜到福斯酒吧，或者溜到我在蒙哥馬利街的公寓。有法律禁止表哥表妹打炮嗎？有可能！人們發明了法律，讓你什麼事都不能做。

「比利的事真是讓人遺憾，」妮娜說。我看得出來，妮娜一定覺得我是個混混。當然！她的看法完全正確。我以前總認為，超過二十歲的人都是白癡，根本不用浪費時間得跟他們說話，直到有一天……我也二十歲了。我經歷愈多，愈覺得我以前的看法是對的。一個人超過了二十歲，就會變得猥瑣妥協、膽小屈服，然後就端著這副沒屁用的醜陋德行，一直混到死翹翹。

真是不幸，沒屁用的查理叔叔發現我言語中的挑逗味，趕緊跑過來保護妮娜的貞操。妮娜並不需要這個骯髒的死胖子來多管閒事啊！

這混蛋跑到了我的旁邊。我不想理他，他卻抓住了我的手臂。他喝得醉醺醺，想跟我小聲說話，卻仍然說得很大聲。他的嘴裡散發一股威士忌的酒臭味。

「你給我當心一點，小子。如果你不趕快給我滾，當心我揍扁你的臉。如果不是看在你老爸的面子上，我早就想揍你了。我一直看你很不順眼。你的哥哥比你強十倍，你永遠比不上。你只是個狗

70 英國格拉斯哥市的地名，以社會問題出名。

屎毒鬼。你老爸老媽為了你，受了多少委屈……」

「你要說什麼就直說好了！」我打斷了他的話，一股怒火衝上胸口，但是其中也夾雜著一絲痛快，因為我知道這混蛋被我激怒了。保持冷靜！只有這樣才能搞倒這自以為正義凜然的混帳。

「好啊！那我就直說好了。你很聰明喔……念過大學很了不得喔……我可以一拳把你打進牆壁裡面。」他在我面前舉起那隻刻著刺青的肥拳頭，離我的臉只有幾吋。我緊緊握著手上的玻璃酒瓶。我不可能讓這傢伙的髒手碰到我。如果他膽敢動我一下，我手上的啤酒瓶就會砸爛他那張肥臉！

我把他舉起來的手揮到一邊。

「如果你真的揍我一頓，我反而要感謝你呢。我等一下還要順便打個手槍，一路爽到底。我們這種被大學退學的人，只是聰明的毒鬼，天生就很變態。就是沒出息啦！媽的垃圾。你也太自以為是了。如果你想要出去幹架，就開口說出來啊。」

我指著大門。這個屋子彷彿在縮水到比利的棺材那麼小，只剩下我和沒屁用的查理叔叔。但是屋子裡畢竟還有別人。這個時候，在場的每個人都盯著我們看。

查理輕輕推開我的胸口。

「今天我們家已經有一場葬禮了，我不想再有另一場。」

肯尼舅舅跑過來把我拉開。

「別理這些橙黨的混蛋了！算了！馬克，想想你母親吧！如果你在這裡惹是生非，你母親會受不了的。今天是比利的葬禮啊！拜託你，搞清楚你在哪裡吧！」

肯尼舅舅說的對，他其實也有一點狗屎。不過呢，雖然他的問題很多，我還是寧可忍受一個天主教徒，而不要和一個髒人來往。不巧，我老媽的親戚都是天主教徒；老爸那邊的，都是橙黨髒人。

我又灌下了一大口威士忌，享受喉嚨和胸腔之間酸麻的灼燒快感，可是酒氣下滑到胃裡的時候，我的腹部卻因為噁心想吐的感覺而前後收縮。於是我跑去廁所。

比利的遺孀雪倫剛好走出廁所。我擋住她的去路。雪倫和我兩人彼此說過的話不超過十句。她也喝得醉醺醺，滿身的酒意和她肚子裡的孩子，讓她的臉看起來紅通通、水腫得圓滾滾。

「等一下，雪倫。我們需要好好談一下，這個地方很隱密，」我說著又把她拉進了廁所，鎖上了後面的門。

我開始一面撫摸她，一面講屁話，說我們應該多多像這樣相聚。我摸到了她隆起的肚皮，說起我對未出生的姪子或姪女也感到有責任。我們開始接吻，我的手向下滑，摸到她棉質孕婦裝底下的內褲線條。然後我開始撫摸她的私處。雪倫把我的老二從褲子裡掏了出來。我還在鬼扯蛋，說我一直很欣賞她的人格和她身上的女人味。她根本沒有在聽我說話，因為她已經蹲了下去，但是顯然對我的花言巧語感到很受用。她把我的老二放進了嘴裡，我很快就勃起了。不用懷疑，她是個吃老二高手。我開始想像她幫比利吃老二的樣子。而且，我在想：比利被炸死的時候，他的老二掉到哪兒去了？

我想著，如果比利能夠目睹到現在這一刻該有多好，不過，奇怪的是，我這樣想並不是對他不敬，而是對他致敬。我不知道他在天之靈會不會看見我和他老婆相幹，我真希望他可以看見。這是我第一次對他有好的看法。快要射出來之前，我趕緊抽出老二，把雪倫翻過身來，做好狗交式的體位。我掀開她的孕婦裝，拉下她的內褲。她沉重的肚皮垂向地板。我想幹她的屁眼，但是她的屁洞太緊了，硬插的話會傷到我的龜頭。

「不要弄那裡，不要弄那裡！」她說，於是我停止了動作，找出乳霜，挖了一些在手指上，再送進她的私處。她身體上有一種很濃的藤蔓味；我的老二也發出惡臭，龜頭上還看得見像乳酪般一點一點的陰莖垢。我一直很不重視個人衛生習慣，或許我是個根生柢固的髒鬼，也是毒鬼。

我和雪倫都同意幹她的私處。我覺得好像在把玩一根笑話裡的神奇大香腸[71]，我插她的時候，她的私處夾得很緊。我在想著她什麼時候才會高潮，想著我還要多久才會出來。我覺得自己正在幹她肚子裡胚胎的嘴。我腦子裡出現了一個想法，我現在同時在幹人，也同時被胎兒吸著老二。這雙重刺激同時折磨著我。聽說懷孕期間打炮對胎兒有益，可以促進胎兒的血液循環。我對這個腹中娃能夠作的貢獻就是這個啦。

有人在敲廁所的門，然後聽到愛菲嬸嬸說話的鼻音。

「你在裡面幹什麼啊？」

「沒事。雪倫有點不舒服。應該是懷孕又喝了太多的酒，」我喘著息回答她。

「你在照顧她嗎？」

「是啊！……我正在照顧她……」我氣喘吁吁，而雪倫呻吟得更大聲了。

「好吧！」

我射了，便抽出老二。我輕輕推開她臉朝下的身體，幫助她轉過身，把她衣服內雪白的巨乳掏了出來，像個小嬰兒那樣靠在她的雙乳之間，她開始撫摸著我的頭。好奇妙的感覺，好安詳。

「剛才真是爽極了，」我滿足地吐氣。

「我們以後可以一直這樣見面嗎？」她說，「嗯？」聲音中帶著一絲渴望和懇求。這女人真是他媽的瘋了！

我坐起來，吻她的臉。她的臉像是一塊腫起來的、過熟的水果。我並不是想說什麼沉重的話。不過，事實是，雪倫現在讓我覺得噁心。這個瘋婆子以為，她和我幹了這一次，以後就可以讓小叔代替丈夫效勞了。問題是，她大概也沒有想錯。

「我們得起來了，雪倫，我們得整理一下。如果有人發現我們，他們不會體諒我們的。他們什麼也不懂。雪倫，我知道你是個好女孩，但是他們什麼都不懂。」

「我也知道你是個好男孩，」雪倫用很鼓勵我的語氣說，可是我想她才不相信她自己說的話。比利顯然配不上她，不過，比利也配不上米拉．韓德利[72]和瑪格麗特．柴契爾。雪倫被洗腦了。結婚生子、成家立業，買房子這些狗屁觀念，把她綁得死死的。她被灌輸進這些垃圾，她除了那個馬鈴薯泥一樣的腦袋外，也沒有什麼思想框架可以定義自己是什麼的人物。

又有人在敲門了。

「如果你不把門打開，我要衝進去了！」說話的是查理叔叔的兒子嘉米，一個年輕的警察。他長有兩個超大的耳垂，沒有下巴，脖子很長，簡直就像個蘇格蘭的獎盃。這傢伙顯然認為我躲在裡面射東西[73]。沒錯，我確實在裡面射東西，但是並不是他所想像的那樣。

「我沒事……我馬上就出來。」雪倫把身體擦乾淨，穿上褲子，把廁所弄整齊。她拖著懷孕的沉

71這裡是說，他聯想起笑話，尤其是黃色笑話中的香腸（黃色笑話中常有香腸出現）。
72英國著名的連環殺手，專挑兒童下手。

重身體，竟然有如此迅速敏捷的動作，讓我看得都入迷了。我實在不敢相信我剛剛幹了她。明天早上我會後悔的，但是變態男曾經說過一句至理名言：明天的事，明天再說。天下任何一種尷尬事，只要大家坐下來聊一聊，一起喝幾杯，就可以把它忘記。

我把門打開。

「放輕鬆點啊！綠港狄克生[74]。沒看過女士嗑藥嗎？」這傢伙嘴巴張得老大，好像要流出口水的笨樣子，讓我看了就想罵。

我不喜歡這裡的音樂，於是我帶雪倫回到了我家。我們只是坐著聊天。雪倫講了許多我很感興趣的事，這些故事我連爸媽都不知道，我想他們也不願意知道。她說比利對待她很壞，比利有時候會毆打她、羞辱她，把她當成特別臭的糞土來對待。

「妳為什麼會跟他在一起呢？」

「他是我的男人啊！我總以為情況會改變，以為我可以改變他，可以讓事情出現轉機。」

我瞭解，但是她錯了。唯一能夠改變比利的，是北愛爾蘭共和軍[75]，不過他們也是一群混蛋。我從來沒有幻想過北愛爾蘭共和軍是自由鬥士。這些混蛋讓比利滾入了糞土之中。不過，這些混蛋只是負責開槍而已；他們上頭還有真正該負責的人。真正害死比利的人，就是那群橙黨混蛋。他們每年七月披著肩帶、吹著笛子，跑來這裡大遊行，把那些效忠皇室、盡忠國家等一堆狗屁垃圾，全部灌輸進比利的笨腦袋，爽了一整天之後，他們心滿意足地回家。他們會告訴妻子，某個家裡的親戚去世了，他是為了保護烏斯特人[76]，而被北愛爾蘭共和軍害死的。這些在別人身上發生的不幸，點燃了他們莫名其妙的憤怒，讓他們跑去酒館買醉，再跟其他愛搞分裂主義的土包子，繼續拉他們的狗屎。

「我不許任何人找我弟弟麻煩。」比利曾經跟包布．葛拉安和道奇．胡德說過這句話。當時那兩個人在酒吧裡騷擾我，要我付自己買藥的錢。比利的那句話，真是夠男子漢，既清楚又堅定，不用恐嚇就讓人信服。找我麻煩的人看看我，偷偷離開了酒吧。我偷笑了一下，屎霸也在偷笑。我們樂的不得了，什麼也不管了。比利小子不屑地看著我們，好像在說：「你們真是有夠鳥的，」然後，比利加入了他的朋友一道。他的那些朋友看起來很失望，因為包布和道奇已經滾了，他們也失去了打鬧作怪的理由。而我仍然在那裡竊笑。謝謝大家，那些過去發生的一切。

比利小子曾經告訴我，說我被毒品毀了。他在很多不同的機會場合，都跟我說過這句話，真的是——

幹！幹！幹！你要我怎麼說呢？……比利小子。老天爺拜託你……我沒有啊——

雪倫說的沒有錯。要改變一個人是很難的。

凡有神聖的召喚，必有殉道者，現在我只希望雪倫趕快滾回家，讓我把藏起來的藥拿出來，燒一湯匙的海洛英，爽一下，忘掉這一切。

---

73 別人會以為懶蛋在注射藥，不過他其實是在射精。

74 英國電視上的警察。

75 原文用字為「Provos」，為俗語，指的是北愛爾蘭共和軍的成員。

76 烏斯特（Ulster），是北愛爾蘭地區的別名，不過烏斯特區和北愛爾蘭區的行政範圍嚴格說來並不完全一樣。

嗑藥血淚筆記67號

受苦，不是絕對的，而是相對的。每一天每一秒，都有小孩子餓死，就像蒼蠅一樣死去。就算死亡不是在我面前發生，我也不能否認這個基本的事實。當我把藥丸磨碎，燒成汁液，注射到體內的時候，其他國家成千上萬的小孩，也正在死去，或許在這個國家裡也有小孩死掉。在我嗑藥的時候，成千上萬的有錢人，也正在大筆進帳，變得愈來愈有錢，等著他們的投資獲利。

壓碎藥丸：我眞是混帳啊。我眞應該藥丸吞到胃裡去，比較安全。如果不是内服而是注射，效果會很強；我的腦袋和血管太脆弱，恐怕經不起這麼直接的刺激！

看看丹尼．羅斯吧。

丹尼很喜歡威士忌，他就把威士忌直接注射到血管裡。然後，他的眼珠開始亂轉，鼻孔裡噴出鮮血……這就是丹尼本色。看到鼻血以那種速度噴湧出來，我就知道……我差人家太遠了。毒鬼是因爲男子氣概才敢做敢當——才怪，毒鬼是因爲有需求，才什麼都幹得出來。

我的確很害怕，怕到大便大在内褲上，但是大便在褲子上的我，和把藥磨粉的我，是兩個不一樣的人。把藥磨成粉的我認爲，死亡固然可怕，但是，無力阻止不斷沉淪的狀態，卻更加可怕。兩個我之間，後面這個我贏得辯論勝利。

當你有了海洛英，你就沒有困境。只有用光藥的時候，才會陷入困境。

5 離家

倫敦驚魂記

1

完蛋了！那些屁蛋都到哪裡去了？都是我這個笨蛋的錯。我應該先打電話，跟他們講，我要過來倫敦找他們。本來以為可以給他們一個驚喜，現在好了！輪到我被驚喜了！沒半個死人在家。黑色的大門又冷又硬，這副死氣沉沉的門面，彷彿在告訴我：他們很久以前就走了啦！而且近期不可能回來啦——如果真的會回來的話！我從信箱口向屋子裡看，但看不到有沒有信掉在門內的地上。

我很挫敗地用腳踹門。樓梯間對面有個女人，我記得她是個痲臉的妓女——她打開門，探出頭來看著我，好像在等待我問她問題。但是我並沒有理她。

「他們不在，已經出去好幾天了。」她告訴我，眼睛狐疑地盯著我的運動背包，大概以為裡面裝著爆炸物，

「好極了！」我粗暴地咕噥著，很痛苦地抬頭望向天花板，我希望我的絕望神情，可以激發這位女士的同情心。我希望她會對我說：「我認識你啊！你以前住在這裡嘛。從蘇格蘭一路來到倫敦，一定累壞了吧？來我家喝杯茶嘛，等你朋友回來吧！」

但是她只說：「他們不在……我至少兩天沒看到他們了。」

幹！去死！王八！狗屎！

他們可能在任何一個地方；他們可能哪裡都不在；他們可能隨時會回來；他們也可能永遠不回來。

我沿路走到倫敦的漢莫史密斯大道。才三個月沒回來這裡，倫敦就已經變得陌生而疏離。曾經熟悉的地方，在你離開的時間裡，全變得面目全非；彷彿是一個複製品，複製了過去的記憶，雖然類似，但是許多質感都不見了，感覺有點像是在夢裡。人家說，如果你要瞭解一個地方，你必須在那裡居住；不過呢，你要離開然後再回到這個地方，才可以把這個地方看清楚。記得以前和屎霸走在太子道上，我們倆都很痛恨這條醜陋的馬路，遊客和上街購物的人把馬路塞得水洩不通，遊客和購物的人這兩種人正是現代資本主義的兩大詛咒。我看著太子道上的城堡，心裡想著，這不過就是一棟普通建築物罷了！太子道上的城堡在我心裡的地位，就和「英國家用商店」或「維京唱片城」一樣。我們去太子道的目的，都是為了幹東西啦。但是，我離開倫敦一陣子之後，再從威佛利街車站走出來，回來倫敦，我卻覺得：倫敦還不錯啦。

街上的景物漸漸變得模糊，或許是因為我睡眠不足，或者嗑藥嗑得不夠吧。

酒吧的招牌換新了，但是招牌上的字還是一樣：「不列顛」。大不列顛聯合王國，萬歲！我從來

1原文為「crawling」，指「在地上爬」、「嚇得發毛」、「巴結」——這些意思，在這一節都有。但不只如此。「London Crawling」顯然是拿 The Clash 合唱團的經典專輯《London Calling》來作雙關語。因此整個題目有三層意思：（一）London Calling——倫敦訪友記；（二）在倫敦巴結、發毛、爬行；（三）London Calling 這首歌的本意是倫敦的龐克、倫敦的地下社會向全英國發出召喚，世界就要改變了，末日即將降臨。行如殭屍的人們，醒來吧。

就不覺得自己是大不列顛聯合王國的一分子，因為我根本不是。大不列顛聯合王國，根本醜陋又虛浮。我也從來沒有真正覺得自己是蘇格蘭人。很多人說蘇格蘭人有夠勇，可是我說，狗屁啦！蘇格蘭人狗屁才對。蘇格蘭的人忙著內鬥，因為我們為了搶著巴結遠在倫敦的英倫皇家貴族，想吃倫敦人的大便，蘇格蘭人就內鬥不停。我對於國家認同的感覺，簡直是厭惡到了極點。國家認同這種東西，根本應該從這個世界絕種。吃得太飽的政客，帶著虛假的微笑，站在大家面前說謊話，滿口法西斯陳腔濫調——這些可恥的寄生蟲政客，統統都應該殺光。

我看見一家酒吧，店門口的告示板上說，今晚在酒吧後區[2]有個光頭同志之夜。各種宗派和次文化，都在這種地方展現鬥艷。我在這裡比較自由——不過，重點不在於這裡是倫敦，而是因為這裡不是雷斯。我們一到假日就猛擺爛。

走進了酒吧，我開始掃瞄四周，看看有沒有認識的人。酒吧的平面配置和裝潢變化很大，變更糟。這裡曾經是個髒髒爛爛的地方，大家可以把啤酒潑到朋友身上，還可以在男廁女廁被人吸老二爽他一下，但是現在，這裡變成了一個被充分消毒過的巢穴。有幾個當地人，穿著廉價的衣服，臉上帶著僵硬呆滯的表情，坐在吧台的角落，好像掛在漂流木上的船難生還者[3]。而另一邊的雅痞，卻在大聲喧嘩。他們以為自己還在上班，還在辦公室啊，只不過把講電話的工作變成了喝酒的動作。這家酒吧現在全天候供應餐點，為上班族提供二十四小時不打烊的服務，那些辦公室一直入侵這一個區。達佛和蘇西一定不願意在這種沒有靈魂的糞房喝酒。

有一個酒保，好像來有點眼熟。

「保羅．戴維斯還有來這裡喝酒嗎？」我問他。

「你是說在兵工廠隊[4]踢球的那個黑人球員嗎？」他笑著說。

「不是，他是個大個子的白種利物浦人，黑色的刺頭，鼻子像媽的滑雪斜坡。你一定記得這個人的。」

「喔……對了……我認識這個人。他叫做達佛嘛！每次都帶他馬子一起來，一個黑色短髮的小妞。我很久沒看到他們了。我連他們還在不在城裡都不知道。」

我喝下一杯泡沫啤酒，然後開始和這個人聊起酒吧裡的新客人。

「我告訴你，老哥，這裡大部分的客人，都不是真正的雅痞啦，」他很不屑地指著酒吧角落一群穿西裝的人說：「大部分穿著光鮮的客人，都是媽的屁股發亮的店員，或是拿佣金的保險推銷員，一星期領一點可憐錢而已啦。他們只不過是外表嚇唬人罷了，事實上，這些人都欠了一屁股債，如果把借據疊在地上，可以疊到眼睛的高度呢。他們穿著昂貴的西裝，在城裡大搖大擺，假裝自己年薪有五萬英鎊。其實他們有些人，一年根本賺不到一萬。」

這個人說了很多事，他的口吻很酸，他本人就有夠酸的。坐在這裡的渾球顯然比馬路上的混帳多，但是這裡喝酒的人有一個特點，你只要擺出一副人模人樣的樣子，就可以吃香喝辣——這種想法，我覺得是狗屁。我認識一些愛丁堡嗑藥的人，他們都不會亂花錢；可是呢，住在這裡拿雙薪，

2有些歐美酒吧，把酒吧分成前後兩區（或更多區）：前區供一般營業用（客人照常喝酒跳舞），後區提供特殊功能——如，在後區不開燈，放一張床，讓客人在這裡互相愛撫等等。

3指，一長條的吧台，變得好像一塊漂流木板。

4此隊在香港又叫亞仙奴。

卻要負擔高額房貸的夫妻，交出去的錢比賺進來的錢多。這種人遲早要出事。有些人付不出房子貸款，房產就被收回，這種案例非常多。

我又回到朋友的公寓，還是見不到半個人影。

住在對面的那個女人又探出頭來說：「你找不到他們的。」這女人一副爽歪歪，幸災樂禍的口氣，真是他媽一等一的老巫婆。一隻黑貓從她旁邊爬過，跳到樓梯間。

「巧達，巧達，快過來，你這個小壞種……」她把貓抓了起來，像嬰兒那樣抱在懷裡保護著。她很不爽地瞪著我，好像我要陷害她懷裡的那包大便。

我痛恨貓，一如我恨狗。我一直主張禁止養寵物，也主張把狗殺光，但是可以留一些狗在動物園裡給人看。變態男一向同意我對小動物的看法，我們很難得像這樣意見一致呢。

可惡！他們到底跑去哪裡混了？

我只好又再次回到酒吧，灌了幾杯啤酒。這個爛地方真是折磨我的靈魂，他們怎麼會把這個地方搞成這副鬼樣子。我曾經在這裡度過難忘的夜晚，但是過去的美好回憶，已經隨著被拆掉的舊陳設，全部被連根拔除了。

我沒有多想，很快地離開了酒吧，朝著來的方向走向維多利亞區。我在電話亭前面停了下來，搜出口袋裡的一些零錢和一本破爛的電話簿。現在我得想別的辦法了。糟糕，我跟史帝夫與史黛拉鬧翻了，他們一定不歡迎我去他們家。安德烈回希臘了；卡洛琳在西班牙度假；湯尼，湯尼那個大蠢蛋，他和變態男一起去了法國，現在媽的回到了愛丁堡。我忘了跟他拿鑰匙，這白癡居然沒有提醒我。

夏琳．希爾。她住在南倫敦，今晚最好的選擇就是她了。如果出招順利，或許還有機會打一炮呢！我一定可以幹一炮啦……唉！不用藥的人就會這樣，一旦停藥……你就受性慾折磨。

「哈囉？」電話的對方是另一個女的。

「我想找夏琳。」

「夏琳啊……她不住這裡了。我不知道她現在在哪裡，可能在史托維爾吧……我沒有她的地址……等一下……**米克——米克——，你有夏琳的地址嗎？……夏琳啊……**對不起，我們沒有她的地址。」

靠！今天的運氣真背。尼克生應該在家吧！

「沒有，沒有，我們這裡沒有布萊安．尼克生，搬走了，搬走了。」對方有亞洲口音。

「你有他的地址嗎？」

「沒有。搬走了，搬走了。沒有布萊安．尼克生。」

「他去哪裡了，你知道嗎？」[5]

「你說什麼？我聽不懂你的意思……」

「我—的—朋—友—布—萊—安．尼—克—生—去—哪—裡—了？」

「沒有布萊安．尼克生。這裡不賣藥。走吧，走吧。」這傢伙就這樣掛斷了我的電話。

時間很晚了。倫敦這個城市已經把我屏除在外了。一個格拉斯哥口音的男人跟我要了二十便士。

5他在這裡情急之下說出蘇格蘭式英語，對方更聽不懂了。

「你是個好孩子，我告訴你……」他咕噥著說。

「你還好吧，老兄，」我用標準倫敦東區口音回答他。住在倫敦的蘇格蘭人簡直讓人無法忍受，尤其是格拉斯哥來的人。他們愛管別人閒事的壞習慣，美其名是對人友善，搞得我要發飆。我現在最不希望的，就是碰到一個他媽的格拉斯哥髒鬼。

我想搭38號或55號公車去哈克尼區找達斯登的梅爾。如果梅爾不在家，家裡也沒人接電話，我的機會就要用完了。

不過我沒有去找梅爾，反而去了維多利亞區的一家夜間電影院。這家戲院一整夜播放色情片，一直放到早上五點。這裡也是底層人物的收容所。酒鬼、毒蟲、遊民、色情狂、神經病，一到晚上都聚到在這裡。我上一次來過這裡之後就發誓，以後再也不要在這裡過夜了。

幾年以前，我和尼克生曾經來過這家戲院。當時有一個男孩子被人用刀子扁了，於是警察跑進戲院，把每個人都抓了起來，包括我們在內。我們身上有一夸特的印度大麻，只好把藥全部塞進嘴裡。在警察局作筆錄的時候，我們甚至連話都沒有辦法說。我們被扣留了一個晚上。第二天，我們被帶去波街的治安法庭，就在警察局的旁邊。在發言的時候口齒不清胡言亂語的人，就被罰了。尼克生和我各被罰了三十英鎊——那年頭，罰款還比較輕。

現在我又回到了這個臭地方。自從我上一次來過之後，這家戲院愈來愈走下坡。所有播放的電影都是色情片，不過也放了一部很讓人難受的暴力紀錄片，描寫在幾個異國地方，野生動物互相殘殺。這部片的視覺內容，跟大衛．艾登保祿[6]的節目差了十萬八千里。

銀幕上一群黑人土著拿著矛，從側面刺進一頭野牛的身體裡，我聽到觀眾席中有個蘇格蘭口音對著銀幕大吼「雜種黑人！雜種狗屎黑人！」

好一個蘇格蘭愛護動物的種族歧視者，我敢打賭他一定是個杭士。

「骯髒的野蠻人，」一個倫敦東區的口音加了進來，一聽就知道是個油腔滑調的孬種。

這到底是什麼鬼地方啊！我試著專心看電影，不想注意那些鬼吼，以及四周傳過來的喘息聲。

後來銀幕上放起這一夜最好看的一部電影，是一部美式英語配音的德國片。故事情節沒什麼大不了，一個穿著巴伐利亞服飾的年輕女孩，在農場裡的許多地方，以各種姿勢被每個男人幹，也被幾個女人幹。這部片的布景設計滿有想像力的，我看得相當投入。在這家電影院裡的觀眾，恐怕除了看這種電影之外，就沒有性生活可言了。看這種電影，就是他們性生活的全部。不過，雖說如此，我還是聽見觀眾席傳出男女以及男男正在打炮的聲音。我發現我老二勃起了，甚至還想打個手槍，但是接下來放映的那部電影，卻讓我胃口盡失。

那是一部英國片，難免的。故事背景是倫敦派對季節的一個辦公室，片名也超有創意：〈辦公室派對〉。男主角是麥克．鮑德溫，還是演〈科羅納辛街風雲〉(Coronation Street)[7]的強尼．布利格？我記不清楚了。那就像是一部「繼續搞」的電影[8]，不過幽默感比較少，做愛鏡頭比較多。麥可最後被幹，但是他並不值得爽成那樣。他在整部電影裡，像個討人厭的小賤人。

6 英國動物節目主持人。

7 英國最受歡迎的電視連續劇之一，從一九六〇年代一直演到現在，已有近五十年的歷史。這條街，設定於曼徹斯特都會區，並非真實存在。

8 「繼續搞」(Carry On) 是一系列英國喜劇片，片名都有「繼續搞」這個詞。這些影片在一九五〇年代至一九七〇年代發行，之後就幾乎沒有這個系列的片子了。

我漸漸陷入了狂亂的睡眠，然後突然驚醒。我的頸子掛在座椅靠背上，腦袋彷彿要從肩膀上斷掉。

從我視線的眼角，我看到一個男人跑過來坐在我的旁邊。他把手放在我的大腿上，我馬上把他推開。

「滾開！小心我打爛你的腦袋，打爛你的手。」我吼道。

「抱歉，真對不起，」他說話帶著歐洲口音。這人是個面容枯槁的老頭兒，聲音聽起來很悲涼的樣子。我開始同情起他了。

「我不是兔子啦，」我告訴他，他看起來很困惑。我指著自己，對他說：「我不是同性戀啦，」說這句話真有點荒謬，我怎麼會說出這麼一句蠢話。

「對不起，真對不起。」

眼前的狀況，讓我想了一下。如果我從來沒有跟男人試過，我怎麼知道自己不是同性戀呢？我的意思是說，我真的確定自己不是同性戀嗎？我總是幻想著想要找一個男人來玩一下，一路玩到底，看看會是什麼感覺。我是說，什麼事情都得嘗試一次啊！話是這麼說，不過如果要跟男人幹，我得當一號，我可不能忍受男人的老二插我屁眼。有一回，我在倫敦學徒酒吧認識了一個很漂亮的年輕男同志。我把他帶回山楊區的舊公寓，湯尼和卡洛琳回來的時候，發現我正在吸這男孩的老二。真是難為情透了。幫一個戴著保險套的男人吸老二，就好像吸一根塑膠假陽具。其實我吸得很無聊，但是這孩子先幫我吸了一輪，所以我覺得也應該回報一下。從技術層面來說，這男孩真的把我吸得很爽。但是我一看到他臉上的表情，就情不自禁爆出大笑，所以我的老二一直軟掉。他長得很像我以前很哈的一個女孩子，於是我用了一點想像力，而且我又很專心享受被吸的感覺，結果我竟然把精液射進了保險套裡，真是讓我吃驚到不行。為了這件事，我飽受湯尼的羞辱，但是卡洛琳卻認為這件事很酷。她對我承認，其實她嫉妒的要死，因為她覺得那個男孩子非常可口。

總之，只要感覺對了，我並不會排斥跟一個男人做愛。只是為了經驗一下嘛！問題是，我還是對女人比較有慾望啊。男人看起來一點也不性感。這純粹是個人的美學，完全無關他媽的道德。

如果要我獻出同性戀貞操，我要列一張金榜把候選人列出來，可是這個老頭絕對不會在金榜上。他說他在史托基紐英頓有一個地方，問我要不要跟他一起回去過夜。史托基離梅爾在達斯登的家很近。我想：去吧！管他的呢！

這老頭兒是個義大利人，名字叫做喬，我想應該是「喬凡尼」的簡稱吧！他說他在一家餐廳工作，老婆和孩子都留在義大利。我有一種感覺，他說的話並不像是真的。當毒蟲最棒的事情之一，就是成天和一大堆謊言專家打交道。既然吸毒的人對謊言如此精通，當別人說謊講屁話的時候，當然可以馬上聞出來。

我們搭乘夜間公車，從維多利亞區前往史托基區。車上有很多年輕人，嗑藥的、喝酒的、參加派對的、從派對回來的，什麼樣的人都有。真希望我現在是跟這夥人一起打混，而不是跟這個老頭兒回家。唉。

喬的地下室公寓[9]在教堂街附近。我有點搞不清方向，但是我知道這裡離紐英頓公園並不遠。他的公寓有夠灰暗。充滿霉味的房間裡，擺了一個老舊的餐具櫃，和一個有抽屜的櫃子，房間的正中央放了一張大銅床。廚房和浴室在外面。

我先前還在猜測，他關於老婆孩子的故事可能是假的呢——現在，我卻驚訝地發現到，在這整間屋子裡，滿滿都是一個女人和一個小孩的照片，

「這是你的家人嗎？」

「是啊！是我的家人。他們很快就要過來跟我一起住了。」

雖然他這樣講，我還是覺得很不真實。或許我已經習慣了謊言，把真話都曲解成假話。不過，管他。

「一定想念他們吧？」

「當然想念啦，當然，」他說：「躺下來吧！我的朋友。你可以睡在床上。我很喜歡你。你可以在這裡休息。」

我用力瞪了他一眼。他應該沒有威脅性，不會趁機偷襲我。我想，管他的！我已經累到快要掛了，於是我爬上床鋪，倒了下來。我隱隱約約想到了丹尼斯．倪爾生[10]，心裡開始有些警覺。大家都也覺得倪爾生沒有威脅性、不是硬著來的人，誰知道倪爾生會把人掐死，把人的頭砍下來，然後放進大鍋子裡去煮熟。倪爾生曾經在克里寇伍德的求職中心工作，我的朋友葛林諾也在那裡。葛林諾告訴我，有一年的耶誕節，倪爾生帶來自己做的咖哩給求職中心的員工吃。這可能是鬼扯的，誰知道呢？總之，我一閉上眼，整個人就垮了，我累到無法動彈。當我感覺到他上床躺在我旁邊的時候，我稍微有一點緊張，但是我馬上就放鬆了，因為他並沒有對我毛手毛腳，我們倆也都穿著衣服。我漸漸地進入了一場病態、迷惘的睡眠之中。

我不知道自己到底睡了多久，當我醒過來的時候，我的嘴巴非常乾燥，臉上有一種潮濕的奇怪

感覺。我摸摸左臉頰，手上竟然牽出像蛋白般黏滑的汁液。我轉過身，看到這老傢伙一絲不掛地躺在我旁邊，他那肥肥短短的老二上，還滴著精液。

「王八蛋，髒老頭……你他媽竟敢趁我睡覺的時候對著我打手槍。噁心的老混蛋……」我覺得自己好像被利用了，像一條用完即丟的髒手帕。我怒火中燒，啪的一聲，給了這小人一個巴掌，然後把他推下床。他像個沮喪的小矮人，鼓著肥腫的肚皮和一張胖臉。我氣得用腳踹他好幾次。他蜷縮在桌角，然後我停下來，發現他正在啜泣。

「拜託你！髒老頭……幹！……」我在房間裡來回踱步。他的哭聲很惱人。我從銅床邊的欄杆圓球上，抓了一件睡袍，披在他醜陋的裸體身上。

「瑪麗亞……安東尼……」他哭著說。我發現自己竟然把這老混蛋摟在我的懷裡，正在安慰著他。

「沒事了！沒事了！對不起，我不是故意要傷害你，我只是……你知道嘛！從來沒有人對著我打手槍過。」

這確實是真的。

「你是個好人……我該怎麼辦呢？瑪麗亞，我的瑪麗亞……」他哀嚎著說。他呼喊的嘴占領他整張臉，看起來是凌晨的一個巨大黑洞。他身上的味道，混和了走味的酒、汗水，還有精液。

9 位於地下室的公寓，當然是劣等的。

10 蘇格蘭連環殺人犯。

「好了啦！起來吧！我們去吃點東西吧！聊聊天吧！我請你吃早餐，我出錢。雷利路上有家不錯的早餐店，就在市場旁邊，你知道嗎？現在應該已經開始營業了！」

我提出的建議，其實也是為了自私的目的，倒不是完全為了對他好。那家早餐點離梅爾在達斯登的家很近，而且，我很想趕快離開這個鬱悶的地下室。

他穿好衣服，我們就出去了。我們一路步行，沿著史托大街和金斯敦街，朝著市場的方向前去。這家小餐廳擠得嚇死人，但是我們還是找到了座位。我點了番茄乳酪培果，這老頭點了一團恐怖的黑色煮肉，那種食物，應該只有住在史坦佛丘的猶太人才會喜歡吃。

喬開始扯起了義大利。他和那個叫做瑪麗亞的女人結婚多年。後來他的家人發現，他竟然和瑪麗亞的弟弟安東尼有姦情。我實在不該用「姦情」這樣的字眼啦，喬和安東尼其實是一對情侶。我感覺到他很愛安東尼，但他也愛瑪麗亞。像我，是藥物的受害者；像他們，則是愛情的受害者。真是情何以堪啊。

總之，瑪麗亞還有另外兩個兄弟，陽剛，虔誠的天主教徒，聽說是拿波里黑社會的人，出來干涉了。這兩個傢伙很無法忍受喬和安東尼搞同性戀，於是他們在自家的餐館外面抓住了喬。他們在喬身上狠狠踹了一頓，喬的小命都快沒了。安東尼後來也被痛踹一頓。

然後，安東尼就自殺了。喬告訴我，在義大利的文化習俗中，安東尼受到很嚴重的侮辱。我在想，不論是哪一種文化，都是很嚴重的侮辱啊！喬又告訴我，安東尼是臥軌自殺的。這樣聽來，受辱在他們的文化裡似乎的確比較嚴重一點。喬事後來到了英國，在一些義大利餐廳裡打工，住破爛的公寓，又酗酒。他會出去釣年輕男孩和老女人，利用他們，也被他們利用。聽起來，他的人生滿悲慘的。

然後，我們走到了梅爾住的那條街，聽到街道上傳來熱鬧的雷鬼音樂，看到他的公寓亮著燈光，我的心情開始飛揚了起來。我看了就知道，剛才這裡辦了一場大派對，而我趕在散場之前參一腳。

看到熟悉的面孔，感覺真是太棒了。我的朋友全都在這裡，達佛、蘇西、尼克生（他嗑昏頭了），還有夏琳，這裡肉體橫陳，人人嗑得東倒西歪。兩個女孩臉貼臉跳著舞，夏琳正在和一個男的跳舞。保羅和尼克生在抽煙，他們抽的是鴉片，不是印度大麻。我認識的英格蘭毒鬼，使用海洛英，都喜歡用吸的，而不喜歡用注射。蘇格蘭、愛丁堡比較流行打針。不過我還是跟他們吸了一口。

「老哥，真他媽的高興又再看到你，」尼克生興奮地拍著我的背說。他發現了喬，於是小聲問我：「那老頭是誰啊？」我把這可憐的混蛋一起帶了過來，因為聽了他悲慘的故事之後，我實在不忍心把他丟掉。

「好啊，高興看見你啊！這位是我的好朋友喬，他住在史托基區。」我拍拍喬的背，這可憐的小老頭的表情，好像一隻關在籠子裡的兔子，等著別人餵他吃萵苣葉。

我把喬留給保羅和尼克生，讓他們去聊拿波里、利物浦，和西漢姆聯隊，讓他們去享受各國男性共通的語言：足球。有時候我很喜歡聊足球，但是有時候我想，聊什麼狗屁足球，根本沒有意義、空洞乏味，讓人沮喪。

廚房裡有兩個人正在為了人頭稅爭論不休。其中的一個男孩對這個議題很瞭解，另外一個是的媽的什麼都不懂的軟腳工黨／保守黨[11]龜縮小角色。

「你有兩件屁事沒有搞清楚。第一，你以為工黨在這個世紀媽的還有機會出頭；第二，你以為以工黨出頭了，他們就會搞出什麼不一樣的新玩意兒。」我突然插進了他們的談話，講給那隻軟腳蝦聽。他站在那兒，張目結舌，無言以對。另一個人則微笑著。

「這就是我想對他說的啊，」他用一口伯明罕的口音說。

我走了，把那個軟腳蝦留在原地發呆迷惘。我走進臥室，一個男的正在幫一個女孩口交，三呎外有幾個人在嗑藥。我看著那幾個毒鬼。我的乖乖，他們在注射海洛英。我前面講的倫敦人不愛用針的那套理論，還真是他媽的狗屁啊。

「看夠了沒？想拍照留念嗎？老兄，」一個哥德風格裝束的怪胎，一面燒著藥，一面問我。

「你想叫我打爛你的嘴巴啊？」我用問題來回答問題。他轉開頭，繼續燒著他的藥。我對這傢伙的頭頂看了一下。他把海洛英注射進去之後，我整個人放鬆了下來。每次來到倫敦，我似乎都會有這種姿態。這種態度會持續好幾天。我想我知道為什麼，但是要解釋太浪費時間，而且聽起來會很可悲。離開房間的時候，我聽見一個女孩在床上呻吟，另一個男的說：「你的小蜜桃真是可口啊！」

我搖搖晃晃地走出大門，那柔緩的聲音，還在我的耳際迴響：「你的小蜜桃真是可口啊！」真是一語道破了我想尋找的東西。

在這裡釣人，不能太挑三撿四。到了清晨這種時候，派對上大部分的正妹要不是被釣走，就是已經回家了。夏琳被釣走了；有一個在二十一歲生日的那一天，被變態男上的女孩，也被釣了。連那個眼睛像馬蒂．菲爾曼[12]、頭髮像陰毛的女孩，都被釣走了。

我的破爛人生就是這樣。來的太早，喝得爛醉，嗑藥嗑到太昏，搞得自己一團糟，什麼好事也做不成；要不然，就是他媽來得太晚啦！

喬老頭站在火爐旁邊喝啤酒，看起來很恐懼、很迷惑的樣子。我對自己說，或許今晚我可能幹到的洞，會是這個小個子的巧克力洞洞喔！

這個想法讓我沮喪到了極點。但是，假日的時候，大家都在比爛嘛！

11 懶蛋在此把英國的兩大黨一起提出來：工黨和保守黨。

12 凸眼的英國作家和喜劇演員。

上樑不正

我第一次遇到艾倫・凡特，是在「樂觀ＨＩＶ」[13]自助團體的聚會中，雖然他參與的時間並不長。艾倫並沒有好好照顧自己的身體，我們這種人很容易得到多種感染，他很快就得到其一：「投機性（伺機性）感染」（opportunistic infections）。我一直覺得「伺機性感染」這個字眼很好笑。在我們的文化中，「投機」似乎帶著正面的聯想。我想到了逮到市場機會的「投機」企業家，還有在罰球區伺機找球門空檔的踢球員。伺機性感染，真是狡猾煩人啊。

自助團體的成員病情大致差不多。我們都有陽性反應，但也都是沒有症狀發生的帶原者。我們的聚會中，大家都疑神疑鬼。每個人都在偷偷觀察別人，想知道別人有沒有淋巴結腫大。大家在交談的時候，看到別人的眼睛，直盯著你的側臉，那種感覺實在讓人心慌。

此類行為讓我覺得生活更加不真實了。我真的想不通什麼事發生在我身上了。第一次的檢查報告出來的時候，根本就讓人難以相信；我覺得自己很健康啊，我的外表也很健康，實在無法和疾病聯想在一起。雖然我已經檢查了三次，但是我的心裡還是認為一定是有人弄錯我的檢查結果。當唐娜把我甩掉之後，我的自欺欺人態度應該早就瓦解了，可是並沒有，自欺欺人的態度總是陰鬱地躲在我的思想暗處。人們總是選擇相信自己願意相信的事，對吧。

艾倫被送入末期病房之後，我就不再參加聚會了。反正這個聚會一直讓我覺得沮喪，而且我想要多花時間來和他一個人相處。堂莫是負責我的主要社工，也是我的團體諮商師。我想去陪伴艾倫，可是社工非常不以為然。

「德威，你願意去醫院探望艾倫當然非常好——對他而言非常好。可是，對你有什麼好處啊？我更關心你現在的狀況。你現在非常健康，而我們自助團體的目的，就是要讓我們好好利用生命的每一分鐘。我們並不會因為感染了ＨＩＶ病毒，就不再活下去啊……」

可憐的堂莫，他踏出了**錯誤的**第一步，說錯了今天的第一句話，我不爽了。「堂莫，你說的是偉大的『我們』嗎？你自己也包括在帶原者之中唷？等你被驗出了陽性反應，再來訓我吧！」

堂莫健康的粉紅色臉龐漲得更加通紅。他無法克制自己臉紅。這麼多年來密集訓練出來的人際技巧，讓他已經學會不在言語和表情中洩漏自己的緊張不安。當他窘迫的時候，他不會轉移視線，也不會說話顫抖。但是有些時候，堂莫卻無法克制臉上泛起的紅潮。

「對不起，」堂莫用力對我抱歉。他有權犯錯。他經常說人有權犯錯。是嗎？去跟我體內壞掉的免疫系統道歉吧！

「我只是擔心啊，如果你把時間拿去和艾倫相處，看著他逐漸死去，對你並不好啊！而且，艾倫是我們團體中，最不積極樂觀的一個人。」

13 「積極」和「陽性」在英語中都是positive。

「才怪，他是最積極（陽性）的人。」[14]

堂莫不理會我。對於他人的負面行為，他有權不回應。他跟我說，我們都有權決定自己的態度嘛。我喜歡堂莫。他一個人悶著頭幹，永遠保持積極樂觀的態度。我想到我的工作：我總是看著沉睡的身體被郝衛笙醫師的冰冷解剖刀割開，真是叫人又沮喪又疏離的工作。但是比較起堂莫在團體聚會中，看著別人的靈魂被撕裂扭緊，我的工作還算是輕鬆愉快的。

「樂觀ＨＩＶ」自助團體的成員，大部分都是靜脈注射的毒癮者。他們都是在毒窟感染的；在八〇年代中期，打藥的毒窟在城[15]裡多得是。當時布瑞德街的醫療器材供應舖關門大吉，不再提供新鮮的針頭和針筒，從此之後，靜脈注射毒癮者開始大量共用針頭，結果一發不可收拾。我有個朋友，名字叫做湯米，他就是因為和雷斯的毒蟲鬼混，染上海洛英毒癮，後來也感染了ＨＩＶ病毒。他的朋友馬克．藍登，曾經和我一起做木匠。很諷刺的是，馬克注射海洛英很多年了，但是據我所知，他並沒有感染上病毒。而我，從來不碰那玩意兒。但是，在我們的團體中，實在有太多因為靜脈注射而感染的毒癮者，馬克的情況，應該是個特例，而不是常態吧！[16]

團體活動的時候，氣氛都很緊張。毒癮者怨恨團體裡的兩個同性戀。他們相信同性戀者把ＨＩＶ傳播到城裡的吸毒族群。有一個剝削別人的同性戀房東，因為生病的、吸毒的房客付不出房租，就幹一炮來抵房租，結果就中鏢了。然而，我和另外兩位女士（其中一個人本人沒有用藥，可是她的伴侶有毒癮，於是她也間接中鏢了）則痛恨所有其他的人，因為我們不是毒癮者也不是同性戀。剛開始進入團體的時候，我和每一個人一樣，我覺得我是在「清白」的狀況下被感染的。在那種時刻，要把責任推給毒癮者或同性戀，簡直太簡單了。然而，我看了海報文宣，也閱讀過傳單。

我記得在叛客年代，「性手槍」（Sex Pistol）曾經說過：「沒有人是清白的。」這句話真是對極了。還必須說的是：他們有些人的罪惡比別人的更重。這又把話題帶回了艾倫。

我給他機會，給他表現悔改的機會。這算是讓他賺到了。在團體聚會的時候，我說了第一個謊話，然後又說了幾個謊，就是要用來捕抓艾倫的靈魂。

我對團體的成員說，我完全知道自己是HIV陽性，卻做了不安全的性行為——不過，我現在很後悔了。講完之後，整個屋子一片死寂。

大家坐在椅子上，緊張不安地躁動著。然後一個叫做琳達的女人開始搖頭哭泣。堂莫問她要不要先退席。她說不要，她想留下來聽聽看別人怎麼說，她一面說，一面惡狠狠地看我。我大致上沒有理會這個女人的怒氣，我的眼光一直聚集在艾倫身上。他臉上的特色是，看起來永遠很無聊。我確信，他聽了我的自白之後，嘴角閃出了一個非常微弱的微笑。

「德威，你說自白，真的很勇敢。我相信你一定鼓起了很大的勇氣。」堂莫嚴肅地說。

你這個白癡，我根本就沒有勇氣啦。我他媽的是在說謊啊。我聳聳肩膀。

「我相信你心裡承受的巨大罪惡感，一定減輕很多了。」堂莫繼續說，他揚起眉毛，請我接腔。

我當然要。

「是的，堂莫。我希望和你們大家分享我的心路歷程……我的經驗真是太可怕了……我不敢奢求

14見前一個註。
15指愛丁堡市。
16這一節的主角，德威，曾在比利．藍登的葬禮出現過。

別人原諒我。」

另一個叫做麥潔芮的女人，輕蔑地辱罵我一聲，但是我沒聽清楚。琳達還在哭。坐在我對面的艾倫，卻對我的話一點反應也沒有。艾倫的臉自私又缺德，讓我感到厭惡。我真想當場用手把他打得四分五裂。但是我得努力控制自己的情緒，我要想出一個好計畫來給他好看。疾病可以享有他的肉體；疾病可能使出各種毒手，總之會勝利攻下他的肉體。我和疾病分工，我的絕招更高明、更具毀滅性——我要他的靈魂。我要在他所謂永恆的靈魂上，劃下一刀又一切永遠復合不了的傷口。阿門。

堂莫環顧大家一圈，說道：「有人同情德威嗎？大家覺得怎麼樣？」

一陣沉默之後，我的眼光落在艾倫無動於衷的人形上。有個小格拉斯哥毒蟲，開始緊張地發出青蛙叫一般的聲音。然後他盡情傾吐，大大抒發，說出我原本期待應該是艾倫該說的話。

他說，「我很欣慰聽到德威的告白……我也做過一樣的事……我也做過他媽一模一樣的事……有個小女孩，媽的從來沒有傷害過任何人……但是我痛恨這個世界……我的意思是……我想，我他媽還在乎什麼呢？我的生命還有什麼好指望的呢？……我二十三歲，什麼都沒有，媽的連個工作都沒有……我還在乎什麼？……後來我把我有病毒的實情告訴了這個女孩，她嚇壞了……」他像孩子一樣哭了。然後他抬起頭，看著大家，露出我這輩子看過最美麗的微笑。「幸好……後來沒事。她去做了檢查。六個月裡做了三次，她並沒有被感染。」

叫做麥潔芮的女人，卻偏偏是在同樣的情況下被感染。她對我們發出不滿的噓聲。然後我期待的事發生了。艾倫的眼珠子轉向我，對我微笑了一下。就是那樣！這就是我要的時刻。我的憤怒仍然存在，但是我的憤怒之中揉合了一種巨大的冷靜力量，一種有力的洞察。我也回他一個微笑，感覺好像一個在河水中半沉半浮的鱷魚，虎視眈眈地觀察著一隻正在河邊喝水的又軟又毛小動物。

「妳不懂啦！」小格拉斯哥人可憐巴巴地對著麥潔芮抱怨道：「不是妳想的那樣啊……等待她的檢驗結果的時候，我比等我自己的檢驗結果還難熬……妳不瞭解……我並沒有……我是說我沒有……不是那樣的……」

小格拉斯哥人變成了口齒不清，渾身發抖的一團爛肉。堂莫趕緊幫他說話：

「大家都不要忘記，當你剛剛知道自己染上了病毒的時候，內心感覺多麼生氣，怨恨，多麼不甘心啊。」

堂莫說的這句話是這是一個信號，希望大家「換檔」，把慣常進行的一系列討論，轉向最猛的那一檔。堂莫說，這是用「面對現實」來「處理憤怒」。如此的一種過程，照理說應該具有療效，對於許多團體成員，似乎確實達到了效用，我卻覺得這一套過程真是又累人又鬱悶。或許是因為，在這個時候，我個人的期待和其他成員不同。

在這樣一場有關個人責任的討論中，艾倫一如往常，提出他一慣很可以幫助大家、啟發大家的高見。那就是每次只要有人激動提出意見，他就會大嚷：「狗屁」。堂莫每次都問他為什麼要這樣說？為什麼他會有這種感覺？

「我就是這麼想啊！」艾倫聳聳肩膀回答他。堂莫又問，請他解釋為什麼他會這麼想？

「我就是和別人的觀點不同啊！」

堂莫再問艾倫，他的觀點是什麼？艾倫要不是說「我才不管」，就是說：「我他媽才不鳥」。我忘了他究竟說出什麼字。

然後堂莫問他，那麼，他為什麼要來這裡參加聚會。艾倫就說：「那，我走好了！」他真的就走了。然後聚會的氣氛突然變好了，好像某人剛放了一個噁心的大臭屁，卻突然又被吸回他的屁眼裡了。

然而，他還是回來參加聚會，也一如以往，露出輕蔑不屑、幸災樂禍的表情。艾倫似乎認為，只有他一個人是不朽的。他很喜歡看其他人努力表現出積極樂觀的樣子，然後再說風涼話，給人家洩氣。他並沒有因為過度胡鬧而被趕出團體，但是他已經嚴重破壞整個團體的氣氛。艾倫的心太病態，生了一種莫名奇妙的病；相比之下，他身上的ＨＩＶ病毒，反而就像蜜糖了。

很諷刺的是，艾倫把我當成了哥兒們，渾然不知我參加聚會的目的，只是為了要仔細觀察他。我在團體中從來不發言，其他人發言的時候，我就裝出天衣無縫的嘲笑尖酸表情。這樣的行為，讓我有更多本錢成為艾倫的伙伴。

跟這個人交朋友並不困難，因為他根本沒有朋友。我很自然且名正言順地變成了他的朋友。我們一起去喝酒，他喝得亂七八糟，而我，喝得很小心謹慎。我漸漸瞭解他的生活細節，我非常有恆心，非常徹底而有系統地收集有關他的資訊。我在史特拉斯克萊大學念過化學學位。但是在我以前研究化學的時候，也從來沒有像我現在研究艾倫這麼積極而努力。

艾倫感染病毒的過程，和大部分愛丁堡的感染者一樣，都是因為和別人共用針頭打海洛英而中鏢。諷刺的是，他在被檢查出感染之前，早就已經戒掉了海洛英。不過，他現在變成了一個無可救藥的酒鬼。他喝酒從來沒有節制，在他馬拉松式的喝酒過程中，他偶爾才會把一塊酒吧賣的麵包或是烤土司塞進嘴巴。可見他虛弱的身軀已經是各種兇猛感染菌所爭取的獵物了。在和他交往的過程中，我可以確信，他在人世的時間已經不多了。

事情就像想像的方式發生：幾種感染很快攻佔他的身體。他被感染之後，竟然當作沒事一樣，照常維持惡劣的生活習慣。他住進了安寧病房，或是大家說的「那個地方」。他本來只是個不必住院的門診病人，現在有了固定床位。

每次我去安寧病房看他的時候，都下雨。雨，潮濕、陰寒、落個不停；風，像X光那樣穿透衣服。陰雨會帶來感冒，感冒會帶來死亡，可是那時候我並不在乎。當然，現在我會好好照顧我自己；可是，那時候我有一個需要我全心付出的任務：我要完成任務。

安寧病院是看起來還不錯的建築物。原本灰色建築物表面貼上好看的黃色磚。不過，通往病房的路並不是黃磚路。[17]

每探望艾倫一次，我的終極復仇任務就向前邁進了一步。關鍵的時刻就要來到，我已經沒有時間再去審判他，我不會巴望他為自己的罪惡說出真誠的道歉。曾經在某個時刻，我寧可希望艾倫懺悔，也不願意自己進行復仇。如果真的是那樣，我將會在人性本善的信念中死去。

皮骨上的乾枯血管勉強維繫著艾倫的生命力。但是，他的肉體似乎沒有辦法容納任何一種靈魂了。別奢望在可以他身上發現什麼人性。然而，一個虛弱頹敗的身體，卻好像將靈魂襯托得更加清晰可見，讓平凡眾生得以看見靈魂的樣子。這是以前和我在醫院共事的姬蘭告訴我的。姬蘭對宗教

17黃磚路，指樂園之路。這個典故來自綠野仙蹤（Oz）系列（有鐵皮人、膽小的獅子等角色）：小女孩主人翁桃樂絲走的路，就是黃磚路。

非常虔誠，她很適合相信這一套。人都選擇看到自己想看的。

我真正要的是什麼呢？或許我一直都是要報復，而不是要他的懺悔。艾倫可能會像個哭喪臉的小娃娃，口齒不清地對我求饒。但是這些都不足以阻止我執行我的計畫。

我在對我自己說教——都是因為我被堂莫諮商，才會染上這個後遺症。他強調基本真理：你並不是快死了，你必須繼續過活直到你死掉的那一天。這套理論的基礎是，人只要一直強調眼前的生命很值得去活，那麼死亡——這個即將到來的恐怖真相——就只好先靠邊站。我當時並不相信這一套，但是現在我信了。根據定義，人在死亡之前，是一直活著的。所以人最好盡可能讓生命經驗完整而快樂，以免萬一死後的世界是一片爛屁。而我想，死亡真的會是爛屁。

醫院的護士看起來有點像我以前的女朋友蓋兒，真是有夠悲慘。這位護士也和蓋兒一樣，都是一張冷的要死的臭臉。因為她有護士身份，她有理由擺酷，我可以瞭解她的職業需求；至於蓋兒呢，她一副不干我屁事的態度，我覺得，就很不適當。這位護士用一種緊繃、嚴肅、耍老大的眼神看著我。

「艾倫身體很虛弱，請不要在他這裡停留太久。」

「我瞭解，」我露出仁慈而憂鬱的微笑對她說。既然她扮演的角色是專業看護者，那麼我扮演的角色就是充滿關心的朋友。我似乎表現得很不錯。

「他很幸運有你這樣一位朋友，」她顯然覺得很困惑，這樣一個讓人厭惡的混蛋，竟然也會有朋友呀。我假惺惺咕噥著一些不痛不癢的話，進入了小病房。艾倫的狀況滿糟的。我真是擔心透了，擔心這個混蛋可能撐不過一週，心裡滿沉重的，因為他可能逃過我所為他精心設計的恐怖命運。我必須好好掌握時機。

剛開始，我確實從這件事身上得到了許多樂趣，我眼睜睜地看著艾倫陷在極大的肉體痛苦中。如果有一天我也病入膏肓，我絕對不要變得和他一樣。才不要！我寧可把車庫鎖起來，然後讓汽車引擎一直跑[18]。艾倫是個蹩腳貨，他沒有膽子了結自己。他要苟延殘喘下去，撐到最殘酷的死亡終結，卻讓周遭的每個人覺得好麻煩。

「你好不好啊？艾倫！」我問他。這真是一個蠢問題。在人快要死的這麼一個不對勁時刻，說什麼話聽起來都很愚蠢。

「還不錯啊！……」他氣喘吁吁地說。

你確定嗎？親愛的艾倫老哥？你完全沒有問題嗎？你看起來很憔悴唷。說不定是有小蟲子在作怪吧。你上床前服用一些阿斯匹靈止痛藥，明天你就會好得冒泡。

「會痛嗎？」我滿懷希望地問他。

「不……我吃了藥……只是我的呼吸……」我抓住他的手，緊握著他可憐而細瘦的手指，我心裡感覺到一陣刺痛的愉悅。看到他瘦到只剩下骨頭的臉，看到他因為疲倦而頻頻閉上眼睛，我想我快要大笑出來了。

唉！可憐的艾倫，我看透他了啊！護士小姐。他是個混蛋，一個沒完沒了的大害蟲。看著他努力掙扎著要呼吸，我極力忍住不笑。

18即，讓自己吸進一氧化碳中毒死掉。

「不要緊的。我在這裡，」我說。

「德威，你是個好人，」他氣喘喘地說：「真可惜，我們沒有在染病之前認識……如果我早一點認識你就好了……」他的眼睛張開了一下，又閉上了。

「沒錯，真是他媽的太可惜了，你這個垃圾……」面對著他閉著的眼睛，我嘶嘶地小聲說著。

「什麼？……你說什麼？。」……疲憊和藥物搞得他神智不清。

懶鬼，整天賴在床上。起來做點運動啊！去公園跑個步啊，五十個伏地挺身，二十個交互蹲跳啊！

「我是說，真是可惜，我們竟然在這樣的狀況下相遇。」

他努力掙扎地發出了一點聲音，然後又睡著了。我把我的手從他骨瘦如柴的手指中抽了出來。

願你惡夢連連，笨蛋！

護士小姐走進來檢查我的主角。我笑著對她說：「他現在很難跟人互動啦，真不是待客之道啊。」我看著像個屍體般沉睡的艾倫。護士則勉強擠出了一個緊繃的笑，或許她覺得這是同性戀或毒鬼的黑色幽默，或許她以為我是血友病患者，或其他什麼她所想像的病人。不過我才不管她對我的想法。我現在的身份是復仇天使。

殺掉這個垃圾袋，只是幫了他一個大忙。如何讓他痛苦是一個大問題，我必須想辦法。該怎麼傷害一個快要死掉的人，而且這個人知道自己快要死掉，並且毫不在乎死亡呢？跟艾倫說話很重要，聆聽他說話更重要，之後，我終於領悟到我該怎麼做了。你要利用「活著的人」來傷害他，用他最在乎的人，給他致命的一擊。

有一首歌的歌詞說：「每個人有的時候都會需要其他人，」但是艾倫似乎挑戰了這個理論。這傢伙不喜歡和人打交道，更別說要和人禮尚往來了。艾倫和別人在一起的時候，都在扮演找麻煩的角色。他用酸毒口吻形容他過去的朋友，例如：「某甲是剝削人的奸商，」或者嘲笑：「某乙是狗屎笨蛋」。他描述別人的方法，全看是誰在傷害誰，是誰剝削誰，是誰擺佈誰。

他對女性的態度，又是另一個樣子。從他嘴裡的女人要不是「那裡臭得跟魚一樣」就是「她是個沒用的臭爛屄」。在艾倫的想法中，女人什麼優點都沒有，套用他的說法，只不過是一個「毛洞」。就連他詆毀女人乳房與屁股的言論，也叫人大開眼界。我覺得很沮喪。這個混帳愛過任何人嗎？我付出了時間，而我的耐性終於得到回報。

雖然艾倫是個卑鄙的垃圾，但是他確實在關心某個人。當他在說話中提到「小東西」這個字眼的時候，他的語氣感覺完全變了，這是絕對錯不了的。我非常小心翼翼，套他的話，希望他能夠透露多一點關於他五歲兒子的事情。這個名字叫做凱文的小孩，是他和一個住在衛斯特海雷的女人所生的。名叫法蘭的這個女人是一隻「母牛」，竟然拒絕讓艾倫和凱文見面。我多少已經開始喜歡法蘭這個女人了。

這個孩子，讓我想到一個絕招，讓我知道怎麼做才能傷害到艾倫。每當艾倫談到他永遠看不到兒子長大成人，談到他有多麼地愛他的「小東西」，他就變得多愁善感，整個人陷入痛苦，和他平常作風有天壤之別。難怪艾倫不害怕死亡。他認為在某種程度上，他可以透過自己的兒子，繼續存活下去，兒子成為延續他生命的人。

我輕而易舉地滲透進了法蘭的生命中。法蘭是艾倫的前女友。她對艾倫恨之入骨，因此我對她馬上有好感——儘管我我根本對她沒有興趣，只是想利用她。

調查過她的一切之後，我故意製造機會，在一家爛舞廳「巧遇」她，我假裝風度翩翩，扮演一位體貼的追求者。當然，錢不是問題。她很快上勾，她這輩子顯然沒有碰到過像我這樣對她這麼好的男人。她的經濟情況並不好，收入僅夠餬口而已，況且，她還有一個孩子要養。

我們的交往過程中最大的挑戰，就是性愛。我當然堅持一定要戴保險套。她在我們上床之前，就提到了艾倫。我很清高地說，我可以信任她，而且願意不戴保險套和她做愛，但是我不希望她的心中有疙瘩和不安，我也對她坦承，我曾經和一些不同的人上過床。基於她過去和艾倫的交往經驗，她現在一定會疑神疑鬼。聽了我的話之後，她竟然開始哭泣，我以為我把事情搞砸了，結果啊，原來她是因為感激而流下了淚水。

她說：「知道嗎？德威，你真是個好人。」如果她知道我的計畫，她絕對不會把我想得那麼崇高。這種感覺很不好，但是我一想到艾倫，心中的不安馬上煙消雲散。沒錯，我就是打算繼續執行我的計畫！

我時間算得很準：我對法蘭獻慇懃的時候，病房內的艾倫病情也每下愈況，而且醫護人員不足。艾倫併發了許多致命的疾病，首當其衝的就是肺炎。艾倫和許多有ＨＩＶ反應的海洛英毒癮者一樣，逃過了可怕的皮膚癌——皮膚癌在男同志圈比較普遍。可以和肺炎相提並論的主要疾病，是長在喉嚨和胃部的鵝口瘡。鵝口瘡並不是第一個企圖要他老命的病，但是如果我不加快行動，鵝口瘡搞不好會變成最後一個。他的病情愈來愈糟，惡化的速度實在快到即將破壞我的計畫。我以為這傢伙可能會在我使出殺手鐧之前，就先嗝屁了！

我的機會終於來了，而且來的正是時候；到頭來這件事情的成功，運氣與計畫各佔一半。艾倫正在病痛中掙扎，現在的他無異於一具皺摺皮包骨裡的殘骸。醫生說過，他隨時都有可能掛掉。

我博取法蘭的信任，請她放心讓我幫她看小孩。我鼓勵她多多出去和朋友玩。於是她計畫星期六晚上出去社交，把我和她的小孩留在家裡。我得好好把握住這個機會。在我執行復仇計畫的前一天，我決定去看我的父母。我曾經想過把我感染病毒的事告訴他們，我想一旦我真的說了，他們可能再也不會讓我進他們家門了。

我的父母住在牛崗的公寓。我小的時候覺得這個地方似乎很時髦。但是現在，這裡就像一個貧民窟，一個沒落的廢墟。我媽前來應門，剛開始的前幾秒鐘，她猶疑了一下。然後她發現來者是我，而不是我那個只會要錢的弟弟，她的荷包也守住了。我媽很熱情地歡迎我的來訪，因為她鬆了一口氣，她說：「真是稀客啊！」然後急急忙忙地把我拉進屋子。

我知道我媽在著急個什麼勁了，原來電視上正在播〈科羅納辛街風雲〉。劇中的麥克·鮑德溫正面臨著一個抉擇，他必須對同居情人坦白，告訴她其實他愛的是有錢的寡婦潔基·英格倫。麥克身不由己，他是愛情的奴隸，一股外在的力量，主宰了麥可的行為。套句堂莫的用語，我也可以「同情」這個角色。我是仇恨的奴隸，同樣也有一股力量，逼迫我這樣做啊！走進家門之後，我一屁股坐在沙發上。

「真是稀客啊，」我老爸重複同一句話，眼睛卻捨不得從晚報上移開，他看也不看我，虛弱地問道：「你最近在幹什麼啊？」

沒幹什麼，老爸。喔！我跟你說過，我感染了ＨＩＶ嗎？這是一種時尚呢！你知道嗎？這年頭，大家都要有一個被毀掉的免疫系統啊！

「兩百萬個中國佬，兩百萬張吃飯的嘴。這就是香港回歸中國之後，我們國家會得到的東西，」他說著，嘆了一口長氣——「兩百萬個小屌的中國人，」他若有所思說。

我什麼話也沒說，拒絕掉入他的圈套。自從我進大學之後，踏上我父母所愛講的「正途」，我老爸就很在意我學生時代的革命性格，一直用反動的態度和我作對。剛開始，那只是一個笑話，但是這麼多年以來，我愈來愈堅持我的角色立場，而他也開始很堅定地站穩他的角色。

「你這個法西斯，只有焦慮老二不夠大的人才會說這種話，」我打趣說道。原本聚精會神，專注於〈科羅納辛街風雲〉的老媽，這時候突然轉過頭來看著我們，臉上嘻嘻邪笑。

「不要胡說八道，我早就證明過我的男子氣概了，」老爸挑釁地回答我——他在挖苦我。因為我已經快要二十五歲，卻還沒有娶老婆生小孩。我差一點以為他要把老二掏出來，證明我說的不對。但是他並不理會我對他的批評，卻繼續回到他原本的話題：「如果馬路上多出來兩百萬個從香港來的中國佬，你會覺得怎麼樣？」我想著「中國佬」這個字，腦袋裡浮現出一個畫面：我常走過的馬路上，堆滿吃了一半的鋁箔紙盒食物。這是很容易想像的景象，每個星期天的早晨，馬路上就是那個樣子。

「有時候我覺得，好像已經有兩百萬個中國人在街上流浪了。」我把心裡的話說了出來。

「沒錯！就是這樣！」他說著，好像認為我已經認同他的觀點：「現在他們真的來了，兩百萬人從香港來英國，你想會怎麼樣呢？」

「這兩百萬人才不會來到加勒多尼亞大殿[19]吧。」我是說，多爾瑞[20]已經夠擠了，還能夠容納更多人嗎？

「你再說風涼話啊！工作怎麼辦？已經有兩百萬人在領救濟金了。住的問題呢？一大堆乞丐住在紙箱裡。」老天，他真的把我惹毛了。幸好，我的老媽——連續劇的捍衛女戰士——介入了：

「你們可不可以閉嘴，我想看個電視。」

對不起，老媽。我知道我太關心自己的事了。當電視上的麥克．鮑德溫在替自己的未來痛苦做出抉擇之時，我卻巴望妳可以關心我——一個ＨＩＶ帶原者。那個過了更年期的醜老太婆會想跟誰搞呢[21]？別轉台喔！

我決定還是不要提染上ＨＩＶ的事。我的父母對這種事情的態度，還是不夠開明。或許他們很開明，誰知道呢？總之我就是覺得告訴他們很不妥。堂莫經常要求我跟著自己的感覺走。我的感覺是：我爸媽十八歲就結了婚，到了我現在的年紀，他們已經生了四個成天哭鬧的搗蛋鬼。他們已經認為我是個「酷兒」，如果他們也聯想起愛滋病，只會更加確定他們所懷疑的事。

我不提ＨＩＶ，而喝一罐特濃啤酒，安靜地和老爸聊足球吧！自從一九七〇年開始，老爸就不去球場上看球了，他天天抱著彩色電視。二十年之後，衛星電視的時代來到，他就更懶得出門了。但是，老爸仍然認為自己是足球專家，其他人的意見看法都不足為道。所以跟他爭辯任何事情，完全是在浪費時間。在政治方面，他可以一百八十度大轉彎，反對他自己以前支持的立場，而且還兇

19 加勒多尼亞是古羅馬稱呼蘇格蘭的名字。德威在此故意用古名來稱呼蘇格蘭，表示諷刺。
20 多爾瑞是愛丁堡市的地區名。
21 這裡指的老女人是指電視節目中的角色。

得很。這時候，對付他的上策就是不要硬碰硬，反正他自己就會慢慢改變立場，變成和你同一路。

我坐了一會兒，努力地點頭稱是。然後找了個無聊的藉口離開了！

我回家檢查我的工具箱。以前當木匠留下來的一組各式各樣的鋒利器具。到了星期六，我把工具箱帶到位於衛斯特海雷的法蘭家。我有一些差事要做，其中一件是法蘭完全不懂的。

法蘭非常期待週末晚上和朋友的飯局。她一面準備，一面興高采烈地和我說話。我試著發出一些咕噥的聲音來回答她，聽起來好像在說「是！」、「喔！」，但是，我的心卻一直在盤算著接下來的動作。我彎著背，緊張地坐在床上，法蘭正在化妝，而我則頻頻看著窗外。

好像等了有一個世紀那麼久，我終於聽到汽車的聲音，駛進廢棄而破爛的停車間。我彈起來看向窗外，興奮地說：「計程車來了！」

法蘭終於走了，留下我，照顧她沉睡中的兒子。

我的整個計畫，進行的相當順利。但是事後我卻感覺很難受。我的行為比起艾倫，又好到哪裡去呢？小凱文！我們在一起相處得非常愉快。帶他去園遊會草地節看表演，去寇克卡迪球場看小聯盟比賽，還去參觀兒童博物館。這沒有什麼大不了，只是比他老爸對這小混蛋奉獻多出一百倍。法蘭對我說，我對他們母子付出了很多。

雖然我在做那件事的時候，我已經覺得很糟了，可是我在洗照片的時候才開始嚐到恐怖的滋味。當相片全部清晰之後，恐懼和懊悔淹沒我，我顫抖。我把相紙拿去烘乾，泡了一杯咖啡，用咖啡吞下兩粒鎮定劑。然後，我帶著相片去安寧病房探望艾倫。

他的肉體，已經沒剩下什麼了。看著他呆滯的眼神，我看見我最我害怕的事。有些愛滋病患會出現早發性老年癡呆症的症狀。這種病症可能已經征服了艾倫。如果艾倫的神智也受到傷害，變得毫無感覺能力，我的復仇計畫就失去意義了。

還好！艾倫很快就注意到了我；他先前會暫時失去反應能力，或許是因為藥物的副作用。這時候，他的眼睛馬上盯著我，立即恢復他平時鬼鬼祟祟見不得人的目光。我可以感覺到，他對我的輕蔑從他虛弱病態的微笑嘴角滲透出來。他以為他找到了一個笨蛋，願意順著他，陪著他闔上眼睛死去。我坐在他的旁邊，握著他的手。我很想把他的手指折斷，再把一根根的斷指，插進他的七竅之中。我痛恨他，因為他，我才必須那樣對待凱文，因為他，我才做出一連串壞事。

「德威，你真是個好人。真可惜，我們沒有在染病之前認識，」他喘著氣，重複說著這句已經被說到爛的老話。每次我來看他，他都會說這一句話。我握緊他的手，他用力看著我。太好了！這混帳還有感覺痛苦的能力。讓艾倫感受肉體的痛苦並非我的目標，卻也是不錯的附贈品。我用慎重而清晰的語氣說：

「我曾經告訴你，我是因為針頭注射而感染。艾倫！其實我是騙你的。我騙了你很多很多事。」

「你在扯些什麼啊，德威？」

「繼續聽下去！艾倫。我是被一個以前交往過的女孩子傳染的。她當時並不知道她已經感染了；而她是被一個她在酒吧裡認識的狗屎爛貨傳染的。這個女孩太愚蠢、太單純，她只是個小女孩，你知道嗎？那個混蛋說他家裡有些毒品。於是這女孩就跟著他回到他住的公寓。然後這混帳把她給強暴了。你知道他做了些什麼嗎？艾倫！」

「德威……你在搞什麼……」

「我他媽告訴你吧！這混帳用一把刀恐嚇她，把她綁了起來，強暴她，雞姦她，逼迫她吸老二。這小女孩嚇壞了，同時也受了極大的傷害。這個故事聽起來，有沒有似曾相識的感覺呢？」

「我不知道……德威！……我不知道你在說什麼啊……」

「不要——給我——耍花樣。你記得唐娜吧！你記得南方酒吧吧！」

「我腦袋一片混亂啊……」

「你記得你說的話吧！」

「我是唬你的啦。狗屎！如果我知道**我**的洨[22]有毒，**我**根本就硬不起來啦。」

我根本就媽的笑不出來了[23]。

「『樂觀ＨＩＶ』自助團體的小格拉斯哥人……可能是他幹的啦。」

「閉上你的臭嘴！」小格拉斯哥人至少還抓住自己的機會，道歉懺悔了。你卻坐在那裡大演你的啞劇。我厲聲對他說，我的口水飛濺到他皺縮臉蛋的一層汗水上。我保持鎮定，繼續把故事說下去。

「這個女孩後來度過了一段很艱困的時光。但是她的意志力很強。其他女人遇到這種事，可能一生就毀了，但是唐娜卻努力走出悲痛。為什麼要讓一個亂噴精液的爛貨毀了自己的一生呢？說的容易要做難，但是唐娜真的做到了。不過她卻不知道，那個混帳東西竟然是愛滋病帶原者。後來，她認識了另外一個男孩，他們在一起了。這男孩很喜歡她，但是他發現，他的女朋友對於男人和性愛一直存有心理障礙。這他媽並不奇怪，不是嗎？」我想要把眼前這個傢伙肉體裡的變態力量掐死——那股變態力量偽裝成人，其實才不是人。但是時候還沒到，我告訴自己。時候還沒到，你這混帳東西，現在還不是時候。我深呼吸了一口氣，繼續說我的故事，我要他體驗最恐怖的部分。

「這女孩和那男孩，他們倆一起攜手克服問題。一切都很順利。直到有一天，這女孩發現原來那強暴犯感染了ＨＩＶ病毒。然後她又發現自己竟然也被感染了。更糟糕的是，她發現：一個**誠實**、**端正**的人也被感染了，就是她的新男友。這一切的一切，都是因為**你**這個強暴犯。而**我**，就是她的新男友。就是**我**。就是我這樣一個白痴。」我用手指著自己對他說。

「德威……我很抱歉……我還能說什麼呢？你一直是個很好的朋友……都是因為病毒……都是病毒……他媽可怕的病毒啊！……德威。是病毒害死了無辜的人。」

「現在說這些屁話已經沒有用了。你本來跟小格拉斯哥仔一樣，有機會懺悔的。」

他對著我的臉笑了出來，那是沉重的喘息聲。

「你想怎樣？……你想對我怎麼樣？殺了我嗎？請便啊！……殺了我反而幫了我一個大忙……我他媽根本不在乎！」他乾癟的死人面孔似乎活了起來，枯瘦的臉充滿著一種怪異又醜陋的能量。這個東西不是人類。我顯然樂於相信他不是人類，因為這樣可以讓我更輕易毀掉他，但是光天化日之下，他顯然還是人類。現在該是我跟他玩遊戲的時候了。我靜靜地把手伸進衣服內口袋，把相片拿了出來。

「我並沒有要對你做什麼——反正，我想幹的事，我都已經幹了，」我笑著說，享受他臉上困惑和恐懼的表情。

22 精液。
23 德威的這句話是在故意模仿艾倫。艾倫說，「如果……我根本就不……」所以德威也說「我根本就不」。

「這是什麼？你是什麼意思？」我現在的感覺好極了。他完全震住，枯瘦的頭顱前後搖擺著，他的心正和他最怕的事情掙扎。他恐懼地看著相片，但是他不明白是怎麼回事，更不明白相片背後所潛藏的可怕祕密。

「艾倫，想像一下我可能會對你做最可怕的事，再乘以一千倍……都還及不上這一件呢。」我悽慘地搖著頭說。

我把我和法蘭的合照給他看。相片中的我和法蘭，很自在地擺著姿勢，表現出一對情侶戀愛初期自然顯現的得意模樣。

「搞什麼鬼，」他氣急敗壞爬起來，試圖把他枯瘦的骨架拉到床頭。我把他從胸口一把推了回去，完全不費吹灰之力。我的動作緩慢而優雅，像是在宣示我的權力，和他的無能。

「放輕鬆啊！艾倫。放鬆，放輕鬆一點！醫生和護士是怎麼告訴你的？你需要多休息。」我把第一張照片翻過去，讓他看下一張照片。

「上一張法蘭和我的照片，是凱文拍的。這小子還很會照相呢！這就是他，你的『小傢伙』。」在這張照片中，凱文穿著蘇格蘭條紋球衫，被我扛在肩膀上。

「你他媽的對他做了什麼……」他不像是人在說話，只是發出聲音，彷彿是從他破敗的軀體中某個不確定的部位傳出來的聲音，不像是從嘴巴裡講出來的人話。如此怪異荒誕的感覺，讓我不舒服。但是我盡力保持冷靜的語氣。

「基本上來說，這就是我對他所做的，」我把第三張照片秀了出來。照片中的凱文，被綁在一張廚房的椅子上，頭沉重地垂在一邊，兩眼緊閉著。如果艾倫仔細看清楚細節，他會發現兒子的眼皮和嘴唇上都有藍色污痕，膚色過於雪白，像個化過妝的滑稽小丑。但是我可以確定，艾倫最關注的是兒子臉上、胸口、膝蓋上的暗色傷痕，以及傷口中滲出的血。傷痕和血，佈滿凱文的全身。你甚至無法一眼看出來，他是裸體的唷。

照片當中，遍地都是鮮血。鮮血流到了地上，積在凱文坐的椅子下面，形成了一個暗紅色的水窪。有些血水噴射到廚房地板上，血跡斑斑。凱文身體僵直，腳旁散落了一地工具：包括電鑽、磨砂機，以及各種鋒利的小刀、螺絲起子，

「不—不要—凱文—我的老天……這孩子什麼都沒有做……他沒有傷害任何人……不要啊……」艾倫呻吟著，發出悽慘難聽的哀嚎，聲音中沒有希望，也沒有人性存在。我抓住他稀疏的頭髮，把他的腦袋瓜子從枕頭上猛拉上來。他的頭骨在我的拉扯之下，彷彿突然陷進了鬆垮的皮囊——我看見他這醜態，就得到一陣變態的快感。我把相片丟在他的臉上。

「我覺得小凱文應該和他老爸一樣。所以我幹膩你前女友之後，我也想插一插凱文的……嗯，插他的後門[24]。既然老爸很享受ＨＩＶ，兒子應該也該分享。」

「凱文……凱文……」他吟叫著。

「但是很不幸，他的小屁屁實在太緊了，我只好拿鑽子把他的洞撐大一點。但是我有點失去控制，於是在他身上到處鑽了好多個洞，因為他讓我想到了你。我很想告訴你，在身上打洞並不是很痛苦，但是我做不到。你兒子死得很快，比賴在病床上爛掉快多了。他只花了二十分鐘就死了，整

24指肛門。原文是指卸貨門。廠商去超市送貨時，並不是用顧客走的前門，而是用超市背後的卸貨門。

整二十分鐘都在慘叫，悲哀啊。唉！可憐的凱文啊！艾倫，就如同你說的一樣，疾病真的害死無辜的人啊。」

淚水落在艾倫的臉頰上。他低聲啜泣，一次又一次哽咽地重複說著「不……不……」他的頭在我的手中抽搐著。我擔心護士這個時候會走進來，於是我把他後面的一個枕頭抽了出來。

「小凱文最後說出來的字是『爸爸』。艾倫，真不好意思，這句話就是你兒子的最終遺言。我對他說：爸爸不在了呢！」我直視著他的眼睛，那雙眼睛只剩下兩個瞳孔，裡面是黑色的虛無和恐懼，以及全然的挫敗。

我把他的頭向後推倒，拿起一張枕頭蓋住他的臉，悶住他的呻吟聲。我用力緊緊地向下壓，把我自己的頭也壓在枕頭上。我一面喘氣，一面哼唱著邦尼．M.的老歌：〈爹地酷〉（Daddy Cool）：「爹地……爹地酷，爹地……爹地酷……你是個笨老父……再見爹地酷……」

我愉快地唱著歌，直到他虛弱的抵抗逐漸消失。

那個枕頭仍然緊緊地蓋在他的臉上。我從他的櫃子裡拿出一本《閣樓雜誌》。這混蛋早就已經虛弱到沒有力氣翻開書頁了，當然更沒有力氣一邊看色情刊物一邊打手槍。但這傢伙很擔心別人以為他是同性戀，就故意放一本《閣樓》在明顯的地方，以便荒謬地昭告世人他是異性戀。他都已經是個爛掉的人了，而他最關心的事情，竟然是怕別人認為他是同性戀。我把雜誌放在枕頭上，愉快地翻閱著。然後我再去檢查艾倫的脈搏。沒有脈搏！他掛了。重點是，他死的那一刻，他飽受折磨，痛苦而悲慘。

我把枕頭從屍體上拿開。然後我抬起他醜陋虛弱的頭顱，再重重地讓它落下。我花了一些時間思索眼前的屍體。他的眼睛是張開的，嘴巴也是，樣子看起來很蠢，不像一個真人的臉而像是開變態玩笑的人臉複製品。我想死人就是這個樣子吧。我可以告訴你，艾倫生前死後一直都是個行屍走肉。

我對死者的尖刻嘲笑，馬上被洶湧而來的悲傷所取代了。我搞不清楚，為什麼這件事一定要這樣發生。我把視線從屍體身上移開，又坐了幾分鐘，我才跑去告訴護士小姐，艾倫已經離開人世了。

我和法蘭一起去夕菲爾火葬場，參加艾倫的葬禮。這個葬禮對她來說是一個感傷的時刻，我覺得我有義務陪在她身邊，當她的支柱。我做什麼事，都要拿全勤獎，絕不缺席。艾倫的母親和姊姊都出現在葬禮上，還有堂莫，以及「樂觀ＨＩＶ」的幾個成員。

主持葬禮的牧師找不出什麼好聽話來讚揚艾倫，況且牧師有地位，不能隨便拍人馬屁。牧師為艾倫說了一段簡短而甜美的禱詞，他說：「艾倫在他的一生中，犯下了許多錯誤。」並沒有人覺得牧師說錯。「艾倫會和我們大家一樣，接受神的審判，神也會帶給他救贖。」牧師講的話真有趣。但是我想，如果這混帳真的去天堂報到，那老天爺就要準備頭痛了。如果他上天堂，那我就不要上天堂了，而要找別的地方待，拜託拜託！

我在禮堂的外面察看了一下花籃。艾倫只收到一個花籃：「給艾倫吾愛——媽媽和希維雅」。據我所知，艾倫的母親和姊姊根本從來沒有去醫院看過他。她們很明智。像艾倫這種人，我們要保持安全距離，不要跟他相處，反而比較容易去愛他。我和堂莫以及其他人握手致意。然後帶法蘭和凱文到馬賽爾伯格的「路加」冰店，吃了好一些奢華的冰淇淋。

當然我欺騙了艾倫，我跟他說我對凱文做了那些事，全部都是在扯謊。我不像他，我不是個他媽的禽獸；對於我真正做過的事，一點也不覺得光榮。我做的事情是個大冒險，對於凱文的身體並不利。我在醫院的手術房工作，我知道麻醉術的關鍵角色。麻醉師的工作是讓人活命，和我們醫院裡的郝衛笙醫師那種虐待狂豬八戒大不相同。當病人被麻醉之後，麻醉劑讓人進入無潛意識狀態，然後病人就要靠維生系統來維持了。病人所有的生命訊號，都在高度的控制狀態中，被觀察和監控。麻醉師的工作就是處理這些事務。

氯仿麻醉劑很猛，非常危險。當我一想到自己曾經把這種東西用在小孩子身上，我還會緊張得顫抖。感謝老天，凱文醒過來了，只是感覺到有一點頭痛，腦子裡還殘餘著關於廚房的破碎印象，以為做了一場惡夢。

我用整人玩具店的買來的道具和漢布洛牌的瓷漆，做成凱文身上的傷口。我用法蘭的化妝品和滑石粉，把凱文的臉化妝成死去的樣子，效果好得嚇人。最精華的部分，是我從醫院病理實驗室偷出來的三個塑膠袋血漿。當我拿著血漿袋，在醫院走廊碰到郝醫生的時候，他用一股不懷好意的眼神看著我，搞得我很想抓狂。他永遠是那種不懷好意的樣子。我想那是因為我有一次叫他「郝衛笙醫師」，而不是「郝衛笙先生」。他其實是個滿好笑的人。外科醫生都很好笑。你一定要是很好笑的人才能夠當外科醫生。我想，堂莫的工作也是同樣的吧！

搞定凱文那部份還算容易。最大的問題是，我得在半個小時之內，把場景搭起來，拍好照片之後再全部拆掉，讓一切恢復原狀。最艱難的部分是，我把凱文抱上床睡覺之前，得先把他清洗乾淨。我用了松節油和水，才把他徹底洗乾淨。接下來一整晚的時間，都用來清洗廚房，一切都要在法蘭回家之前弄好。然而我的辛苦是值得的。拍出來的照片，幾可亂真；真到足以把艾倫搞到掛。

自從把艾倫送上西天之後，我的生活變得相當好。法蘭和我分手了。我們兩個本來就不是很對味。她只是把我當成一個幫忙看小孩的人，或是可以借錢的對象。對於我來說，既然艾倫已經歸天，我和法蘭的關係就顯然沒有必要了。我倒是比較想念凱文。因為凱文的緣故，我也希望有個自己的小孩。不過那是不可能的。法蘭說，自從遇到艾倫之後，她就對男人絕望了，我卻讓她重新拾起對男人的信心。這真是非常諷刺，我在人生中扮演的角色，似乎就是在清除艾倫留下來的情感垃圾。

我的健康狀況，老天保佑，非常好。我帶原，可是我沒有出現症狀。我會害怕感冒，有時候也會對自己身上的一些小毛病緊張兮兮，但是我很努力地照顧自己。除了喝點啤酒之外，我不碰其他酒精。我也很注重我的飲食，每天固定做些比較輕量級的運動。我定期去做血液檢查，瞭解自己身上T細胞的數量。我的T細胞指數還比警告指數八百多出很多，一點也沒有下降的趨勢。

我又回去和唐娜交往了。她在不知情的狀態下，變成了我和艾倫之間的病毒媒介。我跟她之間有著特殊情感，換作其他情況，是不可能有這樣的情感的。總之，我們也不想太多，畢竟我們的時間很寶貴。然而，我在團體聚會中，告訴堂莫我不會再來參加了。堂莫說，可是我還必須處理憤怒的問題——他說得沒錯。克服憤怒，我自己最快速、最有效的方法，就是送艾倫上西天。他已經上西天之後，我只剩下一點點的罪惡感，但是我能搞定的。

我後來還是告訴我的父母我有ＨＩＶ陽性反應。我老媽哭著擁抱我。我老爸什麼也沒說。當時他正坐在椅子上看〈運動問答〉電視節目，聽到我宣布之後，臉色頓時變得慘白。老媽嚎啕大哭，一直叫老爸說點話，他只好勉強地說：「我沒什麼好說的。」他一直重複說這一句話，眼光一直沒有正面看我。

那一天晚上，我回到了家，聽到對講機的鈴聲響了。我以為是唐娜回來了，於是我把樓下和樓上的門都打開。幾分鐘之後，我老爸站在門口，臉上堆滿了淚。這是他第一次來到我住的公寓，他走向我，緊緊地把我抱在懷裡，一面啜泣，一面喃喃說著：「我的孩子啊！」我覺得雖然只有幾個字，卻比「我沒有什麼好說的」這句話來得有力太多了。

我再也無法控制自己，大聲哭了出來，在父親的懷裡泣不成聲。我在唐娜和我的家庭之間，都尋找到了一種親密感；這種親密感，竟然差一點就被我錯過了。我希望現在還來得及拾回我的人性。相信我！有些事情，寧可太晚做，總比永遠不做來的好。

小朋友在玩耍，陽光下的草地，閃耀著翠綠的光華。湛藍的天空，萬里無雲。生命是美麗的，我要努力地享用生命。而且，我會活很久很久。我將是醫學專家所謂的「長期生存者」。我知道我一定會活下去。

永不熄滅的光[25]

他們從樓梯大門走出，走向黑暗廢棄的街道。有些人的動作躁動急促，興奮吵雜。有些人卻寂靜行走，像鬼一樣；他們內心受傷了，害怕更巨大的痛苦和不適就要降臨他們身上。

這群人的目的地是一間酒吧，坐落在復活節路和雷斯大道之間的小路上，開在一間頹圮的爛公寓裡，看起來這棟公寓是被酒吧硬撐起來的。附近的房子外表都是被清潔過的，可是這條小路上的房子卻沒有。這棟爛房子一片煤煙熏過的炭黑色，好像一個一天抽四十根香煙的肺。夜色好黑，很難辨識這棟爛房子的輪廓。只有頂樓窗戶一簍孤伶伶的燈發出來的光，或者房子旁邊伸出來的發亮街燈，才能讓人看出這棟房子的樣子。

25這是著名樂團史密斯（Smiths）的歌名。這首曲子描述不受家人認同的同性戀者，渴望男伴開車帶他走。他愛他，卻說不出口，歌詞唱：今晚帶我回你的家吧，因為我已經沒有家——如果此時有大巴士、大卡車輾死我們，我也會覺得幸福。因為生命盡頭的光，永不熄滅。「回家」這個歌詞很重要，因為呼應屎霸與愛麗森一同回家的淒涼況味。至於生命盡頭的光，就是西方人常說的「light of the end of the tunnel」。死亡時經過隧道，看到了永恆的光。因此，這個典故是本書主角們的自況：一群被社會家庭排斥的人，只有同伴相濡以沫。此刻如果死了，也是幸福——因為隧道的那頭必定有光，那光永不熄滅，終將得到救贖。

這家酒吧的正面，漆了厚厚一層光亮的深藍油漆，招牌是一九七〇年代初期的風格。那時候的啤酒連鎖企業偏好每一家酒吧都要展現制式的模樣，不要酒吧秀出自己的風格。二十多年來，這家酒吧只做最表面的維修，就它所在的爛房子一樣。

清晨五點零六分，旅店亮著黃色的燈光。在漆黑，潮濕、了無生氣的街道上，這家旅店等於一個港口。屎霸回想起，他上一次看見天光，已經是好幾天前的事。這些人就像晝伏夜出的吸血鬼。這棟房子的住民大部分按照正常時間睡眠工作，可是這批吸血鬼和他們的步調完全脫節。與眾不同的感覺，真好。

雖然這家酒吧剛剛開始營業沒幾分鐘，但是已經非常忙碌。酒吧內有一個很長的塑膠貼面吧台，有一些啤酒槍。同樣塑膠貼面的破舊桌子搖搖晃晃地立在骯髒油布地板上。吧台的後面，很不協調地放了一個壯觀又精雕細琢的木雕起重架。沒有燈罩的電燈泡發出噁心昏黃的燈光，燈光在香菸熏黃的牆壁上搖擺閃爍。

酒吧裡，都是從啤酒工廠和醫院過來，貨真價實的夜班工人；這種客人是大戶，所以酒吧非要這麼早開門不可。還有一種零零星星的客人，他們來這家酒吧是更不得已的：他們來這裡，是因為非來不可。

至於剛才走進酒吧的一夥人，也是因為身體需求的驅動，才來到這家酒吧。他們需要喝更多酒來維持高昂的情緒，或恢復他們高昂的情緒，免得陰鬱、低迷的宿醉開始冒出頭來。他們還有更大的需求——他們需要在彼此之間找到歸屬感。幾天來飲酒作樂讓他們打成一片，而他們想要維持這種不知道為什麼把大家融合在一起的力量。

這群人走進酒吧的時候，一個看不出年紀的老酒鬼撐在吧台看他們。因為老頭子一直都喝便宜的烈酒，又過度暴露在北海吹來的刺骨寒風中，這個老頭的臉已經被毀得不堪入目。好像他皮膚下的每根血管都斷了，結果老人的臉看起來像是附近小吃店賣的，未煮熟的方型香腸。雖然他眼白的顏色和牆壁一樣昏黃，但是那雙冷藍色眼睛仍然非常顯眼。這群吵雜的人進入酒吧的時候，他好像看到了某個他認識的人，臉孔頓時緊繃了起來。這群人中的一個年輕人，說不定還不只一個，是他的兒子吧？——他自嘲地想。他年輕時，有一種女人深受他吸引，結果把許多種子帶進了這個世界。不過那都是在酒精毀掉他面容之前的事了；那年頭，他並不是只會口齒不清地叫嚷，而是個說話冷酷尖刻的人。他看著被他認定是自己兒子的年輕人，很想對他說些話，但是他發現他並沒有話要講。如果他有兒子，他根本不知道要和兒子說什麼。年輕人甚至根本沒有看到他，只是專注於買酒喝。老酒鬼看著這年輕人和他的朋友們一起快樂地喝酒。他想起過去，他也曾經站在和這個年輕人一樣的位置。如今，快樂和朋友早已遠離，只有酒還存留在身邊，事實上，快樂和朋友留下來的空隙，都被酒給填滿了。

屎霸現在最不想要的東西，就是再來一杯啤酒。在來這裡之前，屎霸在道璽家的浴室鏡子前細看自己的臉。他面色蒼白，臉上還帶著污垢。沉重發黑的眼皮再也沒有力氣去看這個世界。豎立在這張臉上面的頭髮是一叢黃棕色的毛。他在想，如果要再喝酒的話，或許應該先喝點番茄汁，保護一下腸胃，或者喝些新鮮橙汁或檸檬汁，補充水分，舒緩脫水現象。

他面臨的狀況已經無可救藥了。他順服地接過卑比早先一步去吧台買來的啤酒。

「乾杯！法蘭哥！」

「法蘭哥，我要健力士啤酒，」懶蛋要求道。他剛從倫敦回來。他覺得，回到愛丁堡的感覺很棒，就像他要離開愛丁堡的時候一樣棒。

「健力士是狗屎啊，你還想喝！」蓋夫・坦布里對他說。

「我還是想喝啊！」

道璽揚起眉毛，對著吧台的女孩唱歌：

「耶—耶—耶—你是個美麗的情人噢。」

他們這夥人吧辦過一次很爛的歌唱比賽，道璽得了第一名，結果他就一直唱他那首冠軍歌曲，唱個不停。

「閉上你的嘴，道璽。」愛麗森用手肘撞他的胸說：「你要我們統統被轟出去嗎？」吧台女孩根本不鳥他，於是他轉過頭去對著懶蛋唱。懶蛋很無奈地對著他笑了一下。懶蛋瞭解道璽有問題，如果你去惹他，他就會變本加厲，搞得沒完沒了。幾天前，懶蛋還覺得道璽滿有趣的，可是現在他已經煩了——總之，道璽唱的歌再有趣，也比不上懶蛋自己唱的口水歌：魯博・霍姆（Rupert Holmes）的那首〈逃亡：鳳梨雞尾酒之歌〉（Escape: The Pina Colada Song）。

「我記得你我在巴西里約相識的那一夜……健力士爛透了……馬克。你竟然跑來這裡喝健力士，你瘋了。」

「告訴過你了吧！你看。」蓋夫帶著勝利的姿態說道。

「無所謂！」懶蛋說著，他的臉上仍然帶著慵懶的賊笑。他覺得醉了。他感覺到凱莉的手伸進他的襯衫裡面，把玩著他的乳頭。凱莉一整晚都在對他這樣做，她對懶蛋說她很喜歡懶蛋平坦、光滑無毛的胸部。懶蛋很喜歡自己的乳頭被她這樣子撫摸。而且是被凱莉摸，感覺更是好上加好。

「琴酒加伏特加，」凱莉對著正在吧台比手勢的卑比說，「也幫愛麗森要一杯琴酒加檸檬水，她去洗手間了！」

屎霸和蓋夫繼續在吧台聊天，其他人則找了一個角落的座位，坐了下來。

「君恩近來如何啊？」凱莉問卑比，想知道他女友的狀況，猜想她剛剛生完了孩子之後，又再度懷孕了。

「誰啊？」卑比很激烈地聳聳肩膀。他根本不想談這個話題。

懶蛋抬頭看著電視上的晨間節目。

「看那個安・戴蒙」[26]！

「什麼？」凱莉看著懶蛋問道。

「我要幹爆她，」卑比說。

愛麗森和凱莉揚起眉毛，眼睛瞪向天花板。

「她的小孩也是死於嬰兒猝死，和李絲莉的小唐恩一樣。」

「真可憐，」凱莉說。

「其實這是好事啊！小嬰兒猝死總比得了愛滋病死掉好些。對一個嬰兒，這是很乾脆的死法。」

卑比大發議論。

26 晨間節目女主持人。

「李絲莉並沒有得愛滋病，而唐恩是個完全健康的嬰兒。」愛麗森生氣地對卑比吐槽。懶蛋自己的心情也很鬱卒，可是他發現，每當愛麗森發火的時候，她就會開始說起優雅上流的英語。他自己竟然注意這種芝麻小事，感覺到一點點罪惡感。而此時，卑比正在一旁笑。

「不然能怎麼辦呢？」道璽奉承地說。懶蛋帶著挑釁意味，惡狠很地看了他一眼。可是他就不敢這樣看卑比。他就是吃軟不吃硬。

「——」

「我的意思是，誰知道會發生這種事呢？」道璽溫順地聳著肩膀說。

在吧台那邊，屎霸和蓋夫正談得興高采烈。

「你知道懶蛋就要搞上凱莉啦！」蓋夫問。

「不知道耶！凱莉已經和那個叫做戴斯的傢伙分手了，懶蛋和海瑟也不在一起了。他們都是自由球員囉，你可以這麼說。」

「我很討厭那個叫做戴斯的傢伙。」

「我不認識這個人啊！」

「你他媽的當然認識，屎霸，他就是你的表哥，戴斯！戴斯．菲尼。」

「是喔……是**那個**戴斯喔……我跟他不很熟啊。你知道嘛！我從小到大，只碰見過這個傢伙幾次而已。生命真是沉重啊！海瑟那天在派對上和另一個男人在一起，現在懶蛋也搭上凱莉了！唉……生命真沉重啊！」

「反正海瑟是個臭臉母牛。我從來沒有在這女孩的臉上看過一絲笑容。難怪以前她會和懶蛋混在一起。和一個總是嗑昏頭的傢伙交往，沒什麼意思吧。」

「你知道嘛！……生命太沉重了！」屎霸覺得有點懷疑蓋夫是否在影射屎霸呢，不然蓋夫一直提及總是嗑藥嗑昏頭的人幹嘛？後來他想，蓋夫並沒有影射他的意思。蓋夫這個人還好吧。

屎霸亂糟糟的腦袋，轉向了性。除了他，這場派對中的每個人似乎都有所斬獲。他很想好好打一炮。但是他的問題是：當他沒用藥、沒喝酒的時候，他太過害羞；而當他喝醉酒或嗑藥嗑到昏的時候，他又口齒不清，無法給女人好印象。他現在很想追求一個叫做妮可．漢儂的女人，他覺得這個女人長得很像凱莉．米洛[27]。

幾個月之前的某一晚，屎霸和妮可從塞特丘的派對出來，兩人一起步行到威斯特海雷，加入另一個派對。他們談得很愉快，漸漸脫離了其他人的隊伍。屎霸說了什麼話，妮可都有反應；吸了安之後的屎霸，非常自在地和她交談。妮可對於屎霸說的每一個字，似乎都很感興趣。屎霸希望永遠都不要走到下一個派對場地，希望他們可以就這樣一面走路一面說話，直到永遠。他們走到了地下道，屎霸想他應該伸出手臂去摟妮可的腰。然後，他的腦袋裡響起了「史密斯合唱團」（The Smiths）的一首歌，一首他很喜歡的歌：〈永不熄滅的光〉（There's a Light That Never Goes Out）：

在漆黑無燈的地下道，我想
上帝啊，機會終於來了

27 Kylie Minogue，英國流行音樂界天后，自一九八〇年代末期紅到二十一世紀。

但是奇怪的恐懼侵襲了我
我不敢開口問

莫里西[28]悲涼詩意的嗓音，唱出了屎霸的心聲。他不敢伸出手臂去摟妮可。他接下來和妮可哈啦的力氣也少了一半。他反而跑去懶蛋和麥地的房間，和朋友混，享受沒有負擔的快樂，不用再去擔憂該不該去搞妮可。

每一次屎霸做愛，他都被強大的意志力所推動。即使在那樣的情況下，慘劇似乎也離他不遠。有一天晚上，以床上功夫出名的女孩羅拉・美克雯，在野草市場酒吧逮到了屎霸，並且把他帶回她家。

「我要你幹我的處女肛門，」羅拉對屎霸說。

「哦？」屎霸不敢相信自己的耳朵。

「幹我的屁眼，我從來沒有這樣做過。」

「哦……好啊！聽起來……很棒啊！你知道嘛！……」

屎霸覺得自己是被挑選出來的人上人。他知道變態男、懶蛋和麥地都上過羅拉。羅拉喜歡和一群人混，跟這群人中的每個男人打過炮之後，再去找下一群人。但是，這些跟她幹過的男人，都沒有做過屎霸接下來要幹的事。

然而，羅拉卻要先在屎霸身上做些事。她把屎霸的手腕和腳踝，用塑膠繩綁在一起。

「我這樣做是因為我不希望你傷害到我。你瞭解嗎？我們從側面做。如果我感覺到疼痛，就他媽不能再做下去了。懂嗎？因為沒有人可以傷害我。你瞭解嗎？」羅拉的話又刺耳又尖酸。

「可以啊……聽起來不錯啊！你知道嘛……」屎霸說。他並不想傷害任何人。這女人竟然以為他會傷害人，真是讓他吃驚。

羅拉退後幾步，欣賞著她的手工傑作。

「他媽的……真是美麗啊！」羅拉說著，撫摸著自己的胯部。屎霸裸體被綁在床上，覺得很脆弱，而且感覺到一種很怪異的羞赧。他從來沒有被人綁過，也從來沒有被人稱讚過美麗。羅拉拾起屎霸細長的老二，放到自己的嘴巴裡，開始吸。

羅拉在很爽的屎霸快要到達高潮之前，停住不吸了；基於直覺和經驗，羅拉很知道男人什麼時候快要射精。然後她離開房間。屎霸身上還捆綁著，開始慌張了。大家都說羅拉是個怪人。自從她的長久伴侶洛伊開始看精神科之後，她就開始和每個她看見的男人打炮。羅拉已經受夠了洛伊的問題：一，性無能；二，大小便失禁；三，憂鬱症。不過，羅拉最在意的是洛伊的第一個問題。

「他已經很久沒有好好幹我了，」羅拉告訴屎霸，彷彿這就是把他拐到她家這個瘋人院的正當理由。然而，屎霸卻想：羅拉的殘酷和無情，正是她魅力的一部分啊。變態男還把羅拉叫做「性愛女神」呢。

羅拉回到了臥室，看著被綁起來的屎霸，完全任她擺布。

「現在我要你插我的屁眼。但是首先，我要用凡士林徹底潤滑你的老二。插進去的時候，才不會

28 Morrissey，「史密斯合唱團」主唱。

把我弄傷。我的屁眼很緊，因為我是第一次做肛交，但是我會盡量放鬆。」羅拉深深吸了一口大麻。

嚴格說來，羅拉做的事並不準確。她在浴室的櫃子裡面找不到凡士林。但是她卻找到了另一種東西，可以拿來當作潤滑劑。這個東西非常黏稠，呈膠狀，羅拉把它大量抹在屎霸的老二上。原來她找來的潤滑劑是維克軟膏[29]。

藥膏在屎霸老二上灼燒。他極度痛苦地大聲尖叫。他扭動著被綁起來的身體，覺得自己的龜頭好像被斷頭台切斷了。

「幹！真對不起，屎霸。」羅拉說著，張大了嘴。

她幫助屎霸下床，扶著他走進浴室。未鬆綁的屎霸向前跳啊跳，痛得流出眼淚，擋住視線。羅拉把水槽放滿水，然後離開浴室，去找刀子，以便割開綁在屎霸手腕和腳踝的塑膠繩。

在身體不平衡的狀態下，屎霸跌跌撞撞地把老二放進水裡。沒想到這麼一來，老二受到的刺激感更強烈，一陣劇痛把他往後縮。屎霸跌倒在地上，頭撞到了馬桶，眼睛上方有個部位撞到裂開。羅拉回來的時候，屎霸已經昏厥，濃黑的血液滲到地板上。

羅拉叫了救護車，把屎霸送到醫院，屎霸醒過來的時候，眼睛上方的部位縫了六針，而且有嚴重腦震盪。

屎霸一直沒有幹到羅拉的屁眼。據說，挫敗喪氣的羅拉，在這件事發生過後不久，打電話給變態男，讓變態男代替朋友出擊。

這場災難過去之後，屎霸把注意力轉移到妮可身上。

「哦……真奇怪，小妮可怎麼沒有來呢？你知道嘛……小妮可。你認識她吧！」屎霸對蓋夫說。

「認識啊！一個犯賤的小婊子，什麼男人都想吃。」蓋夫隨口說道。

「什麼？」

蓋夫察覺到了屎霸幾乎沒有掩飾的不安和關切，覺得很有意思，便繼續說下去；他心裡感到很爽，但是仍然是一副僵硬、輕快、就事論事的語氣：「對啊！我跟她打過好幾次炮呢！滿爽的喔！變態男也幹過她，懶蛋也有。我想湯米也跟她搞過！他一定也吃過一些好康！」

「是喔……好吧……」屎霸覺得很洩氣，卻也樂觀了起來。他決定了，他要讓自己的頭腦清楚一點[30]。否則，眼皮子底下發生那麼多事，他都不知道呢。

酒吧另外一邊的桌子上，卑比表示他必須攝取一些實實在在的養分：「我是他媽的李馬文[31]，我們去找些吃的吧，然後再去一家比較高尚的酒吧混！」卑比很不爽地看著這家像個魔穴、整屋子煙臭的酒吧，彷彿自己是一個驕傲的貴族，發現自己竟然委身在一個低賤的地方。其實，他看到了吧台的那個盯人看的老酒鬼。

這伙人離開酒吧的時候，天還沒亮，然後他們來到了波特蘭街的一家餐廳。

「大家都吃早餐吧！」卑比熱心地看著每個人說道。

大家都點頭贊同卑比的提議，懶蛋除外。[32]

「不，我不要吃肉，」懶蛋說。

---

29 此軟膏類似萬金油。想想看，作愛時用萬金油潤滑會怎樣。
30 就是要避免用藥。
31 老牌動作明星。

「我可以吃你他媽的香腸和醃肉，你吃他媽的黑布丁[33]就好。」卑比建議。

「是喔，當然……」懶蛋冷笑說道。

「我把我他媽的蛋和豆子和番茄分給你吃，好吧！」

「好啊，」懶蛋轉過頭去問女服務生：「你們用的炸油是蔬菜油嗎？還是用動物性油？」

「我們用動物性油。」女服務生看著懶蛋，好像把他當成弱智的人，連這個也要問。

「幹他媽的！懶蛋。沒什麼差別啦！」蓋夫說。

「讓懶蛋自己來決定他要吃什麼吧！」凱莉站在懶蛋這一邊。愛麗森也點頭贊同。懶蛋覺得自己好像一個很屌的皮條客。

「懶蛋，你他媽的真會破壞大家的興致。」卑比開始咆哮。

「我哪裡有破壞大家興致了？」他轉過去對女服務生點餐：「乳酪沙拉捲。」

「我們他媽都說好的，一起過來吃他媽的早餐啊！」卑比說。[34]

懶蛋簡直不敢相信他的耳朵。他很想跟卑比說：去你媽的蛋！但是他卻忍住了衝動，緩慢地搖頭說：「法蘭哥，我不吃肉喔。」

「滾你媽的素食主義者。全是狗屁！你需要吃肉。一個毒鬼居然在擔心把什麼吃進肚子裡？真是他媽的太好笑了！」

「我只是不喜歡吃肉，」懶蛋說。旁邊的人都在竊笑，他覺得吵這件事真是沒有意義。

「你不要告訴我你不殺動物喔！你記得我們以前拿空氣槍對著貓狗射擊？還有我們把鴿子抓來燒，還有用膠帶把鞭炮綁在白老鼠身上。都是你以前做過的好事哪！」

「我不管殺動物的事，我只是不喜歡吃動物的肉。」懶蛋聳聳肩膀。他自己年少時期的殘忍行為，竟然在凱莉面前被揭發出來，讓他覺得很難堪。

「真是他媽殘忍的混帳啊！怎麼會有人狠心到拿槍射狗？」愛麗森不屑地搖著頭說。

「是嗎？現在是誰在這裡殺死一隻豬，然後把牠吃掉啊？」懶蛋指著愛麗森盤子裡的培根和香腸說。

「這是兩回事！」

屎霸看了看大家說道：「你知道嘛，嗯……懶蛋做的對，原因卻是錯的。我們一定要能夠照顧比較弱小的生靈，我們才會學習到怎麼愛自己。你知道嘛！要愛護動物啊……不過，懶蛋吃素也是很好的啊……如果你願意忍耐不吃肉，也可以啊！你知道嘛……」

卑比軟趴趴地扭動身體，向屎霸做出一個V的手勢，結果大家都笑了。懶蛋很感激屎霸努力幫他說話，卻打斷屎霸，不讓屎霸繼續胡說。

「我不是忍耐不吃肉，我是討厭吃肉。吃肉讓我覺得噁心想吐。就是這樣，我不想再說了！」

32這裡必須說明，「早餐」在這裡的重點，不在於「早」（時間），而在於「餐」（食物的內容）。英國的早餐和我們平常所知的早餐（如，美式、日式、港式）非常不同：它包含大量的肉類，每一個人要吃鹹肉（有點像中式臘肉）、香腸、肉餅（有點像漢堡中間夾的肉餅）——並不是只吃其中一種肉，而是全部都要吃。另外，還要吃水煮蛋、煮豆子（呈泥狀，橙色）、烤番茄（而不是生吃）等等。這對不吃肉的懶蛋來說，當然是受不了的折磨。

33黑布丁，基本上就像是台灣的豬血糕，當然也是吃素的人不能吃的東西。

34卑比說的英式早餐包括大量肉類，而懶蛋不含肉的餐點卻不像是正常的英式早餐。「乳酪沙拉捲」之中，乳酪所占的分量有限，大部分的成分仍然是生菜沙拉。

「我他媽的還是要說，你他媽破壞了大家的興致。」

「我哪裡有？」

「因為媽的我說你有，你他媽的就有。」卑比指著自己，哼聲說道。

懶蛋又聳了聳肩膀。再繼續爭辯下去，已經沒有什麼意義了。

他們很快地把早餐吃完，除了凱莉。凱莉並沒有吃，只是玩弄著盤子裡的食物，完全不顧旁邊的人在巴望她沒吃的東西。然後，她把一些自己盤子裡的食物碎片分到卑比和蓋夫的空盤子裡。

有一個穿著「哈茲隊」上衣的人，看起來緊張兮兮而且很不自在地走進餐廳，購買外帶食物。結果卑比一夥人就故意開始唱起：「噢，噢，噢，噢，噢，西伯隊真酷！」餐廳的人很不高興，要卑比這夥人離開餐廳。於是他們開始唱起一串足球隊歌和垃圾流行歌曲。餐廳櫃台的女人揚言要打電話報警，於是，卑比一夥人以優雅的態度離場。

這群人又去了另一家酒吧。懶蛋和凱莉喝了一杯酒，然後兩人偷偷離開。蓋夫、道璽、卑比、屎霸和愛麗森，留下來狂喝。

道璽有好一陣子醉到站都站不穩，最後終於不支倒地。卑比被幾個在監獄認識的瘋子朋友拖住，蓋夫則把他的怪手摟住愛麗森。

屎霸聽到「提包合唱團」（T'Pau）的〈手中的瓷器〉（China in Your Hand）這首歌，他馬上就明白，是卑比用點唱機點的歌。他每次都點同樣的那幾首歌：「柏林合唱團團」的〈你讓我停止呼吸〉（Take My Breath Away）、「人類同盟」（Human League）的〈你不要我嗎〉（Don't You Want Me），或者是洛史都華（Rod Stewart）的歌。

蓋夫搖搖晃晃地去上廁所的時候，愛麗森轉過去對屎霸說：「丹尼！我們離開這裡好嗎？我想回家。」

「哦……好啊……」

「丹尼，我不想一個人回家。跟我一起走吧！」

他們拖著喝醉的身體，悄悄地離開了這間煙霧瀰漫的酒吧，希望盡量不被人注意到。

「跟我回家，陪我一下下吧！丹尼。不要嗑藥，也不要做別的事。我現在不想一個人。丹尼，你聽懂我說的了嗎？」愛麗森緊繃著，淚汪汪地看著屎霸，兩個人拖著蹣跚的步伐，沿著街道向前走著。

屎霸點點頭。他覺得自己應該瞭解愛麗森所說的話，因為他也不想孤伶伶一個人。不過他也不確定這種感覺是不是真的，他永遠沒有辦法真正確定。

女人好自在

愛麗森變得好恐怖。我和她在這家餐館吃喝，試著想把她講的一堆屁話搞清楚。她一直在講馬克的壞話，雖然說得沒有錯，但是已經讓我覺得很厭煩了。我知道她這樣做是為了我好，但是她和賽門又好到哪裡去呢？賽門只會在找不到人打炮的時候，才會去找她。她實在沒有什麼資格教訓我。

「不要誤會我的意思，凱莉。我喜歡馬克，只不過，他自己有很多問題還沒解決。他這個人現在並不適合妳啦。」

愛麗森想要保護我，因為我和戴斯鬧了一場，又墮了胎。真是屁股上的大痔瘡。愛麗森應該聽聽她自己說出什麼話。她自己都想戒掉海洛英，還有資格教訓別人該怎樣過日子。

「是喔！所以，賽門是你現在最需要的人。」

「我並沒有這樣說啊！凱莉，妳的情況，和我的情況，完全是兩回事。至少賽門有在努力戒毒，馬克卻根本不在乎。」

「馬克不是毒蟲，他只是偶爾嗑一下而已。」

「是喔！凱莉。妳活在外星球是吧！海瑟那個女人就是因為馬克這樣而和馬克吹了啊！他根本離不開藥啦。就連妳，現在連說話都像個毒鬼了。再繼續這樣下去，遲早有一天妳也會變得跟他們一樣。」

我懶得再和她爭辯。反正她和住宅部有約，現在要過去。

愛麗森是來處理她積欠的房租。她相當憤怒、憔悴，緊張，但是那個辦事員倒是老神在在。愛麗森跟他解釋，說她已經戒了藥，而且正在應徵幾個工作。結果還不錯。她現在可以每週分期付款把房租還清。

我看得出來，愛麗森的情緒還是相當緊繃。因為當郵政總局外面的幾個建築工人對著我們吹口哨戲謔調笑的時候，她的反應非常激烈。

「嘿！美女！」其中一個工人調笑著說。

愛麗森這個瘋婆娘，她竟然轉過頭去跟他們互罵：

「你有女朋友嗎？我想你一定沒有，因為你又肥又蠢。你為什麼不拿一本A書去廁所打手槍。因為全世界唯一敢摸你的瘋子，只有你自己。」

這個男人用充滿仇恨的眼神瞪了瞪愛麗森，不過這種人天生就是一副惡毒臉。只不過，他現在有具體的理由去痛恨愛麗森了，而不僅是因為她是女人而恨她。

這個臭男人的朋友說話了：「爽啊……爽啊……」有點像是在旁邊搧風點火，而那個臭男人站在那裡，氣到發抖。另外一個工人，懸在鷹架上盪來盪去，像隻大猩猩。男人就是這樣一種低等靈長類動物。這些人全是瘋子。

「滾一邊吧！醜婆娘！」他說。

愛麗森卻屹立不搖。這樣的場面實在很難堪，不過也很有趣，因為已經有幾個人跑過來看熱鬧了。兩個背著背包，學生模樣的女孩，跑過來站在我們旁邊。我覺得真的很棒。瘋狂呀。

老天爺！愛麗森今天真的卯起來了。她回罵道：「一分鐘以前，你在調戲我的時候，我還是個美女；現在你要我滾蛋，說我是個醜婆娘。不過你從剛才到現在，一直是又肥又醜的雞巴，而且你會永遠又肥又醜。」

「我們也都贊同！」兩個背包族女人的其中之一說，聲音中有一股澳洲口音。

「死女同性戀，」另一個工人叫道。他講這種話，真的是把我給惹毛了。就因為我不想被噁心無知的神經病男人騷擾，我就變成了女同性戀？

「如果普天下的男人都是你們這副嘴臉，小子，我倒是很榮幸當一個女同性戀。」我吼了回去。老天，我剛才真的說了這種話嗎。我今天真是瘋了！

「你們這些男人顯然有問題！為什麼不找個地方，搞男男互幹啊！」另外一個澳洲女人也飆起來了。

愈來愈多人跑過來看熱鬧。兩個年紀比較大的女人，聽到了我們的講話，其中一個說：「女孩子家怎麼對男人講這種話，真是可怕。」

「一點也不可怕。這些臭男人討厭死了。我很樂於看到有女孩子給他們一點教訓。真希望我那個年代也可以這樣。」

「可是這些女孩兒們的講粗話……希爾妲！她們用詞不當啊！」第一個老女人嘟起嘴唇，不大高興的樣子。

「唷，那麼**他們**的用詞就很適當嗎？」我對老女人說。

這幾個男人的臉色愈來愈難看，愈來愈多人聚過來看熱鬧，他們的情勢也愈來愈窘迫。這就叫做，自作自受。一會兒，一個帶頭的領班，裝出一副藍波的樣子，向我們走了過來。

「你可不可以好好管一下你這堆禽獸啊？」其中一個澳洲女人說：「你們除了調戲別人，就沒有別的事好做了嗎？」

「回去！你們全都給我回去！」領班厲聲說道，又揮手叫男人們離開。我們大聲歡呼，真是太爽了。瘋狂啊。

我和愛麗森，以及那兩個澳洲女人，一同回到了「里約餐廳」，另外那兩個老女人也跟著一起來了。這兩個「澳洲女人」，**其實是**來一對紐西蘭的女同性戀，不過她們是什麼國籍，什麼性取向，都他媽無所謂啦！她們正在一起環遊世界的途中。太帥了！我也想環遊世界一次啊！我和愛麗森兩個人偕伴同行，環遊世界，一定很瘋狂！想想看，十一月天寒地凍來到蘇格蘭，哇。基本上很瘋狂。我們幾個女人，天南地北無所不談，連愛麗森對很多事情的看法都不再擺爛。

過了一會兒，我們決定一起回我家，抽一點印度大麻，而且再吃點東西。我們希望那兩個老女人也可以一起來，但是她們必須回家幫老公準備晚飯。我們就說，叫妳們的老頭子自己去弄啊！但是她們還是堅持回去當好老婆。

其中一個老女人有點躍躍欲試。她說：「我真希望我現在是你們的年紀。我告訴妳們，如果再活一次的話，我一定會做出不同的選擇。」

我感覺好棒、好爽、好自在。我們都爽翻天了。好神奇啊！愛麗森、薇若妮卡、珍妮（紐西蘭人）和我，四個女孩在我的公寓裡，全都吸得好駭。我們大談男人，我們一致認為男人是一種愚蠢、有缺憾、次等的生物。我第一次感覺到自己和別的女人如此親密，我真的很希望我是一個女同性戀。有時候我會覺得，男人就只有做愛的時候有點用，其他時候男人真是煩的要死！或許這樣說很瘋狂，但是仔細想一下，真的是這樣。女人的問題是，我們並沒有充份思考。臭男人丟給我們什麼，我們就接受了。

門口有客人來了，是馬克。我忍不住對馬克的臉嘻嘻笑。他走進來的時候，臉上全然錯愕；我們全都笑到倒在地上，駭翻天。我們這樣瘋，可能是因為印度大麻的關係吧，可是馬克看起來真的好滑稽啊。**男人**看起來很滑稽，好好笑的平板身體，配上怪裡怪氣的腦袋。珍妮說的對：男人是長得可怕的東西，生殖器掛在身體外面。好瘋狂啊！

「好了啦！美女啊！」愛麗森嚷著說——她在模仿剛才工人說的話。

「來人啊，把他衣服脫掉！」薇若妮卡大笑。

我指著馬克說：「我跟這個男人打過炮喔！我記得我們幹得挺爽的唷！不過他算是小 case 啦。」我模仿著卑比的語氣說。我覺得，法蘭克．卑比——他是每個女人的夢——我和愛麗森今天晚上還沒有把卑比罵夠。

馬克承受眼前的一切，可憐的馬克，這一點倒是沒話說。他只是搖搖頭，笑了一下。

「我顯然來的很不是時候。我早上再打電話給妳吧！」他對我說。

「喔……可憐的馬克，我們只是幾個女孩們在找樂子——你也知道女人的樂子吧——」愛麗森說著，帶著一點罪惡感。聽到她的話，我大笑了。

「我們在找女人的什麼樂子[35]？」我說。我們又笑得東倒西歪。愛麗森和我應該生做男孩子才對，因為我們對所有的事情都是從性的角度去讀。尤其是當我們嗑到駭的時候。

「沒關係啦！再見啦！」馬克轉身離去，臨走前對我眨了個眼。

我們恢復正常之後，珍妮說：「我想，有些男人還是不壞的。」

「對呀！當他們是媽的少數族群的時候，確實還不壞。」我說。真不知道我怎麼會說出這種話，不過我也懶得想太多啦！

35 這裡「crack」是雙關語：即是享樂，又是女性的陰戶。

難以捉摸的杭特先生

凱莉在南區一家男性光顧的酒吧上班，擔任吧台工作人員。這是一家生意很好的酒吧，凱莉的工作非常忙。尤其是像現在這樣的星期六午後，懶蛋、屎霸和蓋夫都來到這裡喝酒，酒吧裡擁擠得不得了。

變態男在馬路對面的另一家酒吧打電話過來。

「馬克，等我一下下，」懶蛋起身去拿酒的時候，凱莉拿起電話筒，邊唱邊說：「這裡是魯斯佛酒吧，你找哪位？」

「嗨！」變態男假裝英國外相聶偉敬（Malcolm Rifkind）[36]的商人派頭：「有沒有一位馬克．杭特在這裡？」

「這裡只有一位馬克．藍登。」凱莉說。變態男想了一秒鐘，以為他的惡作劇被揭穿了。但是，他仍然繼續玩下去。

「不是，我要找的是馬克．杭特，」軟綿綿的男聲還是堅持。

「**馬克．杭特**，有人來電找你！」凱莉對著酒吧大聲吼著。酒吧裡的酒客們大部分都是男性。他們打量著凱莉，臉上都露出曖昧的笑容。「有人見到馬．克．杭．特嗎？」酒吧裡的一些男人，甚至忍不住爆出大笑。

「沒有，可是我很願意見一見馬．克杭特。」一位男性酒客說。

凱莉還是搞不清楚狀況。她露出困惑的表情，說道：「有一個人打電話過來要找馬．克杭特……」她的聲音漸漸變小，眼睛睜得大大的，用手捂住了嘴。她終於知道是怎麼一回事了。[37]

變態男走進了酒吧，懶蛋笑著說：「要找馬克．杭特的人，不是只有他喔！」

哥兒們笑得天翻地覆，他們得互相扶住對方免得笑倒。

凱莉拿起桌上的半杯水壺，潑向他們，但是他們幾乎沒有注意。他們都在大笑，凱莉有種被羞辱的感覺。她覺得很難過，她為自己覺得難過而難過，發現自己竟然經不起人家開玩笑。

然後她瞭解到，並不是這個惡作劇本身讓她難過，而是酒吧裡這群男人的反應讓她難過。她站在吧台的後面，像是動物園裡籠子裡一隻好笑的動物。她看著這些男人的臉，全部變形融成一隻怪獸，血盆大口的狂叫怪獸。她想著：這又是一個開女性玩笑的惡作劇，惡作劇的對象是吧台後面的小笨妹。

懶蛋看著凱莉，發現她的痛苦和憤怒。他也心痛了。他很困惑。凱莉本來很有幽默感啊！她今天到底怎麼了？他馬上想到：大概是女人的月經來了吧！他看著四周，分析笑聲的內容——這種笑

36 這個漢名是香港的譯法。英國殖民香港時，英國高官的名字常被港人中譯。這個人在此被提及，因為他出身愛丁堡。

37 「馬克．杭特」是一個有性意味的蘇格蘭俚語用字。「馬克．杭特」讀快一點就變成「馬．克杭特」，「ma cunt」，即「我的屄」。

聲並非只是為了好玩而已。

這是幸災樂禍的暴民笑聲[39]。

我怎麼知道會變成這樣呢？懶蛋想著，我他媽怎麼會知道？

38原文說這些男人是觀看「凌侵」（lynch）的暴民。在美國種族歧視非常嚴重的年代（當然，現在美國的種族歧視仍然嚴重），白人喜歡把「犯錯」的黑人（如，「膽敢」和白種女人上床的黑種男人）施加私刑，將黑人羞辱並吊死在樹上，並且請白人全家大小（包括幼童）一起來觀賞黑人吊死在樹上的奇觀，藉此當作全家人的娛樂。

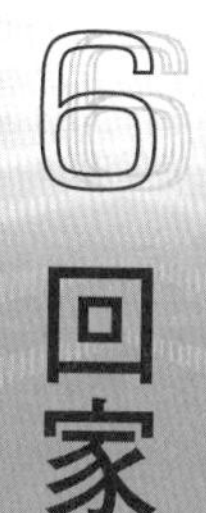

6 回家

專業人才生財有道

真是狗屎，真是狗屎透了！你知道吧……我告訴你……卑比實在太差勁了！

「他媽的什麼人都不要講，知道嗎？不要跟任何一個人講。」卑比對我說。

「好啦！……你知道吧……，我聽得很明白，清清楚楚。放輕鬆，法蘭哥，不用擔心啦！」這一票真的搞成了。明白吧。

「好，不能跟任何一個人說，連懶蛋也不能說。知道嗎？」

有些人，是不能和他們講理的。你想要**講理**？他們就大喊你「背叛」，你懂吧！

「還有，不要拿錢去嗑藥。把錢存好，擺一陣子。」卑比這痞子居然在教我怎麼花我自己的錢。這一票實在是塊大肥肉。等我們把一些錢分給來幫忙的小夥子之後，我們每個人還可以拿到好幾千英鎊，你知道吧……但是卑比這傢伙還是一直汗毛豎立，緊張的要死。他是一種不肯舒舒服服窩在搖籃裡的貓科動物，可憐的傢伙……

我們又喝了一杯啤酒，然後去搭計程車。我們帶的運動背袋，上面不該印著愛迪達或 HEAD 牌的商標，而該印著**好康A**。兩千英鎊哩！哇勒。別被——嚇——著——了！這只不過代表了我的偉大力量——這是法蘭哥說的，只不過我是在說法蘭哥．查巴啦。

我們雇車回到卑比家。君恩在家裡帶小孩，把小孩放在腿上。

「孩子醒了，」君恩對卑比解釋，卑比兇惡地瞪著君恩，彷彿他想殺了這對母子。

「幹！來吧，屎霸，我們到房間裡去。我在他媽的自己家裡都得不到安寧，」他指著臥室的門，示意我進去。

「你袋子裝了什麼東西啊？」君恩問。

「妳他媽的別多問，只要管好妳他媽的小鬼就好了。」卑比怒氣沖沖地說。他說話的態度，好像這個孩子不是他的。你明白吧……這話也沒錯，法蘭哥從來就不是當父親的料……是吧？法蘭哥？那麼……你是什麼料呢？

這次的勾當幹得很漂亮。沒有暴力，沒有傷人，你知道吧……我們只是用了複製的鑰匙，然後打開門鎖，直接走進去幹了一票。在櫃台後面的地板上，有一塊虛掩的地磚，地磚下面是一個木板蓋，掀開來，裡面是裝滿美麗金錢的帆布袋。太美了，美麗的鈔票和硬幣。這是我通往美好日子的護照啊。老大，我要開始過好日子了！

門鈴響了！卑比和我都嚇了一大跳，以為警察來了。原來是想來分贓的小子。他來的真是時候，因為卑比和我正把一堆鈔票和硬幣堆滿了整個床。我們要分這一筆錢，你知道吧……

「這些都是你們弄來的嗎？」這小子眼睛瞪的好大，對於擺在眼前的一堆好東西似乎不敢置信。

「你他媽的給我坐下！閉上你他媽的狗嘴。」卑比大聲咆哮，把這小傢伙嚇得屁滾尿流。

我想告訴法蘭哥，不要對小鬼那麼兇。你知道吧……這小鬼畢竟幫助我們弄到了這一筆錢。他把這個好機會告訴我們，還幫我們弄到了鑰匙，讓我們去做備份，你知道吧……雖然我沒有說出我對這孩子的袒護之情，但是卑比可以從我的表情中看出來。

「這小子拿了錢之後，一定會馬上給我他媽的跑去學校花差花差，向哥兒們炫耀。」

「不會！我不會的，」這小子說。

「給我閉嘴，」卑比不屑地說，小鬼再一次被嚇到屁滾尿流。卑比轉過來對我說：「如果換做是我，我他媽一定會那樣做。」

卑比站了起來，對著牆壁上的鏢靶，很用力也很暴力地射出三支飛鏢。小鬼的臉色看起來很不安。

「全世界上比告密小鬼更爛的。」卑比說著，把牆上的飛鏢拔出來，再用同樣可怕的力道射回去，然後說：「就是大嘴巴的痞子。他只要張大嘴哇啦哇啦，就比告密鬼更可怕。他的大嘴巴會洩漏消息給告密的，告密的就去跟警察通風報信。然後我們他媽全部跟著完蛋。」

卑比把一支飛鏢，直接射在小鬼的臉上。我跳了開來，小鬼開始尖叫，嚇得全身發抖，歇斯底里地大哭。

我看到卑比其實只是丟出飛鏢的塑膠柄，在射出飛鏢之前，他偷偷地把飛鏢的金屬頭部分取了下來。小鬼還在哭，他顯然受到了很大的驚嚇。

「小笨蛋！這只是他媽的塑膠飛鏢！」法蘭哥嘲笑說，一面數著那一大筆錢。他分給小鬼的，大部分都是硬幣。「如果遇到了他媽的狗屎警察，你就說這筆錢是在遊戲節目中贏來的，或者是玩電動贏來的。如果你他媽敢跟任何一個人說這件事，你最好祈禱趕快被警察抓進監獄，不要他媽的被我逮到。聽到了嗎？」

「聽到了！」這小鬼嚇得發抖。

「現在他媽的給我滾！回去你那家大賣場，上你的兼差班。給我聽好，如果讓我聽到你在外面炫耀這筆錢，我就做了你，你怎麼死的都不知道。」

小鬼拿了錢走了。這可憐的傢伙根本沒分到多少，只不過是五千英鎊之中的幾百塊而已。你知道吧……但是對於像他這個年紀的小鬼來說，這已經是一大筆財富了。懂我的意思吧！不過我還是要說，法蘭哥對那個孩子，實在是太兇殘了。

「老大！這孩子讓我們搞到了好幾千塊錢呢！可是……法蘭哥，你對這個小孩子的態度，未免太兇了點吧！你知道吧……」

「我不希望那小孩子拿著錢他媽的給我到處炫耀張揚，或是給我胡亂揮霍。跟這種小角色打交道最危險了。你知道嗎！他們一點都不懂得小心謹慎。屎霸！所以我比較喜歡跟你幹搶劫。你是真正的專業，就像我一樣，永遠守住口風。我很欣賞你的專業態度，屎霸。跟真正專業的人做事，就是他媽的沒問題。」

「是喔……對吧……你知道吧，」我說。我還能說什麼呢？你知道吧……真正的專業。聽起來還可以啦！聽起來還挺酷的！

禮物

我覺得我實在沒辦法再繼續住我老媽的房子裡了，實在是讓我太頭痛了！於是在麥地葬禮的期間，蓋夫收容了我。我搭火車過去的過程，一路相安無事，正如我所願。我帶了隨身聽、幾卷 Fall 樂團的卡帶、四瓶啤酒，以及拉夫克萊[1]的小說。雖然這個拉夫克萊是個納粹，但是他寫的書還真是精彩好看。每當有人面帶微笑，滿口抱歉，想要擠進我前面的座位，我就板起「請勿打擾，否則要你好看」的臉孔。這是一次舒服的旅途，感覺起來也比較短，很快就到了目的地。

蓋夫的新公寓在麥當納路，我打算慢慢走路過去。抵達他公寓的時候，蓋夫心情不是很好。當他開始講起他不爽的原因，我就後悔自己何必來找他了。我開始有點懶得去理他。

「我告訴你，懶蛋。你知道那個第二獎吧，」蓋夫很不開心地搖著頭，指著前方的空房間說：「我給他現金，請他幫我整理這個地方，幫我把牆壁塗上灰泥，粉刷一下。今天早上他跟我說：『我去特力屋買東西，』結果，他就此一去不回了！」

我直覺上很想跟蓋夫說，把這種工作託付給第二獎，根本就是瘋了；你居然還先付錢給他，更是愚蠢至極。不過我猜想，蓋夫現在可能並不想聽我放馬後砲，而且，我還是他的客人呢。於是，我把背包丟到客房，把蓋夫帶到酒吧去解悶。

我想知道一些麥地的事，他到底出了什麼事。聽了麥地的事之後，我非常震驚，卻不能說這不是意料中事。

「麥地一直不知道他自己有愛滋病，」蓋夫說：「他可能已經帶原了一段時間。」

「是肺炎或癌症嗎？」我問。

「不，是弓漿蟲病[2]。」

「是喔……」我頓時啞口無言。

「很慘！這種事竟然會發生在麥地身上！」蓋夫搖頭說道：「他想去看他的小女兒麗莎，你知道嗎？就是他和雪莉生的小娃娃。但是雪莉根本不讓他靠近屋子。以他當時的狀況，雪莉的態度也是難免。總之……一言難盡。你認識妮可．漢儂吧！」

「認識啊！小妮可吧……」

「妮可的母貓生了小貓咪，麥地向她要了一隻。麥地想到一個點子：他想把貓咪拿去雪莉家，送給小女兒。於是他帶著貓咪，跑去衛斯特海雷，想把貓咪當作送給麗莎的禮物。你聽懂了嗎？」

我實在搞不清楚貓咪和麥地發生中風，這兩件者之間，到底有什麼關聯，不過聽起來，這確實是麥地會做的事情。我搖頭說：「麥地就是這種人啊！拿了一隻貓做做姿態，然後又丟給別人照顧。

1 H. P. Lovecraft，二十世紀初美國奇幻文學作家。

2弓漿蟲是一種人畜共生的寄生蟲，它是原蟲單細胞的寄生蟲，蟲體為香蕉型，寄生在貓身上的弓漿蟲，會經由糞便傳染危害人體健康，孕婦及免疫能力受影響者要特別留意，如愛滋病患者、癌症病患。

我打賭雪莉一定不買帳吧？」

「一點也沒錯，這個笨蛋，」蓋夫微笑了一下，苦澀地點頭說：「雪莉說：『我不想照顧貓咪，拿走，滾出去！』於是，麥地被迫擁有了一隻貓。你可以想像到後來發生的事吧！情況變很糟：在他家，貓便盆浮在尿上面，整個屋子都是貓屎。麥地到處找地方躺，眼珠子裡只有海洛英和鎮定劑。你知道他那種人很容易得憂鬱症。就像我剛剛說的，他並不知道自己染上了愛滋病。他也不知道自己可能會從貓咪拉的屎，感染到弓漿蟲病。」

「我也不知道啊，」我說：「弓漿蟲病，是什麼狗屎病啊？」

「喔！這種病真是他媽太可怕了。你知道嗎？那就像是腦長了膿。」

我打了一個哆嗦，覺得胸口突然被重物搥了一下，想到了可憐的麥地。我的老二有一次也長了膿，痛苦的要死。想像一下自己的腦子裡面，也長了一坨髒東西，整個腦袋裡面都是膿汁。老天爺！麥地，真是他媽的慘絕人寰。我繼續問：「後來怎樣了呢？」

「他開始頭痛，於是他又嗑更多的藥，希望減緩疼痛。後來他的病就發作，就像中風一樣。一個二十五歲的男孩子，他媽的中風，實在太不可思議。我到後來幾乎認不出他來了。有一次在雷斯步道，我和他在街上走路時碰到。他的身體全部歪到一邊，像個瘸子那樣跛著腳走路，他的臉整個變形了。這樣的情況，只維持了三個星期，他第二次中風發作之後就掛了。他死在自己的家裡。這可憐的混蛋死掉好久之後，才因為鄰居抱怨從屋子裡傳出來的貓叫聲和一股惡臭，被人發現。警察把門撞開，發現麥地倒在地上，死了，整張臉朝下，埋在一坨乾掉的嘔吐物裡面。貓咪倒是沒事。」

我想到了我和麥地曾經一起佔住倫敦「史波德布什」區的空房子，那是他最快樂的一段日子。

他喜愛所有叛客的事物。大家也都很喜歡他。他和那屋子裡的每個女孩做愛，包括從曼徹斯特來的那個妞。那個曼徹斯特的小騷貨，我本來試了幾次就想甩掉的，結果被麥地接收了。後來我們從倫敦回到了愛丁堡，麥地這個可憐蟲的狀況就開始變壞。從那時候起，他就愈來愈糟，一直沒有再好起來。可憐的麥地！

「幹！」蓋夫喃喃地說：「那個香水詹姆斯來了，來的真他媽是時候。」

我抬起頭，看到笑臉迎人，態度大方的香水詹姆斯，正朝著我們走過來。他的身邊，帶著一個皮箱。

「你好嗎？詹姆斯。」

「不錯！不錯啊！馬克，你最近躲到哪裡去啦？」

「我去了倫敦。」香水詹姆斯簡直是屁股上的大痔瘡，他總是要跟別人推銷香水。

「這段日子裡，有跟哪個妞兒來往嗎？馬克。」

「沒有，」我很高興地讓他知道這件事。

香水詹姆斯很不爽地皺皺眉頭，噘起嘴唇對蓋夫說：「蓋夫，你的馬子呢？」

「很好啊！」蓋夫含糊地說。

「如果我沒記錯，上次我見到你馬子的時候，她搽的是蓮娜麗姿的香水。是不是啊？」

「我不需要香水，」蓋夫冰冷而堅定地說。

香水詹姆斯把頭歪到一邊，攤開手掌說：「這你就錯了。我可以告訴你，要送東西給女孩子，讓她對你有好印象，沒有東西比得上香水。鮮花容易凋謝，無法長久保持；在這種注重身材體型的年代，你最好也不要送巧克力。不過呢，任何人的皮膚都逃不了我的鼻子。」香水詹姆斯微笑著，打開了他的皮箱，彷彿以為我們只要看到了這些尿瓶，就會改變心意，買他的東西。他繼續說：「今天的生意不壞，我實在沒什麼好抱怨的。就是你的朋友，那個第二獎，他是我今天的大戶啊！一個多小時之前，我在史拉布酒吧碰到他。他喝得很醉。他說：『給我一些香水，我要去找卡蘿。我一直對她很壞，現在我要多寵她一點。』他買了一大堆呢！」

蓋夫顯然拉長了臉。他強忍著憤怒，握緊拳頭，搖著頭。香水詹姆斯看到苗頭不對，趕緊跳開，跑去找下一個受害者。

我趕緊安撫蓋夫，對蓋夫說：「我們去找找第二獎，免得這傢伙把你的每一分錢，全部買酒喝光了。你到底給了他多少錢？」

「兩百英鎊，」蓋夫說。

「笨蛋，」我暗自竊笑。我沒辦法不笑，我的肌肉實在忍不住了。

「我想我的腦袋需要讓人檢查一下。」蓋夫也承認自己笨，但是卻擠不出一絲笑容。我想，經過了這些談話，又經歷了這些事，實在是沒什麼東西是他媽好笑的。

回憶麥地

之一

「你好嗎？尼利，他媽的好久一段時間沒看到你了。你還是老樣子，」卑比微笑著對尼利說。尼利今天穿了一套西裝，看起來他真不適合穿西裝啊。他身上的蛇紋刺青，向上攀到了脖子，還有一個熱帶椰林島嶼的刺青，海水的圖案拍打在他的前額上。

「真是遺憾，竟然在這個場合和你重逢，」尼利莊重地回答。正在和屎霸、愛麗森，還有跟史帝夫交談的懶蛋，聽到了今天第一個葬禮的俗套話，不禁笑了一下。

屎霸接著說：「可憐的麥地。這真是他媽可怕的消息。你知道吧……」

「我以後再也不注射毒品了。我已經戒藥了，」愛麗森顫抖著說，雙臂緊抱著自己。

「如果我們不小心謹慎，總有一天我們會全部完蛋。這是他媽遲早的事。」懶蛋語重心長地說：

「屎霸！你去做檢測了嗎？」

「嘿！拜託！大哥，現在不是談這個話題的時候吧……我們正在麥地的葬禮上啊！」

「那啥時才適合談？」

「你應該去做檢測。屎霸！你真的應該去。」愛麗森對屎霸懇求。

「或許不知道反而比較好一點！我的意思是，麥地知道自己染病之後，他的生活有好到哪裡去嗎？」

「那是麥地。沒染上愛滋病**之前**，他的生活又有多好呢？」愛麗森說。懶蛋和屎霸對這點，都點頭默認她的觀點。

這所小教堂連接著焚化場，牧師對麥地的過世發表了一小段講話。他今天早上要處理的葬禮非常多，沒時間講太多屁話。他只是簡單說些話，唱唱聖歌，講些禱詞，然後按下開關，把屍體送進火爐裡，一切就大功告成。

「今天來到這裡的親朋好友們：麥地在我們的生命中，扮演著不同的角色。麥地是人子，是個父親，也是一位朋友。麥地年輕生命的最後一段日子，過得相當淒涼而痛苦。然而，在我們記憶中，真正的麥地卻是一個熱愛生命的可愛青年。麥地是個音樂家，他喜愛彈奏吉他，取悅身旁的朋友……」

懶蛋的眼睛不敢直視站在旁邊的屎霸，因為他很想偷笑。麥地是他所見過最爛的吉他手，他只會彈「門戶合唱團」（Doors）的〈旅店藍調〉（Roadhouse Blues），以及「衝擊樂團」（Clash）和「現狀樂團」（Status Quo）的幾首歌。他很努力地想學著彈「衝擊都市搖滾」（Clash City Rockers）這首歌，卻一直沒辦法彈得很好。但是，麥地非常喜歡芬德牌的 Stratocaster 款吉他。這把吉他是他最後賣掉的一樣東西，他為了弄海洛英餵他的血管，連擴大器都賣了，卻一直保留著心愛的吉他，但最後還是把它賣了。可憐的麥地，懶蛋想著：我們之中有任何人真正瞭解過他嗎？真的有任何一個人，瞭解過其他人嗎？

史帝夫希望自己在四百哩以外的哈洛威公寓，和女友史黛拉在一起。自從他們倆同居之後，這是第一次分離。史帝夫覺得心神不寧，他無法在腦子裡想像出麥地的樣子，他努力嘗試，但是他的心念，馬上就會轉到史黛拉身上。

屎霸想著：住在澳洲一定非常可怕吧，那裡氣候又熱，昆蟲又多，到處都是像澳洲電視影集〈鄰居〉（Neighbors）或〈遠離家園〉（Home and Away）那樣無聊透頂的郊區。澳洲好像沒有一家真正像樣的酒吧，那個地方就好像是比較暖和的巴柏頓曼、巴克史東或者東克瑞格[3]。那種地方，真的好無聊，好狗屁。屎霸在想，墨爾本或雪梨的舊城，會不會有一些廉價公寓，像愛丁堡、格拉斯哥，或者紐約那樣。但是如果有的話，電視一定不會介紹。屎霸也在納悶，為什麼會在麥地的葬禮上想到澳洲呢？或許每當他們拜訪麥地時，都看到他躺在地板的墊子上，一面嗑藥，一面看著澳洲的肥皂劇。

愛麗森想起了她和麥地做愛的經驗。那是很久以前的事，當時她還沒開始用藥呢！那時候，她大概才十八歲吧。她竭力回想麥地老二的樣子，但是怎麼想也無法想出具體的樣子來。卻想起了麥地的身體，那是個精瘦、結實，沒有太多肌肉的身體。麥地的外型瘦削帥氣，銳利的眼光看過來掃過去——他的眼神表現出他狂放的個性。愛麗森最記得的，就是麥地和她做愛之前所說的話。他告訴愛麗森：「我要幹妳，讓妳感覺妳之前和別的男人都白幹了！」麥地說的對。她確實沒有被幹得

3此三地區，都在愛丁堡郊區。

這麼糟過，在此之前或在此之後，她都沒有過這麼悽慘的性經驗。麥地只幹了幾秒鐘就繳械了，射出精液之後，就從她身上翻過，喘著氣。

愛麗森很不爽，而且並不刻意掩飾她的不痛快。「你真是他媽的沒用！」她說著就跳下床，她覺得焦慮又緊繃，滿身子的慾望無法發洩。她覺得很挫敗，很想大叫。愛麗森穿上衣服，麥地什麼話也沒說，一動也不動，但是當她離開房間的時候，她看到麥地的眼中流出淚水。這副景象，讓她心中一震。此時，她看著麥地的棺材，很後悔自己當時的態度——她實在應該仁慈一點。

法蘭哥．卑比感到既憤怒又困惑。任何一個朋友受到傷害，對他而言都是一種對他個人的羞辱。他一向以照顧朋友而自豪。朋友當中有人死去，簡直就是要他面對自己的無能。然而法蘭哥解決這個心理問題的方法，卻是遷怒於麥地。他記得有一次，麥地在洛辛路惹到了吉柏和佛瑞司特，結果卑比一個人幹掉了吉柏和佛瑞司特。對卑比來說，這只是小意思。重點是，做人要有原則。做人就是要顧到自己的朋友。不過，他也讓麥地得到了教訓，誰叫麥地是個膽小鬼呢？在肉體層面，麥地被打了；在心靈層面，麥地被羞辱了。不過現在卑比想起，麥地這傢伙得到的教訓還不夠多。

麥地的媽想到了麥地小的時候。小男生都髒兮兮，但是麥地髒得特別厲害。他從小就容易把鞋子穿壞，衣服沒穿過幾次就脫線爛成一團。因此當麥地在青少年時期變成了叛客，她並不會感到意外。命中註定。麥地一直都是個叛客。她的腦海中浮現了一件事：麥地還是小孩的時候，曾經陪著她去做假牙。在搭公車回家的路上，她對於自己的假牙，一直感覺很不自在。麥地卻堅持一定要告訴公車上的每一個人，媽媽裝了假牙喔。麥地真是個惹人愛的孩子。但是妳卻失去他了，她想著：小孩過了七歲以後，就不再是妳的了。於是妳開始調適自己，但是到了他們十四歲的時候，妳又再度面臨同樣的問題，覺得孩子又開始遠離妳。然後，有些事情就發生了！開始打海洛英之後，他們不再是他們自己了！海洛英漸漸地取代了妳所認識的麥地。

麥地的媽，有節奏地發出輕聲啜泣。鎮定劑安撫了她的痛楚。藥物像讓人作嘔的微風，吹散了她內心波濤洶湧的悲哀和掛念。然而在同時，她內心的苦楚也在極度的壓抑和忍耐下，呼之欲出。

麥地的弟弟安東尼，腦子裡充滿著復仇的意念。他要報復所有害他哥哥淪落至此的混蛋。他認識那些人，其中有些人居然也他媽的有臉來參加葬禮；就是墨菲、藍登和威廉森[4]那一夥人。可悲的混蛋！這些人看起來彬彬有禮，好像他們屙的大便就是冰淇淋甜筒，好像他們知道些什麼別人不知道的祕密，可是他們只不過是一群毒鬼而已。這些人！這些帶來邪惡和不幸的人。他的哥哥，他軟弱又愚蠢的哥哥，被那群人渣毀了一生。

安東尼回想起過去的某一天。德瑞克·蘇德蘭在廢棄的鐵路，把他狠狠地扁了一頓。哥哥麥地發現之後，跑去找德瑞克算帳。德瑞克和安東尼同年，比麥地小兩歲。安東尼記得他滿懷期待地等著德瑞克·蘇德蘭被他哥哥狠狠地羞辱一頓。但是事情的發展，反而讓安東尼再次受到羞辱——只不過羞辱是先打擊了他哥哥，然後再傳到他自己身上。安東尼看到自己的宿敵把自己的哥哥打到屁滾尿流，毫無招架之地。安東尼感覺到德瑞克·蘇德蘭揍在他哥哥身上的每一拳，都彷彿打在自己的身上。那一次，麥地讓他失望透頂。從那時候起，麥地就一直讓人失望。

小麗莎看到爸爸在棺材裡，心裡覺得很難過，但是爸爸可能會有像天使一樣的翅膀，飛到天堂

4墨菲、藍登和威廉森，即屎霸、懶蛋、變態男三個人的姓。因為麥地的家人對這三個人不熟，所以用姓稱呼他們，而不用綽號。

裡去。麗莎告訴祖母，爸爸應該會飛上天堂，祖母卻開始哭了起來。爸爸好像在那個大箱子裡睡著了。祖母說這個大箱子會飛到天堂去。麗莎想，天使有翅膀，可以飛到天堂。她有點擔心，如果爸爸不從大箱子裡跑出來，他根本沒辦法飛啊！不過，或許爸爸知道該怎麼做吧！天堂似乎是個好地方。每次爸爸來衛斯特海雷看她時候，身體都很不好的樣子，媽媽不許她和爸爸講話。如果可以去天堂該有多好，可以在那裡和爸爸玩，就像她很小的時候那樣。爸爸在天堂，身體應該會好起來。天堂和衛斯特海雷，應該是很不一樣的兩個地方吧！

雪莉緊緊地抓著女兒的手，她的鬈髮被弄亂了。麗莎似乎是唯一的證物，證明麥地的一生並非一事無成。任何人只要看看這孩子，就知道這孩子是麥地留下來的。可是，也就僅止於此而已。麥地，他只是名義上的父親而已。牧師提到麥地是個父親，讓雪莉覺得很不舒服。她才是麗莎的父親，也是麗莎的母親。麥地只是提供了一隻精蟲，偶爾過來陪麗莎玩過幾次，不過那是在他染上毒癮，變成毒蟲之前。他對麗莎所做的，就只有這些了！

麥地當然有弱點，他無法面對自己責任，也無法控制自己的情緒。雪莉認識許多毒蟲，都是潛在的浪漫主義份子，麥地也是。雪莉愛麥地身上的浪漫，愛他的開放、溫柔、深情，以及生命力。但是這些優點卻無法長久維持。即使在他染上毒癮之前，他的脾氣就不大好了，有時很嚴峻，有時很尖刻。麥地曾經寫過情詩給她。很美的詩！或許在文學角度上並不是傑作，但是麥地卻以一種讓人驚訝的純真，表達出他對雪莉的美麗情感。然後點火燒掉他特別寫的一首可愛情詩。雪莉淚流滿面，問麥地為什麼要這樣做，熊熊的火焰，似乎正象徵著麥地。這是雪莉一生當中，最感到傷痛心碎的一件事。

麥地轉過身子，看著這間骯髒的公寓：「看看這裡！這種地方真的不是人住的。不要再欺騙自己了，不要再折磨自己了。」

他的眼睛漆黑，莫測高深。他那種具有傳染性的尖酸個性和絕望感，馬上把雪莉的希望，以及她所期待的美麗未來，全部打入了冷宮。麥地的個性曾經差一點毀掉她的生命力，不過她勇敢地對麥地說：「我受夠了！」

之二

「先生們！請收斂一點！」飽受困擾的酒保央求那群醉醺醺的酒鬼，別再胡鬧了。這群酒鬼，是葬禮的哀悼者當中，最後留下來的人。他們本來莊重地喝著 酒，哀愁回憶過去，不過幾個小時之後，這群人終於開始唱起歌來。他們覺得唱歌很爽，煩惱都拋到了腦後。他們根本不理會吧台服務員的抗議。

你丟臉，夏慕斯．歐比安，
都柏林的年輕女孩全部在哭泣，
她們厭倦你的謊言巧語，
你不要臉，夏慕斯．歐比安！

「拜託你們！安靜一點可以嗎？」酒保對他們吼著說。這是一家位於雷斯高爾夫球場公園的小型飯店，顯然這家飯店很不習慣有這樣的客人，更何況這一天又不是周末。

「那個傢伙在碎碎唸他媽什麼狗屁東西啊？我們當然有權利唱歌，為我們的朋友送別啊！」卑比惡狠狠地瞪著酒保，好像要把他吃掉的樣子。

「喂！法蘭哥，別衝動啊！」懶蛋瞭解卑比的危險性，趕緊抓住他的手，希望趕快緩和他的激動亢奮心情，他說：「你記得嗎？我和你，還有麥地三個人，一起去安特利[5]看賽馬全國大賽？」

「我記得啊！我告訴他，這賽馬在電視上就可以看到了，幹吧跑老遠去看現場。對了，那個電視節目主持人叫什麼名字？」

「凱斯．薛文，就是薛哥吧！」[6]

「對！薛哥！」

「電視上的那個人？是〈薛哥波普遊藝秀〉[7]的主持人嗎？」蓋夫問道。

「同一個人啦！」懶蛋說。卑比很放肆地嘻嘻笑著，鼓勵懶蛋把這個故事說完。「我們去了全國大賽的現場，對不對。這個薛哥正在為利物浦城市電台做訪問，他就是從群眾中找一些人來說些屁話。然後他走向我們，我並不想跟這個痞子說話，可是你知道麥地的個性，他覺得這個是他媽的明星啊！於是麥地開始對麥克風說，他多麼高興來到利物浦，在這裡玩得多開心等一堆屁話。然後，這個笨蛋薛哥，竟然把麥克風推到法蘭哥旁邊，」懶蛋指著卑比繼續說：「這傢伙居然對著麥克風說：滾你媽的，去玩你自己的蛋吧！薛哥他媽漲紅了臉。為了卑比這句話，電視實況轉播因此而延遲了三秒鐘，把卑比的粗話剪掉。」

大家都笑了，卑比開始解釋他當時為何這麼做。

「我們去那裡是他媽的看賽馬，不是跟他媽什麼狗屁電台的主持人聊天的。」卑比的語氣，彷彿他是個非常忙碌的重要人物，不喜歡被媒體採訪騷擾。

然而，法蘭哥總是找得到理由發火。

「變態男那混帳應該來的。麥地還是他的好哥兒們呢！」卑比說。

「喔……他在法國……不過正和他的馬子在一起。可能抽不出時間過來吧！你知道……法國很遠的！」屎霸醉醺醺地說。

「有他媽的差別嗎？懶蛋和史帝夫都從倫敦趕過來了啊！如果懶蛋和史帝夫都可以從他媽倫敦趕過來，變態男也可以從法國回來啊！」

屎霸喝了酒之後，腦袋變得遲鈍，搞不清楚跟卑比爭辯的危險性。他居然笨笨地繼續和卑比爭：「是啊！不過……法國很遠呢。而變態男是在法國南部耶。你知道吧！」

卑比一臉無法置信的表情瞪著屎霸，屎霸顯然沒聽懂他的警告。他一對眼睛燃燒著憤怒，冷酷的嘴唇扭成奇怪的形狀，他抬高音量，緩慢地咆哮著：

「**如果——懶蛋和史帝夫——可以——從倫敦回來——變態男——也可以——從法國回來。**」

「好啦……夠了。不要再爭了！今天是朋友的葬禮，你知道吧……」屎霸想，蘇格蘭的保守黨很需要幾個卑比這樣的角色吧。重點不在於溝通的內容，而在於溝通的方法；因為卑比很擅長讓你把

5英國利物浦市附近的地名，以賽馬出名。

6凱斯·薛文是英國的著名電視主持人，一般民眾叫他薛哥，一如台灣的胡瓜就是瓜哥。

7七、八〇年代的英國兒童節目。

訊息聽得一清二楚。

史帝夫對於眼前的景象很不以為然，早就疏於練習囉。而法蘭哥卻把他的一隻手搭在他肩上，另一隻手搭在懶蛋的肩上。

「看到你們真是他媽的太高興了。史帝夫，我要你在倫敦給我好好看好這傢伙，」卑比轉向懶蛋說：「如果你把自己搞成像麥地一樣，看我怎麼修理你。你最好聽清楚法蘭哥說的話。」

「如果我真的和麥地一樣，我早就嗝屁了，也輪不到你來修理。」

「你不相信是不是？我會他媽把你的屍體挖出來，拖到雷斯步道去踹一頓。聽懂了嗎？」

「真謝謝你的關心，法蘭哥。」

「當然，我他媽當然關心我的弟兄。我一向是最挺朋友的。對不對啊？尼利。」

「什麼？」喝醉的尼利慢慢轉過身來。

「我剛才告訴這個傢伙說，我是最挺朋友的！」

「一點也沒錯，你的確是。」

屎霸和愛麗森正在交談。懶蛋偷偷地從法蘭哥那一群人中溜掉，加入了屎霸和愛麗森的談話。法蘭哥抓著史帝夫，告訴尼利說史帝夫是多麼棒的一個人，彷彿史帝夫是他得到的獎品，而他正在對著尼利獻寶。

屎霸轉過去對懶蛋說：「我剛剛跟愛麗森說，今天太鬱悶了。所有這一切……你知道吧……我已經參加過很多和我同年齡的人的葬禮了。你知道吧……真不知道下一個會輪到誰。」

懶蛋無奈地說：「不管他媽的是誰，至少我們都有心理準備了。如果參加葬禮也可以抵學分的話，媽的我都拿到博士了。」

打烊的時間到了，他們一行人離開酒吧，走入了寒夜，帶著打包的剩菜，一夥人朝著卑比家前進。他們花了十二個小時喝酒、談話，發表他們的意見，評論麥地的一生和生命的動機。事實上，在這群人之中，有些腦子比較清楚的人已經發現：雖然大家集思廣益，卻也沒有讓大家更加瞭解麥地殘酷的生死是怎麼一回事。

葬禮之後，和葬禮之前一樣，他們對生命還是一無所知。

不嗑藥血淚筆記第1號

「來吧！用點這個。沒關係的，」這一女人，拿著一管大麻，擺在我的眼前。我他媽怎麼到這裡來的啊？我應該回家，換上家居服，然後看電視，和黛安上床。都是米其的錯，都是他，和他的「下班快速一炮」。

現在我不知道自己在哪裡，身上仍然穿著西裝領帶，坐在這個舒服的公寓裡，周圍都是穿運動衫和棉布褲，自命頹廢的人。這些週末出來混的小丑，眞是無聊又惹人厭。

「別管他了！寶拉，」那個我在酒吧認識的女人說。這女人一直很想搞我，那股明顯又狂熱的拚命勁兒，在倫敦夜生活社交圈中隨處可見。她或許已經搞到我了。每次我去廁所的時候，都會努力回想她到底長得什麼樣子，但是總是無法召喚出一個大概的影像。這類女人都是動過整型手術，惹人厭煩的賤貨。你只想跟她們打炮，發洩慾望，然後走人。她們還給人一種感覺：如果你對她們多用點心，她們說不定反而會失望呢。我現在的語氣，眞像是變態男。不過，就在此時此地，變態男的態度，確實站得住腳。

「來吧！西裝領帶先生。我打賭你這輩子一定沒有試過這個。」

我喝了一口伏特加，研究著這個女孩。她的皮膚是很漂亮的橄欖色，頭髮也修剪得很好，但是這些優點，似乎只會更加突顯出她略帶乾癟的病態外型。我瞇眼偷看：又是一個想要表現自己也在街頭混過的大笨蛋。在墓園裡，埋了一大堆這種人。

我拿起大麻，吸了一口，又還給她：「大麻，加了一些鴉片。對不對？」我問道。這管煙聞起來的味道，還眞的不壞。

「對呀！」她有點膽怯地說。

我在看看她手上點燃的那管大麻，渴望自己有點感觸，任何東西都好。我眞正要尋找的是心中的惡魔，一個壞傢伙，我內心的瘋狂面，讓我腦袋停止工作的怪物，讓我像吸塵器一樣狂吸藥品，逼我用手去拿藥，然後把藥送進嘴裡的怪物。但是，惡魔並沒有出來玩耍。或許惡魔早就不住在我體內了。沒有惡魔的我，只是一個朝九晚五的屁蛋。

「我想，我得拒絕妳的好意了。妳可以說我沒種，但是藥物總是讓我很緊張。我知道很多人喜歡嗑藥，後來都搞出很多麻煩。」

她很專注地看著我，似乎在懷疑我話中有話——我沒講出口的，才是重點所在。但是她顯然覺得我有點愚蠢，於是起身離去了。

「你瘋了，你眞的瘋了，」我在酒吧認識的那個女人開始大笑，她叫什麼鬼名字啊，我他媽記不得了。我很想念凱莉，她回蘇格蘭了。凱莉笑的時候非常美。

擺在眼前的事實是：現在我對於藥物似乎已經感到厭倦了，雖然現在不用藥的我，比起以前用海洛英的我，更是一個無聊的人。重點是：對我而言，這種無聊的感覺，卻是新奇的，所以好像就並不是那麼讓人厭煩。我就再維持一段這樣的生活吧。再維持一段吧。

高級晚餐

我的老天爺！猜得到啦，又是這樣的一個夜晚。我比較喜歡酒吧裡人多的時候。至於像現在這樣死氣沉沉的景象，真是有夠悶。我大概也沒有機會賺小費了，幹！

酒吧裡幾乎沒什麼人。安迪正在看晚報，百無聊賴的樣子。葛拉安在廚房準備餐點，希望食物可以全部賣出去。我靠在吧台上，感覺真的好疲累。明天早上有哲學課，我得交出一篇報告。報告的主題是：「道德」，道德是不是伴隨狀況的不同，而有「相對道德」與「絕對道德」之分……諸此等等。光是想到這些，就讓我鬱悶死了。等這邊的工作結束之後，我還得回家連夜趕著寫作業。真是瘋了！

我並不懷念倫敦，但是我很想念馬克……有一點想他吧！好吧，可能比一點還多了一些，但是並沒有我想像中那麼想念他。馬克說，如果我要讀大學，可以選擇在倫敦就讀，跟在家鄉一樣容易。我告訴他，光靠助學金，已經很難找到地方住了，何況是在倫敦，根本不可能啊！馬克說他有賺錢，我只要靠他就不用怕。但是我告訴他，我並不想被別人養，好像他是個皮條客，我是有腦袋的妓女似的。馬克卻認為情況不會是那樣。總之，我回到了蘇格蘭，馬克仍然留在倫敦。我們倆對於自己所做的安排，都不感到後悔。馬克有熱情的時候，但是他似乎並不是真正需要有個人在他身旁。我跟他一起住了六個月，但是我還是不敢說，我真正瞭解過他。有時候我會覺得，我要求得太多了。但他也不是一個大有玄機的人。

四個男人走進了餐廳，他們顯然喝醉了。真是瘋了！其中有一個人看起來有點面熟。我想可能是在學校見過他吧。

「想喝點什麼嗎？」安迪問他們。

「我要你們最好的啤酒……還有一張四人的桌子，」他口齒含糊地說。從這些人的口音、穿著、神態中，我看得出來他們是中上階級的英格蘭人。在愛丁堡，到處是這種從英格蘭到蘇格蘭來賺錢的殖民者。我知道；我才剛從倫敦回到愛爾蘭。以前在愛丁堡大學裡，學生來自新堡、利物浦、伯明罕，還有倫敦東區；現在呢，愛丁堡大學成為收容那種倫敦近郊來的、牛津劍橋退學生的遊樂場，另外還有一些愛丁堡的有錢人小孩，姑且用來當作蘇格蘭本地人的保障名額。

我對這四個客人微笑。我必須暫時丟掉這種先入為主的情緒，我得把每個客人都當成一般人看待。我受馬克的影響太大——馬克是個瘋狂的人，他對許多事物的偏見，是具有傳染性的。這四個人坐下來了。

他們其中一個人說：「我們該怎麼稱呼一個蘇格蘭的美女？」

另一個突然插嘴：「觀光客。」[8]一夥人開始迸出大笑，真是厚顏無恥。

8意指蘇格蘭沒美女，美女都是外地來的。

其中另一個人，指著我的方向說：「那可不一定。我可捨不得把那個小妞踢下床。」豬頭！幹你老爸的白癡！

我忍住滿腔怒火，假裝沒聽到他們說的屁話。我不能丟掉這份工作。我需要錢；沒有錢，念不了大學，沒念大學，就沒有學位。我要學位。我真的他媽想要有一個學位，勝過全世界所有其他的東西。

他們在看菜單的時候，其中一個留著瀏海的黑髮瘦皮猴，色瞇瞇地看著我，用倫敦東區的口音說：「你好嗎？親愛的！」我知道故意用這種工人口音說話，是有錢階級的時尚，有錢人故意假扮成沒錢人。老天爺！我真想叫這個混蛋滾出去！我受不了搞這些……爛事。

「正妹，笑一個吧！」其中比較肥的傢伙，用一種過份殷勤的態度，粗聲大氣地說。他的語氣聽起來自大、無知、有錢、不知天高地厚、不體貼，也沒腦袋。我想要擺出一種居高臨下的笑臉，但是我臉上的肌肉全凍得僵硬。真的你老爸的謝謝你啊。

幫他們的點菜，簡直是一場惡夢。他們全神貫注地討論著事業：行銷啦、公關啦，以及公司法，是他們最愛的話題。一有機會，他們就會故做輕鬆地向我擺架子，想要羞辱我。

那個瘦猴子居然問我幾點下班，我不鳥他，結果呢！其他人開始起鬨，在桌子上打拍子。點完菜之後，我感到又疲累又屈辱，於是我跑到了廚房。

我真的氣到渾身發抖，不知道自己還能夠忍耐多久。如果路易絲和瑪麗莎也值晚班就好了，至少我可以對另外一個女性傾吐心中的不快。

「難道不能叫那些混蛋滾出去嗎？」我對葛拉安說。

「這是做生意啊！顧客永遠是對的。即使是他媽的大雞歪，我們也惹不起！」我記得馬克告訴過我，許多年前的夏天，他和變態男在溫布雷的「駿馬大會」做外燴。他經常說，服務生是有權力的，千萬不要招惹服務生。馬克說的很有道理。現在，服務生施展權力，大開殺戒的時候到了。

我正在月經期的顛峰，流量很大，覺得經血都要一點一點流到外面來了。於是我跑去洗手間換衛生棉，把沾滿經血的舊棉條，包在衛生紙裡面。

那批帝國主義的有錢人渣點了我們的招牌湯，一種非常有時尚感的番茄橘汁湯。趁著葛拉安正忙著準備主菜，我把沾滿經血的衛生條，就像用茶包泡茶那樣，慢慢地放進第一個湯碗裡面。我用一支叉子，把骯髒的經血擠進湯碗裡。有幾塊黑色的子宮肉膜，漂浮在湯的上面，我用力攪拌，把這碗湯弄得漂漂亮亮。

我先給他們上了兩道開胃菜和兩份湯。確定把那碗加了料的湯，送給滿頭髮膠的王八蛋瘦皮猴。這群人之中，有個棕色鬍子的暴牙醜八怪，正旁若無人地很大聲吼叫，講他在夏威夷度假的時候，受了多少罪。

「他媽熱的要死。我並不是怕熱啊！可是那並不是像南加州那種豪華的熱浪。這個地方潮濕得要命，我他媽整天流汗流得像一隻豬。還有那些當地的死鄉巴佬，整天纏著我不放，要我買他們的狗屁紀念品。」

「再來多一點酒……」頭髮稀少的死胖子，很沒有禮貌，粗聲粗氣地對著我們叫。

我到廁所，用一個平底鍋裝滿我的尿。我有膀胱炎，尤其是月經來的時候，情況特別嚴重。我的尿液又臭又混濁，表示裡面有細菌感染。

我要用酒瓶裡的酒來稀釋我的尿。我的尿液看起來有點混濁，但是他們爛醉成一團，一定不會注意到。我把四分之一的酒倒進水槽裡，再用我的「抗暴之尿」把酒瓶填滿。

我也把一部分的尿水，倒進魚料理裡面。魚和尿，兩者的顏色簡直搭配得天衣無縫，用來醃魚的醬汁，就和我的尿色一模一樣。

這幾個混蛋痞子大吃大喝，完全沒有發現任何異狀。

躲在廁所裡，大便在報紙上，實在不是件容易的事。廁所太小，連蹲下去都很困難，葛拉安又在叫我做事。我只拉出了一小條屎塊，混和著一些奶油，放進攪拌機裡面打勻，再把這一坨好東西，混進巧克力醬裡，擺在平底鍋上加熱，最後淋在巧克力酥餅上面。這道餐後甜點，看起來真是非常之可口。真是太瘋狂了！

施展了服務生的權力，我的鬱悶和不爽得到了莫大的紓解。我甚至開始享受起他們的羞辱。現在，我也比較容易保持笑容了。死胖子抽到「下下籤」：他的那份冰淇淋加的料，是磨碎的老鼠藥。但願葛拉安不會惹上麻煩，但願這家店不會因此而宣布倒閉。

至於我的哲學報告中，我想現在必須被迫以這樣的角度來思考：在某些情況下，道德是可以打折的，而不是絕對不妥協的。老實說，我真的這麼認為。但是，這並不是拉蒙教授的觀點。所以，我還是得以「絕對道德」的角度來寫這篇報告，善就是善，惡就是惡，不可以打折，這樣我才能拍到教授馬屁，藉此得到高分。

這一切真是太瘋狂了！

在雷斯車站，猜火車

我從威佛利慢步向前走，這座城鎮看起來又邪惡又怪異。在卡爾敦路的拱橋下，有兩個人正在郵局的大倉庫前面互相叫罵著。他們是在互罵吧？難不成他們是在罵我？我真是會挑時機與地點來戒毒啊，不過老實說，戒毒哪有恰恰好的天實地利人和？我加快步伐走向雷斯街，但是，提著一只厚重的手提袋，實在沒有辦法走太快。到底他媽的在搞什麼鬼？可惡的傢伙！我他媽的……。

我他媽的得繼續往前走啊。立馬加快步伐。等我走到了劇院區時，那兩個混蛋的叫囂，被一群中產階級的談話聲給取代了，他們看完了歌劇〈卡門〉，正走出劇院。有些人走到了雷斯大道的餐廳，他們已經訂好了位。我繼續向前，開始走下坡道。

走過了我在蒙哥馬利街的舊公寓，走過了以前的艾爾拔街吸毒區，這個地區現在已經重新整修，鋪上了柏油路面。一部警車響著尖銳刺耳的警鈴，呼嘯衝過雷斯大道。三個人跌跌撞撞地走出一家酒吧，撞上了一個中國人，三人中其中一個人惡狠狠地瞄了我一眼。這年頭，一點點芝麻小事，都可以變成幹架的藉口。有些混帳王八蛋巴不得逮到機會惹是生非。我還是小心謹慎為妙，於是再度加快了腳步。

夜晚的時刻，在雷斯大道愈往下坡走，被人打爛嘴巴的機率也愈高。但是很奇怪，我愈往下走，卻愈來愈覺得安心。這裡是雷斯。我想，這裡就是我的家鄉吧。

我聽到有人在嘔吐，於是往巷子裡一看，這條巷子通到一間工寮。我看到第二獎正在大吐特吐。我很有耐心地等他恢復神智，再和他說話。

「拉布，你好嗎？」

第二獎轉過頭來，搖晃著他的腦袋，試著把眼神聚焦在我身上，他厚重的眼皮垂了下來——就像街角的亞洲雜貨店一樣，在半夜打烊的時候，拉下鐵捲門。

第二獎含含糊糊地說了些東西，大概是說：「嘿！懶蛋，不錯啊……你這傢伙。」然後他的臉色一變，繼續說道：「……他媽的好傢伙……看我扁你這好傢伙……」他的手對著我往前揮了過來。雖然我背了一個大背袋，我還是很靈巧地快速退後。這個笨傢伙撞到牆壁，蹣跚後退了幾步，最後一屁股跌在地上。

我扶著他站了起來，他嘴裡還在講一些有的沒有的屁話，不過至少他現在已經比較沒有攻擊性了。

我才剛用手臂攙扶著他站起來，一走到街上，他馬上又像一疊紙牌那樣垮下來。資深酒鬼都很會裝可憐，他現在整個人都靠在我身上了。我得先把背袋放下，才能撐起這個痞子，免得他又跌在地上，我才不想再從地上把他扶起來。可是沒用。

一輛計程車沿著雷斯大道駛來，我揮手攔下車，把第二獎塞進了後座。計程車司機看起來不大高興，但是我給了他五英鎊，對他說：「把他載到霍賞瓦里區的寶斗里吧，老兄。到了那裡，他自己就會找路回家。」現在是節慶假日期間，每年到了這個時候，就會出現一大堆像第二獎這樣的醉鬼。

我本來想和第二獎一起搭計程車回我老媽家，但是湯謨．楊格這家酒吧[9]實在太吸引我了，讓我比較想留在市區。卑比在酒吧裡，正在和幾個混蛋調笑，其中有一個看起來很眼熟。

「懶蛋啊！你他媽的好嗎？剛從倫敦回來吧？」

「是啊！」我握住他的手，他卻把我拉向他，用力拍我的背。我告訴他：「我剛剛才把第二獎丟進計程車。」

「這傢伙！我叫他滾出去，我已經賞了他兩張黃牌了。這混帳東西真是他媽的一個負擔，比他媽的毒鬼還要難搞。如果現在不是耶誕假期，我他媽一定親手扁他一頓。我和他之間已經他媽恩斷義絕了。就是這樣。」

卑比把他的朋友介紹給我認識。至於第二獎為什麼被轟出酒吧，我一點興趣也沒有。他們其中有一個人叫做唐納利，綽號「索頓的瘋漢」，他曾經受佛瑞司特使喚。但是這傢伙似乎厭膩了佛瑞司特，就把佛瑞司特打到送進醫院，夠嗆吧。這樣的結局實在太好了。

卑比把我拉到一邊，低聲對我說：

「你知道湯米病了嗎？」

「是啊，我聽說了。」

9湯謨．楊格酒吧，顧名思義，是用來紀念湯謨．楊格這個人的：湯謨．楊格是蘇格蘭的一個足球明星球員，在一九八〇年代去世。

「趁你還在愛丁堡的時候，去看看他吧！」

「會的，我正打算去看他啊！」

「對啊！你們所有的人都他媽應該去看他。懶蛋，我並沒有責怪你害湯米用藥得病。我告訴過那個他媽的第二獎，我不會因為湯米的事而責怪懶蛋。生命掌握在每個人自己手上。我都是這樣告訴第二獎的。」

然後，卑比繼續告訴我，我是怎樣的一個好人。他也希望我能夠回報他，好好在他朋友面前稱讚他，而我也乖乖地照做了。

我就像是一個活道具，拚命吹捧卑比的優點，滿足他的自我。我扮演著喜劇裡的搭檔角色，對著卑比的朋友們，敘述卑比那幾樁老掉牙的豐功偉業，把他描繪成一個堅強勇敢的硬漢子，從別人嘴裡說出來的吹捧聽起來總是比較真實。我們兩個離開了酒吧，沿著雷斯大道往前走。我很想趕快回到我老媽家，卑比卻硬要我去他家喝啤酒。

和卑比一起在雷斯大道上昂首闊步，我感覺自己是一個掠奪者，而不再是個受害者。我也開始挑路上的行人使眼色耍狠，然後我突然發現到，原來自己也是個可悲的混球。

我們跑到大道上的舊中央車站撒泡尿。這棟建築物已經成了一片廢墟，馬上就要被拆掉，改建成購物中心和游泳池。我的年紀還太輕，根本不記得這個地方曾經有火車經過，不過我還是感到悲哀。

「真是好大的一個車站。聽說，以前，可以從這裡搭火車到任何一個地方呢！」我一面說著，一面看著自己的尿冒著蒸汽，灑在冰冷的石頭上。

「如果這裡還有火車經過，我一定要跳上火車，離開這個鬼地方，」卑比說道。他現在談論雷斯的態度，實在不像他的作風。卑比本來都把這個城市吹捧得很浪漫。

有個老醉鬼。卑比一直在注意他。這老傢伙鬼鬼祟祟地走到我們旁邊，手裡還拿著酒瓶。很多酒鬼都喜歡到這裡來喝酒過夜。

「怎麼啦？年輕人？來玩猜火車嗎？」[10]老傢伙說著，為自己的機智幽默放聲大笑。

「是啊！對極了，」卑比說著，然後他哼著鼻息聲說：「死老猴。」

「好吧！我走啦，你們玩你們的吧！不要放棄猜火車精神喔。」老傢伙搖搖晃晃地離開了。他急促的酒鬼笑聲，在這荒涼的空間內迴盪著。我發現卑比變得很奇怪，他似乎很安靜、很不安。他把臉從我身上轉移了開來。

直到這個時候我才知道，原來那個老酒鬼，竟然是卑比的老爸。

前往卑比家的路途中，我們兩個人一直都沒有說話。我們走到杜克街時，碰到了一個陌生人。卑比朝他臉上揮了一拳，他被擊倒在地上。這個被揍的傢伙只向上迅速看了一眼，就把自己的身體

10這一節是整部小說書名的由來。「猜火車」的「猜」，原意是「看」。猜火車至少有三個意義：（一）猜火車是一種打發無聊的遊戲，站在月台上，看火車飛馳而過，努力背下各節車廂的系列編號，看誰比較厲害，記得最多。有些人風雨無阻，穿雨衣，拿著筆記本，也要猜火車。就這層意義而言，猜火車就是無聊舉動，而雷斯早已火車不通行，無聊之中的無聊，藉此自況書中主角們的荒蕪心境。（二），猜火車第二個意義引申為「喜歡認真蒐羅各種無謂資訊的癖好」。《猜火車》書中的各個主角雖然沉迷毒品酒精或者情色，卻是個個肚子裡有一套哲學觀，往往從小處娓娓道來，尤其以懶蛋為甚，堪稱頗具有「猜火車」性格。（三），猜火車的第三層意義是毒品圈的用語。靜脈注射海洛英的人，往往手臂疤痕斑駁，損壞的血管會形成黑色一條火車軌一樣的痕跡。尋找可用的血管以及插入點，就叫作猜火車。

蜷縮成胎兒狀。卑比只說了一句：「爛貨，」然後用腳狠狠地踹著倒在地上的身體，一口氣踹了好多下。這個人抬頭看著卑比的表情，是無奈多於憤怒。這個孩子，完全知道是怎麼回事。

我並不想插手阻止，甚至也沒有假意勸架。然後，卑比看著我，把頭點向我們要前進的方向。那個人倒在馬路上，我們倆繼續沉默地向前走，頭回也不回。

獨腳性愛大戲[11]

自從強尼．史旺截肢之後，這是我第一次碰見他。我在見他之前，並不知道他的身體狀況。上次看到他的時候，他的傷口正在化膿，而且還在吵著要去泰國當皇帝。

讓我非常驚訝的是，這傢伙剛剛才丟掉了一條腿，竟然依舊生氣蓬勃，他興奮地說：「懶蛋！好傢伙。你最近好嗎？」

「不錯啊！強尼。老大！我真的很遺憾你失去了一條腿。」

我的關心，竟然讓他笑了出來：「我將在困境中重新建立我的足球明星生涯呢，畢竟運動傷害也沒有阻擋葛利．馬凱[12]成功啊！」

聽他這樣說，我只能微笑以對。

「我，強尼．史旺，不會被困太久的。等到我可以他媽用枴杖的時候，我馬上就會去街上混了。

11 原文「a leg-over situation」一語雙關，原指性交，這裡又指強尼．史旺只剩一條腿的情況。

12 葛利．馬凱．史帝芬，是蘇格蘭的足球明星。

我是一隻鳥，沒有人可以切掉我的翅膀尖[13]。雖然我的腿沒了，但是我的翅膀永遠都在。」他的手環繞在肩膀上拍動，彷彿那裡真長了一對翅膀。我覺得，他可能真的以為他有翅膀。「——這是一隻你無法改變的鳥——」強尼唱起歌來了[14]。我真不知道這傢伙嗑了什麼藥。

他彷彿看出了我的心思，說道：「你一定要試試賽克羅賽（Cyclozine）。這種東西單獨用是浪費，一點也沒屁用，但是如果和美沙酮混在一起用，絕對會爽死你。這是我見過最駭最爽的東西了！連一九八四那一年我們用過的哥倫比亞貨都比不上。我知道你已經戒藥了，但是如果你別的不肯用，你一定要試試這種雞尾酒爽法。」

「你真的這麼認為嗎？」

「這是他媽的極品啊！相信大媽吧！懶蛋。談到藥物這件事，我一向相信自由市場。但是我還是得讚美『國家醫療服務中心』[15]，自從我退出販毒這行，採用美沙酮替代療法，我開始相信：國家在毒品這一行，足以和私人企業競爭，以低廉的價格，為消費者製造良好的產品。美沙酮和賽克羅賽混和使用，老兄！簡直不可思議！我只要去領我的美沙酮，再想辦法找人弄到處方用的賽克羅賽——這種藥會開給那些可憐的癌症病人、愛滋病患。大家各自交換一點東西，互通有無，大家都他媽的開心啊！」

強尼的身上已經找不到靜脈可以打針了，於是他開始在動脈上大膽打針。他只打了幾次動脈，肌肉就爛死了。於是，他的腿也毀了。強尼發現我正在看他綁著繃帶的殘肢。沒辦法，我實在身不由己，不該看，可是就是想看。

「我知道你在想什麼！你這傢伙。我告訴你，沒有人能夠拿走強尼・史旺的第三隻腳，也就是我兩腿之間的大老二。」

「我沒有那樣想啊！」我辯解道。但是強尼卻把他的老二從短褲裡面給掏了出來。

「這傢伙對我來說，也不是很有用啦。」他大笑著說。

我注意到他的龜頭上長著乾癬，這表示他的爛瘡正在復原當中。「強尼，你的膿瘡似乎開始快好了。」

「對！我正努力以美沙酮和賽克羅賽取代注射。當我看到我的老二時，我想：這根，也是我的機會喔，我又找到另一個可以注射的地方了——但是醫院的人告訴我：別想了！如果你在老二上注射，你就死定了。這種美沙酮替代性療法其實並不壞。強尼．史旺的策略，就是讓自己有行動力，讓自己戒藥，然後東山再起，不過我只是為了圖利，並不是自己要用藥啦。」他解下腰帶，把他那根醜陋的老二收了回去。

「你他媽真的要跟毒品說不了！」我剛剛說的話，這傢伙根本一句也沒聽見。

「才不哩！我的目標是他媽大賺一筆鈔票，然後飛到曼谷當皇帝。」

他的腿雖然廢了，但是去泰國享福的幻想，倒是一點也沒變。

「我告訴你，」他說：「我不要等到去了泰國，才搞好可以打炮的馬子。因為減量療法，所以我現在又有性慾啦。前幾天護士過來幫我換衣服的時候，我有勃起喔。那護士雖是個老貨，可是我的

13為防止家鳥飛走，飼主通常會剪掉翅膀尖，鳥就無法飛了。

14這是美國南方搖滾樂團林納史金納（Lynyrd Skynyrd）的名曲〈Free Bird〉。

15 NHS，一個免費服務大部分英國居民的醫療單位。

那根小寶貝啊，硬是翹起它的小蘋果[16]喔。」

「強尼，等你康復出院之後再說吧！」我有點怕他生氣，卻還是鼓勵他。

「狗屁！我出院之後要幹吧？誰願意去跟一個只有一隻腳的人打炮？我必須花錢買啊！強尼‧史旺已經淪落成這樣了。和女人之間的關係，最好還是他媽建立在買賣關係上，原則上，還是以生意往來為基礎。」強尼口氣很酸。他問我：「你還在跟凱莉搞嗎？」

「沒有，她回蘇格蘭去了。」我不喜歡他問話的方式，也不喜歡我自己回答他的方式。

「愛麗森那個女人，前一陣子過來看我，」強尼說著，漸漸說出了他不爽的原因。愛麗森和凱莉是好朋友。

「是喔……」

「她來看我，是把我當畸形怪物！」強尼指著他綁上繃帶的斷腿說道。

「拜託！強尼，愛麗森並不是那麼賤的人啊！」

強尼又大笑，找出一瓶低咖啡因的健怡可樂，拔開罐子上的拉環，喝了一口，然後指著廚房對我說：「冰箱裡還有一罐，」我點點頭，拒絕了他的好意。

「對！她前一陣子有過來。其實已經是好幾個星期前的事了。我說：小美女，看在舊日情誼的份上，可不可以幫我吹一下老二啊！我的意思是，她至少可以幫我強尼‧史旺做這到一點吧，畢竟我們都是老交情了。可是這個沒心肝的冷血婊子，竟然拒絕我，」強尼面帶嫌惡，搖著頭說：「我從來沒有幹過那個小婊子，從來沒有過。即使是以前她在嗑藥的時候，也沒有上過她。有一次她想要用打一炮來換一管，我都拒絕了，都他媽沒有趁機上她。」

「你說的對，」我勉強承認。史旺說的是真話嗎？還是謊話？不知道什麼原因，我和愛麗森之間，總是有一種默契：她看我不爽，我看她不爽。但是不管原因是什麼，基於這一點，當我聽到愛麗森的壞話，總是比較容易信以為真。

「強尼．史旺絕對不會佔沮喪鬱悶的小妞兒便宜的。」

「當然，」我回答，但是完全沒有被說服。

「對極了！我不會那樣做。」強尼尖聲抗辯道：「我沒有，我有嗎？」只有吃過布丁的人才媽的知道布丁好不好吃。

「是啊，你沒有幹人家，因為你忙著給卵蛋打毒品，根本沒時間打炮。」

「不是這樣喔……」強尼用那罐可樂拍著胸脯說：「強尼．史旺絕對不會陷朋友於不義。這是我的最高指導原則。我不會因為嗑藥而跟朋友搞，也不會無緣無故跟朋友搞。千萬不要在這方面質疑強尼．史旺的人格。懶蛋，我並非永遠嗑藥嗑到不省人事。如果我真的要她，我也可以搞到她。就算我嗑藥嗑昏頭，我也可以用錢把她買上床。這個女人很好上。我可以把她一口氣搞到復活節路，讓這個婊子穿著短裙、不穿內褲——只要給她一管海洛英，就可把她搞定。然後把她拖到酒吧後面車庫的地板上猛幹。說不定我在那裡狂插猛送的時候，還會有人來排隊參一腳。我強尼．史旺呢，還可以每個人收五塊錢。就算是有俗辣來攪局，我還是可以賺到他媽一筆天文數字的利潤呢！然後在下一個週末，帶她去泰尼足球場，讓那些染病的混帳球迷也來爽一下。」

16 蘋果，指龜頭。

強尼到現在還是HIV陰性，真是很不可思議。他以前開過的嗑藥窟比任何人都多。他有一個很奇怪的理論：唯有強伯球迷，才會得愛滋病，而西伯隊的球迷是免疫的。「我已經想好我的退休計畫了。過幾個星期，我就在泰國了。我那根屌兒，就要住在東方正妹的小屄裡面了。我以前不幹這種事，因為我不和朋友上床。」

「強尼，堅持原則並不是一件容易的事啊！」我笑著說。我很想趕快離開。我已經再也受不了強尼的東方大夢了。

「對極了，我的問題是，我總是忘記，社會上壞人很多。做生意是不能有同情心的。毒品這行的金科玉律就是，沒有私人感情，即使是對熟人也一樣。但是現在，強尼．史旺變成了一個心軟的王八蛋，也開始在講友情了。但是那個自私的小東西，是怎麼報答我的？我只是要她幫我吹一下老二，僅此而已。就算同情我只有一隻腳，她也應該幫我這一次吧。於是我給她化妝品、口紅，要她裝扮得漂漂亮亮，再來幫我吸屌。我終於叫她做了，但是她才看了我的老二一眼，看到我的老二流膿，就他媽不想搞了。我跟她說：『別擔心，口水是最天然的消毒劑。』」

「對啊，大家都說口水可以消毒。」我也承認。我受夠了。

「是啊！懶蛋，我再告訴你一件事。你記得一九七七年的時候，我們有一個偉大的點子：我們要吐口水，用唾液把這個世界淹沒！」

「可惜，我們都已經乾掉了，」我說著，起身準備離去。

「對啊！一點也沒錯。」強尼．史旺說，現在，他說話的聲音愈來愈小了。

此時此刻，我想我該告辭了。

西葛蘭登的冬季

湯米看起來氣色還不錯——真是可怕，因為他快要死了呀。最少在幾個星期之後，最多在十五年之後，湯米就要從這個世界上消失了。理論上，我的下場會和湯米一模一樣，只不過，我們知道湯米身上有病，但是我不敢去檢查我自己有沒有。

「湯米，你還好吧，」我問道。湯米看起來很好。

「很好啊，」湯米坐在一張破爛的扶手椅上，屋子裡飄著一股潮濕的氣味，囤積已久的垃圾堆在那裡，沒有人拿出去倒。

「覺得怎麼樣？」

「還不錯。」

「想聊聊嗎？」我必須先試探一下。

「沒有很想。」他說，但是語氣中卻似乎表示他想聊。

我很笨拙地坐在另一張一模一樣的椅子上。這張椅子的彈簧都露出來了，坐上去很不舒服。很多年以前，這是一張屬於有錢人的椅子，後來卻淪落到窮人家，放了好幾十年。現在，這張椅子正與湯米相依為命。

現在我才看出來，湯米的氣色其實並不是很好。他身上好像少了些什麼東西，某些原本屬於他的東西不見了，彷彿一張未完成的拼圖。我非常驚訝，而且覺得很喪氣。彷彿湯米已經死去，我已經在開始哀悼他了。我現在發現，死亡不只是一個最終的結果，更像是一整個過程。死亡的過程，是一點一點，漸漸死去。人們在家裡或者在醫院裡，或者在這樣的一個地方，逐漸腐爛凋零。

湯米無法離開西葛蘭登。他和母親鬧翻，被趕了出門。這是一間所謂「靜脈曲張」的公寓，因為整間屋子的牆壁，都是碎裂的灰泥。湯米從政府的住屋協調會申請到這間公寓。五萬人在排隊等待分配住處，卻沒有一個人要住這間公寓。這個地方像所監獄。不過這實在不是住屋協調會的問題——政府把好的房子拿去賣掉，只留下這種爛地方，給湯米這種人。這樣做，就是完美的政治手腕。這個地方沒有選票，政府幹吧為這些無法支持自己政黨的人服務呢？至於道德，那就是另一個問題了。但是道德和政治有何相干？沒有啦！一切都要向錢看。

「倫敦的生活過得好嗎？」他問。

「還不錯啊！湯米，其實和這裡差不多。」

「是嗎？不至於吧！」他嘲諷地說道。

他公寓門外的夾板大門上，被人用黑漆塗上很大的「**瘟疫**」兩個字，還有「**愛滋病**」，以及「**毒鬼**」。那些低級的街頭小鬼，什麼人都要去騷擾。還沒有人當面詬罵湯米，他是個軟心腸的好傢伙，不過也相信卑比所謂的球棒防身理論[17]。他有很好鬥難纏的朋友，例如卑比；也有比較不那麼麻煩的朋友，例如我。湯米的抗壓性愈來愈脆弱。現在他比以前更需要朋友，但是身邊的朋友卻愈來愈少。這是生命的逆反公式，或者你可以稱之為變態公式[18]。

「你去做檢測了嗎？」他問。

「有啊！」

「你是健康的？」

「是啊！」

湯米看著我，彷彿他既憤怒不甘心，又在苦苦哀求我。他的眼神中同時出現了兩種情緒。

「你打針打得比我多。而且你共用針頭。你用過變態男的、基斯柏的、瑞米的、屎霸的、強尼．史旺的……你他媽還用過麥地的。你敢說你沒有用過麥地的工具？」

「我從不共用針頭啊，湯米！每個人都說自己不共用針頭，但是我真的不共用，我也不去嗑藥的店。」總之，我這樣告訴他。奇怪，我居然忘了基斯柏這個人。他入獄已經好幾年了，我一直想要去看看他。可是我知道，我永遠不會下定決心去看他。

「狗屁，你他媽的有共用針頭。」湯米說著，身體向前傾，然後他開始哭泣。我記得曾經想過，如果湯米哭了，我也會跟著哭。現在我的感覺卻只是一種醜陋而教人窒息的憤怒情緒。

「我從不共用針頭，」我搖頭說道。

他往後坐直身子，好像在對著自己苦笑。他開始回顧以前的一些事，但是他的眼睛沒有看我，他的話中也沒有任何苦澀口氣了。

17此處意指他家裡也放了球棒，所以還沒有人當面怒罵他。
18意指需要愈多，供給卻愈少。

「真是有趣，事情竟然變成這個樣子。都是你和屎霸和變態男和強尼的關係，讓我染上海洛英。我曾經和第二獎和法蘭哥一起喝酒，一起嘲笑你們這些嗑藥的，說你們都是一群毒鬼毒蟲。後來我和莉西分手了，你記得嗎？我跑去找你，要求你幫我打一管。我那時候想：幹他媽的！我只要試一次就好了。但是一旦用過了之後，就再也戒不掉了。」

我當然記得。拜託！那只不過是幾個月以前的事情。有些可憐的混蛋，對某些特定的東西，就是有先天性的上癮傾向，例如第二獎嗜酒成癮，湯米卻為了報復而打海洛英。沒有人能更真正控制得了癮頭，但是我知道有些人，就像我這樣，懂得如何適應。我已經戒藥戒了好幾次了。戒藥，然後又繼續用藥，就像是進出監獄。每一次入獄的時候，你從監獄生涯解脫出來的機會，就更少了一些。同樣地，每一次你再回去用藥的時候，你可以脫離毒品的機會，也日漸減少了。當初是我鼓勵湯米嘗試第一次用海洛英嗎？是不是因為剛好我身邊有藥？是我帶他用藥的嗎？或許是，有可能！我現在背負著多少罪惡感呢？夠多了！

「湯米，我真的很抱歉！」

「馬克，我不知道該怎麼辦。我該怎麼辦呢？」

我只是坐在那兒，微微低著頭。我很想對湯米說：好好過日子啊！這就是你應該做的啊。好好照顧你自己，你不會變得更壞的。看看德威．米其。德威是湯米的好朋友，他也是帶原者啊，但是他一輩子從來沒有用過藥。德威過得非常好，他的生活非常正常，甚至比我認識的任何一個人都還要正常。

但是我知道，湯米連公寓的暖氣費用都付不出來。他不是德威，更不可能是導演德瑞克．賈曼[19]。打造一個新的生活空間，吃新鮮的食物，讓心智接受新的挑戰、新的刺激——這是其他病人可以做的事，可是湯米自己做不到。他沒法多活五年、十年，甚至十五年，他會先死於肺炎或癌症[20]。

湯米活不過西葛蘭登的冬天。

「很抱歉，老弟，我真的很抱歉，」我只能重複這一句話。

「有藥嗎？」他抬起頭看著我說。

「我已經戒藥了！」我告訴他。他甚至沒有對我冷笑。

「借點錢吧，過兩天，我的房租支票就來了。」

我伸進褲袋，掏出兩張皺成一團的五英鎊紙鈔。我想到了麥地的葬禮——麥地過世之後，大家都在賭，下一個會死的人就是湯米了。可是，沒有人能夠改變這場死亡風暴，而我，尤其無能為力。

他把錢拿走。我們的眼光交錯，有一種感覺在我倆之間閃爍了一下。我無法形容那是什麼，但是那種感覺非常好。不過那只有一秒鐘，然後就消失了。

19 電影導演賈曼是多才多藝的英國同性戀前衛藝術家。他染上愛滋病、病入膏肓之後，一直到去世之前，都還在努力從事藝術創作。

20 這裡是指他連暖氣都沒有，會先死於肺炎。

蘇格蘭老兵

強尼．史旺對著浴室的鏡子，端詳著自己剃光的頭顱。他以前那頭骯髒油膩的長髮，已經在幾個星期前剪掉了。現在，他連下巴上的鬍鬚都剃掉了。對於像他這樣只有一隻腳的人，剃鬚修面實在是件很痛苦的事，強尼一直無法保持平衡。但是，鬍子刮傷過幾次之後，他還是勉強辦到剃鬍子的任務。他決定自己再也不要回去坐輪椅，這是一定的。

「回去乞白食吧，」他對自己說。他從鏡子裡面，研究著自己的臉。強尼的樣子非常清爽。但是看到自己乾乾淨淨的感覺並不好，而把自己弄乾淨的過程也讓他飽受折磨。然而，大家心目中老兵的標準形象就是這樣。他開始吹口哨，吹著〈蘇格蘭士兵〉（Scottish Soldier）這支曲調；為了讓他自己更沉醉，他對鏡中的自己僵硬地行了一個軍禮。

強尼斷肢上的繃帶，引來了一些關注。其實那看起來很骯髒。社區護士哈維小姐今天有來幫他換繃帶，當然也對他嘮叨了幾句關於個人衛生的叮嚀。

他端詳著自己剩下的左腿。左腿一直比右腿差。膝蓋上有淤青，那是幾個月之前的足球意外留下來的。現在左腳必須支撐他整個身體的重量，膝蓋上的淤青也更嚴重了。強尼想，他實在不應該右腿的動脈上注射，弄到右腳生壞疽，最後不得不動外科手術鋸掉。他想：這真是右撇子的悲哀啊！

外面寒冷的街道上，他搖搖擺擺，動作蹣跚地向著威佛利車站的方向前進。每走一步路，都是一次殘酷的過程。他感受到的疼痛不僅是來自那斷肢，似乎那是整個身體的疼痛；然而，他所吞下的美沙酮鎮定劑和巴必妥酸鹽，畢竟安撫了一點他的疼痛。強尼在市場街車站的出口，把裝備搭好。他拿了一塊很大的紙板，上面用黑字寫著：

福克蘭戰役老兵——爲了國家，我失去了我的一條腿。請幫助我！

有個叫做西佛的毒鬼——強尼不知道他真正的名字——正以電影畫面停格的動作朝他接近。

「史旺，你有藥嗎？」他問。

「沒有喔！我聽說雷米星期六會有藥。」

「星期六，太晚了。」西佛喘著氣說：「我有很大的藥癮要餵啊！」

「西佛，我，強尼．史旺現在是個生意人了，」他指著自己說：「如果我有貨，我早就進行交易了！」

西佛眼神朝下。一件邋遢的黑色外套，鬆垮垮地掛在他憔悴的灰撲撲身體上。「弄不到美沙酮處方箋，難過死了，」西佛說道，卻不是為了尋求同情，也不是在期待別人的同情。然後，他死氣沉沉的眼睛，突然閃爍了一下：「嘿！強尼，你現在幹這一行，錢賺得多嗎？」

「山不轉路轉吧，」強尼笑著說，他的牙齒發出腐爛的刺鼻惡臭：「我做這個賺來的錢，比以前賺的錢還多啊！現在很抱歉，西佛，我要開始討生活了。一個有正義感的老兵，是不能和毒鬼說話的。晚些再見了！」

西佛沒有聽進強尼的話，當然也就沒有被強尼觸怒：「我去診所好了，說不定有人要賣美沙酮給我。」

「再見了！」強尼對著他的背影大喊。

強尼乞討的收入很穩定。有些人會偷偷地在他的帽子裡丟幾枚硬幣，有些人則惱怒他的悲慘命運觸人霉頭，轉身就走人，或者連看都不看他一眼。願意給錢的女人比男人多，年輕人比年長的人多，看起來經濟情況普通的人，比那些看起來財大氣粗的人來的慷慨。

一張五英鎊的鈔票，掉進了他的帽子裡。「老天保佑你，先生。」強尼表示謝意。

「不用客氣，」一個中年男人說：「這是我們虧欠你的。年紀輕輕就失去一條腿，一定非常痛苦。」

「我無怨無悔。人不能自怨自哀，這就是我的人生哲學。我愛我的國家，如果再有機會，我還是願意再次上前線戰鬥。再說，我算是很幸運的，因為我最後還是回到了我的家園。當年在古斯格林之役，我們失去了好幾個弟兄。」強尼的眼睛凝視著遠方，彷彿他真的相信自己所說的：「不過，能夠認識像你這樣，真正記得歷史、真正關心的人，我們所付出的一切，都是值得的。」

「祝你好運了！」這個男人溫柔地說道，然後轉過身，朝著市場街的方向走去。

「媽的！一個瘋子神經病，」強尼喃喃自語道。他晃了晃低垂的腦袋，他輕笑之後，他的腰部都抖起來了。

幾個小時之後，強尼賺到了二十六英鎊七十八便士。這個差事並不壞，而且又輕鬆。強尼很有耐性等待。就算火車大誤點，他這個老毒鬼今天還是註定要撈不少錢，然而，戒藥的後遺症卻提早來敲門了，讓強尼・史旺吃盡苦頭：他覺得忽冷忽熱，心跳往上跳一級，毛細孔流出一種又濃又毒的汗。當他正準備收拾鋪蓋，打道回府的時候，有個瘦小柔弱的女人走向了他。

「孩子，你是皇家蘇格蘭軍隊的嗎？我的兒子是在皇家蘇格蘭軍服役的，他叫做布萊恩・雷羅。」

「太太，我是海軍役的。」強尼聳肩說。

「我的孩子一直沒有回來。上帝保佑他。他才二十一歲啊！我的孩子，一個好孩子。」這女人的眼睛裡泛著淚光。她的聲音漸漸低沉，濃縮成為一種嘶聲。

「孩子，你知道嗎？我恨柴契爾夫人，直到我死的那一天，我都會一直恨她。我每天都在詛咒她，沒有一天停過！」

她打開皮包，拿出一張二十英鎊的鈔票，丟在強尼的帽子裡：「孩子，這是給你的。這是我身上所有的錢，但是我捐給你。」她突然痛哭失聲，蹣跚地離去，彷彿她被刺了一刀。

「上帝保佑妳，夫人！」強尼・史旺對著她大聲說：「上帝保佑英國皇家男子漢。」然後，他搓了搓雙手，想到他馬上可以服用他自己調的雞尾酒爽藥，他就很開心。這是瘋子的雞尾酒藥物，也是他邁向更幸福的車票，通往一個小小的祕密天堂。外行人會很不屑這個藥物天堂，可是外行人永遠不瞭解天堂之中的快樂。阿爾多有一些賽克羅賽，那是他自己的癌症處方藥。強尼下午要去探望這位癌症病人。阿爾多需要強尼的鎮定劑，而強尼剛好需要阿爾多的爽藥。真是所謂合作無間，各取所需。沒錯！上帝保佑皇家軍隊男子漢！上帝也保佑國家醫療服務中心。

散場

一站又一站

夜裡天氣很壞，很陰沉。天上滿是黑鴉鴉的雲，準備把髒水射向地面上拖著腳步的老百姓。[1]自從天亮之後，已經下了幾百次雨。巴士站的大廳，簡直是社會福利辦公室的分身，只不過兩者正好相反[2]——客人都站在外面。這個地方看起來好油膩。許多有偉大夢想卻沒有錢的年輕人，正悶地站著排隊，等待著前往倫敦的公車。除了搭便車，沒有比搭公車更便宜的方法了。

這輛公車是從亞伯丁開出來的，中途在丹地停靠一站。卑比不苟言笑察看我們的訂位車票，然後用兇惡的眼光瞪著車上的乘客。他轉開頭不看人，盯住腳旁的愛迪達球袋。

懶蛋轉向屎霸說悄悄話，不讓卑比聽見。他腦袋指向焦躁的卑比，對屎霸說：「卑比這痞子就是希望有人佔了我們的位子，好讓他有機會惹事胡鬧。」

屎霸揚起眉毛微笑。懶蛋看著屎霸，心想：你無法想像這筆勾當的風險有多高。這絕對是大生意，不用懷疑。懶蛋剛才打了一針，保持精神穩定。這是他幾個月來打的第一針。

卑比轉向他們，神經躁動不安，給大家一個生氣的臭臉，彷彿已經察覺到他們對他不敬。他問道：「變態男這傢伙死到哪裡去了？」

「嗯，我怎麼會知道，你說嘛，」屎霸聳聳肩。

「他會來的。」懶蛋說著，對著地上的愛迪達球袋點點頭：「你手上的貨，有百分之二十是他的呢！」

懶蛋說的話，又讓卑比慌了：「你白痴，他媽的講話小聲一點，」卑比噓聲對懶蛋說。他左顧右盼，瞪著車上的乘客。他巴望有人瞄他一眼，就算一個人瞄他也就夠了，他就可以在這個倒霉鬼身上發洩怒氣，然後把所有事情都搞砸——要不然他的怒氣都要把他自己給悶死了。

不行！他必須控制自己。這筆勾當很大，不可以冒險。做什麼事，都是在賭。

但公車上並沒有半個人在看卑比。有些人確實注意到他，可以感覺到他散發出來的躁動氣味；但是這些人使用大家都會的奇招：看見神經病，就假裝沒看見。甚至連卑比的同伴都不正眼看他。懶蛋壓低頭上綠色棒球帽，蓋住眼睛。屎霸穿著愛爾蘭共和國的足球衫，看著一個背著背包的金髮女郎，女郎正把背包拿下來，屎霸就看見她的牛仔褲被屁股繃得好緊。第二獎站在離大家稍遠的地方，他正在穩穩地喝酒，看管他腳前方兩個白色塑膠袋的大份量外帶食物。

在車站大廳的對面有一個被當作酒吧的小碉堡，變態男正在酒吧後面和一個名叫茉莉的女孩講話。茉莉是個妓女，也是個ＨＩＶ帶原者。她經常在車站附近晃蕩，釣男人做生意。幾個星期以前，茉莉在一家低廉骯髒的酒吧裡，和變態男耳鬢廝磨，然後就愛上了變態男。變態男那天晚上喝醉了，忘記了ＨＩＶ的傳染途徑，一整晚都在和茉莉舌吻。變態男事後非常焦慮，刷牙刷了六、七

1這一章的開頭酷似莎士比亞悲劇〈馬克白〉的開場——〈馬克白〉的背景就是蘇格蘭。

2此處是指長途公車乘客都像領失業救濟金的人，只是不站在社會福利辦公室裡，而是站在外面等公車。

次，才緊張兮兮地爬上床，一整晚睡不著。

變態男從酒吧後方窺視他的朋友們。變態男故意讓他的朋友等。他要確定上車之前，沒有警察突然衝出來抓人。如果警察出現，就讓他們被逮吧！

「借我十塊錢吧！美女，」變態男對茉莉說。他心裡明白，他自己的錢都押在愛迪達球袋，裡面有三千五百英鎊的貨，算是他的。十塊錢與球袋裡的貨大不相同，後者是資產，前者是他一向搞不定的現金流量。

「拿去，」茉莉從皮包裡拿錢出來的態度非常乾脆大方，幾乎讓變態男感動了。但是同時，他也覺得有點氣惱，因為茉莉的皮包非常飽滿。他罵自己，早知道就應該跟她要二十英鎊。

「乾杯！寶貝……我該放你去找你朋友了。」史莫基樂團（The Smoke）唱道。變態男撥弄著茉莉的頭髮，吻著她。這一次，他只在茉莉的臉頰上小氣可笑地輕輕吻一下。

「賽門，回來之後記得打電話給我，」茉莉在他的身後嚷著，看著變態男削瘦結實的身體，蹦蹦跳跳地脫離她的視線。

變態男又轉過身來說：「妳過來阻止我啊！快過來阻止我啊！不然我要走了喔！好好照顧妳自己啊，」變態男對她眨眼，給她一個溫暖大方的微笑，才轉頭離去。

「沒出息的小婊子，」變態男低聲嘀咕著，臉上的笑容凍結，很輕蔑地皺著眉。茉莉完全不夠專業，幹這一行的人應該要世儈一點嘛。茉莉根本就是個可憐蟲，變態男想著，心裡既同情又藐視她。他在一個街角轉彎，跳到下一個街角再轉彎，腦袋不停地東張西望，偵察有沒有警察出沒。

變態男看到他們一夥人搭上公車的樣子，心裡非常不爽。卑比責怪變態男遲到。平常卑比就是讓人擔心的瘋子，在這一次賭本這麼高的情況下，卑比會比以往更加焦躁。他記得，昨天晚上大家即興開了派對，卑比提出幾個不可思議的暴力應變計畫。卑比的壞脾氣足以把大家都送進牢裡，關一輩子。第二獎昨晚喝得很醉，想也知道。這個守不住口風的醉鬼，會不會在大家開始正式行動前，就大嘴巴跟外人說了什麼話？如果第二獎連自己身在何處都不知道，他怎麼可能記得他所說過的話？媽的這實在是一個危險的勾當——變態男想著，一股焦慮的寒顫穿透全身。

讓變態男最不爽的，其實是屎霸和懶蛋的狀況。這兩人顯然嗑藥嗑得眼睛脫窗。一看就知道這兩個人會誤事。懶蛋本來已經戒藥好久，早在他離開倫敦的工作，回到雷斯家裡蹲之前，他就戒了；可是，席克提供哥倫比亞絕不摻料的棕色海洛英，還是讓懶蛋破戒了。懶蛋為自己的破戒辯解：愛丁堡毒鬼本來都只有巴基斯坦海洛英可以用，這次看到上等貨，是一生只有一次的機會哪，怎可錯過！一如以往，屎霸也插了花。

屎霸是個麻煩角色。變態男一直覺得很不可思議：屎霸可以不費吹灰之力，就把最單純的娛樂消遣，轉變成犯罪事件。變態男甚至認為，屎霸早在娘胎裡的時候，與其說他是個胚胎，不如說他是一團潛伏等待鬧事的藥物問題、個性問題。就算他只是從小廚師[3]速食店幹走小小的鹽罐，都有可能惹來一群警察。相比之下，卑比根本不算什麼啦；變態男不爽想著：真正會把所有事情搞砸的那個人，絕對是屎霸。

3 類似麥當勞的一般速食店。

變態男很嚴厲地看著第二獎。他叫第二獎，因為他酒醉之後自以為很會打架，結果下場悲慘。第二獎本來擅長的運動並不是拳擊，而是足球。他小時候，曾經是個球技出眾，揚名國際的蘇格蘭明星球員，十六歲那一年南下進軍曼徹斯特，參加「曼聯」。那時候，他的酗酒問題就已經開始萌芽。足壇不可告人的奇蹟之一是，第二獎居然可以在曼聯混了兩年，才被球隊踢出去，滾回蘇格蘭。一般認為，第二獎浪費掉了他的才華。事實上，變態男知道悲慘的真相：第二獎根本活在絕望當中。在第二獎的生命裡，足球只是小技藝，而酗酒卻是大詛咒。

他們排隊上車，懶蛋和屎霸嗑藥嗑昏頭，動作好像錄影帶的停格畫面。藥和一連串的事兒把他們弄糊塗了。幹完這票大的，就可以去巴黎慶祝。他們需要做的，只是把海洛英換成鈔票。錢，倫敦的安德烈都已經安排好了。變態男看他們的眼神，彷彿他們是一疊髒碗盤。他顯然心情不好，他是那種碰到狗屁爛事，一定也要朋友跟他一起賭爛的人。

跳上公車的時候，變態男聽見有個聲音在叫他：

「賽門！」

「不會又是那個小婊子吧！」他低聲咒罵，然後看到了一個年輕女孩。他大嚷：「幫我找位子，法蘭哥。我一會兒就上來。」

找到座位之後，卑比一肚子憤恨，卻又有好幾分嫉妒。他看見一個穿著藍色登山外套的女孩，正握著變態男的手。

「那個痞子和他的騷婊子炮友，會把我們的大事搞砸！」卑比對懶蛋咆哮，懶蛋卻一副發呆狀。

卑比試著從女孩身上的登山外套中，想像她的身材。卑比以前曾經愛慕過這個女孩。他的腦子裡，正幻想自己要怎樣上她。他注意到這女孩不上妝的時候，更加美麗動人。卑比根本不想去看變態男，可是他看到變態男的嘴型在裝可憐，眼中擺出一種虛情假意的眼神。卑比愈來愈焦慮不安，他準備要跳下公車，把變態男給拖上車來。就在他正要從座位上起身，衝下去抓人的時候，變態男回到了車上，以悶悶不樂的眼神凝視車窗外面。

這夥人坐在公車的後面，旁邊的廁所已經開始飄出尿味。第二獎握著他的外帶酒瓶，坐在後面一排角落。屎霸和懶蛋坐在第二獎的前一排，卑比和變態男則坐在更前面一點。

「變態男，那是坦姆．麥葛瑞的女兒吧？」懶蛋的臉夾在兩張座椅之間的縫，像個白癡一樣露出牙齒傻笑著。

「是啊。」

「那個老頭子還在找你的麻煩嗎？」卑比問道。

「那老頭對我發火，因為我搞了他的小婊子女兒。可是，他卻在自己的爛酒吧裡面玩球[4]，跟每個在他酒吧喝酒的小毛男搞，真是他媽的偽善！」

「我聽說他把你從他媽的費德勒酒吧裡扔了出來，有人告訴我說，你嚇得大便在褲子上！」卑比嘲笑著。

「我他媽的才沒有呢！是誰跟你講的？那痞子跟我說：如果你敢動我女兒一根手指……我就跟他說：動她一根手指嗎？我他媽的搞她搞了好幾個月了！你他媽的豬頭！」

4 蘇格蘭俚語，指戀童癖。玩的對象是男孩（的球）而不是女孩。

懶蛋聽著他們的對話，輕柔地嘻嘻笑。第二獎根本沒聽清楚他們在說什麼，也跟著放聲大笑。他還沒有醉到可以完全棄基本社交於不顧。屎霸什麼話也沒說，但是他笑得很難看——藥效消退的副作用正在緊緊啃咬屎霸早已疏鬆的骨頭。

卑比才不相信變態男有那個膽子，敢跟麥葛瑞硬碰硬。

「狗屎！你他媽的才不敢跟他耍狠呢！」

「滾你媽的，吉米．巴斯比當時也在場！麥葛瑞怕死了『轟炸機』這個幫派。要他跟足球迷[5]正面衝突，他可不幹。他最怕的事，就是有一群球迷在他的地盤幹架。」

「吉米．巴斯比……他根本不是個狠角色，根本就是他媽的軟腳蝦。有一次我在丁恩[6]教訓了那個傢伙，你記得那一次嗎？懶蛋？你記得那一次我用木板打了吉米那傢伙一頓吧？」卑比的眼光掃過座位，瞥向懶蛋，找他支援，但是懶蛋也和屎霸一樣，開始感到痛苦而無法說話。他的身體顫抖扭曲，一股可怕的噁心感覺襲了上來。他只能猛點頭，但是毫無說服力，他根本沒辦法說出卑比想要聽到的證詞。

「那是很久以前的事情了，你現在一定不敢那樣做了！」變態男說。

「誰他媽的不敢？說啊？你以為我他媽的不敢嗎？你他媽瘋子！」卑比咄咄逼人地反擊。

「反正都是他媽的一堆狗屁，」變態男很畏縮地回嘴，運用他一貫的策略：如果無法在辯論的細節贏過對方，就乾脆把問題的來龍去脈搞亂。

「那痞子媽的什麼都不懂。」卑比低沉著咆哮。變態男沒有回答，他知道這是項莊舞劍，志在沛公。表面上對準吉米，其實目標是變態男。變態男瞭解他在和運氣開玩笑。

屎霸的臉貼在車窗的玻璃上。他沉默而痛苦地坐著，汗水如雨落下，體內骨頭互相碾磨。變態男轉向卑比，抓住機會讓他和卑比共享同一個話題。

「法蘭哥！這兩個傢伙，」變態男的頭向後座點了點，說：「口口聲聲說要戒毒。全都是放屁！他們會他媽的把我們害慘。」變態男的語調中混和了厭惡和自憐，彷彿他對自己的交友不慎，已經完全認命，而他一生的好運道，都被這批懦弱的白痴朋友給毀得乾乾淨淨。

然而，變態男的態度並沒有博得卑比歡心。卑比討厭變態男這種態度，反而比較可以忍受屎霸和懶蛋。

「少放臭屁了！你他媽以前還不是一樣？」

「那是很久以前了。可是這群笨蛋卻永遠無法長大。」

「所以，你他媽都不再用安非他命了嗎？」卑比嘲笑著說，一面拍拍錫箔紙裡加了海洛英的安非他命。

變態男很想來點安非他命，以打發這段恐怖的旅程。但是，如果去向卑比討藥，更是讓他覺得不堪。他坐在車裡，眼光向前凝視，慢慢地搖著頭，嘴裡嘀嘀咕咕地低聲唸著，肚子裡一股折磨人的焦慮，讓他心裡翻讀一樁又一樁的新仇舊恨。然後他跳起身，想要從第二獎看管的食物中抓出一罐麥克尤恩特濃啤酒。

「我早就跟你講過，叫你帶你自己要喝的酒。」第二獎的表情，彷彿一隻醜陋的鳥，牠自己的鳥

5 這裡的球迷並非一般球迷，而是喜歡打架鬧事，並愛穿華麗服飾的流氓球迷。

6 愛丁堡的地名。

蛋正面臨一頭虎視眈眈的肉食獸威脅。

「只拿你一瓶啤酒會死啊！拜託！小氣鬼，」變態男絕望地用手掌拍打他自己的額頭。第二獎心不甘情不願地遞了一罐給了變態男，但是，變態男卻不該喝酒。他已經有很長一段時間沒有吃東西了，啤酒在他虛弱的胃裡流動，感覺又沉重又反胃。

坐在變態男後面的懶蛋進入藥效急速退去的痛苦中。他知道自己必須有所行動，也就是說，他必須利用屎霸了。而且，這種事是沒辦法講同情心的，目前的狀況更不能手軟。懶蛋轉向屎霸，對他說：「我的肚子很不舒服，我得去廁所一下。」

本來低迷的屎霸，一瞬間活了起來。他問：「你要去打藥了嗎？」

「你去死啦！」懶蛋厲聲說道，聲音很有說服力。於是屎霸又倒回座椅，繼續憂愁地望著窗戶。

懶蛋進了廁所，把門緊緊鎖上，然後把馬桶鋁蓋上的尿擦乾淨。他這樣做並不是衛生考量，只是不想弄濕他敏感的皮膚[7]。

他把燒藥用的湯匙、針頭、針筒和棉花球，放在小小的洗臉檯上，然後從口袋裡取出一小包棕白色的藥粉。他認真地把藥粉倒在珍貴的燒藥器具上，然後用針筒吸了五毫升的水，慢慢地注入湯匙上。懶蛋的動作非常謹慎，一粒藥粉都沒有流出湯匙外。這時候因為專心，他顫抖的手變得很穩——毒鬼只有在準備用藥的時候才會這樣專心。他用塑膠打火機在湯匙下方燃燒。再用針頭攪動湯匙上頑強的沉澱物，直到粉末融化成可以注射到體內的液體。

公車猛然傾斜了一下，但是懶蛋的身體也隨著擺動；毒鬼的內耳反應靈敏，就像雷達一樣，知道何時路況不平，可以專心照顧藥物。湯匙裡的液體一滴都沒有灑出來。於是，他把棉花球浸入湯匙的液體中。

他把針頭刺進棉花中，把棕色乳狀的液體吸進針筒內。然後他解開了皮帶，一面咒罵皮帶釦卡在牛仔褲裡面，真他媽費事。他用力把皮帶扯開，好像他的內臟都縮在褲子裡。然後把皮帶緊緊地捆在手臂上，捆在柔弱的二頭肌下面，再用焦黃的牙齒把皮帶咬緊。這個姿勢讓他脖子的筋抽緊。他慢慢在手臂細心摸索，終於找到一根心不甘情不願的健康靜脈。

他腦海中的一角，突然閃過了一絲猶疑，但是他病態身體的痛苦抽搐，卻把這份遲疑給吞了回去。他對準目標，看著自己鬆軟的肌肉被針頭刺進去。趁著血液回流進針筒之前，他一口氣把推吸桿一路推到底。然後鬆開皮帶，所有的好料都沖進血管。他仰起頭，享受藥的勁道。他坐了一會兒，可能是幾分鐘，也可能是幾個小時吧，然後才站起了來，看著鏡子中的自己。

「媽的，你帥極了！」懶蛋端詳著自己，親吻鏡子中的影像，灼熱的嘴唇碰觸冰冷的玻璃鏡面。他轉過身，把自己的臉頰貼在玻璃上，然後用舌頭舔著鏡子。接著，他往後退了幾步，調整自己臉上的表情，強迫自己換上一副悽慘的面孔。當他打開廁所門時候，屎霸就會觀察他。他必須努力做出病奄奄的樣子，雖然這時候他爽極了，很難裝出一臉衰樣。

第二獎已經慢慢脫離原本無可救藥的宿醉狀態，簡直可以說是「敗部復活」了。不過呢，這傢伙醉生夢死，一戒再戒，說他「敗部復活」好像不大準。卑比覺得大家一路上都好好的，沒有被洛錫安[8]邊防警察攔截，就多鬆了一口氣。成功就在眼前。屎霸睡了，但是因為藥性退了的關係，睡

7 海洛英癮者不喜碰水。

得很不安穩；懶蛋變得稍微比較有活力；甚至連變態男都覺得一切順利，心情也開朗了起來。

但是如此的祥和卻無法維持長久，變態男和懶蛋開始吵了起來。他們在爭執路瑞德「非法利益」合唱團早期和晚期的功過。在懶蛋的攻勢之下，變態男不得不為之語塞。

「不對……不對……」變態男軟弱地搖頭，把頭轉開；他的靈感已經用盡，無法對付懶蛋的論點。平常在這種時候，都是變態男在發威，而現在，懶蛋搶走了變態男的這份特權。

看到對手投降，懶蛋沾沾自喜地猛然仰起頭，交叉著雙臂，做出一副得意好鬥的樣子，彷彿變成他以前在新聞影片中看到的墨索里尼。

變態男在觀察其他乘客，殺時間。他的前面坐著兩個老婦人，這兩個老女人不時瞪著他們看，臉上掛著一副很不滿的表情，顯然對這些年輕男人的粗話非常不以為然。變態男注意到，這兩個女人身上有一股汗水和尿液的氣味，雖然她們灑了一層又一層的過期爽身粉，仍然無法完全蓋住腐臭。

他的另一邊，則是一對穿著運動服的胖子夫妻。穿這種衣服的人，都是外星人吧——變態男刻薄地想著：這種沒品味的人，根本他媽的就應該被消滅掉。不過喔，變態男發現卑比的衣櫃裡面竟然沒有運動裝，真是太令人訝異了！他們一旦賺了錢，變態男想要買一件運動服給卑比，反正好玩嘛。而且，他還想送卑比一條美國小鬥牛犬，就算卑比不好好照顧它，它也不至於餓得把小鬼頭吃掉。

車上還是有一朵鮮花。變態男本來一直用嚴苛的眼光觀察著車上的乘客，但是當他發現一個金髮的背包女郎之後，眼光就變柔和了。她單獨一個人，坐在那對穿運動裝夫婦的前面。

懶蛋很想胡鬧，他掏出了塑膠打火機，開始燒變態男腦後的馬尾。變態男的頭髮燃燒後發出了爆裂聲。一股難聞的味道，和公車後面令人不快的氣味混雜在一起。突然間，變態男終於知道了怎麼回事，從座位上一屁股彈了起來，開始發飆咆哮：「幹！」把懶蛋停駐在半空中的手腕打了回去，低聲罵道：「幼稚的傢伙。」他對大笑的卑比發出噓聲。第二獎和懶蛋笑他。一連串笑聲在整台巴士上迴響。

懶蛋的惡作劇，倒是讓變態男逮到一個他並不是很需要的藉口——他要離開朋友，去找那個背包女郎。他脫掉了身上那件「義大利人最棒」的T恤，露出結實、古銅色的身軀。變態男的母親是義大利人，但是他穿那件衣服的目的，並不是要強調他的義大利血統，只是想在別人面前出鋒頭而已。他拉開袋子，在裡面東翻西找。袋子裡有一件「曼德拉」的運動衫，看起來很左派，也夠搖滾；但是也太主流，太像口號。最慘的是，這件衣服過氣了。變態男發現，曼德拉原來只是另一個令人厭煩的老傢伙，他出獄之後，大家久了就沒有感覺了。至於那件「西伯隊」的衣服，他只匆匆看了一眼，馬上否決。「桑地諾」[9]也過時了。他最後挑選了「Fall」[10]的T恤，至少純白的顏色，可以把他引以為傲的科西嘉古銅膚色完美襯托出來。他套上了這件衣服，移駕到那背包女郎的座位旁邊，坐了下來。

「真是抱歉，我必須和妳坐在一起。我的旅行伙伴的行為太幼稚，讓我難以忍受。」

8 蘇格蘭東部行政區，首府為愛丁堡。
9 即尼加拉瓜桑地諾民族解放陣線。
10 英國搖滾樂團。

懶蛋心裡又欽佩又厭惡，眼睜睜地看著變態男竟然從一個人渣，搖身變成這個女人的白馬王子。他換了一種聲音說話，腔調也變得些微不同。他的臉上突然出現真心誠懇而興致盎然的表情，對著他的新伴侶搭訕，展開誘惑攻勢。懶蛋斜眼看過去，聽到變態男正說到：「是啊！我這個人，就是純爵士派。」

「變態男得手了喔！」懶蛋看到這副光景，側身對卑比說道。

「我真為這個傢伙開心。」卑比酸溜溜地說，「至少我暫時不必看見變態男那張死人臉。那笨傢伙什麼屁事都不會，就會他媽的吱吱叫，自從我們——嗯。他媽的笨蛋！」

「我們每個人都有點緊張嘛！法蘭哥。這件事的風險很大。我們前一晚又嗑了安非他命。大家難免都會疑神疑鬼。」

「不要一直媽的幫那個混蛋說話。那個死變態需要好好學習做人。他說不定媽的馬上會得到教訓。他好好做人會他媽的死掉嗎？」

懶蛋領悟到，繼續這樣的對話不會有什麼意義。於是他退回座椅，讓剛才用的藥按摩他的身體，放鬆他的關節，撫平他體內的皺褶。剛才偷用的藥，品質不錯。

卑比對變態男不爽，與其說是他嫉妒變態男去釣女人，還不如說是他不高興變態男把他拋開。卑比旁邊的座位突然沒有人了，這種感覺很不好。而他體內的藥物正在發威。他的腦袋裡，各種念頭一個接一個閃現。卑比覺得這種感覺太奇妙，非和別人分享一下不可。他必須馬上找個人說話。

懶蛋察覺到了這個危險徵兆。後座的第二獎正在大聲打鼾，對卑比來說用處不大。

懶蛋把棒球帽壓低，蓋過眼睛，同時用手肘把屎霸搖醒。

「懶蛋，你在睡覺嗎？」卑比問道。

「嗯！」懶蛋喃喃應道。

「屎霸？」

「幹嘛啦？」屎霸不耐煩地說道。

屎霸錯誤的第一步。卑比轉過身子，跪在座椅上。他趴在椅背上，俯看屎霸，開始說起那個他已經講到爛的故事。

「……然後我就騎在上面，把她幹到浪叫。我想，這隻賤母牛還真他媽的愛被幹。然後她突然把我給推開。媽的！你知道嗎？這婊子的屄眼流血流出來，好像他媽的月經來了！我本來要跟她說，我才不怕月經呢，而且我的屌就是什麼場面都不怕，告訴你。結果呢，媽的！原來這婊子竟然他媽在我身上流產了。」

「是喔。」

「我再告訴你另一件事。你知道，我還有尚恩有一次在歐布羅莫夫釣了兩個笨龜？」

「記得啊！」屎霸虛弱地回答。他覺得自己的臉好像一個陰極射線管，正以慢速度在內部爆炸。

公車到了休息站。屎霸終於得到喘息的機會。第二獎卻非常不開心，因為他才剛剛睡著，可是公車內部的燈突然打開，強烈的燈光很殘忍地破壞他舒服的、足以讓他遺忘一切的安睡。他迷迷糊糊地醒了過來，仍然醉得很昏；他的呆滯雙眼沒辦法聚焦，耳鳴的耳朵被一陣刺耳而難以分辨的噪音攻擊，他鬆弛的乾嘴閉不起來。他出於本能，伸出掏出了一罐紫色的特納牌超級啤酒，用噁心的酒精來代替口水滋潤喉嚨。

他們無精打采地登上橫跨高速公路上方的天橋，天氣酷寒，嗑藥的身體好疲憊。變態男是個例外：他和背包女郎走在前面，看起來優雅又充滿自信。

在信任之家酒店俗麗的餐館裡，卑比一把抓住變態男的手臂，把他從準備領餐的隊伍之中拉出來。

「你不要媽的去偷那個妞兒的錢。我不希望你為了騙走幾百塊的學生旅費，把警察給搞來。我們現在身上有媽的價值一萬八千英鎊的海洛英喔。」

「你以為我會那麼笨嗎？」變態男憤怒回嘴，但是在同時他內心也承認，卑比適時點醒了他。他一直在和那個女孩耳鬢斯磨，但是他那一雙凸出來的變色龍賊眼卻很不安分地東瞄西瞄，企圖找到那女孩放錢的地方。進來這家餐館，正是一個偷錢的好時機。但是卑比說得沒錯，現在並不是幹那勾當的時候。變態男想：不能一直相信自己的本能啊！

他一臉受傷，嘟嘴甩開卑比，回到正在排隊領餐的新女友身邊。

現在，變態男對這女孩失去了興趣。他發現自己無法再勉強聚精會神傾聽這個女孩：她很興奮地說，她要去西班牙旅行八個月，然後再進南安普頓大學念法律。他弄到了這女孩在倫敦的旅館地址，但是那好像只是一家在列王十字區的便宜旅館，讓他覺得很沒意思；女孩並不是要住在比較高級的西區飯店，而他想去西區那種高尚地帶玩個一兩天。變態男很有自信，等他們和安德烈的生意搞定之後，一定可以和這個馬子幹翻天。

公車繼續開動，駛過了北倫敦的磚房郊區。變態男滿懷鄉愁看著窗外的景物，緩緩通過了瑞士農舍區[11]，心裡卻想著，有個他認識的女人，不知道是不是還在酒吧工作。當然不至於吧！他用常理推斷，在倫敦的酒吧工作六個月，實在是太長了。雖然是一大清早，公車卻龜速般緩緩爬行到倫敦中區，花了一段枯燥冗長的時間，才到達維多利亞公車站。

他們下車，像是一包瓦器的碎片從包裝盒傾倒出來。然後，他們開始爭辯，討論到底應該去火車站搭維多利亞線地鐵到芬斯布瑞公園，還是雇計程車過去。最後他們覺得還是叫計程車好了，因為他們不想帶著一堆海洛英在倫敦市區內晃蕩。

於是，一夥人擠進了計程車。他們跟多嘴的司機說，他們要去芬斯布瑞公園的帳篷，參加「棒客樂團」演唱會。這是一個絕佳的障眼之計，因為他們正打算搞定事情之後，去巴黎瘋狂作樂之前，聽一場演唱會，結合娛樂和工作。計程車的路線，幾乎是沿著剛剛公車的路線倒退回去。安德烈的旅館可以俯看公園。

安德烈來自倫敦的希臘家族，父親去世之後，他繼承了這間旅館。他老爸當年經營的旅館，主要提供給出了意外無家可歸的家庭。地方議會有責任為這種狀況的人找到短期的居所，而芬斯布瑞公園分屬倫敦三個區：即哈克尼、哈靈頓和伊斯靈頓，所以總是有人被送到這家旅館來住，當時他老爸的生意做得相當不錯。安德烈接手之後，認為應該把這家旅館改成倫敦上班族打炮的場所，以便得到更多的利潤。他一直沒有取得他想要的金字塔頂端客層，卻為一小撮妓女提供了一個安全的庇護所。中階層的倫敦男人都喜歡他的旅館：夠隱私，乾淨，又安全。

變態男和安德烈之所以認識，是因為他們曾經和同一個女人約會。他們兩個男人都把這個女

11這是倫敦市內的一個地名。地名取自於以前的一家農舍式館子。

人迷得團團轉。這對哥兒們一拍即合，一起幹了許多非法勾當，大部分都是保險詐騙或是信用卡詐騙。可是安德烈繼承旅館之後，覺得自己晉升上流社會了，於是開始逐漸疏遠變態男。但是變態男還是會找安德烈：變態男可提供高品質的海洛英。安德烈被一種歷史悠久的危險幻想給害了，認為人可以和壞人鬼混，藉此烘抬自我的地位，還不用付出代價呢。但是這一回安德烈卻付出了代價，也就是為彼得．吉柏和愛丁堡販毒集團牽線。

彼得．吉柏是個專業毒販，幹這一行已經很多年。他什麼都肯買，什麼都肯賣。對他而言，這純粹是做生意，他覺得販毒勾當和其他行業沒什麼不一樣。國家透過警察和法庭所進行的干預，只不過是這一行的職業風險之一。然而，想想看買賣的巨大利潤，這點風險當然值得承擔。吉柏是個標準的仲介，天生精通和人接頭，也願意承擔風險。他弄到毒品，囤積居奇，摻入雜質增量，再賣給下游的小毒販。

吉柏很快就聽說有一群蘇格蘭的三流混混，搞到一批毒品。他對這批貨的品質很感興趣，希望花一萬五千英鎊吃下這批貨，而最高的付出上限是一萬七千英鎊。這群混混卻開出兩萬英鎊，底線是一萬八千英鎊。最後他們以一萬六千英鎊成交。這批貨弄到手，摻入雜質增量，再配發之後，他可以淨賺六萬英鎊。

吉柏覺得跟邊界另一邊[12]來的一群下流癟三周旋，實在夠麻煩。他寧可當初賣藥給他們的上游人士直接交易。只有那種根本不會做生意的上游笨藥頭，才會把這些好貨丟給癟三濫當下游。吉柏很知道該如何教這種上游的人去做大生意。

和這種下游癟三打交道，不但累人，而且危險。雖然這批癟三口口聲聲說會守口如瓶，可是他知道，這批胸大沒腦的廢物肉腳根本**就不懂**得保密。緝毒組很可能早就在留意這批癟三的行蹤了。正因為這分顧忌，他安排了兩個很有經驗的酷哥，守在車外，眼睛放很大。不過，雖然他是很小心的人，他還是要交生意上的新朋友。任何敢挺身運毒的人，都可能再勇敢下海。

交易任務圓滿完成之後，屎霸和第二獎跑去蘇活區慶祝。他們是典型的土包子，剛剛來到大城市，對著名的蘇活區興致盎然，好像小朋友進了玩具店。變態男和卑比在喬治·羅比音樂廳和兩個愛爾蘭佬組隊拚一場很猛的撞球。這兩個倫敦的識途老馬，看到他們的土包子朋友被蘇活區迷得大驚小怪，又鄙夷又不屑。

「他們只會買到塑膠的警察帽、英國國旗、卡納比街的招牌，和貴得要死的啤酒，」變態男嘲弄地說。

「回去你那個朋友的飯店召妓還比較划算呢，那個希臘佬，他叫什麼名字啊？」

「安德烈。不過他們才不會想要回飯店呢，他們只想在外面玩。」變態男說著，撞球桿猛力一擊，繼續說道：「還有，懶蛋那個混帳。他一次又一次跑回去偷偷吸毒。懶蛋那個混蛋，在倫敦這裡丟了個好工作，不錯的公寓也沒了。我想這件事過去之後，他和我們就會分道揚鑣了。」

「幸好懶蛋留在飯店裡，顧我們的錢。我們總要有個人看管那筆錢吧。第二獎和屎霸都靠不住，我無法信任他們。」

「是喔。」變態男說著，心裡卻在盤算，該如何把卑比支開，好溜去找女人。他想著：應該打

12在此邊界指英格蘭和蘇格蘭之間的邊界。邊界另一邊的人，就是蘇格蘭人。這個人的用語表示他對蘇格蘭人很不屑。

電話給哪個女人呢？或者應該回去找那個車上認識的背包女郎嗎？不管他想怎麼做，總之，他要快走。

在安德烈的旅館裡，懶蛋身體不舒服，不過，他裝出來的狀況並非其他人所想的那麼嚴重。他轉頭看向後花園，安德烈和他的女朋友莎拉，正在卿卿我我。

他再度轉頭，看向那個愛迪達的袋子，袋子裡裝滿了錢。這還是卑比第一次讓這筆錢離開他自己的視線。他把袋子裡的錢全部掏出來放在床上。懶蛋從來沒有看過這麼多錢。他想都不想，馬上把卑比的 Head 牌袋子裡的東西掏出來，塞進愛迪達的袋子裡。再把錢全塞進 Head 牌的袋子裡，最後再把自己的衣服，放在鈔票上面。

他快速瞄了一下窗外。安德烈的手，正在莎拉的比基尼上，很不安分地遊走，莎拉被逗得又笑又叫：「不要這樣，安—德—烈，不要這樣啦……」懶蛋緊緊抓住 Head 牌的袋子，悄悄地快步離開房間，走下樓梯，穿過大廳。步出旅館大門之前，他很快地回頭望了一下。如果這時候被卑比撞見，他就全完了。當這個念頭閃過腦際的時候，他幾乎恐懼到要崩潰。然而，路上並沒有人，他穿過馬路。

這時候，他又聽到一陣喧譁，於是整個人再度凍住了。一群穿著塞爾提克足球上衣的年輕人，然正要去參加下午「棒客樂團」的演唱會。他們醉醺醺地蹣跚走過他的前面。懶蛋很緊張地走過這群人，其實這群年輕人幾乎完全無視於他的存在。懶蛋這時候鬆了一口氣，他看到253號公車來了。他跳上公車，遠離了芬斯布瑞公園。

懶蛋好像一架沒人開的全自動飛機，在哈克尼區下車，等待利物浦街的公車。身上帶著這麼多錢，他很慌張，很不自在。擦身而過的每個人，都很像是會偷襲他，或者會搶他的皮包的歹徒。每當他看見一個穿黑色皮夾克的人，他就會以為看見了卑比，全身的血液頓時降到冰點。在前往利物浦街的公車上，他甚至想要打退堂鼓，回去算了；但是，他卻把手伸進了袋子裡，撫摸一大把一大把的鈔票。到達目的地之後，他走進一家艾比國家銀行的分行，在他只有二十七英鎊三十二便士的銀行戶頭上，存入了九千英鎊。銀行櫃台人員完全沒有多看他一眼。這裡畢竟是倫敦的西提區[13]。

身上只剩下七千英鎊現金，懶蛋感覺輕鬆多了。他走到了利物浦街車站，只買了一張英國到阿姆斯特丹的回程票，他打算一去不回。公車從艾塞克斯郡，一路駛向哈維其，城市的水泥磚牆，也漸漸轉變成一大片蒼綠。到達帕克斯敦港之後，他還有一個鐘頭的時間，等待開往荷蘭胡克[14]的船。對於懶蛋來說，等待是可以接受的；毒鬼最善於等待了。很多年以前，他曾經在渡輪上當服務員。他希望不會被以前的同事認出來。

搭上船之後，懶蛋的焦慮感，頓時減輕了許多，但是此時，他卻第一次真正感覺到罪惡感。他想到了變態男，想到他們曾經一起度過的歲月，雖然有苦有樂，但畢竟是一起走過歲月。這種把錢幹走的事，變態男也做得出來，因為變態男天生就會剝削別人。背叛啊背叛。懶蛋已經可以想像變態男臉上的表情：那種表情，是受傷的樣子多於憤怒。不過，這麼多年來，他們倆已經漸行漸遠。他們兩個人一直愛互相作對，本來只是好玩，逗大家開心。可是，他們互相作對的關係，已經從慢

13倫敦的西提區，是全世界重要的金融中心，銀行匯集在此。九千英鎊等於幾十萬台幣，就算考慮這近十年來的匯率浮動，這筆錢也還不到一百萬台幣——因此，當地銀行根本不會大驚小怪。

14胡克，隸屬於荷蘭大港鹿特丹。

慢地從開玩笑逐漸變成絕對不是開玩笑的事實。懶蛋想，這樣也好。從一方面來說，變態男會瞭解為什麼懶蛋吃掉大家的錢，甚至還會咬牙切齒地欽佩懶蛋的勇敢行為。變態男的憤怒不會針對懶蛋而會針對他自己，因為他自己沒有膽量像懶蛋一樣爭先吃錢。

雖然懶蛋覺得他對得起變態男，可是他對得起第二獎嗎？第二獎把他自己的刑事傷害津貼賠償拿出來當作買毒資金，結果他的錢給懶蛋吃掉了，真讓懶蛋覺得不安。但是，第二獎反正也一直在毀滅他自己啊！如果有人順勢把第二獎推倒，第二獎根本不會有感覺。給他三千英鎊，等於是給他喝一瓶毒藥。叫第二獎去喝毒藥，反而是更快、更沒有痛苦的自殺方式。懶蛋想，或許有人會說，第二獎是以他的自由意志，選擇自己的生命啊；不過，第二獎的酒癮早就毀了第二獎這個人的判斷能力了，他早就沒有能力做出有意義的選擇。懶蛋笑了，笑他自己的矛盾，他這個毒鬼才剛剛剝削了朋友，現在卻竟然說教起來了。他是個毒鬼嗎？是。他又在用藥了，但是他每次用藥的時間間距，一次比一次長。不過，他現在無法回答這個問題，只有讓時間去決定一切。

真正讓懶蛋覺得罪惡感的人，是屎霸。他愛屎霸。屎霸從不傷害任何人——或許他是有惹出一些困擾啦，因為他喜歡偷別人口袋錢包裡的錢，或者闖空門。人們總是太在乎身外之財了。人們在物質上面花了很多心思。這個社會的物質主義和商品戀物癖，不是屎霸一個人可以負責的。屎霸一直跟這個世界格格不入。這個世界欺負他，現在，連他的老朋友懶蛋，也加入欺侮他的行列。如果懶蛋要補償任何人，那就是屎霸。

最後輪到了卑比。懶蛋對這個混帳沒有絲毫憐憫。他是個神經病，如果他想找什麼可憐蟲麻煩，他甚至會動用削尖的打毛線棒針。卑比還得意地說，用棒針去攻擊別人，比較不像小刀一樣傷人肋骨。懶蛋記得有一次，在葡萄藤酒吧，卑比拿酒瓶猛擊洛伊·斯乃敦。卑比動粗的原因很離譜：當時卑比喝醉了，而他覺得別人說話的聲音不好聽，就打人。卑比的暴力真是醜惡，讓人想吐，而且沒有意義。而比暴力行為更醜陋的是行使暴力的藉口：卑比一行人，包含懶蛋在內，都加入了這場混戰，之後大家還捏造動粗的動機，把一切合理化。大家這樣惡搞，就把卑比拱成一個惹不起的惡棍——而卑比的朋友們也是惹不起的，因為他們都和卑比混在一起。在懶蛋眼中，這群人的友誼，代表道德破產。既然如此，吃掉卑比的錢就不是犯罪，而是行善。

很諷刺地，懶蛋決定鋌而走險，完全是因為卑比。在卑比的人生哲學中，剝削朋友是最大的罪行，卑比一定會嚴厲懲罰背叛的人。懶蛋背叛了卑比，也因此，懶蛋把他回家的路都燒斷了。卑比會保證懶蛋回不了雷斯。懶蛋一直想幹的事，終於幹出來了。他不可能再回去雷斯、愛丁堡、甚至蘇格蘭，永遠不會回去了。留在老家，他只能做他本來就在做的事；可是現在，他擺脫了那些人，永永遠遠，他終於可以去做他真正想做的事。不管未來是成功或是失敗，他都只能靠自己。他一面覺得這個念頭讓他既害怕又興奮，一面思索著阿姆斯特丹的新生活。

（全書完）

國家圖書館出版品預行編目資料

猜火車 / 厄文・威爾許（Irvine Welsh）著；但唐謨
譯. - -初版. - - 台北市：商周出版：家庭傳媒城邦
出版集團分公司發行, 2008.08
面；　公分. --（另翼文學；8）
譯自：Trainspotting
ISBN 978-986-6662-88-1（平裝）

874.57　　97010647

另翼文學 08

猜火車

作　　者 / 厄文・威爾許（Irvine Welsh）
譯　　者 / 但唐謨
選書顧問 / 何穎怡
責任編輯 / 黃美娟

版　　權 / 黃淑敏、吳亭儀、邱珮芸
行銷業務 / 周佑潔、黃崇華、張媖茜
總 編 輯 / 黃靖卉
總 經 理 / 彭之琬
事業群總經理 / 黃淑貞
發 行 人 / 商周出版
法律顧問 / 元禾法律事務所 王子文律師
出　　版 / 商周出版
台北市中山區民生東路二段141號9樓
電話：(02) 2500-7008 傳真：(02) 2500-7759
E-mail：bwp.service@cite.com.tw
Blog：http://bwp25007008.pixnet.net/blog
發　　行 / 英屬蓋曼群島商家庭傳媒股份有限公司城邦分公司
台北市中山區民生東路二段141號2樓
書虫客服服務專線：(02)25007718；(02)25007719
服務時間：週一至週五上午09:30-09:00；下午13:30-17:00
24小時傳真專線：(02)25001990；(02)25001991
劃撥帳號：19863813；戶名：書虫股份有限公司
讀者服務信箱：service@readingclub.com.tw
城邦讀書花園：www.cite.com.tw
香港發行所 / 城邦（香港）出版集團有限公司
香港灣仔駱克道193號東超商業中心1樓；E-mail：hkcite@biznetvigator.com
電話：(852) 25086231　傳真：(852) 25789337
馬新發行所 / 城邦(馬新)出版集團 Cite (M) Sdn. Bhd.
41, Jalan Radin Anum, Bandar Baru Sri Petaling, 57000 Kuala Lumpur, Malaysia.
Tel: (603) 90578822 Fax: (603) 90576622 Email: cite@cite.com.my

封面設計 / 王志弘
版型設計 / 洪菁穗
排　　版 / 極翔企業有限公司
印　　刷 / 韋懋實業有限公司
總 經 銷 / 高見文化行銷股份有限公司
電話：(02)2668-9005 傳真：(02)2668-9790 客服專線：0800-055-365

■2008年7月29日初版　　Printed in Taiwan
■2020年11月26日初版13.5刷
定價 350元

城邦讀書花園
www.cite.com.tw

 ISBN 978-986-6662-88-1